THE WORKING MEN'S COLLEGE

AUSPICIUM · MELIORIS

ÆVI · MDCCCLIV

Purchased

R.E. Tyler Del. 1913. C.H. Perry Sc.

WORKING MEN'S COLLEGE

LIBRARY REGULATIONS

The Library is open every week-day evening (except Saturday), from 6.30 to 10 o'clock.

This book may be kept for three weeks. If not returned within that period, the borrower will be liable to a fine of one penny per week.

If lost or damaged, the borrower will be required to make good such loss or damage.

Only one book may be borrowed at a time.

LES CHEMINS DE LA LIBERTÉ

I

L'AGE DE RAISON

JEAN-PAUL SARTRE

Les chemins de la liberté

I

L'âge de raison

roman

GALLIMARD

144e édition

Il a été tiré de cet ouvrage huit exemplaires sur vergé antique blanc, dont : cinq exemplaires numérotés de I à V et trois exemplaires hors commerce marqués de a à c. Il a été tiré en outre mille exemplaires sur papier de châtaignier, dont : neuf cent soixante exemplaires numérotés de 1 à 960 et quarante exemplaires, hors commerce, numérotés de I à XL. Ces exemplaires portent la mention EXEMPLAIRE SUR PAPIER DE CHATAIGNIER et sont reliés d'après la maquette de Mario Prassinos.

Ce volume ayant été recomposé en juillet 1949, il a été tiré mille cinquante exemplaires sur alfa Navarre, dont mille numérotés de 961 à 1960 et cinquante, hors commerce, numérotés XLI à XC. Ces exemplaires reliés d'après la maquette de Mario Prassinos, portent la mention EXEMPLAIRE SUR ALFA.

à WANDA KOSAKIEWICZ

I

Au milieu de la rue Vercingétorix, un grand type saisit Mathieu par le bras; un agent faisait les cent pas sur l'autre trottoir.

— Donne-moi quelque chose, patron; j'ai faim.

Il avait les yeux rapprochés et des lèvres épaisses, il sentait l'alcool.

— Ça ne serait pas plutôt que tu aurais soif? demanda Mathieu.

— Je te jure, mon pote, dit le type avec difficulté, je te jure.

Mathieu avait retrouvé une pièce de cent sous dans sa poche :

— Je m'en fous, tu sais, dit-il, c'était plutôt pour dire.

Il lui donna les cent sous.

— Ce que tu fais là, dit le type en s'appuyant contre le mur, c'est bien; je m'en vais te souhaiter quelque chose de formidable. Qu'est-ce que je vais te souhaiter?

Ils réfléchirent tous les deux; Mathieu dit :

— Ce que tu voudras.

— Eh bien, je te souhaite du bonheur, dit le type. Voilà.

Il rit d'un air triomphant. Mathieu vit que l'agent de police s'approchait d'eux et il eut peur pour le type :

— Ça va, dit-il, salut.

Il voulut s'éloigner mais le type le rattrapa :

— C'est pas assez, le bonheur, dit-il d'une voix mouillée, c'est pas assez.

— Eh bien, qu'est-ce qu'il te faut!

— Je voudrais te donner quelque chose...

— Je vais te faire coffrer pour mendicité, dit l'agent.

Il était tout jeune, avec des joues rouges; il essayait d'avoir l'air dur :

— Voilà une demi-heure que tu emmerdes les passants, ajouta-t-il sans assurance.

— Il ne mendie pas, dit vivement Mathieu, on cause.

L'agent haussa les épaules et continua son chemin. Le type

chancelait d'une manière inquiétante; il ne semblait pas même avoir vu l'agent.

— J'ai trouvé ce que je vais te donner. Je vais te donner un timbre de Madrid.

Il sortit de sa poche un rectangle de carton vert et le tendit à Mathieu. Mathieu lut :

« C. N. T. Diario Confederal. Ejemplares 2. France. Comité anarcho-syndicaliste, 41, rue de Belleville, Paris, 19e. » Un timbre était collé sous l'adresse. Il était vert aussi, il portait l'estampille de Madrid. Mathieu avança la main :

— Merci bien.

— Ah mais attention! dit le type en colère, c'est... c'est Madrid.

Mathieu le regarda : le type avait l'air ému et faisait des efforts violents pour exprimer sa pensée. Il y renonça et dit seulement :

— Madrid.

— Oui.

— Je voulais y aller, je te jure. Seulement ça ne s'est pas arrangé.

Il était devenu sombre, il dit : « Attends », et passa lentement le doigt sur le timbre.

— Ça va. Tu peux le prendre.

— Merci.

Mathieu fit quelques pas mais le type le rappela :

— Eh!

— Eh? fit Mathieu. Le type lui montrait de loin la pièce de cent sous :

— Il y a un mec qui vient de me filer cent sous. Je te paie un rhum.

— Pas ce soir.

Mathieu s'éloigna avec un vague regret. Il y avait eu une époque, dans sa vie, où il traînait dans les rues, dans les bars avec tout le monde, le premier venu pouvait l'inviter. A présent, c'était bien fini : ce genre de trucs-là ne donnait jamais rien. Il était plaisant. Il a eu envie d'aller se battre en Espagne. Mathieu hâta le pas, il pensa avec agacement : « En tout cas nous n'avions rien à nous dire. » Il tira de sa poche la carte verte : « Elle vient de Madrid, mais elle ne lui est pas adressée. Quelqu'un a dû la lui passer. Il l'a touchée plusieurs fois avant de me la donner, parce que ça venait de Madrid. » Il se rappelait le visage du type et l'air qu'il avait pris pour regarder le timbre : un drôle d'air passionné. Mathieu regarda le timbre à son tour sans cesser de marcher puis il remit le morceau de carton dans sa poche. Un train siffla et Mathieu pensa : « Je suis vieux. »

Il était dix heures vingt-cinq; Mathieu était en avance. Il passa sans s'arrêter, sans même tourner la tête devant la petite maison bleue. Mais il la regardait du coin de l'œil. Toutes les fenêtres étaient noires, sauf celle de Mme Duffet. Marcelle n'avait pas encore eu le temps d'ouvrir la porte d'entrée : elle était penchée sur sa mère et la bordait, avec des gestes masculins, dans le grand lit à baldaquin. Mathieu restait sombre; il pensait : « Cinq cents francs pour aller jusqu'au 29, ça fait trente francs par jour, plutôt moins. Comment vais-je faire? » Il fit demi-tour et revint sur ses pas.

La lumière s'était éteinte dans la chambre de Mme Duffet. Au bout d'un moment la fenêtre de Marcelle s'éclaira; Mathieu traversa la chaussée et longea l'épicerie en évitant de faire craquer ses semelles neuves. La porte était entre-bâillée; il la poussa tout doucement et elle grinça : « Mercredi j'apporterai ma burette et je mettrai un peu d'huile dans les gonds. » Il entra, referma la porte et se déchaussa dans l'obscurité. L'escalier craquait un peu : Mathieu le gravit avec précaution, ses souliers à la main; il tâtait chaque marche de l'orteil avant d'y poser le pied : « Quelle comédie », pensa-t-il.

Marcelle ouvrit sa porte avant qu'il n'eût atteint le palier. Une buée rose et qui sentait l'iris fusa hors de sa chambre et se répandit dans l'escalier. Elle avait mis sa chemise verte. Mathieu vit en transparence la courbe tendre et grasse de ses hanches. Il entra; il lui semblait toujours qu'il entrait dans un coquillage. Marcelle ferma la porte à clé. Mathieu se dirigea vers la grande armoire encastrée dans le mur, l'ouvrit et y déposa ses souliers; puis il regarda Marcelle et vit que quelque chose n'allait pas.

— Qu'est-ce qui ne va pas? demanda-t-il à voix basse.

— Mais ça va, dit Marcelle à voix basse, et toi, mon vieux?

— Je suis sans un; à part ça, ça va.

Il l'embrassa dans le cou et sur la bouche. Le cou sentait l'ambre, la bouche sentait le caporal ordinaire. Marcelle s'assit sur le bord du lit et se mit à regarder ses jambes, pendant que Mathieu se déshabillait.

— Qu'est-ce que c'est que ça? demanda Mathieu.

Il y avait sur la cheminée une photographie qu'il ne connaissait pas. Il s'approcha et vit une jeune fille maigre et coiffée en garçon qui riait d'un air dur et timide. Elle portait un veston d'homme et des souliers à talons plats.

— C'est moi, dit Marcelle sans lever la tête.

Mathieu se retourna : Marcelle avait retroussé sa chemise sur ses cuisses grasses; elle se penchait en avant et Mathieu devinait sous la chemise la fragilité de sa lourde poitrine.

— Où as-tu trouvé ça?

— Dans un album. Elle date de l'été 28.

Mathieu plia soigneusement son veston et le déposa dans l'armoire à côté de ses souliers. Il demanda :

— Tu regardes les albums de famille, à présent?

— Non, mais je ne sais pas, aujourd'hui j'ai eu envie de retrouver des choses de ma vie, comment j'étais avant de te connaître, quand j'étais bien portante. Amène-la.

Mathieu lui apporta la photo et elle la lui arracha des mains. Il s'assit à côté d'elle. Elle frissonna et s'écarta un peu. Elle regardait la photo avec un vague sourire.

— J'étais marrante, dit-elle.

La jeune fille se tenait toute raide, appuyée contre la grille d'un jardin. Elle ouvrait la bouche; elle aussi devait dire : « C'est marrant », avec la même désinvolture gauche, la même audace sans aplomb. Seulement, elle était jeune et maigre.

Marcelle secoua la tête.

— Marrant! Marrant! Elle a été prise au Luxembourg par un étudiant en pharmacie. Tu vois le blouson que je porte? Je me l'étais acheté le jour même, parce qu'on devait faire une grande balade à Fontainebleau le dimanche suivant. Mon Dieu!...

Il y avait sûrement quelque chose : jamais ses gestes n'avaient été si brusques, ni sa voix si heurtée, si masculine. Elle était assise sur le bord du lit, pis que nue, sans défense, comme une grosse potiche, au fond de la chambre rose et c'était plutôt pénible de l'entendre parler de sa voix d'homme, pendant qu'une forte odeur sombre montait d'elle. Mathieu la prit par les épaules et l'attira contre lui :

— Tu le regrettes, ce temps-là?

Marcelle dit sèchement :

— Ce temps-là, non : je regrette la vie que j'aurais pu avoir.

Elle avait commencé ses études de chimie et la maladie les avait interrompues. Mathieu pensa : « On dirait qu'elle m'en veut. » Il ouvrit la bouche pour l'interroger mais il vit ses yeux et il se tut. Elle regardait la photo d'un air triste et tendu.

— J'ai grossi, hein?

— Oui.

Elle haussa les épaules et jeta la photographie sur le lit. Mathieu pensa : « C'est vrai, elle a une vie sinistre. » Il voulut l'embrasser sur la joue, mais elle se dégagea sans brusquerie, avec un petit rire nerveux. Elle dit :

— Il y a dix ans de ça.

Mathieu pensa : « Je ne lui donne rien. » Quatre nuits par

semaine, il venait la voir; il lui racontait minutieusement tout ce qu'il avait fait; elle lui donnait des conseils, d'une voix sérieuse et légèrement autoritaire; elle disait souvent : « Je vis par procuration. » Il demanda:

— Qu'est-ce que tu as fait hier? Tu es sortie?

Marcelle eut un geste las et rond :

— Non, j'étais fatiguée. J'ai un peu lu mais maman me dérangeait tout le temps pour le magasin.

— Et aujourd'hui?

— Aujourd'hui, je suis sortie, dit-elle d'un air morose. J'ai senti le besoin de prendre l'air, de coudoyer des gens. Je suis descendue jusqu'à la rue de la Gaîté, ça m'amusait; et puis je voulais voir Andrée.

— Tu l'as vue?

— Oui, cinq minutes. Quand je suis sortie de chez elle, il s'est mis à pleuvoir, c'est un drôle de mois de juin, et puis les gens avaient des têtes ignobles. J'ai pris un taxi et je suis rentrée.

Elle demanda mollement :

— Et toi?

Mathieu n'avait pas envie de raconter. Il dit :

— Hier, j'ai été au lycée pour faire mes derniers cours. J'ai dîné chez Jacques, c'était mortel comme d'habitude. Ce matin je suis passé à l'économat pour voir s'ils ne pourraient pas m'avancer quelque chose; il paraît que ça ne se fait pas. Pourtant à Beauvais, je m'arrangeais avec l'économe. Ensuite, j'ai vu Ivich.

Marcelle leva les sourcils et le regarda. Il n'aimait pas lui parler d'Ivich. Il ajouta :

— Elle est déjetée en ce moment.

— A cause?

La voix de Marcelle s'était raffermie et son visage avait pris une expression raisonnable et masculine; elle avait l'air d'un levantin gras. Il dit du bout des lèvres :

— Elle va être collée.

— Tu m'avais dit qu'elle travaillait.

— Eh bien oui... si tu veux, à sa manière, c'est-à-dire qu'elle doit rester des heures entières en face d'un livre sans faire un mouvement. Mais tu sais comme elle est : elle a des évidences, comme les folles. En octobre, elle savait sa botanique, l'examinateur était content; et puis tout d'un coup, elle s'est vue en face d'un type chauve, en train de parler des cœlentérés. Ça lui a paru bouffon, elle a pensé : « je me fous des cœlentérés » et le type n'a plus pu tirer un mot d'elle.

— Drôle de petite bonne femme, dit Marcelle rêveusement.

— En tout cas, dit Mathieu, j'ai peur qu'elle ne recommence, ce coup-ci. Ou qu'elle n'invente quelque chose, tu verras.

Ce ton, ce ton de détachement protecteur, n'était-ce pas un mensonge? Tout ce qui pouvait s'exprimer par des paroles, il le disait. « Mais il n'y a pas que les paroles! »

Il hésita un instant puis il baissa la tête, découragé : Marcelle n'ignorait rien de son affection pour Ivich; elle aurait même accepté qu'il l'aimât. Elle n'exigeait qu'une chose en somme : qu'il parlât d'Ivich précisément sur ce ton. Mathieu n'avait pas cessé de caresser le dos de Marcelle et Marcelle commençait à battre des paupières : elle aimait qu'il lui caressât le dos, surtout à la naissance des reins et entre les omoplates. Mais soudain elle se dégagea et son visage se durcit. Mathieu lui dit :

— Écoute, Marcelle, je me fous qu'Ivich soit collée, elle n'est pas plus faite que moi pour être médecin. De toute façon, même si elle passait le P. C. B. elle tournerait de l'œil à la première dissection, l'an prochain, et ne remettrait plus les pieds à la Faculté. Mais si ça ne marche pas cette fois-ci, elle va faire une connerie. En cas d'échec, sa famille ne veut pas la laisser recommencer.

Marcelle lui demanda d'une voix précise :

— Quel genre de connerie veux-tu dire au juste?

— Je ne sais pas, dit-il décontenancé.

— Ah! Je te connais bien, mon pauvre vieux. Tu n'oses pas l'avouer mais tu as peur qu'elle ne se fiche une balle dans la peau. Et ça prétend avoir horreur du romanesque. Dis donc, on dirait que tu ne l'as jamais vue, sa peau? Moi, j'aurais la frousse de la fêler, rien qu'en passant le doigt dessus. Et tu t'imagines que les poupées qui ont ces peaux-là vont se détériorer à coups de revolver? Je peux très bien me la représenter affalée sur une chaise, tous ses cheveux dans la figure et se fascinant sur un mignon petit browning posé devant elle, c'est très russe. Mais quant à me figurer autre chose, non, non et non! Un revolver, mon vieux, c'est fait pour nos peaux de crocodile.

Elle appuya son bras contre celui de Mathieu. Il avait la peau plus blanche que Marcelle.

— Regarde ça, mon vieux, la mienne surtout, on dirait du maroquin.

Elle se mit à rire :

— Tu ne trouves pas que j'ai tout ce qu'il faut pour faire une écumoire? Je me figure un joli petit trou bien rond sous mon sein gauche, avec des bords nets et propres et tout rouges. Ça ne serait pas vilain.

Elle riait toujours. Mathieu lui mit la main sur la bouche :

— Tais-toi, tu vas réveiller la vieille.

Elle se tut. Il lui dit :

— Comme tu es nerveuse!

Elle ne répondit pas. Mathieu posa la main sur la jambe de Marcelle et la caressa doucement. Il aimait cette chair beurreuse avec ses poils doux sous les caresses, comme mille frissons ténus. Marcelle ne bougea pas : elle regardait la main de Mathieu. Mathieu finit par ôter sa main.

— Regarde-moi, dit-il.

Il vit un instant ses yeux cernés, le temps d'un regard hautain et désespéré.

— Qu'est-ce que tu as?

— Je n'ai rien, dit-elle en détournant la tête.

C'était toujours comme ça avec elle : elle était nouée. Tout à l'heure, elle ne pourrait plus se retenir : elle éclaterait. Il n'y avait rien à faire, qu'à tuer le temps jusqu'à ce moment-là. Mathieu redoutait ces explosions silencieuses : la passion dans cette chambre-coquillage était insoutenable, parce qu'il fallait l'exprimer à voix basse et sans geste pour ne pas réveiller Mᵐᵉ Duffet. Mathieu se leva, marcha jusqu'à l'armoire et prit le bout de carton dans la poche de son veston.

— Tiens, regarde.

— Qu'est-ce que c'est?

— C'est un type qui me l'a passé tout à l'heure dans la rue. Il avait l'air sympathique et je lui ai donné un peu d'argent.

Marcelle prit la carte avec indifférence. Mathieu se sentit lié au type par une espèce de complicité. Il ajouta :

— Tu sais, pour lui, ça représentait quelque chose.

— C'était un anarchiste?

— Je ne sais pas. Il voulait m'offrir un verre.

— Tu as refusé?

— Oui.

— Pourquoi? demanda Marcelle négligemment. Ça pouvait être amusant.

— Bah! dit Mathieu.

Marcelle releva la tête et considéra la pendule d'un air myope et amusé.

— C'est curieux, dit-elle, ça m'agace toujours quand tu me racontes des choses comme ça : et Dieu sait s'il y en a à présent. Ta vie est pleine d'occasions manquées.

— Tu appelles ça une occasion manquée?

— Oui. Autrefois tu aurais fait n'importe quoi pour provoquer cette sorte de rencontres.

— J'ai peut-être un peu changé, dit Mathieu, avec bonne volonté. Qu'est-ce que tu crois? Que j'ai vieilli?

— Tu as trente-quatre ans, dit simplement Marcelle.

Trente-quatre ans. Mathieu pensa à Ivich et il eut un petit sursaut de déplaisir.

— Oui... Écoute, je ne crois pas que ce soit ça; c'était plutôt par scrupule. Tu comprends, je n'aurais pas été dans le coup.

— C'est si rare, à présent, que tu sois dans le coup, dit Marcelle.

Mathieu ajouta vivement :

— Lui non plus, d'ailleurs, il n'aurait pas été dans le coup : quand on est saoul, on fait du pathétique. C'est ça que je voulais éviter.

Il pensa : « Ce n'est pas tout à fait vrai; je n'ai pas tant réfléchi. » Il voulut faire un effort de sincérité. Mathieu et Marcelle avaient convenu qu'ils se diraient toujours tout.

— Ce qu'il y a... dit-il.

Mais Marcelle s'était mise à rire. Un roucoulement bas et doux comme lorsqu'elle lui caressait les cheveux en lui disant : « Mon pauvre vieux. » Pourtant elle n'avait pas l'air tendre.

— Je te reconnais bien là, dit-elle. Ce que tu as peur du pathétique! Et puis après? Quand même tu aurais fait un peu de pathétique avec ce pauvre garçon? Où serait le mal?

— A quoi ça m'aurait-il avancé? demanda Mathieu.

C'était contre lui-même qu'il se défendait.

Marcelle eut un sourire sans amabilité : « Elle me cherche », pensa Mathieu déconcerté. Il se sentait pacifique et un peu abruti, de bonne humeur en somme, et il n'avait pas envie de discuter.

— Écoute, dit-il, tu as tort de faire un plat de cette histoire. D'abord, je n'avais pas le temps : j'allais chez toi.

— Tu as parfaitement raison, dit Marcelle. Ça n'est rien. Absolument rien, si l'on veut; il n'y a pas de quoi fouetter un chat... Mais c'est tout de même symptomatique.

Mathieu sursauta : si seulement elle avait bien voulu ne pas se servir de mots si rebutants.

— Allons, vas-y, dit-il. Qu'est-ce que tu vois là-dedans de si intéressant.

— Eh bien, dit-elle, c'est toujours ta fameuse lucidité. Tu es amusant, mon vieux, tu as une telle frousse d'être ta propre dupe que tu refuserais la plus belle aventure du monde plutôt que de risquer de te mentir.

— Ben oui, dit Mathieu, tu le sais bien. Il y a longtemps qu'on l'a dit.

Il la trouvait injuste. Cette « lucidité » (il détestait ce terme, mais Marcelle l'avait adopté depuis quelque temps. L'hiver précédent, c'était « urgence » : les mots ne lui faisaient guère plus d'une saison) cette lucidité, ils en avaient pris l'habitude ensemble, ils en étaient responsables, l'un vis-à-vis de l'autre, ce n'était rien de moins que le sens profond de leur amour. Quand Mathieu avait pris ses engagements envers Marcelle, il avait renoncé pour toujours aux pensées de solitude, aux fraîches pensées ombreuses et timides qui glissaient en lui autrefois avec la vivacité furtive des poissons. Il ne pouvait aimer Marcelle qu'en toute lucidité : elle était sa lucidité, son compagnon, son témoin, son conseiller, son juge.

— Si je me mentais, dit-il, j'aurais l'impression de te mentir du même coup. Ça me serait insupportable.

— Oui, dit Marcelle.

Elle n'avait pas l'air très convaincue.

— Tu n'as pas l'air très convaincue?

— Si, dit-elle mollement.

— Tu crois que je me mens?

— Non... enfin on ne peut jamais savoir. Mais je ne pense pas. Seulement, sais-tu ce que je crois? Que tu es en train de te stériliser un peu. J'ai pensé ça aujourd'hui. Oh! tout est net et propre, chez toi; ça sent le blanchissage; c'est comme si tu t'étais passé à l'étuve. Seulement ça manque d'ombre. Il n'y a plus rien d'inutile, plus rien d'hésitant ni de louche. C'est torride. Et ne dis pas que c'est pour moi que tu fais ça : tu suis ta pente ; tu as le goût de t'analyser.

Mathieu était déconcerté. Marcelle se montrait souvent assez dure; elle restait toujours sur ses gardes, un peu agressive, un peu méfiante et si Mathieu n'était pas de son avis elle croyait souvent qu'il voulait la dominer. Mais il avait rarement senti en elle cette volonté arrêtée de lui être désagréable. Et puis, il y avait cette photo, sur le lit... Il dévisagea Marcelle avec inquiétude : le moment n'était pas encore venu où elle se laisserait décider à parler.

— Ça ne m'intéresse pas tant que ça de me connaître, dit-il simplement.

— Je sais, dit Marcelle, ce n'est pas un but, c'est un moyen. C'est pour te libérer de toi-même; te regarder, te juger : c'est ton attitude préférée. Quand tu te regardes, tu te figures que tu n'es pas ce que tu regardes, que tu n'es rien. Au fond, c'est ça ton idéal : n'être rien.

— N'être rien, répéta lentement Mathieu. Non. Ce n'est pas ça. Écoute : je... je voudrais ne me tenir que de moi-même.

— Oui. Être libre. Totalement libre. C'est ton vice.

— Ça n'est pas un vice, dit Mathieu. C'est... Que veux-tu qu'on fasse d'autre?

Il était agacé : tout cela, il l'avait expliqué cent fois à Marcelle et elle savait que c'était ce qui lui tenait le plus à cœur.

— Si... si je n'essayais pas de reprendre mon existence à mon compte, ça me semblerait tellement absurde d'exister.

Marcelle avait pris l'air rieur et buté :

— Oui, oui... c'est ton vice.

Mathieu pensa : « Elle m'énerve quand elle fait l'espiègle. » Mais il eut des remords et dit doucement :

— Ça n'est pas un vice : c'est comme ça que je suis.

— Pourquoi les autres ne sont-ils pas comme ça, si ça n'est pas un vice?

— Ils sont comme ça, seulement ils ne s'en rendent pas compte.

Marcelle avait cessé de rire, il y avait un pli dur et triste au coin de ses lèvres.

— Moi, je n'ai pas tant besoin d'être libre, dit-elle.

Mathieu regarda sa nuque inclinée et se sentit mal à son aise : c'étaient toujours ces remords, ces remords absurdes, qui le hantaient quand il était avec elle. Il pensa qu'il ne se mettait jamais à la place de Marcelle : « La liberté dont je lui parle c'est une liberté d'homme bien portant. » Il lui posa la main sur le cou et serra doucement entre ses doigts cette chair onctueuse, déjà un peu usée.

— Marcelle? Tu es embêtée?

Elle tourna vers lui des yeux un peu troubles :

— Non.

Ils se turent. Mathieu avait du plaisir au bout des doigts. Juste au bout des doigts. Il descendit lentement sa main le long du dos de Marcelle et Marcelle baissa les paupières; il vit ses longs cils noirs. Il l'attira contre lui : il n'avait pas exactement de désir pour elle en cet instant, c'était plutôt l'envie de voir cet esprit rétif et anguleux fondre comme une aiguille de glace au soleil. Marcelle laissa rouler sa tête sur l'épaule de Mathieu et il vit de près sa peau brune, ses cernes bleuâtres et grenus. Il pensa : « Bon Dieu! ce qu'elle vieillit. » Et il pensa aussi qu'il était vieux. Il se pencha sur elle avec une sorte de malaise : il aurait voulu s'oublier et l'oublier. Mais il y avait beau temps qu'il ne s'oubliait plus quand il faisait l'amour avec elle. Il l'embrassa sur la bouche, elle avait une belle bouche juste et sévère. Elle glissa tout doucement en arrière et se renversa sur le lit, les yeux clos, pesante, défaite; Mathieu se leva, ôta son pantalon et sa chemise, les déposa, pliés au pied du lit, puis il s'étendit contre elle. Mais il vit qu'elle avait les yeux grands ouverts et fixes, elle regardait le plafond, les mains croisées sous sa tête.

— Marcelle, dit-il.

Elle ne répondit pas; elle avait l'air mauvais; et puis brusquement, elle se redressa. Il se rassit sur le bord du lit, gêné de se sentir nu.

— A présent, dit-il fermement, tu vas me dire ce qu'il y a.

— Il n'y a rien, dit-elle d'une voix veule.

— Si, dit-il avec tendresse. Il y a quelque chose qui te tracasse, Marcelle! Est-ce qu'on ne se dit pas tout?

— Tu n'y peux rien et ça va t'embêter.

Il lui caressa légèrement les cheveux :

— Vas-y tout de même.

— Eh bien, ça y est.

— Quoi? qu'est-ce qui y est?

— Ça y est!

Mathieu fit la grimace :

— Tu en es sûre?

— Tout à fait sûre. Tu sais que je ne m'affole jamais : ça fait deux mois de retard.

— Merde! dit Mathieu.

Il pensait : « Il y a au moins trois semaines qu'elle aurait dû me le dire. » Il avait envie de faire quelque chose de ses mains : par exemple bourrer sa pipe; mais sa pipe était dans l'armoire avec son veston. Il prit une cigarette sur la table de nuit et la reposa aussitôt.

— Alors, voilà! Tu sais ce qu'il y a, dit Marcelle. Qu'est-ce qu'on fait?

— Eh bien on... on le fait passer, non?

— Bon. Eh bien, j'ai une adresse, dit Marcelle.

— Qui te l'a donnée?

— Andrée. Elle y a été.

— C'est la bonne femme qui l'a salopée l'année dernière? Dis donc, elle en a eu pour six mois avant de se remettre. Je ne veux pas.

— Alors? Tu veux être père?

Elle se dégagea, se rassit à quelque distance de Mathieu. Elle avait l'air dur, mais pas un air d'homme. Elle avait posé ses mains à plat sur ses cuisses et ses bras ressemblaient à deux anses de terre cuite. Mathieu remarqua que son visage était devenu gris. L'air était rose et sucré, on respirait du rose, on en mangeait : et puis il y avait ce visage gris, il y avait ce regard fixe, on aurait dit qu'elle s'empêchait de tousser.

— Attends, dit Mathieu, tu me dis ça comme ça, brusquement : on va réfléchir.

Les mains de Marcelle commencèrent à trembler; elle dit avec une passion subite :

— Je n'ai pas besoin que tu réfléchisses; ça n'est pas à toi d'y réfléchir.

Elle avait tourné la tête vers lui et le regardait. Elle regarda le cou, les épaules et les flancs de Mathieu, puis son regard descendit encore. Elle avait l'air étonné. Mathieu rougit violemment et serra les jambes.

— Tu n'y peux rien, répéta Marcelle. Elle ajouta avec une ironie pénible :

— A présent, c'est une affaire de femme.

Sa bouche se pinça sur les derniers mots : une bouche vernie avec des reflets mauves, un insecte écarlate, occupé à dévorer ce visage cendreux. « Elle est humiliée, pensa Mathieu, elle me hait. » Il avait envie de vomir. La chambre semblait s'être tout à coup vidée de sa fumée rose; il y avait de grands vides entre les objets. Mathieu pensa : « Je lui ai fait *ça!* » Et la lampe, la glace avec ses reflets de plomb, la pendulette, la bergère, l'armoire entre-bâillée lui parurent soudain des mécaniques impitoyables : on les avait déclenchées et elles déroulaient dans le vide leurs grêles existences, avec un entêtement raide, comme un dessous de plat à musique obstiné à jouer sa ritournelle. Mathieu se secoua, sans pouvoir s'arracher à ce monde sinistre et aigrelet. Marcelle n'avait pas bougé, elle regardait toujours le ventre de Mathieu et cette fleur coupable, qui reposait douillettement sur ses cuisses avec un air impertinent d'innocence. Il savait qu'elle avait envie de crier et de sangloter, mais qu'elle ne le ferait pas, de peur d'éveiller Mme Duffet. Il saisit brusquement Marcelle par la taille et l'attira vers lui. Elle s'abattit sur son épaule et renifla trois ou quatre fois, sans larme. C'était tout ce qu'elle pouvait se permettre : un orage à blanc.

Quand elle releva la tête, elle était calmée. Elle dit, d'une voix positive :

— Excuse-moi, mon vieux, j'avais besoin d'une détente : je me tiens depuis ce matin. Naturellement, je ne te reproche rien.

— Tu en aurais bien le droit, dit Mathieu. Je ne suis pas fier. C'est la première fois... Nom de Dieu, quelle saleté! J'ai fait la connerie et c'est toi qui la paies. Enfin, ça y est, ça y est. Écoute, qu'est-ce que c'est que cette bonne femme, où habite-t-elle?

— 24, rue Morère. Il paraît que c'est une drôle de bonne femme.

— Je m'en doute. Tu dis que tu viens de la part d'Andrée?

— Oui. Elle ne prend que quatre cents francs. Tu sais, il paraît que c'est un prix dérisoire, dit soudain Marcelle d'une voix raisonnable.

— Oui, je vois ça, dit Mathieu avec amertume, en somme, c'est une occasion.

Il se sentait gauche comme un fiancé. Un grand type gauche et tout nu qui avait fait un malheur et qui souriait gentiment pour se faire oublier. Mais elle ne pouvait pas l'oublier : elle voyait ses cuisses blanches, musclées, un peu courtes, sa nudité satisfaite et péremptoire. C'était un cauchemar grotesque. « Si j'étais elle, j'aurais envie de taper sur toute cette viande. » Il dit :

— C'est justement ça qui m'inquiète : elle ne prend pas assez.

— Eh bien merci, dit Marcelle. Encore heureux qu'elle demande si peu : justement je les ai, les quatre cents francs, c'était pour ma couturière, mais elle attendra. Et tu sais, ajouta-t-elle avec force, je suis persuadée qu'elle me soignera aussi bien que dans ces fameuses cliniques clandestines où on vous prend quatre mille francs comme un sou. D'ailleurs, nous n'avons pas le choix.

— Nous n'avons pas le choix, répéta Mathieu. Quand iras-tu?

— Demain, vers minuit. Il paraît qu'elle ne reçoit que la nuit. Marrant, hein? Je crois qu'elle est un peu timbrée, mais ça m'arrange plutôt, à cause de maman. Le jour elle tient une mercerie; elle ne dort presque jamais. On entre par une cour, on voit de la lumière sous une porte, c'est là.

— Bon, dit Mathieu, eh bien! je vais y aller.

Marcelle le regarda avec stupeur :

— Tu n'es pas fou? Elle te mettra dehors, elle te prendra pour un type de la police.

— Je vais y aller, répéta Mathieu.

— Mais pourquoi? Qu'est-ce que tu lui diras?

— Je veux me rendre compte, je verrai ce que c'est. Si ça ne me plaît pas, tu n'iras pas. Je ne veux pas que tu te fasses charcuter par une vieille folle. Je dirai que je viens de la part d'Andrée, que j'ai une amie qui a des ennuis mais qu'elle est grippée en ce moment, n'importe quoi.

— Et alors? Où est-ce que j'irai, si ça ne marche pas?

— On a bien deux jours pour se retourner, hein? J'irai voir Sarah demain, elle connaît sûrement quelqu'un. Tu te rappelles, au début, ils ne voulaient pas d'enfants.

Marcelle semblait un peu détendue, elle lui flatta la nuque :

— Tu es gentil, mon chéri, je ne sais pas trop ce que tu vas fabriquer, mais je comprends que tu veuilles faire quelque chose; tu voudrais bien qu'on t'opère à ma place, hein? Elle lui mit ses beaux bras autour du cou et ajouta sur un ton de résignation comique :

— Si tu demandes à Sarah, ça sera sûrement un youpin.

Mathieu l'embrassa et elle devint toute molle. Elle dit :

— Mon chéri, mon chéri.

— Enlève ta chemise.

Elle obéit et il la renversa sur le lit; il lui caressa les seins. Il aimait leurs larges pointes de cuir, bordées par des boursouflures fiévreuses. Marcelle soupirait, les yeux clos, passive et gourmande. Mais ses paupières se crispaient. Le trouble s'attarda un moment, posé sur Mathieu comme une main tiède. Et puis, soudain, Mathieu pensa : « Elle est enceinte. » Il se rassit. Sa tête bourdonnait encore d'une aigre musique.

— Écoute, Marcelle, ça ne gaze pas, aujourd'hui. Nous sommes trop nerveux, tous les deux. Pardonne-moi.

Marcelle eut un petit grognement endormi puis elle se leva brusquement et se mit à fourrager à deux mains dans ses cheveux.

— C'est comme tu veux, dit-elle avec froideur.

Elle ajouta plus aimablement :

— Au fond, tu as raison, nous sommes trop nerveux. Je désirais tes caresses, mais j'avais de l'appréhension.

— Hélas, dit Mathieu, le mal est fait, nous n'avons plus rien à craindre.

— Je sais, mais ça n'était pas raisonné. Je ne sais pas comment te dire : tu me fais un peu peur, mon chéri.

Mathieu se leva.

— Bon. Eh bien, je vais aller voir cette vieille.

— Oui. Tu me téléphoneras demain pour me dire ce qui en est.

— Je ne peux pas te voir demain soir? Ça serait plus simple.

— Non, pas demain soir. Après-demain, si tu veux.

Mathieu avait enfilé sa chemise et son pantalon. Il embrassa Marcelle sur les yeux :

— Tu ne m'en veux pas?

— Ce n'est pas ta faute. C'est arrivé une seule fois en sept ans, tu n'as rien à te reprocher. Et moi, je ne te dégoûte pas, au moins?

— Tu es folle.

— Tu sais, je me dégoûte un peu moi-même, je me fais l'effet d'être un gros tas de nourriture.

— Mon petit, dit Mathieu tendrement, mon pauvre petit. Avant huit jours tout sera réglé, je te le promets.

Il ouvrit la porte sans bruit et se glissa au dehors en tenant ses souliers à la main. Sur le palier, il se retourna : Marcelle était restée assise sur le lit. Elle lui souriait, mais Mathieu eut l'impression qu'elle lui gardait rancune.

*
* *

Quelque chose se décrocha dans ses yeux fixes et ils roulèrent à l'aise dans ses orbites. Elle ne le regardait plus, il ne lui devait plus compte de ses regards. Cachée par ses vêtements sombres et par la nuit, sa chair coupable se sentait à l'abri, elle retrouvait peu à peu sa tiédeur et son innocence, elle recommençait à s'épanouir sous les étoffes, la burette, apporter la burette après-demain, comment vais-je faire pour m'en souvenir? Il était seul.

Il s'arrêta, transpercé : ça n'était pas vrai, il n'était pas seul, Marcelle ne l'avait pas lâché; elle pensait à lui, elle pensait : « Le salaud, il m'a fait ça, il s'est oublié en moi comme un gosse qui fait dans ses draps. » Il avait beau s'en aller à grands pas dans la rue déserte, noir, anonyme, enfoncé dans ses vêtements jusqu'au cou, il ne lui échapperait pas. La conscience de Marcelle était restée là-bas, pleine de malheurs et de cris et Mathieu ne l'avait pas quittée : il était là-bas, dans la chambre rose, nu et sans défense devant cette lourde transparence, plus gênante qu'un regard. « Une seule fois », se dit-il avec rage. Il répéta à mi-voix pour convaincre Marcelle : « Une seule fois, en sept ans! » Marcelle ne se laissait pas convaincre : elle était restée dans la chambre et elle pensait à Mathieu. C'était intolérable d'être ainsi jugé, haï là-bas, en silence. Sans pouvoir se défendre, ni même se cacher le ventre avec les mains. Si seulement, à la même seconde, il avait pu exister pour d'autres avec cette force... Mais Jacques et Odette dormaient; Daniel était saoul ou abruti. Ivich ne pensait jamais aux absents. Boris peut-être... Mais la conscience de Boris n'était qu'un tout petit éclair trouble, elle ne pouvait lutter contre cette lucidité farouche et immobile qui fascinait Mathieu à distance. La nuit avait enseveli la plupart des consciences : Mathieu était seul avec Marcelle dans la nuit. Un couple.

Il y avait de la lumière chez Camus. Le patron entassait les chaises les unes sur les autres; la serveuse fixait un volet de bois contre l'un des battants de la porte. Mathieu poussa l'autre battant et entra. Il avait envie de se faire voir. Simplement de se faire voir. Il s'accouda au comptoir :

— Bonsoir tout le monde.

Le patron le regarda. Il y avait aussi un receveur de la T. C. R. P. qui buvait un pernod, sa casquette sur les yeux. Des consciences.

Des consciences affables et distraites. Le receveur rejeta sa casquette en arrière d'une chiquenaude et regarda Mathieu. La conscience de Marcelle lâcha prise et se dilua dans la nuit.

— Donnez-moi un demi.

— Vous vous faites rare, dit le patron.

— C'est pourtant pas faute d'avoir soif.

— Ça c'est vrai qu'il fait soif, dit le receveur. On se croirait au gros de l'été.

Ils se turent. Le patron rinçait des verres, le receveur sifflotait. Mathieu était content parce qu'ils le regardaient de temps à autre. Il vit sa tête dans la glace, elle émergeait blême et ronde d'une mer d'argent : chez Camus, on avait toujours l'impression qu'il était quatre heures du matin à cause de la lumière, une buée argentée qui tirait les yeux et blanchissait les visages, les mains, les pensées. Il but. Il pensa : « Elle est enceinte. C'est marrant : je n'ai pas l'impression que c'est vrai. » Ça lui paraissait choquant et grotesque, comme quand on voit un vieux et une vieille qui s'embrassent sur la bouche : après sept ans ces trucs-là ne devraient pas arriver. « Elle est enceinte. » Dans son ventre, il y avait une petite marée vitreuse qui gonflait doucement, à la fin ça serait comme un œil : « Ça s'épanouit au milieu des cochonneries qu'elle a dans le ventre, c'est vivant. » Il vit une longue épingle qui avançait en hésitant dans la pénombre. Il y eut un bruit mou et l'œil éclata, crevé : il ne resta plus qu'une membrane opaque et sèche. «Elle ira chez cette vieille; elle va se faire charcuter. » Il se sentait vénéneux. « Ça va. » Il se secoua : c'étaient des pensées blêmes, des pensées de quatre heures du matin.

— Bonsoir.

Il paya et sortit.

« Qu'est-ce que j'ai fait? » Il marchait doucement, en essayant de se rappeler. «Il y a deux mois...» Il ne se rappelait rien du tout ou alors il fallait que ça soit au lendemain des vacances de Pâques. Il avait pris Marcelle dans ses bras, comme d'habitude, par tendresse, sans doute, par tendresse plutôt que par désir; et maintenant... Il avait été roulé. « Un gosse. Je croyais lui donner du plaisir et je lui ai fait un gosse. Je n'ai rien compris à ce que je faisais. A présent, je vais filer quatre cents francs à cette vieille, elle va enfoncer son outil entre les jambes de Marcelle et racler; la vie s'en ira comme elle est venue; et moi je serai couillon comme devant; en détruisant cette vie, pas plus qu'en la créant, je n'aurai su ce que je faisais. » Il eut un petit rire sec :« Et les autres? Ceux qui ont décidé gravement d'être pères et qui se sentent des géniteurs, quand ils regardent le ventre de leur femme, est-ce qu'ils comprennent mieux que moi?

sont allés à l'aveuglette, en trois coups de queue. Le reste c'est du travail en chambre noire et dans la gélatine, comme la photographie. Ça se fait sans eux. » Il entra dans une cour et vit de la lumière sous une porte : « C'est là. » Il avait honte.

Mathieu frappa :

— Qu'est-ce que c'est, dit une voix.

— Je voudrais vous parler.

— Ce n'est pas une heure pour venir chez les gens.

— Je viens de la part d'Andrée Besnier.

La porte s'entrouvrit. Mathieu vit une mèche de cheveux jaunes et un grand nez.

— .... vous voulez? Ne venez pas me faire le coup de ...... de la ruffiière chez moi toute la nuit, si ça me plaît. Si vous êtes inspecteur, vous n'avez qu'à me montrer votre carte.

— Je ne suis pas de la police, dit Mathieu. J'ai un ennui. On m'a dit que je pouvais m'adresser à vous.

— Entrez.

Mathieu entra. La vieille portait un pantalon d'homme et une blouse à fermeture éclair. Elle était très maigre, avec des yeux fixes et durs.

— Vous connaissez Andrée Besnier?

Elle le dévisageait d'un air furieux.

— Oui, dit Mathieu. Elle est venue vous voir l'an dernier vers Noël parce qu'elle était embêtée; elle a été assez malade et vous êtes allée quatre fois chez elle pour la soigner.

— Et après?

Mathieu regardait les mains de la vieille. C'étaient des mains d'homme, d'étrangleur. Elles étaient crevassées, gercées, avec des ongles ras et noirs et des cicatrices, des coupures. Sur la première phalange du pouce gauche, il y avait des ecchymoses violettes et une grosse croûte noire. Mathieu frissonna en pensant à la tendre chair brune de Marcelle.

— Je ne viens pas pour elle, dit-il, je viens pour une de ses amies.

La vieille eut un rire sec.

— C'est la première fois qu'un homme a le culot de venir parader devant moi. Je ne veux pas avoir affaire aux hommes, comprenez-vous?

La pièce était sale et en désordre. Il y avait des caisses partout et de la paille sur le sol carrelé. Sur une table Mathieu vit une bouteille de rhum et un verre à demi plein.

— Je suis venu parce que mon amie m'a envoyé. Elle ne peut pas venir aujourd'hui, elle m'a prié de m'entendre avec vous.

Au fond de la pièce une porte était entrouverte. M
juré qu'il y avait quelqu'un derrière cette porte. La vie

— Ces pauvres gosses, elles sont trop bêtes. Il n'y a q
regarder pour voir que vous êtes le genre de type à faire un malheur,
à renverser des verres ou à casser des glaces. Et malgré ça elles
vous confient ce qu'elles ont de plus précieux. Après tout, elles
n'ont que ce qu'elles méritent.

Mathieu resta poli.

— J'aurais voulu voir où vous opérez.

La vieille lui lança un regard haineux et défiant :

— Mais dites donc! Qui est-ce qui vous dit que je voir affaire. Vous
parlez-vous? De quoi vous mêlez-vous que je veux avoir affaire. Vous
qu'elle vienne. C'est à elle seule que je veux avoir affaire. Vous
vouliez vous rendre compte, hein? Est-ce qu'elle a demandé à se
rendre compte avant de se mettre entre vos pattes? Vous avez fait
un malheur. Bon. Eh bien, souhaitez que je sois plus habile que vous,
c'est tout ce que je peux vous dire. Adieu.

— Au revoir, madame, dit Mathieu.

Il sortit. Il se sentait délivré. Il s'en retourna doucement vers
l'avenue d'Orléans; pour la première fois depuis qu'il l'avait quittée,
il pouvait penser à Marcelle sans angoisse, sans horreur, avec une
tristesse tendre. « J'irai chez Sarah demain », pensa-t-il.

II

Boris regardait la nappe à carreaux rouges et pensait à Mathieu Delarue. Il pensait : « Ce type-là est bien. » L'orchestre s'était tu, l'air était tout bleu et les gens parlaient entre eux. Boris connaissait tout le monde dans l'étroite petite salle : ça n'était pas des gens qui venaient pour rigoler; ils s'amenaient après leur boulot, ils étaient graves et ils avaient faim. Le nègre en face de Lola, c'était le chanteur du « Paradise »; les six types du fond avec leurs bonnes femmes, c'étaient les musiciens de « Nénette ». Il leur était certainement arrivé quelque chose, un bonheur inattendu, peut-être un engagement pour l'été (ils avaient vaguement parlé l'avant-veille d'une boîte à Constantinople) parce qu'ils avaient commandé du champagne et, d'ordinaire, ils étaient plutôt radins. Boris vit aussi la blonde qui dansait en matelot à « la Java ». Le grand maigre à lunettes qui fumait un cigare, c'était le directeur d'une boîte de la rue Tholozé que la préfecture de police venait de faire fermer. Il disait qu'on la rouvrirait bientôt parce qu'il avait des appuis en haut lieu. Boris regrettait amèrement de n'y être pas allé, il irait sûrement si elle rouvrait. Le type était avec une petite tapette qui, de loin, avait l'air plutôt charmante, un blond avec un visage mince, qui ne faisait pas trop de manières et qui avait de la grâce. Boris ne blairait pas beaucoup les pédérastes parce qu'ils étaient tout le temps après lui, mais Ivich les appréciait, elle disait : « Ceux-là, au moins, ils ont le courage de ne pas être comme tout le monde. » Boris était plein de considération pour les opinions de sa sœur et il faisait des efforts loyaux pour estimer les tantes. Le nègre mangeait une choucroute. Boris pensa : « Je n'aime pas la choucroute. » Il aurait voulu savoir le nom du plat qu'on avait servi à la danseuse de « la Java » : un truc brun qui avait l'air bon. Il y avait une tache de vin rouge sur la nappe. Une belle tache, on aurait dit que la nappe était de satin à cet endroit-là; Lola avait répandu un peu de sel sur la tache, parce qu'elle était soigneuse.

Le sel était rose. Ce n'est pas vrai que le sel boit les taches. Il faillit
dire à Lola que le sel ne buvait pas les taches. Mais il aurait fallu
parler : Boris sentait qu'il ne pouvait pas parler. Lola était à côté de
lui, lasse et toute chaude et Boris ne pouvait pas s'arracher le moindre
mot, sa voix était morte. Je serais comme ça si j'étais muet. C'était
voluptueux, sa voix flottait au fond de sa gorge, douce comme du
coton et elle ne pouvait plus sortir, elle était morte. Boris pensa :
« J'aime bien Delarue » et il se réjouit. Il se serait réjoui davantage
s'il n'avait senti, avec tout son côté gauche, de la tempe jusqu'au
flanc, que Lola le regardait. Sûrement c'était un regard passionné,
Lola ne pouvait guère le regarder autrement. C'était un peu gênant
parce que les regards passionnés appellent en retour des gestes
aimables ou des sourires; et Boris n'aurait pas pu faire le moindre
mouvement. Il était paralysé. Seulement, ça n'avait pas trop d'importance : il n'était pas censé voir le regard de Lola : il le devinait, mais
ça c'était son affaire. Là, tourné comme il était, avec les cheveux
dans les yeux, il ne voyait pas le moindre petit bout de Lola, il
pouvait fort bien supposer qu'elle regardait la salle et les gens. Boris
n'avait pas sommeil, il était plutôt à son aise parce qu'il connaissait
tout le monde dans la salle; il vit la langue rose du nègre; Boris avait
de l'estime pour ce nègre : une fois le nègre s'était déchaussé, il avait
pris une boîte d'allumettes entre ses doigts de pieds, il l'avait ouverte,
en avait retiré une allumette et l'avait enflammée, toujours avec ses
pieds. « Ce mec-là est formidable, pensa Boris avec admiration. Tout
le monde devrait savoir se servir de ses pieds comme de ses mains. »
Son côté gauche lui faisait mal à force d'être regardé : il savait que
le moment approchait où Lola lui demanderait : « A quoi penses-tu? »
Il était absolument impossible de retarder cette question, ça ne
dépendait pas de lui : Lola la poserait à son heure, avec une espèce de
fatalité. Boris avait l'impression de jouir d'un tout petit morceau de
temps, infiniment précieux. Au fond, c'était plutôt agréable : Boris
voyait la nappe, il voyait le verre de Lola (Lola avait soupé; elle ne
dînait jamais avant son tour de chant). Elle avait bu du Château
Gruau, elle se soignait bien, elle se passait une foule de petits caprices
parce qu'elle était si désespérée de vieillir. Il restait un peu de vin
dans le verre, on aurait dit du sang poussiéreux. Le jazz se mit à
jouer : *If the moon turns green* et Boris se demanda : « Est-ce que je
saurais chanter cet air-là? » Ç'aurait été fameux de se balader rue
Pigalle, au clair de lune, en sifflant un petit air. Delarue lui avait dit :
« Vous sifflez comme un cochon. » Boris se mit à rire en lui-même et
il pensa : « Ce con-là! » Il débordait de sympathie pour Mathieu.
Il jeta un petit coup d'œil de côté, sans bouger la tête, et il aperçut

les yeux lourds de Lola au-dessous d'une somptueuse mèche de cheveux roux. Au fond, ça se supportait très bien, un regard. Il suffisait de s'habituer à cette chaleur particulière qui vient embraser votre visage quand vous sentez que quelqu'un vous observe passionnément. Boris livrait docilement aux regards de Lola, son corps, sa nuque maigre et ce profil perdu qu'elle aimait tant; à ce prix, il pouvait s'enfouir profondément en lui-même et s'occuper des petites pensées plaisantes qui lui venaient.

— A quoi penses-tu? demanda Lola.

— A rien.

— On pense toujours à quelque chose.

— Je pensais à rien, dit Boris.

— Même pas que tu aimais l'air qu'ils jouent ou que tu voudrais apprendre les claquettes?

— Si, des trucs comme ça.

— Tu vois. Pourquoi ne me les dis-tu pas? Je voudrais savoir tout ce que tu penses.

— Ça ne se dit pas, ça n'a pas d'importance.

— Ça n'a pas d'importance! On croirait qu'on ne t'a donné une langue que pour parler de philosophie avec ton prof.

Il la regarda et lui sourit : « Je l'aime bien parce qu'elle est rousse et qu'elle a l'air vieux. »

— Drôle de gosse, dit Lola.

Boris cligna des yeux et prit un air suppliant. Il n'aimait pas qu'on lui parlât de lui; c'était toujours si compliqué, il s'y perdait. Lola avait l'air d'être en colère mais c'était simplement qu'elle l'aimait avec passion et qu'elle se tourmentait à cause de lui. Il y avait des moments comme ça où c'était plus fort qu'elle, elle se faisait des cheveux sans raison, elle regardait Boris avec égarement, elle ne savait plus que faire de lui et ses mains s'agitaient toutes seules. Au début Boris s'en étonnait mais à présent il s'y était habitué. Lola mit sa main sur la tête de Boris :

— Je me demande ce qu'il y a là-dedans, dit-elle. Ça me fait peur.

— Pourquoi? Je te jure que c'est innocent, dit Boris en riant.

— Oui, mais je ne peux pas te dire...ça vient tout seul, je n'y suis pour rien, chacune de tes pensées est une petite fuite. Elle lui ébouriffa les cheveux.

— Ne relève pas ma mèche, dit Boris. J'aime pas qu'on voie mon front.

Il lui prit la main, la caressa un peu et la reposa sur la table.

— Tu es là, tu es tout tendre, dit Lola, je crois que tu es bien avec moi et puis, tout d'un coup, plus personne, je me demande où tu es parti.

— Je suis là.

Lola le regardait de tout près. Son visage blafard était défiguré par une générosité triste, c'était précisément le genre d'air qu'elle prenait pour chanter *Les Écorchés*. Elle avançait les lèvres, ces lèvres énormes aux coins tombants qu'il avait aimées d'abord. Depuis qu'il les avait senties sur sa bouche, elles lui faisaient l'effet d'une nudité moite et fiévreuse au beau milieu d'un masque de plâtre. A présent il préférait la peau de Lola, elle était si blanche qu'elle n'avait pas l'air vrai. Lola demanda timidement :

— Tu... tu ne t'emmerdes pas avec moi?

— Je ne m'emmerde jamais.

Lola soupira et Boris pensa avec satisfaction : c'est marrant ce qu'elle a l'air vieux, elle ne dit pas son âge mais elle va sûrement chercher dans les quarante berges. Il aimait bien que les gens qui tenaient à lui eussent l'air âgé, il trouvait ça rassurant. En plus de ça, ça leur donnait une sorte de fragilité un peu terrible, qui n'apparaissait pas au premier abord parce qu'ils avaient tous la peau tannée comme du cuir. Il eut envie d'embrasser le visage bouleversé de Lola, il pensa qu'elle était crevée, qu'elle avait raté sa vie et qu'elle était seule, encore plus seule peut-être depuis qu'elle l'aimait : « Je ne peux rien pour elle », pensa-t-il avec résignation. Il la trouvait, en cet instant, formidablement sympathique.

— J'ai honte, dit Lola.

Elle avait une voix lourde et sombre comme une tenture de velours rouge.

— Pourquoi?

— Parce que tu es un môme.

Il dit :

— Je jouis quand tu dis : môme. C'est un beau mot pour ta voix à cause de l'accent circonflexe. Tu dis deux fois : même dans *Les Écorchés*, rien que pour ça j'irais t'entendre. Il y avait du monde, ce soir?

— De la bourjouille. Ça venait de je ne sais où, ça jacassait. Ils avaient envie de m'écouter comme de se pendre. Sarrunyan a dû les faire taire; j'en étais gênée, tu sais, j'avais l'impression d'être indiscrète. Ils ont tout de même applaudi quand je suis entrée.

— C'est régulier.

— J'en ai marre, dit Lola. Ça me dégoûte de chanter pour ces cons. Des types qui sont venus là parce qu'ils avaient une invitation à rendre à un ménage. Si tu les voyais s'amener tout en sourires; ils s'inclinent, ils tiennent la chaise de la bonne femme pendant qu'elle s'assied. Alors naturellement, tu les déranges, quand tu t'amènes ils te regardent de haut en bas. Boris, dit brusquement Lola, je chante pour vivre.

— Ben oui.

— Si j'avais pensé que je finirais comme ça, je n'aurais jamais commencé.

— De n'importe quelle façon, quand tu chantais au music-hall, tu vivais aussi de ton chant.

— Ça n'était pas pareil.

Il y eut un silence, puis Lola se hâta d'ajouter :

— Dis, le petit type qui chante après moi, le nouveau, je lui ai parlé ce soir. Il est courtois mais il n'est pas plus Russe que moi.

« Elle croit qu'elle m'ennuie », pensa Boris. Il se promit de lui dire une bonne fois qu'elle ne l'ennuyait jamais. Pas aujourd'hui, plus tard.

— Il a peut-être appris le russe?

— Mais toi, dit Lola, tu devrais pouvoir me dire s'il a un bon accent.

— Mes parents ont quitté la Russie en 17, j'avais trois mois.

— C'est rigolo que tu ne saches pas le russe, conclut Lola d'un air songeur.

Elle est marrante, pensa Boris, elle a honte de m'aimer parce qu'elle est plus vieille que moi. Moi, je trouve ça naturel, il faut bien qu'il y en ait un qui soit plus âgé que l'autre. Surtout c'était plus moral : Boris n'aurait pas su aimer une fille de son âge. Si les deux sont jeunes, ils ne savent pas se conduire, ça cafouille, on a toujours l'impression de jouer à la dînette. Avec les gens mûrs, c'est pas pareil. Ils sont solides, ils vous dirigent et puis leur amour a du poids. Quand Boris était avec Lola, il avait l'approbation de sa conscience, il se sentait justifié. Naturellement, il préférait la compagnie de Mathieu, parce que Mathieu n'était pas une bonne femme : un type c'est plus marrant. Et puis Mathieu lui expliquait des trucs. Seulement Boris se demandait souvent si Mathieu avait de l'amitié pour lui. Mathieu était indifférent et brutal et, bien entendu, des types, entre eux, ça ne doit jamais être tendre, mais il y a mille autres façons de montrer qu'on tient à quelqu'un et Boris trouvait que Mathieu aurait bien pu de temps en temps avoir un mot ou un geste qui marquât son affection. Avec Ivich, Mathieu était tout différent. Boris revit tout à coup le visage de Mathieu un jour qu'il aidait Ivich à mettre son manteau; il sentit à son cœur un pincement désagréable. Le sourire de Mathieu : sur cette bouche amère que Boris aimait tant, ce drôle de sourire honteux et tendre. Mais aussitôt la tête de Boris se remplit de fumée et il ne pensa plus à rien.

— Le voilà reparti, dit Lola.

Elle le regardait avec anxiété.

— A quoi pensais-tu?

— Je pensais à Delarue, dit Boris à regret.

Lola eut un sourire triste :

— Est-ce que tu ne pourrais pas aussi, quelquefois, penser un peu à moi?

— Je n'ai pas besoin de penser à toi, puisque tu es là.

— Pourquoi penses-tu toujours à Delarue? Tu voudrais être avec lui?

— Je suis content d'être ici.

— Tu es content d'être ici ou content d'être avec moi?

— C'est la même chose.

— Pour toi, c'est la même chose. Pas pour moi. Quand je suis avec toi, je me fous d'être ici ou ailleurs. D'ailleurs, je ne suis jamais contente d'être avec toi.

— Non? demanda Boris avec surprise.

— Ce n'est pas du contentement. Tu n'as pas besoin de faire la bête, tu connais très bien ça : je t'ai vu avec Delarue, tu ne sais plus où tu es quand il est là.

— Ça n'est pas pareil.

Lola approcha de lui son beau visage ruiné : elle avait l'air implorant :

— Mais regarde-moi donc, petite gueule, dis-moi pourquoi tu tiens à lui tant que ça.

— Je ne sais pas. Je n'y tiens pas tant que ça. Il est bien. Lola, ça me gêne de te parler de lui, parce que tu m'as dit que tu ne pouvais pas le blairer.

Lola eut un sourire contraint :

— Regardez-moi s'il se tortille. Mais ma petite fille, je ne t'ai pas dit que je ne pouvais pas le blairer. Simplement je n'ai jamais compris ce que tu trouvais en lui de tellement extraordinaire. Mais explique-moi, je ne demande qu'à comprendre.

Boris pensa : « Ça n'est pas vrai, j'aurai pas dit trois mots qu'elle va tousser. »

— Je trouve qu'il est sympathique, dit-il prudemment.

— Tu me dis toujours ça. Ce n'est pas précisément ce mot-là que je choisirais. Dis-moi qu'il a l'air intelligent, qu'il est instruit, je veux bien; mais pas sympathique. Enfin, je te dis mon impression; pour moi, un type sympathique c'est quelqu'un dans le genre de Maurice, quelqu'un de tout rond, mais lui, il met les gens mal à l'aise parce qu'il n'est ni chair ni poisson, il trompe son monde. Tiens, regarde ses mains.

— Qu'est-ce qu'elles ont, ses mains? Je les aime bien, moi.

— C'est des grosses mains d'ouvrier. Elles tremblent toujours un peu comme s'il venait de finir un travail de force.

— Eh ben, justement.

— Ah mais oui, mais c'est qu'il n'est pas ouvrier. Quand je le vois refermer sa grosse patte sur un verre de whisky, ça fait plutôt dur et jouisseur, je ne déteste pas, seulement ensuite, il ne faut pas le voir en train de boire, avec cette drôle de bouche qu'il a, cette bouche de clergyman. Je ne peux pas t'expliquer, je le trouve austère et puis si tu regardes ses yeux, on voit trop qu'il a de l'instruction, c'est le mec qui n'aime rien simplement, ni boire, ni manger, ni coucher avec les femmes; il faut qu'il réfléchisse sur tout, c'est comme cette voix qu'il a, une voix coupante de monsieur qui ne se trompe jamais, je sais que c'est le métier qui veut ça, quand on explique à des gosses, j'avais un instituteur qui parlait comme lui, mais moi je ne suis plus à l'école, ça me rebique; je comprends qu'on soit tout l'un ou tout l'autre, une bonne brute ou alors le genre distingué, instituteur, pasteur, mais pas les deux à la fois. Je ne sais pas s'il y a des femmes à qui ça plaît, il faut bien croire que si, mais moi je te le dis franchement, ça me dégoûterait qu'un type comme ça me touche, je n'aimerais pas sentir sur moi ses pattes de bagarreur pendant qu'il me doucherait avec son regard glacé.

Lola reprit son souffle : « Qu'est-ce qu'elle lui met », pensa Boris. Mais il était très paisible. Les gens qui l'aimaient n'étaient pas obligés de s'aimer entre eux et Boris trouvait tout naturel que chacun d'eux essayât de le dégoûter des autres.

— Je te comprends très bien, poursuivit Lola d'un air conciliant, tu ne le vois pas avec les mêmes yeux que moi, parce qu'il a été ton prof, tu es influencé; je vois ça à des tas de petits trucs; par exemple, tu es tellement sévère pour la façon dont les gens s'habillent, tu ne les trouves jamais assez élégants et justement lui, il est toujours fichu comme l'as de pique, il met des cravates dont le garçon de mon hôtel ne voudrait pas, eh bien ça t'est égal.

Boris se sentait engourdi et pacifique, il expliqua :

— Ça ne fait rien qu'on soit mal fringué quand on ne s'occupe pas de ses fringues. Ce qui est moche, c'est de vouloir épater et de rater ses effets.

— Toi, tu ne les rates pas, petite putain, dit Lola.

— Je sais ce qui me va, dit Boris modestement.

Il pensa qu'il portait un chandail bleu à grosses côtes et il fut content : c'était un beau chandail. Lola lui avait pris la main et elle la faisait sauter entre les siennes. Boris regarda sa main qui sautait et retombait et il pensa : elle n'est pas à moi, on dirait une crêpe. Il ne la sentait plus; ça l'amusa et il remua un doigt pour la faire revivre. Le doigt frôla la paume de Lola et Lola lui jeta un regard reconnaissant. C'est ça qui m'intimide, pensa Boris avec agacement. Il se dit qu'il lui aurait sûrement été plus facile de se montrer tendre si Lola n'avait pas eu aussi souvent des mines humbles et fondantes. Pour ce qui était de se faire tripoter les mains en public par une bonne femme sur le retour, ça ne le gênait pas du tout. Il pensait depuis longtemps qu'il avait le genre à ça : même quand il était seul, dans le métro par exemple, les gens le regardaient d'un air scandalisé et les petites garces qui sortaient de l'atelier lui riaient au nez. Lola dit brusquement :

— Tu ne m'as toujours pas dit pourquoi tu le trouvais si bien.

Elle était comme ça, elle ne pouvait jamais s'arrêter quand elle avait commencé. Boris était sûr qu'elle se faisait mal, mais au fond elle devait aimer ça. Il la regarda : l'air était bleu autour d'elle et son visage était d'un blanc bleuté. Mais les yeux restaient fiévreux et durs.

— Dis, pourquoi?

— Parce qu'il est bien. Oh! gémit Boris, tu me cours. Il ne tient à rien.

— Et c'est bien de ne tenir à rien? Tu ne tiens à rien, toi?

— A rien.

— Tout de même tu tiens bien un tout petit peu à moi?

— Ah oui, je tiens à toi.

Lola eut l'air malheureux et Boris détourna la tête. Il n'aimait tout de même pas trop la regarder quand elle avait cet air-là. Elle se rongeait; il trouvait ça con, mais il n'y pouvait rien. Il faisait tout ce qui dépendait de lui. Il était fidèle à Lola, il lui téléphonait souvent, il allait la chercher trois fois par semaine à la sortie du « Sumatra » et, ces soirs-là, il couchait chez elle. Pour le reste, c'était une question de caractère probablement. Une question d'âge, aussi, les vieux sont âpres, on dirait toujours que c'est leur vie qui est en jeu. Une fois, quand Boris était petit, il avait laissé tomber sa cuiller; on lui avait commandé de la ramasser et il avait refusé, il s'était entêté. Alors son père avait dit, sur un ton de majesté inoubliable : « Eh bien, c'est *moi* qui vais la ramasser. » Boris avait vu un grand corps qui se courbait avec raideur, un crâne chauve, il avait entendu des craquements, c'était un sacrilège intolérable : il avait éclaté en sanglots. Depuis, Boris avait considéré les adultes comme des divinités volumineuses et impotentes. S'ils se baissaient, on avait l'impression qu'ils allaient se casser, s'ils faisaient un faux pas et s'ils se foutaient en l'air, on était partagé entre l'envie de rire et l'horreur religieuse. Et s'ils avaient les larmes aux yeux, comme Lola en ce moment, on ne savait plus où se mettre. Des larmes d'adulte, c'était une catastrophe mystique, quelque chose comme les pleurs que Dieu verse sur la méchanceté de l'homme. D'un autre point de vue, naturellement, il louait Lola d'être si passionnée. Mathieu lui avait expliqué qu'il fallait avoir des passions et Descartes l'avait dit aussi.

— Delarue a des passions, dit-il, poursuivant sa pensée à voix haute, mais ça n'empêche pas qu'il ne tient à rien. Il est libre.

— A ce compte-là, je suis libre aussi, je ne tiens qu'à toi.

Boris ne répondit pas.

— Je ne suis pas libre? demanda Lola.

— Ça n'est pas pareil.

Trop difficile à expliquer. Lola était une victime et puis elle n'avait pas de chance et puis elle était trop émouvante. Tout ça n'était pas en sa faveur. Et puis elle prenait de l'héroïne. Ça, c'était plutôt bien, d'un sens; c'était même tout à fait bien, en principe; Boris en avait parlé avec Ivich et ils avaient convenu tous les deux que c'était bien. Mais il y avait la manière : si on en prend pour se détruire ou par désespoir ou pour affirmer sa liberté, on ne mérite que des éloges. Mais Lola en prenait avec un abandon gourmand, c'était son moment de détente. Elle n'était même pas intoxiquée d'ailleurs.

— Tu me fais rire, dit Lola d'un ton sec. C'est toujours ta manière de mettre Delarue par principe au-dessus des autres. Parce que tu sais, entre nous, je me demande bien lequel est le plus libre de lui ou de moi : il est dans ses meubles, il a un traitement fixe, une retraite assurée, il vit comme un petit fonctionnaire. Et par-dessus le marché, il y a ce collage dont tu m'as parlé, cette bonne femme qui ne sort jamais, c'est complet; comme liberté on ne fait pas mieux. Moi, je n'ai que ma guenille, je suis seule, je vis à l'hôtel, je ne sais même pas si j'aurai un engagement pour l'été.

— Ça n'est pas pareil, répéta Boris.

Il était agacé. Lola se foutait pas mal de la liberté. Elle s'emballait là-dessus ce soir parce qu'elle voulait battre Mathieu sur son propre terrain.

— Oh! je te tuerais, ma petite gueule, quand tu es comme ça. Quoi? Qu'est-ce qui n'est pas pareil?

— Toi, tu es libre sans le vouloir, expliqua-t-il, ça se trouve comme ça, voilà tout. Tandis que Mathieu, c'est raisonné.

— Je ne comprends toujours pas, dit Lola en secouant la tête.

— Eh bien, son appartement, il s'en fout; il vit là comme il vivrait ailleurs et j'ai idée qu'il se fout aussi de sa bonne femme. Il reste avec elle parce qu'il faut bien coucher avec quelqu'un. Sa liberté ne se voit pas, elle est en dedans.

Lola avait l'air absent, il eut envie de la faire souffrir un peu, pour lui faire les pieds et il ajouta :

— Toi, tu tiens trop à moi; il ne voudrait jamais se laisser pincer comme ça.

— Ha! cria Lola blessée, je tiens trop à toi, petite brute! Et tu crois qu'il n'y tient pas trop, à ta sœur, lui? Il n'y avait qu'à le regarder, l'autre soir, au « Sumatra ».

— A Ivich? demanda Boris. Tu me fais bien mal au sein.

Lola ricana et la fumée remplit soudain la tête de Boris. Un moment s'écoula et puis il se trouva que le jazz jouait *St James infirmary* et Boris eut envie de danser.

— On danse ça?

Ils dansèrent. Lola avait fermé les yeux et il entendait son souffle court. Le petit pédéraste s'était levé et il alla inviter la danseuse de « la Java ». Boris pensa qu'il allait le voir de près et il se réjouit. Lola était lourde dans ses bras; elle dansait bien et elle sentait bon, mais elle était trop lourde. Boris pensa qu'il aimait mieux danser avec Ivich. Ivich dansait formidablement bien. Il pensa : « Ivich devrait apprendre les claquettes. » Ensuite, il ne pensa plus à rien à cause de l'odeur de Lola. Il serra Lola contre lui et respira fortement. Elle ouvrit les yeux et le regarda avec attention :

— Tu m'aimes?

— Oui, dit Boris en faisant la grimace.

— Pourquoi me fais-tu la grimace?

— Parce que. Tu me gênes.

— Pourquoi? Ça n'est pas vrai que tu m'aimes?

— Si.

— Pourquoi tu ne me le dis jamais de toi-même? Il faut toujours que je te le demande?

— Parce que ça ne vient pas. C'est des trucs : je trouve qu'on ne doit pas les dire.

— Ça te déplaît quand je te dis que je t'aime?

— Non, toi tu peux le dire, du moment que ça te vient, mais tu ne dois pas me demander si je t'aime.

— Mon chéri, c'est rare que je te demande quelque chose. La plupart du temps ça me suffit de te regarder et de sentir que je t'aime. Mais il y a des moments où c'est ton amour à toi que j'ai envie de toucher.

— Je comprends, dit Boris sérieusement, mais tu devrais attendre que ça me vienne. Si ça ne vient pas de soi-même, ça n'a plus de sens.

— Mais, petit niais, tu dis toi-même que ça ne te vient pas quand on ne te demande rien.

Boris se mit à rire.

— C'est vrai, dit-il, tu me fais déconner. Mais tu sais, on peut avoir de bons sentiments pour quelqu'un et ne pas avoir envie d'en parler.

Lola ne répondit pas. Ils s'arrêtèrent, applaudirent et la musique reprit. Boris vit avec satisfaction que la petite tapette s'amenait vers eux en dansant. Mais quand il put la regarder de tout près, ce fut un coup dur : le mec avait bien quarante ans. Il gardait sur son visage le vernis de la jeunesse et il avait vieilli par en dessous. Il avait de grands yeux bleus de poupée et une bouche enfantine, seulement il y avait des poches sous ses yeux de faïence et des rides autour de sa bouche, ses narines étaient pincées comme s'il allait mourir, et puis ses cheveux, qui faisaient de loin l'effet d'une buée d'or, parvenaient à peine à dissimuler son crâne. Boris regarda avec horreur ce vieil enfant glabre : « Il a été jeune », pensa-t-il. Il y avait des types qui étaient faits pour avoir trente-cinq ans — Mathieu par exemple — parce qu'ils n'avaient jamais eu de jeunesse. Mais quand un mec avait été vraiment jeune, il restait marqué pour toute sa vie. Ça pouvait aller jusqu'à vingt-cinq ans. Après... c'était affreux. Il se mit à regarder Lola et lui dit précipitamment :

— Lola, regarde-moi. Je t'aime.

Les yeux de Lola devinrent roses et elle marcha sur le pied de Boris. Elle dit seulement :

— Mon chéri.

Il eut envie de crier : mais serre-moi donc plus fort, fais-moi sentir que je t'aime. Mais Lola ne disait rien, elle était seule à son tour, c'était bien le moment ! Elle souriait vaguement, elle avait baissé les paupières, son visage s'était refermé sur son bonheur. Un visage calme et désert. Boris se sentit abandonné et la pensée, la pensée dégueulasse l'envahit soudain : je ne veux pas, je ne veux pas vieillir. L'an dernier, il était bien tranquille, il ne pensait jamais à ces trucs-là et, à présent, c'était sinistre, il sentait tout le temps sa jeunesse lui couler entre les doigts. Jusqu'à vingt-cinq ans. J'ai encore cinq ans de bon, pensa Boris, après je me ferai sauter le caisson. Il ne pouvait

plus supporter d'entendre cette musique et de sentir ces gens autour
de lui. Il dit :

— On rentre?

— Tout de suite, ma petite merveille.

Ils regagnèrent leur table. Lola appela le garçon et paya, elle jeta
son mantelet de velours sur ses épaules.

— Allons! dit-elle.

Ils sortirent. Boris ne pensait plus à grand-chose mais il se sentait
sinistre. Il y avait plein de types dans la rue Blanche, des types
durs et vieux. Ils rencontrèrent le maestro Piranese, du «Chat Botté»,
et le saluèrent : ses petites jambes tricotaient sous son gros abdomen.
Moi aussi peut-être, j'aurai du bide. Ne plus pouvoir se regarder
dans une glace, sentir ses gestes secs et cassants comme si on était
en bois mort... Et chaque instant qui passait, chaque instant usait
un peu plus sa jeunesse. Si au moins je pouvais m'économiser, vivre
tout doucement, au ralenti, je gagnerais peut-être quelques années.
Mais pour ça, il ne faudrait pas que je me couche tous les soirs à
deux heures du matin. Il regarda Lola avec haine : « Elle me tue. »

— Qu'est-ce que tu as? demanda Lola.

— Je n'ai rien.

Lola habitait dans un hôtel de la rue Navarin. Elle prit sa clé au
tableau et ils montèrent en silence. La chambre était nue, il y avait
dans un coin une malle couverte d'étiquettes et, sur le mur du fond,
une photo de Boris, fixée avec des punaises. C'était une photo d'identité que Lola avait fait agrandir. « Ça, ça restera, pensa Boris, quand
je serai devenu une vieille ruine, là-dessus j'aurai toujours l'air
jeune. » Il avait envie de déchirer la photo.

— Tu es sinistre, dit Lola, qu'est-ce qu'il y a?

— Je suis crevé, dit Boris, j'ai mal au crâne.

Lola parut inquiète.

— Tu n'es pas malade, mon chéri? Tu ne veux pas un cachet?

— Non, ça va, c'est en train de passer.

Lola lui prit le menton et lui releva la tête :

— Tu as l'air de m'en vouloir. Tu ne m'en veux pas au moins?
Si! Tu m'en veux! Qu'est-ce que j'ai fait?

Elle avait l'air affolée.

— Je ne t'en veux pas, tu es folle, protesta mollement Boris.

— Tu m'en veux. Mais qu'est-ce que je t'ai fait? Tu ferais mieux
de me le dire, parce qu'alors je pourrais t'expliquer. C'est sûrement
un malentendu. Ça ne peut pas être irréparable. Boris, je t'en supplie,
dis-moi ce qu'il y a.

— Mais il n'y a rien.

Il mit ses bras autour du cou de Lola et l'embrassa sur la bouche. Lola frissonna. Boris respirait une haleine parfumée et sentait, contre sa bouche, une nudité moite. Il était troublé. Lola couvrit son visage de baisers; elle haletait un peu.

Boris sentit qu'il désirait Lola et il en fut satisfait : le désir pompait les idées noires, comme d'ailleurs les autres idées. Il se fit un grand remous dans sa tête et elle se vida par en haut avec rapidité. Il avait posé la main sur la hanche de Lola, il touchait sa chair à travers la robe de soie : il ne fut plus qu'une main étendue sur une chair de soie. Il crispa un peu la main et l'étoffe glissa sous ses doigts comme une fine petite peau caressante et morte; la vraie peau résistait par dessous, élastique, glacée comme un gant de chevreau. Lola jeta à la volée son mantelet sur le lit et ses bras jaillirent tout nus, ils se nouèrent autour du cou de Boris; elle sentait bon. Boris voyait ses aisselles rasées et piquetées de points minuscules et durs, d'un noir bleuâtre : on aurait dit des têtes d'échardes profondément enfoncées. Boris et Lola restaient debout, à la place même où le désir les avait pris parce qu'ils n'avaient plus la force de s'en aller. Les jambes de Lola se mirent à trembler et Boris se demanda s'ils n'allaient pas se laisser choir tout doucement sur le tapis. Il serra Lola contre lui et sentit l'épaisse douceur de ses seins.

— Ah! fit Lola.

Elle s'était renversée en arrière et il était fasciné par cette tête pâle aux lèvres gonflées, une tête de Méduse. Il pensa : « Ce sont ses derniers beaux jours. » Et il la serra plus fort. « Un de ces matins, elle s'écroulera tout d'un coup. » Il ne la haïssait plus; il se sentait contre elle, dur et maigre, tout en muscles, il l'enveloppait de ses bras et la défendait contre la vieillesse. Puis il eut une seconde d'égarement et de sommeil : il regarda les bras de Lola, blancs comme une chevelure de vieille femme, il crut qu'il tenait la vieillesse entre ses mains et qu'il fallait la serrer de toutes ses forces, jusqu'à l'étouffer.

— Comme tu me serres, gémit Lola heureuse, tu me fais mal. J'ai envie de toi.

Boris se dégagea : il était un peu choqué.

— Passe-moi mon pyjama, je vais aller me déshabiller dans le cabinet de toilette.

Il entra dans le cabinet de toilette et ferma la porte à clé : il détestait que Lola entrât pendant qu'il se déshabillait. Il se lava la figure et les pieds et s'amusa à se mettre du talc sur les jambes. Il était tout à fait rasséréné. Il pensa : « C'est marrant. » Il avait la tête vague et lourde, il ne savait plus bien ce qu'il pensait : « Il faudra que j'en

parle à Delarue », conclut-il. De l'autre côté de la porte, elle l'attendait, sûrement elle était nue, déjà. Mais il n'avait pas envie de se presser. Un corps nu, plein d'odeurs nues, quelque chose de boulever-
sant, c'était ce que Lola ne voulait pas comprendre. Il allait falloir,
à présent, se laisser couler au fond d'une sensualité pesante, au goût
fort. Une fois qu'on était dedans, ça pouvait gazer, mais avant, on
ne pouvait pas s'empêcher d'en avoir peur. « En tout cas, pensa-t-il
avec irritation, je ne veux pas tomber dans les pommes comme
l'autre fois. » Il se peigna avec soin au-dessus du lavabo, pour voir
s'il perdait ses cheveux. Mais il n'en tomba pas un seul sur la faïence
blanche. Quand il eut revêtu son pyjama, il ouvrit la porte et rentra
dans la chambre.

Lola était étendue sur le lit toute nue. C'était une autre Lola,
paresseuse et redoutable, elle le guettait à travers ses cils. Son corps,
sur la courtepointe bleue était d'un blanc argenté, comme le ventre
d'un poisson, avec une touffe de poils roux en triangle. Elle était
belle. Boris s'approcha du lit et la considéra avec un mélange de
trouble et de dégoût; elle lui tendit les bras :

— Attends, dit Boris.

Il appuya sur l'interrupteur et l'électricité s'éteignit. La chambre
devint toute rouge : sur l'immeuble d'en face au troisième étage,
on avait placé depuis peu une réclame lumineuse. Boris s'étendit près
de Lola et se mit à lui caresser les épaules et les seins. Elle avait la
peau si douce, on aurait juré qu'elle avait gardé sa robe de soie.
Ses seins étaient un peu mous mais Boris aimait ça : c'étaient les
seins d'une personne qui a vécu. Il avait eu beau éteindre, il voyait
tout de même, à cause de cette maudite enseigne, le visage de Lola,
pâle dans le rouge, avec des lèvres noires : elle avait l'air de souffrir,
ses yeux étaient durs. Boris se sentit lourd et tragique, tout juste
comme à Nîmes, quand le premier taureau avait bondi dans l'arène :
quelque chose allait se produire, quelque chose d'inévitable, de
terrible et de fade, comme la mort sanglante du taureau.

— Ote ton pyjama, supplia Lola.

— Non, dit Boris.

C'était rituel. Chaque fois, Lola lui demandait d'ôter son pyjama
et Boris était obligé de refuser. Les mains de Lola se glissèrent sous
sa veste et le caressèrent doucement. Boris se mit à rire.

— Tu me chatouilles.

Ils s'embrassèrent. Au bout d'un moment, Lola prit la main de
Boris et se l'appuya sur le ventre, contre la touffe de ses poils roux :
elle avait toujours de drôles d'exigences et Boris était obligé de se
défendre, quelquefois. Il laissa pendant quelques instants sa main

pendre, inerte, contre les cuisses de Lola et puis il la remonta doucement jusqu'à ses épaules.

— Viens, dit Lola en l'attirant sur elle, je t'adore, viens! viens!

Elle gémit bientôt et Boris se dit : « Ça y est, je vais tomber dans les pommes! » Une onde pâteuse montait de ses reins à sa nuque. « Je ne veux pas », se dit Boris en serrant les dents. Mais il lui sembla soudain qu'on le soulevait par le cou, comme un lapin, il se laissa aller sur le corps de Lola et ne fut plus qu'un tournoiement rouge et voluptueux.

— Mon chéri, dit Lola.

Elle le fit doucement glisser de côté et sortit du lit. Boris resta anéanti, la tête dans l'oreiller. Il entendit que Lola ouvrait la porte du cabinet de toilette et il pensa : « Quand ça sera fini avec elle, je serai chaste, je ne veux plus d'histoires. Ça me dégoûte de faire l'amour. Pour être juste, ça n'est pas tant que ça me dégoûte mais j'ai horreur de tomber dans les pommes. On ne sait plus ce qu'on fait, on se sent dominé et puis alors, à quoi ça sert d'avoir choisi sa bonne femme, ça serait la même chose avec toutes, c'est du physiologique. » Il répéta avec dégoût : du physiologique! Lola faisait sa toilette pour la nuit. Le bruit de l'eau était agréable et innocent, Boris l'écouta avec plaisir. Les hallucinés de la soif, dans le désert, entendaient des bruits semblables, des bruits de source. Boris essaya de s'imaginer qu'il était halluciné. La chambre, la lumière rouge, les clapotis, c'étaient des hallucinations, il allait se retrouver en plein désert, couché sur le sable, son casque de liège sur les yeux. Le visage de Mathieu lui apparut tout à coup : « C'est marrant, pensa-t-il, j'aime mieux les types que les bonnes femmes. Quand je suis avec une bonne femme, je ne suis pas le quart aussi heureux que quand je suis avec un type. Pourtant je voudrais pour rien au monde coucher avec un type. » Il se réjouit en pensant : « Un moine, que je serai, quand j'aurai quitté Lola! » Il se sentit sec et pur. Lola sauta sur le lit et le prit dans ses bras.

— Mon petit! dit-elle, mon petit!

Elle lui caressa les cheveux et il y eut un long moment de silence. Boris voyait déjà des étoiles qui tournaient quand Lola se mit à parler. Sa voix était toute drôle dans la nuit rouge.

— Boris, je n'ai que toi, je suis seule au monde, il faut bien m'aimer, je ne peux penser qu'à toi. Si je pense à ma vie, j'ai envie de me foutre à l'eau, il faut que je pense à toi toute la journée. Ne sois pas vache, mon amour, ne me fais jamais de mal, tu es tout ce qui me reste. Je suis dans tes mains, mon amour, ne me fais pas de mal; ne me fais jamais de mal, je suis toute seule!

Boris se réveilla en sursaut et envisagea la situation avec netteté.

— Si tu es seule, c'est que tu aimes ça, dit-il d'une voix claire, c'est parce que tu es orgueilleuse. Sans ça tu aimerais un type plus vieux que toi. Moi, je suis trop jeune, je ne peux pas t'empêcher d'être seule. J'ai idée que tu m'as choisi à cause de ça.

— Je ne sais pas, dit Lola, je t'aime passionnément, c'est tout ce que je sais.

Elle le serrait farouchement dans ses bras. Boris l'entendit encore qui disait : « Je t'adore », et puis il s'endormit tout à fait.

III

L'été. L'air était tiède et touffu; Mathieu marchait au milieu de
la chaussée, sous un ciel lucide, ses bras ramaient, écartant de lourdes
tentures d'or. L'été. L'été des autres. Pour lui, une journée noire
commençait, qui se traînerait en serpentant jusqu'au soir, un enterrement sous le soleil. Une adresse. L'argent. Il faudrait courir aux
quatre coins de Paris. Sarah donnerait l'adresse. Daniel prêterait
l'argent. Ou Jacques. Il avait rêvé qu'il était un assassin et il lui
restait un peu de son rêve au fond des yeux, écrasé sous l'éblouissante
pression de la lumière. 16, rue Delambre. C'était là; Sarah habitait au
sixième et, naturellement, l'ascenseur ne marchait pas. Mathieu
monta à pied. Derrière les portes closes, des femmes faisaient le
ménage, en tablier, une serviette nouée autour de la tête; pour elles
aussi la journée commençait. Quelle journée? Mathieu était légèrement essoufflé quand il sonna, il pensa : « Je devrais faire de la gym-
nastique. » Il pensa avec ennui : « Je me dis ça chaque fois que je
monte un escalier. » Il entendit un trottinement menu; un petit
homme chauve, aux yeux clairs, lui ouvrit en souriant. Mathieu le
reconnut, c'était un Allemand, un émigré, il l'avait souvent vu, au
Dôme, sirotant un café crème avec ravissement ou penché sur un
échiquier, couvant les pièces du regard et léchant ses grosses lèvres.

— Je voudrais voir Sarah, dit Mathieu.

Le petit homme devint grave, s'inclina et claqua des talons : il
avait les oreilles violettes.

— Weymuller, dit-il, avec raideur.

— Delarue, dit Mathieu sans s'émouvoir.

Le petit homme reprit son sourire affable :

— Entrez, entrez, dit-il, elle est en bas, dans le studio; elle sera si
heureuse.

Il le fit entrer dans le vestibule et disparut en trottinant. Mathieu
poussa la porte vitrée et pénétra dans le studio de Gomez. Sur le

palier de l'escalier intérieur, il s'arrêta, ébloui par la lumière : elle coulait à flots par les grandes verrières poussiéreuses; Mathieu cligna des yeux, sa tête lui faisait mal.

— Qui est-ce? dit la voix de Sarah.

Mathieu se pencha par-dessus la rampe. Sarah était assise sur le divan, en kimono jaune, il voyait son crâne sous les cheveux raides et rares. Une torche flambait en face d'elle : cette tête rousse de brachycéphale... « C'est Brunet », pensa Mathieu contrarié. Il ne l'avait pas vu depuis six mois, mais il n'avait aucun plaisir à le retrouver chez Sarah : ça faisait encombrement, ils avaient trop de choses à se dire, leur amitié mourante était entre eux. Et puis Brunet amenait avec lui l'air du dehors, tout un univers sain, court et têtu de révoltes et de violences, de travail manuel, d'efforts patients, de discipline : il n'avait pas besoin d'entendre le honteux petit secret d'alcôve que Mathieu allait confier à Sarah. Sarah leva la tête et sourit.

— Bonjour, bonjour, dit-elle.

Mathieu lui rendit son sourire : il voyait d'en haut ce visage plat et disgracié, rongé par la bonté et, au-dessous, les gros seins mous, qui sortaient à demi du kimono. Il se hâta de descendre.

— Quel bon vent vous amène? demanda Sarah.

— Il faut que je vous demande quelque chose, dit Mathieu.

Le visage de Sarah rosit de gourmandise.

— Tout ce que vous voudrez, dit-elle.

Elle ajouta, toute réjouie par le plaisir qu'elle comptait lui faire :

— Vous savez qui est là?

Mathieu se tourna vers Brunet et lui serra la main. Sarah les couvait d'un œil attendri.

— Salut, vieux social-traître, dit Brunet.

Mathieu fut content, malgré tout, d'entendre cette voix. Brunet était énorme et solide, avec un lent visage de paysan. Il n'avait pas l'air particulièrement aimable.

— Salut, dit Mathieu. Je te croyais mort.

Brunet rit sans répondre.

— Asseyez-vous près de moi, dit Sarah avec avidité.

Elle allait lui rendre service, elle le savait; à présent, il était sa propriété. Mathieu s'assit. Le petit Pablo jouait sous la table avec des cubes.

— Et Gomez? demanda Mathieu.

— C'est toujours pareil. Il est à Barcelone, dit Sarah.

— Vous avez eu de ses nouvelles?

— La semaine dernière. Il raconte ses exploits, répondit Sarah avec ironie.

Les yeux de Brunet brillèrent :

— Tu sais qu'il est devenu colonel?

Colonel. Mathieu pensa au type de la veille et son cœur se serra. Gomez était parti, lui. Un jour, il avait appris la chute d'Irun, dans *Paris-Soir*. Il s'était longtemps promené dans l'atelier, en passant les doigts dans ses cheveux noirs. Et puis, il était descendu, nu-tête et en veston, comme s'il allait acheter des cigarettes au Dôme. Il n'était pas revenu. La pièce était restée dans l'état où il l'avait laissée : une toile inachevée sur le chevalet, une plaque de cuivre à demi gravée sur la table, au milieu des fioles d'acide. Le tableau et la gravure représentaient mistress Stimson. Sur le tableau, elle était nue. Mathieu la revit, saoule et superbe, chantant au bras de Gomez d'une voix éraillée. Il pensa : « Il était tout de même trop vache avec Sarah. »

— C'est le ministre qui vous a ouvert? demanda Sarah d'une voix gaie.

Elle ne voulait pas parler de Gomez. Elle lui avait tout pardonné, ses trahisons, ses fugues, sa dureté. Mais pas ça. Pas son départ pour l'Espagne : il était parti pour tuer des hommes; il avait tué des hommes. Pour Sarah, la vie humaine était sacrée.

— Quel ministre? demanda Mathieu étonné.

— La petite souris aux oreilles rouges, c'est un ministre, dit Sarah avec une naïve fierté. Il a été du gouvernement socialiste de Münich, en 22. A présent, il crève de faim.

— Et naturellement, vous l'avez recueilli.

Sarah se mit à rire :

— Il est venu chez moi, avec sa valise. Non, sérieusement, dit-elle, il n'a plus où aller. On l'a chassé de son hôtel parce qu'il ne pouvait plus payer.

Mathieu compta sur ses doigts :

— Avec Annia, Lopez et Santi, ça vous fait quatre pensionnaires, dit-il.

— Annia va s'en aller, dit Sarah, d'un air d'excuse. Elle a trouvé du travail.

— C'est insensé, dit Brunet.

Mathieu sursauta et se tourna vers lui. L'indignation de Brunet était lourde et calme : il regardait Sarah de son air le plus paysan et répétait :

— C'est insensé.

— Quoi? Qu'est-ce qui est insensé?

— Ah! dit vivement Sarah en posant la main sur le bras de Mathieu, venez à mon secours, mon cher Mathieu!

— Mais de quoi s'agit-il?

— Mais ça n'intéresse pas Mathieu, dit Brunet à Sarah d'un air mécontent.

Elle ne l'écoutait plus :

— Il veut que je mette mon ministre à la porte, dit-elle piteusement.

— A la porte?

— Il dit que je suis criminelle de le garder.

— Sarah exagère, dit paisiblement Brunet.

Il se tourna vers Mathieu et expliqua, à contre-cœur :

— Le fait est que nous avons de mauvais renseignements sur ce petit bonhomme. Il paraît qu'il rôdait, il y a six mois, dans les couloirs de l'ambassade d'Allemagne. Il ne faut pas être bien malin pour deviner ce qu'un émigré juif peut fabriquer là-bas.

— Vous n'avez pas de preuves! dit Sarah.

— Non. Nous n'avons pas de preuves. Si nous en avions, il ne serait pas ici. Mais quand il n'y aurait que des présomptions, Sarah est d'une imprudence folle en l'hébergeant.

— Mais pourquoi? Pourquoi? dit Sarah passionnément.

— Sarah! dit Brunet tendrement, vous feriez sauter tout Paris pour éviter un désagrément à vos protégés.

Sarah sourit faiblement :

— Pas tout Paris, dit-elle. Mais ce qu'il y a de sûr c'est que je ne sacrifierai pas Weymuller à vos histoires de Parti. C'est... c'est si abstrait, un Parti.

— C'est bien ce que je disais, dit Brunet.

Sarah secoua violemment la tête. Elle avait rougi et ses gros yeux verts s'étaient embués.

— Le petit ministre, dit-elle avec indignation. Vous l'avez vu, Mathieu. Est-ce qu'il peut faire du mal à une mouche?

Le calme de Brunet était énorme. C'était le calme de la mer. C'était apaisant et exaspérant à la fois. Il n'avait jamais l'air d'être un seul homme, il avait la vie lente, silencieuse et bruissante d'une foule. Il expliqua :

— Gomez nous envoie quelquefois des messagers. Ils viennent ici et nous les rencontrons chez Sarah; tu devines que les messages sont confidentiels. Est-ce que c'est l'endroit que tu choisirais entre tous pour installer un type qui a la réputation d'être un espion?

Mathieu ne répondit pas. Brunet avait employé la tournure interrogative, mais c'était un effet oratoire : il ne lui demandait pas son avis; il y avait beau temps que Brunet avait cessé de prendre l'avis de Mathieu sur quoi que ce fût.

— Mathieu, je vous fais juge : si je renvoie Weymuller, il se jettera dans la Seine. Est-ce qu'on peut vraiment, ajouta-t-elle avec désespoir, acculer un homme au suicide sur un simple soupçon?

Elle s'était redressée, hideuse et rayonnante. Elle faisait naître en Mathieu la complicité barbouillée qu'on se sent pour les écrasés, les accidentés, les porteurs de phlegmons et d'ulcères.

— C'est sérieux? demanda-t-il. Il va se jeter dans la Seine?

— Mais non, dit Brunet. Il retournera à l'ambassade d'Allemagne et il essaiera de se vendre tout à fait.

— Ça revient au même, dit Mathieu. De toute façon, il est foutu.

Brunet haussa les épaules :

— Eh bien, oui, dit-il, avec indifférence.

— Vous l'entendez, Mathieu, dit Sarah en le regardant avec angoisse. Eh bien? Qui a raison? Dites quelque chose.

Mathieu n'avait rien à dire. Brunet ne lui demandait pas son avis, il n'avait que faire de l'avis d'un bourgeois, d'un sale intellectuel, d'un chien de garde. « Il m'écoutera avec une politesse glacée, il ne sera pas plus ébranlé qu'un roc, il me jugera sur ce que je dirai, c'est tout. » Mathieu ne voulait pas que Brunet le jugeât. Il y avait eu un temps où, par principe, aucun des deux ne jugeait l'autre. « L'amitié n'est pas faite pour critiquer, disait alors Brunet. Elle est faite pour donner confiance. » Il le disait peut-être encore, mais à présent, c'était à ses camarades du Parti qu'il pensait.

— Mathieu! dit Sarah.

Brunet se pencha vers elle et lui toucha le genou :

— Écoutez, Sarah, dit-il doucement. J'aime bien Mathieu et j'estime beaucoup son intelligence. S'il s'agissait d'éclaircir un passage de Spinoza ou de Kant, c'est sûrement lui que je consulterais. Mais cette affaire est toute bête et je vous jure que je n'ai pas besoin d'un arbitre, fût-il professeur de philosophie. Mon siège est fait.

Évidemment, pensa Mathieu. Évidemment. Son cœur s'était serré, mais il n'en voulait pas à Brunet. Qui suis-je pour donner des conseils? Et qu'ai-je fait de ma vie? Brunet s'était levé.

— Il faut que je file, dit-il. Bien entendu, vous ferez comme vous voudrez, Sarah. Vous n'êtes pas du Parti et ce que vous faites pour nous est déjà considérable. Mais si vous le gardez, je vous demanderai simplement de passer chez moi lorsque Gomez vous enverra de ses nouvelles.

— Entendu, dit Sarah.

Ses yeux brillaient, elle semblait délivrée.

— Et ne laissez rien traîner. Brûlez tout, dit Brunet.

— Je vous le promets.

Brunet se tourna vers Mathieu :

— Allez, au revoir, vieux frère.

Il ne lui tendait pas la main, il le considérait attentivement, d'un air dur, le regard de Marcelle, hier soir, son étonnement implacable. Il était nu sous ces regards, un grand type nu, en mie de pain. Un maladroit. Qui suis-je pour donner des conseils? Il cligna des yeux : Brunet semblait dur et noueux. Et moi, je porte l'avortement sur ma figure. Brunet parla; il n'avait pas du tout la voix que Mathieu attendait :

— Tu as une sale gueule, dit-il doucement. Qu'est-ce qui ne va pas?

Mathieu s'était levé aussi.

— Je... j'ai des emmerdements. C'est sans importance.

Brunet lui posa la main sur l'épaule. Il le regardait en hésitant.

— C'est idiot. On est tout le temps à courir, à droite et à gauche, on n'a plus le temps de s'occuper des vieux copains. Si tu crevais, j'apprendrais ta mort un mois après, par hasard.

— Je ne crèverai pas de sitôt, dit Mathieu en riant.

Il sentait la poigne de Brunet sur son épaule, il pensait : « Il ne me juge pas » et il était pénétré d'une humble reconnaissance.

Brunet resta sérieux :

— Non, dit-il. Pas de sitôt. Mais...

Il parut enfin se décider :

— Es-tu libre vers deux heures? J'ai un moment, je pourrais faire un saut chez toi; on pourra causer un petit peu, comme autrefois.

— Comme autrefois. Je suis entièrement libre, je t'attendrai, dit Mathieu.

Brunet lui sourit amicalement. Il avait gardé son sourire naïf et gai. Il tourna sur lui-même et se dirigea vers l'escalier.

— Je vous accompagne, dit Sarah.

Mathieu les suivit des yeux. Brunet montait les marches avec une souplesse surprenante. « Tout n'est pas perdu », se dit-il. Et quelque chose remua dans sa poitrine, quelque chose de tiède et de modeste, qui ressemblait à de l'espoir. Il fit quelques pas. La porte claqua au-dessus de sa tête. Le petit Pablo le regardait avec gravité. Mathieu s'approcha de la table et prit un burin. Une mouche qui s'était posée sur la plaque de cuivre s'envola. Pablo le regardait toujours. Mathieu se sentit gêné, sans savoir pourquoi. Il avait l'impression d'être englouti par les yeux de l'enfant. « Les mômes, pensa-t-il, c'est des petits voraces, tous leurs sens sont des bouches. » Le regard de Pablo n'était pas encore humain et pourtant c'était déjà plus que de

la vie : il n'y avait pas longtemps que le môme était sorti d'un ventre
et ça se voyait; il était là, indécis, tout petit, il gardait encore un
velouté malsain de chose vomie; mais derrière les humeurs troubles
qui remplissaient ses orbites, une petite conscience goulue s'était
embusquée. Mathieu jouait avec le burin. « Il fait chaud », pensa-t-il.
La mouche bourdonnait autour de lui; dans une chambre rose, au
fond d'un autre ventre, il y avait une cloque qui gonflait.

— Tu sais ce que j'ai rêvé, demanda Pablo.

— Dis-le.

— J'ai rêvé que j'étais une plume.

« Ça pense! » se dit Mathieu.

Il demanda :

— Et qu'est-ce que tu faisais quand tu étais une plume?

— Rien. Je dormais.

Mathieu rejeta brusquement le burin sur la table : la mouche
effrayée se mit à voleter en rond puis elle se posa sur la plaque de
cuivre entre deux minces rainures qui représentaient un bras de
femme. Il fallait faire vite, car la cloque enflait, pendant ce temps-là
elle faisait des efforts obscurs pour se désengluer, pour s'arracher
aux ténèbres et devenir semblable à ça, à cette petite ventouse blême
et molle qui pompait le monde.

Mathieu fit quelques pas vers l'escalier. Il entendait la voix de
Sarah. Elle a ouvert la porte d'entrée, elle se tient sur le seuil et sourit
à Brunet. Qu'est-ce qu'elle attend pour redescendre? Il fit demi-
tour, il regarda l'enfant et regarda la mouche. Un enfant. Une chair
pensive qui crie et qui saigne quand on la tue. Une mouche c'est
plus facile à tuer qu'un enfant. Il haussa les épaules : « Je ne vais
tuer personne. Je vais empêcher un enfant de naître. » Pablo s'était
remis à jouer avec ses cubes; il avait oublié Mathieu. Mathieu étendit
la main et toucha la table du doigt. Il se répétait avec étonnement .
« Empêcher de naître... » On aurait dit qu'il y avait quelque part
un enfant tout fait qui attendait l'heure de bondir de ce côté-ci
du décor, dans cette pièce, sous ce soleil, et que Mathieu lui barrait
le passage. En fait, c'était bien à peu près ça : il y avait tout un petit
homme pensif et chafouin, menteur et douloureux, avec une peau
blanche, de larges oreilles et des grains de beauté, avec une poignée
de signes distinctifs comme on en met sur les passeports, un petit
homme qui ne courrait jamais dans les rues, un pied sur le trottoir
et l'autre dans le ruisseau; il y avait des yeux, une paire d'yeux verts
comme ceux de Mathieu ou noirs comme ceux de Marcelle qui ne
verraient jamais les ciels glauques de l'hiver, ni la mer, ni jamais
aucun visage, il y avait des mains qui ne toucheraient jamais la neige,

ni la chair des femmes, ni l'écorce des arbres : il y avait une image du monde, sanglante, lumineuse, maussade, passionnée, sinistre, pleine d'espoirs, une image peuplée de jardins et de maisons, de grandes filles douces et d'insectes horribles, qu'on allait faire éclater d'un coup d'épingle, comme un ballon du Louvre.

— Me voilà, dit Sarah, je vous ai fait attendre?

Mathieu leva la tête et se sentit soulagé : elle était penchée sur la rampe, lourde et difforme; c'était une adulte, de la vieille chair qui avait l'air de sortir de la salure et de n'être jamais née; Sarah lui sourit et descendit rapidement l'escalier, son kimono volait autour de ses jambes courtes.

— Alors? Qu'est-ce qu'il y a? dit-elle avidement.

Ses gros yeux troubles le dévisageaient avec insistance. Il se détourna et dit sèchement :

— Marcelle est enceinte.

— Oh!

Sarah avait l'air plutôt réjouie. Elle demanda avec timidité :

— Alors... vous allez?...

— Non, non, dit vivement Mathieu, nous ne voulons pas de gosse.

— Ah oui, dit-elle, je vois. Elle baissa la tête et garda le silence. Mathieu ne put supporter cette tristesse qui n'était même pas un reproche.

— Je crois que ça vous est arrivé autrefois, Gomez me l'a dit, répliqua-t-il avec brutalité.

— Oui. Autrefois.

Elle releva soudain les yeux et ajouta dans un élan :

— Vous savez, ça n'est rien du tout si c'est pris à temps.

Elle s'interdisait de le juger, elle abandonnait ses réserves, ses reproches et n'avait plus qu'un désir, le rassurer.

— Ça n'est rien du tout...

Il allait sourire, envisager l'avenir avec confiance; elle serait seule à porter le deuil de cette mort minuscule et secrète.

— Écoutez, Sarah, dit Mathieu irrité, essayez de me comprendre : je ne veux pas me marier. Ça n'est pas par égoïsme : je trouve le mariage...

Il se tut : Sarah était mariée, elle avait épousé Gomez cinq ans auparavant. Il ajouta au bout d'un instant :

— Et puis Marcelle ne veut pas d'enfant.

— Elle n'aime pas les enfants?

— Ça ne l'intéresse pas.

Sarah parut déconcertée :

— Oui, dit-elle, oui... alors, en effet.

Elle lui prit les mains :

— Mon pauvre Mathieu, comme vous devez être embêté! Je voudrais pouvoir vous aider.

— Eh bien, justement, dit Mathieu, vous pouvez nous aider. Quand vous avez eu cet... ennui, vous êtes allée voir quelqu'un, un Russe, je crois.

— Oui, dit Sarah. (Son visage changea.) C'était horrible!

— Ah? dit Mathieu d'une voix altérée. C'est... c'est très douloureux.

— Pas trop, mais... Elle dit d'un air piteux : Je pensais au petit. Vous savez, c'était Gomez qui voulait. Et quand il voulait quelque chose, en ce temps-là... Mais c'était une horreur, jamais je... Il pourrait bien me supplier à deux genoux, à présent, je ne recommencerais pas.

Elle regarda Mathieu avec des yeux égarés.

— Ils m'ont donné un petit paquet, après l'opération et ils m'ont dit : « Vous jetterez ça dans un égout. » Dans un égout. Comme un rat crevé! Mathieu, dit-elle en lui serrant fortement le bras, vous ne savez pas ce que vous allez faire!

— Et quand vous mettez un gosse au monde, est-ce que vous le savez davantage? demanda Mathieu avec colère.

Un gosse : une conscience de plus, une petite lumière affolée, qui volerait en rond, se cognerait aux murs et ne pourrait plus s'échapper.

— Non, mais je veux dire : vous ne savez pas ce que vous exigez de Marcelle; j'ai peur qu'elle ne vous haïsse plus tard.

Mathieu revit les yeux de Marcelle, de grands yeux durs et cernés.

— Est-ce que vous haïssez Gomez? demanda-t-il sèchement.

Sarah fit un geste pitoyable et désarmé : elle ne pouvait haïr personne, Gomez moins que tout autre.

— En tout cas, dit-elle d'un air fermé, je ne peux pas vous envoyer chez ce Russe, il opère toujours mais il boit, à présent; je n'ai plus aucune confiance en lui. Il a eu une sale histoire, il y a deux ans.

— Et vous ne connaissez personne d'autre?

— Personne, dit lentement Sarah. Mais soudain toute sa bonté reflua sur son visage et elle s'écria : Mais si, j'ai votre affaire, comment n'y ai-je pas pensé? je vais arranger ça. Waldmann. Vous ne l'avez pas vu chez moi? Un juif, un gynécologue. C'est le spécialiste de l'avortement, en quelque sorte : avec lui vous serez tranquille. A Berlin, il avait une clientèle formidable. Quand les nazis ont pris le pouvoir, il a été s'établir à Vienne. Après ça, il y a eu l'Anschluss et il a débarqué à Paris avec une petite valise. Mais il avait envoyé depuis longtemps tout son argent à Zürich.

— Vous croyez qu'il marchera?

— Naturellement. Je vais aller le voir aujourd'hui même.

— Je suis content, dit Mathieu, je suis rudement content. Il ne prend pas trop cher?

— Là-bas, il prenait jusqu'à 2.000 marks.

Mathieu pâlit :

— 10.000 francs!

Elle ajouta vivement :

— Mais c'était du vol, il faisait payer sa réputation. Ici personne ne le connaît, il sera raisonnable : je lui proposerai 3.000 francs.

— Bon, dit Mathieu les dents serrées.

Il se demandait : « Où vais-je trouver cet argent? »

— Écoutez, dit Sarah, pourquoi est-ce que je n'irais pas dès ce matin. Il habite rue Blaise-Desgoffes, c'est tout près. Je m'habille et je descends. Vous m'attendez?

— Non, je... j'ai rendez-vous à dix heures et demie. Sarah, vous êtes une perle, dit Mathieu.

Il la prit par les épaules et la secoua en souriant. Elle venait de lui sacrifier ses répugnances les plus profondes, de se faire, par générosité, la complice d'un acte qui lui inspirait de l'horreur : elle rayonnait de plaisir.

— Où serez-vous vers onze heures? demanda-t-elle. J'aurais pu vous téléphoner.

— Eh bien, je serai au Dupont Latin, boulevard Saint-Michel. Je pourrai y rester jusqu'à ce que vous m'appeliez?

— Au Dupont Latin? Entendu.

Le peignoir de Sarah s'était largement ouvert sur ses énormes seins. Mathieu la plaqua contre lui, par tendresse et pour ne plus voir son corps.

— Au revoir, dit Sarah, au revoir, mon cher Mathieu.

Elle haussa vers lui son visage tendre et disgracié. Il y avait dans ce visage une humilité troublante et presque voluptueuse qui donnait l'envie sournoise de lui faire du mal, de l'accabler de honte : « Quand je la vois, disait Daniel, je comprends le sadisme. » Mathieu l'embrassa sur les deux joues.

* * *

« L'été! » Le ciel hantait la rue, c'était un minéral fantôme; les gens flottaient dans le ciel et leurs visages flambaient. Mathieu respira une odeur verte et vivante, une jeune poussière; il cligna des yeux et sourit. « L'été! » Il fit quelques pas; le goudron noir et fondant, piqueté de grains blancs colla à ses semelles : Marcelle était enceinte; ce n'était plus le même été.

Elle dormait, son corps baignait dans une ombre touffue, transpirait en dormant. Ses beaux seins bruns et mauves s'étaient affaissés, des gouttelettes sourdaient autour de leurs pointes, blanches et salées comme des fleurs. Elle dort. Elle dort toujours jusqu'à midi. La cloque, au fond de son ventre, ne dort pas, elle n'a pas le temps de dormir : elle se nourrit et elle gonfle. Le temps coulait par secousses raides et irrémédiables. La cloque enflait et le temps coulait. « Il faut que je trouve l'argent dans les quarante-huit heures. »

Le Luxembourg, chaud et blanc, statues et pigeons, enfants. Les enfants courent, les pigeons s'envolent. Courses, éclairs blancs, infimes débandades. Il s'assit sur une chaise de fer : « Où vais-je trouver l'argent? Daniel ne m'en prêtera pas. Je lui en demanderai tout de même... et puis, en dernier recours, j'aurai toujours la ressource de m'adresser à Jacques. » Le gazon moutonnait jusqu'à ses pieds, une statue lui tendait son jeune cul de pierre, les pigeons roucoulaient, oiseaux de pierre : « Après tout, ce n'est qu'une affaire de quinze jours, ce Juif attendra bien jusqu'à la fin du mois, et, le 29, je touche mon traitement. »

Mathieu s'arrêta brusquement : il se voyait penser, il avait horreur de lui-même : « A cette heure-ci, Brunet marche par les rues, à l'aise dans la lumière, il est léger parce qu'il attend, il marche à travers une ville de verre filé qu'il va bientôt briser, il se sent fort, il marche en se dandinant un peu, avec précaution, parce que l'heure n'est pas encore venue de tout casser, il attend, il espère. Et moi! Et moi! Marcelle est enceinte. Sarah convaincra-t-elle ce Juif? Où trouver l'argent? Voilà ce que je pense! » Il revit tout à coup deux yeux rapprochés sous d'épais sourcils noirs : « Madrid. Je voulais y aller. Je te jure. Et puis ça ne s'est pas arrangé. » Il pensa tout à coup : « Je suis vieux. »

Je suis vieux. Me voilà affalé sur une chaise, engagé jusqu'au cou dans ma vie et ne croyant à rien. Pourtant, moi aussi j'ai voulu partir pour une Espagne. Et puis ça ne s'est pas arrangé. Est-ce qu'il y a des Espagnes? Je suis là, je me déguste, je sens le vieux goût de sang et d'eau ferrugineuse, mon goût, je suis mon propre goût, j'existe. Exister, c'est ça : se boire sans soif. Trente-quatre ans. Trente-quatre ans que je me déguste et je suis vieux. J'ai travaillé, j'ai attendu, j'ai eu ce que je voulais : Marcelle, Paris, l'indépendance; c'est fini. Je n'attends plus rien. Il regardait ce jardin routinier, toujours

nouveau, toujours le même, comme la mer, parcouru depuis cent
ans par les mêmes vaguelettes de couleurs et de bruits. Il y avait ça :
ces enfants qui couraient en désordre, les mêmes depuis cent ans,
ce même soleil sur les reines de plâtre aux doigts cassés et tous ces
arbres; il y avait Sarah et son kimono jaune, Marcelle enceinte,
l'argent. Tout ça était si naturel, si normal, si monotone, ça suffisait
à remplir une vie, c'était la vie. Le reste, les Espagnes, les châteaux
en Espagne, c'était... Quoi? Une tiède petite religion laïque à mon
usage? L'accompagnement discret et séraphique de ma vraie vie?
Un alibi? C'est comme ça qu'ils me voient, eux, Daniel, Marcelle,
Brunet, Jacques : l'homme qui veut être libre. Il mange, il boit,
comme tout le monde, il est fonctionnaire du gouvernement, il ne
fait pas de politique, il lit *L'Œuvre* et *Le Populaire*, il a des ennuis
d'argent. Seulement, il veut être libre, comme d'autres veulent une
collection de timbres. La liberté, c'est son jardin secret. Sa petite
connivence avec lui-même. Un type paresseux et froid, un peu
chimérique mais très raisonnable au fond, qui s'est sournoisement
confectionné un médiocre et solide bonheur d'inertie et qui se justifie
de temps en temps par des considérations élevées. Est-ce que c'est
ça que je suis?

Il avait sept ans, il était à Pithiviers, chez son oncle Jules, le den-
tiste, tout seul dans le salon d'attente et il jouait à s'empêcher
d'exister : il fallait essayer de ne pas s'avaler, comme lorsqu'on garde
sur la langue un liquide trop froid en retenant le petit mouvement
de déglutition qui le ferait couler dans l'arrière-gorge. Il était arrivé
à se vider complètement la tête. Mais ce vide avait encore un
goût. C'était un jour à sottises. Il croupissait dans une chaleur provin-
ciale qui sentait la mouche, et justement il venait d'attraper une
mouche et de lui arracher les ailes. Il avait constaté que la tête
ressemblait au bout soufré d'une allumette de cuisine, il avait été
chercher le grattoir à la cuisine et il l'avait frotté contre la tête de la
mouche, pour voir si elle s'enflammerait. Mais tout cela négligemment : c'était une piètre comédie désœuvrée, il n'arrivait pas à
s'intéresser à lui-même, il savait très bien que la mouche ne s'allumerait pas. Sur la table, il y avait des magazines déchirés et un beau
vase de Chine, vert et gris, avec des anses comme des serres de
perroquet; l'oncle Jules lui avait dit que ce vase avait trois mille ans.
Mathieu s'était approché du vase, les mains derrière le dos, et l'avait
regardé en se dandinant avec inquiétude : c'était effrayant d'être
une petite boulette de mie de pain, dans ce vieux monde rissolé,
en face d'un impassible vase de trois mille ans. Il lui avait
tourné le dos et s'était mis à loucher et à renifler devant la glace,

sans parvenir à se distraire, puis tout à coup, il était revenu près de la table, il avait soulevé le vase, qui était fort lourd, et il l'avait jeté sur le parquet : ça lui était venu comme ça, et, tout de suite après, il s'était senti léger comme un fil de la Vierge. Il avait regardé les débris de porcelaine, émerveillé : quelque chose venait d'arriver à ce vase de trois mille ans entre ces murs quinquagénaires, sous l'antique lumière de l'été, quelque chose de très irrévérencieux qui ressemblait à un matin. Il avait pensé : « C'est moi qui ai fait ça ! » et il s'était senti tout fier, libéré du monde et sans attaches, sans famille, sans origines, un petit surgissement têtu qui avait crevé la croûte terrestre.

Il avait seize ans, c'était une petite brute, il était couché sur le sable, à Arcachon, il regardait les longues vagues plates de l'Océan. Il venait de rosser un jeune Bordelais qui lui avait lancé des pierres et il l'avait obligé à manger du sable. Assis à l'ombre des pins, hors d'haleine, les narines emplies par l'odeur de la résine, il avait l'impression d'être une petite explosion en suspens dans les airs, ronde, abrupte, inexplicable. Il s'était dit : « Je serai libre », ou plutôt il ne s'était rien dit du tout, mais c'était ce qu'il voulait dire et c'était un pari ; il avait parié que sa vie entière ressemblerait à ce moment exceptionnel. Il avait vingt et un ans, il lisait Spinoza dans sa chambre, c'était le Mardi Gras, il y avait de grands chars multicolores qui passaient dans la rue, chargés de mannequins en carton ; il avait levé les yeux et il avait parié de nouveau, avec cette emphase philosophique qui leur était commune depuis peu, à Brunet et à lui ; il s'était dit : « Je ferai mon salut ! » Dix fois, cent fois, il avait refait son pari. Les mots changeaient avec l'âge, avec les modes intellectuelles, mais c'était un seul et même pari ; et Mathieu n'était pas, à ses propres yeux, un grand type un peu lourd qui enseignait la philosophie dans un lycée de garçons, ni le frère de Jacques Delarue, l'avoué, ni l'amant de Marcelle, ni l'ami de Daniel et de Brunet : il n'était rien d'autre que ce pari.

Quel pari ? Il passa la main sur ses yeux lassés par la lumière : il ne savait plus bien ; il avait à présent — de plus en plus souvent — de longs moments d'exil. Pour comprendre son pari, il fallait qu'il fût au meilleur de lui-même.

— Balle, s'il vous plaît.

Une balle de tennis roula jusqu'à ses pieds, un petit garçon courait vers lui, une raquette à la main. Mathieu ramassa la balle et la lui lança. Il n'était certes pas au meilleur de lui-même : il croupissait dans cette chaleur morne, il subissait l'antique et monotone sensation du quotidien : il avait beau se répéter les phrases qui l'exaltaient autrefois : « Être libre. Être cause de soi, pouvoir dire : je suis parce que je le veux; être mon propre commencement. » C'étaient des mots vides et pompeux, des mots agaçants d'intellectuel.

Il se leva. Un fonctionnaire se leva, un fonctionnaire qui avait des ennuis d'argent et qui allait retrouver la sœur d'un de ses anciens élèves. Il pensa : « Est-ce que les jeux sont faits? Est-ce que je ne suis plus qu'un fonctionnaire? » Il avait attendu si longtemps; ses dernières années n'avaient été qu'une veille d'armes. Il attendait à travers mille petits soucis quotidiens; naturellement il courait après les bonnes femmes, pendant ce temps-là, il voyageait et puis il fallait bien qu'il gagnât sa vie. Mais à travers tout ça, son unique soin avait été de se garder disponible. Pour un acte. Un acte libre et réfléchi qui engagerait toute sa vie et qui serait au commencement d'une existence nouvelle. Il n'avait jamais pu se prendre complètement à un amour, à un plaisir, il n'avait jamais été vraiment malheureux : il lui semblait toujours qu'il était ailleurs, qu'il n'était pas encore né tout à fait. Il attendait. Et pendant ce temps-là, doucement, sournoisement, les années étaient venues, elles l'avaient saisi, par derrière; trente-quatre ans. « C'est à vingt-cinq ans qu'il aurait fallu m'engager. Comme Brunet. Oui, mais alors, on ne s'engage pas en pleine connaissance de cause. On est couillonné. Je ne voulais pas non plus être couillonné. » Il avait songé à partir pour la Russie, à laisser tomber ses études, à apprendre un métier manuel. Mais ce qui l'avait retenu, chaque fois, au bord de ces ruptures violentes, c'est qu'il manquait de raisons pour le faire. Sans raisons, elles n'eussent été que des coups de tête. Et il avait continué à attendre...

Des bateaux à voile tournaient dans le bassin du Luxembourg, giflés de temps en temps par le jet d'eau. Il s'arrêta pour regarder leur petit carrousel nautique. Il pensa : « Je n'attends plus. Elle a raison : je me suis vidé, stérilisé pour n'être plus qu'une attente. A présent, je suis vide, c'est vrai. Mais je n'attends plus rien. »

Là-bas, près du jet d'eau, un petit bateau était en perdition, il donnait de la bande. Tout le monde riait en le regardant; un gamin tentait de le rattraper avec une gaffe.

IV

Mathieu regarda sa montre : « Dix heures quarante, elle est en retard. » Il n'aimait pas qu'elle fût en retard, il avait toujours peur qu'elle ne se fût laissée mourir. Elle oubliait tout, elle se fuyait, elle s'oubliait d'une minute à l'autre, elle oubliait de manger, elle oubliait de dormir. Un jour elle oublierait de respirer et ce serait fini. Deux jeunes gens s'étaient arrêtés près de lui : ils considéraient une table avec morgue.

— Sit down, fit l'un.

— Je sit down, dit l'autre. Ils rirent et s'assirent; ils avaient des mains soignées, la mine dure et la chair tendre. « Il n'y a que des morpions ici! » pensa Mathieu irrité. Des étudiants ou des lycéens; les jeunes mâles entourés de femelles grises avaient l'air d'insectes étincelants et butés. « C'est marrant la jeunesse, pensa Mathieu, au dehors ça rutile et au dedans on ne sent rien. » Ivich sentait sa jeunesse, Boris aussi, mais c'étaient des exceptions. Des martyrs de la jeunesse. « Je ne savais pas que j'étais jeune moi, ni Brunet, ni Daniel. On s'en est rendu compte après. »

Il songea sans trop de plaisir qu'il allait conduire Ivich à l'exposition Gauguin. Il aimait lui montrer de beaux tableaux, de beaux films, de beaux objets parce qu'il n'était pas beau, c'était une manière de s'excuser. Ivich ne l'excusait pas : ce matin, comme les autres fois, elle regarderait les tableaux de son air maniaque et farouche; Mathieu se tiendrait à ses côtés, laid, importun, oublié. Et pourtant il n'aurait pas voulu être beau : jamais elle n'était plus seule qu'en face de la beauté. Il se dit : « Je ne sais pas ce que je veux d'elle. » Et, justement, il l'aperçut; elle descendait le boulevard au côté d'un grand garçon calamistré qui portait des lunettes, elle levait vers lui son visage, elle lui offrait son sourire illuminé; ils parlaient avec animation. Quand elle vit Mathieu, ses yeux s'éteignirent, elle fit un salut rapide à son

compagnon et traversa la rue des Écoles d'un air endormi. Mathieu
se leva :

— Salut bien, Ivich.

— Bonjour, dit-elle.

Elle avait son visage le plus habillé : elle avait ramené ses boucles
blondes jusqu'à son nez et sa frange descendait jusqu'à ses yeux.
L'hiver, le vent bousculait ses cheveux, dénudait ses grosses joues
blêmes et ce front bas qu'elle appelait « mon front de Kalmuck »;
une large face apparaissait, pâle, enfantine et sensuelle comme la
lune entre deux nuages. Aujourd'hui Mathieu ne voyait qu'un faux
visage étroit et pur qu'elle portait en avant du vrai, comme un
masque triangulaire. Les jeunes voisins de Mathieu se tournèrent
vers elle : visiblement ils pensaient : la belle fille. Mathieu la regarda
avec tendresse; il était le seul, parmi tous ces gens, à savoir qu'Ivich
était laide. Elle s'assit, calme et morose. Elle n'était pas fardée
parce que le fard abîme la peau.

— Et pour madame? demanda le garçon.

Ivich lui sourit, elle aimait qu'on l'appelât madame; puis elle
se tourna vers Mathieu d'un air incertain :

— Prenez un pippermint, dit Mathieu, vous aimez ça.

— J'aime ça? dit-elle amusée. Alors je veux bien. Qu'est-ce que
c'est? demanda-t-elle quand le garçon fut parti.

— C'est de la menthe verte.

— Cette chose verte et visqueuse que j'ai bue l'autre fois? Oh!
je n'en veux pas, ça poisse la bouche. Je me laisse toujours faire
mais je ne devrais pas vous écouter, nous n'avons pas les mêmes
goûts.

— Vous aviez dit que vous aimiez ça, dit Mathieu contrarié.

— Oui, mais après j'ai réfléchi, je me suis rappelé le goût. Elle
frissonna. Je n'en boirai plus jamais.

— Garçon! cria Mathieu.

— Non, non, laissez, il va l'apporter, c'est joli à regarder. Je n'y
toucherai pas, voilà tout; je n'ai pas soif.

Elle se tut. Mathieu ne savait que lui dire : si peu de choses
intéressaient Ivich; et puis, il n'avait pas envie de parler. Marcelle
était là; il ne la voyait pas, il ne la nommait pas, mais elle était
là. Ivich, il la voyait, il pouvait l'appeler par son nom ou lui
toucher l'épaule : mais elle était hors d'atteinte, avec sa taille
frêle et sa belle gorge dure; elle semblait peinte et vernie, comme
une Tahitienne sur une toile de Gauguin, inutilisable. Tout à l'heure,
Sarah téléphonerait. Le chasseur appellerait : « Monsieur Delarue »;
Mathieu entendrait au bout du fil une voix noire : « Il veut dix mille

francs, pas un sou de moins. » Hôpital, chirurgie, odeur d'éther, questions d'argent. Mathieu fit un effort et se tourna vers Ivich, elle avait fermé les yeux et passait un doigt léger sur ses paupières. Elle rouvrit les yeux :

— J'ai l'impression qu'ils se tiennent ouverts tout seuls. De temps en temps je les ferme pour les reposer. Est-ce qu'ils sont rouges?

— Non.

— C'est le soleil; en été j'ai toujours mal aux yeux. Des jours comme ça, on ne devrait sortir qu'à la nuit tombée; autrement on ne sait pas où se mettre, le soleil vous poursuit partout. Et puis les gens ont les mains moites.

Mathieu toucha du doigt, sous la table, la paume de sa propre main : elle était sèche. C'était l'autre, le grand garçon calamistré, qui avait les mains moites. Il regardait Ivich sans trouble; il se sentait coupable et délivré, parce qu'il tenait moins à elle.

— Ça vous ennuie que je vous aie obligée à sortir ce matin?

— De toute façon c'était impossible que je reste dans ma chambre.

— Mais pourquoi? demanda Mathieu étonné.

Ivich le regarda avec impatience :

— Vous ne savez pas ce que c'est, vous, un foyer d'étudiantes. On y protège la jeune fille pour de bon, surtout en période d'examen. Et puis la bonne femme m'a prise en affection, elle entre tout le temps dans ma chambre sous des prétextes, elle me caresse les cheveux, j'ai horreur qu'on me touche.

Mathieu l'écoutait à peine : il savait qu'elle ne pensait pas à ce qu'elle disait. Ivich secoua la tête d'un air irrité :

— Cette grosse du Foyer m'aime parce que je suis blonde. C'est toujours pareil, dans trois mois elle va me détester : elle dira que je suis sournoise.

— Vous êtes sournoise, dit Mathieu.

— Ben oui... dit-elle d'un ton traînant qui faisait penser à ses joues blêmes.

— Et puis, qu'est-ce que vous voulez, les gens finissent tout de même par s'apercevoir que vous leur cachez vos joues et que vous baissez les yeux devant eux comme une sainte nitouche.

— Eh bien! Ça vous plairait à vous qu'on sache qui vous êtes? Elle ajouta avec une sorte de mépris : Il est vrai que vous n'êtes pas sensible à ces choses-là. Quant à ce qui est de regarder les gens en face, reprit-elle, je ne peux pas : les yeux me picotent tout de suite.

— Vous m'avez souvent gêné au début, dit Mathieu. Vous me regardiez au-dessus du front, à la hauteur des cheveux. Moi qui ai si peur de devenir chauve... Je croyais que vous aviez remarqué une éclaircie et que vous ne pouviez plus en détacher les yeux.

— Je regarde tout le monde comme ça.

— Oui, ou alors par côté : comme ça...

Il lui lança un coup d'œil sournois et rapide. Elle rit, amusée et furieuse :

— Cessez! Je ne veux pas qu'on m'imite.

— Ça n'était pas bien méchant.

— Non, mais ça me fait peur quand vous me prenez mes expressions.

— Je comprends ça, dit Mathieu en souriant.

— Ce n'est pas ce que vous avez l'air de croire : vous seriez le plus beau type du monde, ça me ferait pareil.

Elle ajouta d'une voix changée :

— Je voudrais bien ne pas avoir si mal aux yeux.

— Écoutez, dit Mathieu, je vais aller chez un pharmacien vous chercher un cachet. Mais j'attends un coup de téléphone. Si on me demande vous seriez bien gentille de dire au chasseur que je reviens tout de suite et qu'on me rappelle.

— Non, n'allez pas, dit-elle froidement, je vous remercie bien, mais rien n'y ferait, c'est ce soleil.

Ils se turent. « Je m'emmerde », pensa Mathieu, avec un drôle de plaisir grinçant. Ivich lissait sa jupe avec les paumes en relevant un peu les doigts comme si elle allait frapper des touches de piano. Ses mains étaient toujours rougeaudes, parce qu'elle avait une mauvaise circulation; en général elle les tenait en l'air et les agitait un peu pour les faire pâlir. Elles ne lui servaient guère à prendre, c'étaient deux petites idoles frustes au bout de ses bras; elles effleuraient les choses avec des gestes menus et inachevés et semblaient moins les saisir que les modeler. Mathieu regarda les ongles d'Ivich, longs et pointus, violemment peints, presque chinois : il suffisait de contempler ces parures encombrantes et fragiles pour comprendre qu'Ivich ne pouvait rien faire de ses dix doigts. Un jour, un de ses ongles était tombé tout seul, elle le conservait dans un petit cercueil et, de temps en temps, elle l'examinait avec un mélange d'horreur et de plaisir. Mathieu l'avait vu : il avait gardé son vernis, il ressemblait à un scarabée mort. « Je me demande ce qui la préoccupe : elle n'a jamais été plus agaçante. Ça doit être son examen. A moins qu'elle ne s'emmerde avec moi : après tout, je suis une grande personne. »

— Ça ne commence sûrement pas comme ça quand on devient aveugle, dit tout à coup Ivich d'un air neutre.

— Sûrement pas, dit Mathieu en souriant. Vous savez ce que

vous a dit le docteur à Laon : vous avez un peu de conjonctivite.

Il parlait doucement, il souriait doucement, il se sentait empoissé de douceur : avec Ivich il fallait toujours sourire, faire des gestes doux et lents. « Comme Daniel avec ses chats. »

— Les yeux me font si mal, dit Ivich, il suffit d'un rien... Elle hésita : Je... c'est au fond des yeux que j'ai mal. Tout au fond. Est-ce qu'il n'y a pas ça aussi au commencement de cette folie dont vous me parliez?

— Ah! cette histoire de l'autre jour? demanda Mathieu. Écoutez, Ivich, la dernière fois c'était votre cœur, vous aviez peur d'une crise cardiaque. Quelle drôle de petite personne vous faites, on dirait que vous avez besoin de vous tourmenter; et puis, d'autres fois, vous déclarez tout d'un coup que vous êtes bâtie à chaux et à sable; il faut choisir.

Sa voix lui laissait un goût de sucre au fond de la bouche.

Ivich regardait à ses pieds d'un air fermé.

— Il doit m'arriver quelque chose.

— Je sais, dit Mathieu, votre ligne de vie est brisée. Mais vous m'avez dit que vous n'y croyiez pas vraiment.

— Non, je n'y crois pas vraiment... Et puis il y a aussi que je ne peux pas imaginer mon avenir. Il est barré.

Elle se tut et Mathieu la regarda en silence. Sans avenir... Tout à coup il eut un mauvais goût dans la bouche et il sentit qu'il tenait à Ivich de toutes ses forces. C'était vrai qu'elle n'avait pas d'avenir : Ivich à trente ans, Ivich à quarante ans, ça n'avait pas de sens. Il pensa : elle n'est pas viable. Quand Mathieu était seul ou quand il parlait avec Daniel, avec Marcelle, sa vie s'étendait devant lui, claire et monotone : quelques femmes, quelques voyages, quelques livres. Une longue pente, Mathieu la descendait lentement, lentement, souvent même il trouvait que ça n'allait pas assez vite. Et tout à coup, quand il voyait Ivich, il lui semblait vivre une catastrophe. Ivich était une petite souffrance voluptueuse et tragique qui n'avait pas de lendemain : elle partirait, elle deviendrait folle, elle mourrait d'une crise cardiaque ou bien ses parents la séquestreraient à Laon. Mais Mathieu ne pourrait pas supporter de vivre sans elle. Il fit un geste timide avec la main : il aurait voulu prendre le bras d'Ivich au-dessus du coude et le serrer de toutes ses forces. « J'ai horreur qu'on me touche. » La main de Mathieu retomba. Il dit très vite :

— Vous avez une bien belle blouse, Ivich.

C'était une gaffe : Ivich inclina la tête avec raideur et tapota sa blouse d'un air contraint. Elle accueillait les hommages comme des offenses, c'était comme si on taillait à coups de hache une image d'elle, grossière et fascinante, à laquelle elle avait peur de se laisser prendre. Elle seule pouvait penser comme il convenait à sa personne. Elle y pensait sans mots, c'était une petite certitude tendre, une caresse. Mathieu regarda avec humilité les frêles épaules d'Ivich, son cou droit et rond. Elle disait souvent : « J'ai horreur des gens qui ne sentent pas leur corps. » Mathieu sentait son corps mais c'était plutôt comme un gros paquet encombrant.

— Vous voulez toujours qu'on aille voir les Gauguin?

— Quels Gauguin? Ah! l'exposition dont vous m'avez parlé? Eh bien, on peut y aller.

— Vous n'avez pas l'air d'en avoir envie.

— Si.

— Mais il faut le dire, Ivich, si vous n'en avez pas envie.

— Mais vous, vous en avez envie.

— Vous savez bien que j'y suis déjà allé. J'ai envie de vous la montrer si ça vous fait plaisir, mais si vous n'y tenez pas, ça ne m'intéresse plus.

— Eh bien alors, j'aimerais mieux y aller un autre jour.

— Seulement l'exposition finit demain, dit Mathieu, déçu.

— Oh ben tant pis, dit Ivich d'un air veule, ça se retrouvera. Elle ajouta avec entrain : « Ces choses-là se retrouvent toujours, n'est-ce pas? »

— Ivich! dit Mathieu avec une douceur irritée, vous voilà bien. Dites que vous n'en avez plus envie mais vous savez bien que ça ne se retrouvera pas d'ici longtemps.

— Eh bien, dit-elle gentiment, je ne veux pas y aller parce que je suis dégoûtée à cause de cet examen. C'est infernal de faire attendre si longtemps les résultats.

— Est-ce que ça n'est pas pour demain?

— Justement. Elle ajouta en effleurant la manche de Mathieu avec le bout de ses doigts :

— Il ne faut pas faire attention à moi, aujourd'hui, je ne suis plus moi. Je dépends des autres, c'est avilissant, j'ai tout le temps l'image d'une petite feuille blanche collée contre un mur gris. Ils vous imposent de penser à ça. Quand je me suis levée ce matin, j'ai senti que j'étais déjà à demain; aujourd'hui c'est une journée pour rien, une journée rayée. Ils me l'ont volée et il ne m'en reste déjà pas tant.

Elle ajouta d'une voix basse et rapide :

— J'ai raté ma préparation de botanique.

— Je comprends, dit Mathieu.

Il aurait voulu trouver dans ses souvenirs une angoisse qui lui permît de comprendre celle d'Ivich. A la veille de l'agrégation, peut-être... Non, de toute façon, ça n'était pas pareil. Il avait vécu sans risques, paisiblement. A présent il se sentait fragile, au milieu d'un monde menaçant, mais c'était à travers Ivich.

— Si je suis admissible, dit Ivich, je boirai un petit peu avant d'aller à l'oral.

Mathieu ne répondit pas.

— Un tout petit peu, répéta Ivich.

— Vous avez dit ça en février, avant d'aller passer votre colle et puis, finalement, c'était du propre, vous avez pris quatre petits verres de rhum et vous étiez complètement saoule.

— D'ailleurs je ne serai pas admissible, dit-elle d'un air faux.

— C'est entendu mais si, par hasard, vous l'étiez?

— Eh bien, je ne boirai pas.

Mathieu n'insista pas : il était sûr qu'elle se présenterait ivre à l'oral : « Ça n'est pas moi qui aurais fait ça, j'étais bien trop prudent.» Il était irrité contre Ivich et dégoûté de lui-même. Le garçon apporta un verre à pied et le remplit à moitié de menthe verte.

— Je vous donne tout de suite le seau à glace.

— Merci bien, dit Ivich.

Elle regardait le verre et Mathieu la regardait. Un désir violent et imprécis l'avait envahi : être un instant cette conscience éperdue et remplie de sa propre odeur, sentir du dedans ces bras longs et minces, sentir, à la saignée, la peau de l'avant-bras se coller comme une lèvre à la peau du bras, sentir ce corps et tous les petits baisers discrets qu'il se donnait sans cesse. Être Ivich sans cesser d'être moi. Ivich prit le seau des mains du garçon et mit un cube de glace dans son verre.

— Ça n'est pas pour boire, dit-elle, mais c'est plus joli comme ça.

Elle cligna un peu des yeux et sourit d'un air enfantin.

— C'est joli.

Mathieu regarda le verre avec irritation, il s'appliqua à observer l'agitation épaisse et maladroite du liquide, la blancheur trouble du glaçon. En vain. Pour Ivich, c'était une petite volupté visqueuse et verte qui la poissait jusqu'au bout des doigts; pour lui, ça n'était rien. Moins que rien : un verre avec de la menthe dedans. Il pouvait penser ce que sentait Ivich, mais il ne sentait jamais rien; pour elle les choses étaient des présences étouffantes et complices, d'amples remous qui la pénétraient jusque dans sa chair, mais Mathieu les voyait toujours de loin. Il lui jeta un coup d'œil et soupira : il était en retard, comme toujours; Ivich ne regardait déjà plus le verre;

elle avait l'air triste et tirait nerveusement sur une boucle de ses cheveux.

— Je voudrais une cigarette.

Mathieu prit le paquet de _Gold Flake_ dans sa poche et le lui tendit :

— Je vais vous donner du feu.

— Merci, je préfère l'allumer moi-même.

Elle alluma la cigarette et en tira quelques bouffées. Elle avait approché sa main de sa bouche et s'amusait d'un air maniaque à faire courir la fumée le long de sa paume. Elle expliqua comme pour elle-même :

— Je voudrais que la fumée ait l'air de sortir de ma main. Ça serait drôle, une main qui brumerait.

— Ça ne se peut pas, la fumée va trop vite.

— Je sais, ça m'agace mais je ne peux pas m'arrêter. Je sens mon souffle qui chatouille ma main, il passe juste au milieu, on dirait qu'elle est coupée en deux par un mur.

Elle eut un petit rire et se tut, elle soufflait toujours sur sa main, mécontente et obstinée. Puis elle jeta sa cigarette et secoua la tête; l'odeur de ses cheveux parvint aux narines de Mathieu. C'était une odeur de gâteau et de sucre vanillé, parce qu'elle se lavait les cheveux au jaune d'œuf; mais ce parfum de pâtisserie laissait un goût charnel.

Mathieu se mit à penser à Sarah.

— A quoi pensez-vous, Ivich? demanda-t-il.

Elle demeura un instant la bouche ouverte, décontenancée, et puis elle reprit son air méditatif et son visage se referma. Mathieu se sentait las de la regarder, il avait mal au coin des yeux :

— A quoi pensez-vous? répéta-t-il.

— Je... Ivich se secoua. Vous me demandez tout le temps ça. A rien de précis. Ce sont des choses qu'on ne peut pas dire, ça ne se formule pas.

— Mais tout de même?

— Eh bien, je regardais ce bonhomme qui vient, par exemple. Que voulez-vous que je dise? Il faudrait dire : il est gros, il s'éponge le front avec un mouchoir, il porte un nœud tout fait... C'est drôle que vous me forciez à raconter ça, dit-elle brusquement honteuse et irritée, ça ne vaut pas la peine d'être dit.

— Si, pour moi, si. Si je pouvais faire un vœu, je souhaiterais que vous soyez obligée de penser tout haut.

Ivich sourit malgré elle.

— C'est du vice, dit-elle, la parole n'est pas faite pour ça.

— C'est marrant, vous avez pour la parole un respect de sauvage;

vous avez l'air de croire qu'elle n'est faite que pour annoncer les morts et les mariages ou pour dire la messe. D'ailleurs vous ne regardiez pas les gens, Ivich, je vous ai vue, vous regardiez votre main et ensuite vous avez regardé votre pied. Et puis je sais ce que vous pensiez.

— Pourquoi le demandez-vous, alors? Il ne faut pas être bien malin pour le deviner : je pensais à cet examen.

— Vous avez peur d'être collée, c'est ça?

— Naturellement, j'ai peur d'être collée. Ou plutôt non, je n'ai pas peur. Je sais que je suis collée.

Mathieu sentit de nouveau dans sa bouche un goût de catastrophe : si elle est collée, je ne la verrai plus. Elle serait sûrement collée : c'était une évidence.

— Je ne veux pas retourner à Laon, dit Ivich désespérée. Si j'y rentre collée, je n'en sortirai plus, ils m'ont dit que c'était ma dernière chance.

Elle se remit à tirer sur ses cheveux.

— Si j'avais du courage..., dit-elle en hésitant.

— Qu'est-ce que vous feriez? demanda Mathieu inquiet.

— N'importe quoi. Tout plutôt que de retourner là-bas, je ne veux pas y passer ma vie, je ne veux pas!

— Mais vous m'aviez dit que votre père vendrait peut-être la scierie d'ici un an ou deux et que tout le monde viendrait s'installer à Paris.

— De la patience! Voilà comme vous êtes tous, dit Ivich en tournant vers lui des yeux étincelants de fureur. Je voudrais vous y voir! Deux ans dans cette cave, patienter deux ans! Vous ne pouvez donc pas vous mettre dans la tête que c'est deux ans qu'on me vole? Je n'ai qu'une vie, moi, dit-elle rageusement. A la façon dont vous parlez, on dirait que vous vous croyez éternel. Un an de perdu, d'après vous, ça se remplace! Les larmes lui vinrent aux yeux. Ça n'est pas vrai que ça se remplace, c'est ma jeunesse qui filera là-bas goutte à goutte. Je veux vivre tout de suite, je n'ai pas commencé et je n'ai pas le temps d'attendre, je suis déjà vieille, j'ai vingt et un ans.

— Ivich, je vous en prie, dit Mathieu, vous me faites peur. Essayez une fois au moins de me dire clairement comment vous avez réussi vos travaux pratiques. Tantôt vous avez l'air contente et tantôt vous êtes désespérée.

— J'ai tout raté, dit Ivich d'un air sombre.

— Je croyais que vous aviez réussi en physique.

— Parlons-en! dit Ivich avec ironie. Et puis la chimie a été lamentable, je ne peux pas me fourrer les dosages dans la tête, c'est tellement aride.

— Mais aussi pourquoi avez-vous choisi de faire ça?

— Quoi?

— Le P. C. B.

— Il fallait bien sortir de Laon, dit-elle d'un ton farouche.

Mathieu fit un geste d'impuissance; ils se turent. Une femme sortit du café et passa lentement devant eux; elle était belle, avec un tout petit nez dans un visage lisse, elle avait l'air de chercher quelqu'un. Ivich dut sentir d'abord son parfum : elle releva lentement sa tête morne puis elle la vit et son visage se transforma.

— La superbe créature, dit-elle d'une voix basse et profonde. Mathieu eut horreur de cette voix.

La femme s'immobilisa, clignant des yeux au soleil, elle pouvait avoir trente-cinq ans, on voyait ses longues jambes par transparence à travers le crêpe léger de sa robe; mais Mathieu n'avait pas envie de les regarder, il regardait Ivich. Ivich était devenue presque laide, elle serrait avec force ses mains l'une contre l'autre. Elle avait dit un jour à Mathieu : « Les petits nez, ça me donne envie de les mordre. » Mathieu se pencha un peu et il la vit de trois quarts; elle avait un air endormi et cruel et il pensa qu'elle avait envie de mordre.

— Ivich, dit doucement Mathieu.

Elle ne répondit pas; Mathieu savait qu'elle ne pouvait pas répondre : il n'existait plus pour elle, elle était toute seule.

— Ivich!

C'était dans ces moments-là qu'il tenait le plus à elle, lorsque son petit corps charmant et presque mignard était habité par une force douloureuse, par un amour ardent et trouble, disgracié, pour la beauté. Il pensa : Je ne suis pas beau, et il se sentit seul à son tour.

La femme s'en alla. Ivich la suivit des yeux et murmura rageusement :

— Il y a des moments où je voudrais être un type.

Elle eut un petit rire sec et Mathieu la regarda tristement.

— On demande monsieur Delarue au téléphone, cria le chasseur.

— C'est moi, dit Mathieu.

Il se leva :

— Excusez-moi, c'est Sarah Gomez.

Ivich lui sourit avec froideur; il entra dans le café et descendit l'escalier.

— Monsieur Delarue? Première cabine.

Mathieu prit l'écouteur, la porte de la cabine ne fermait pas.

— Allo, c'est Sarah?

— Rebonjour, dit la voix nasillarde de Sarah. Eh bien, c'est arrangé.

— Ah! je suis content.

— Seulement il faut vous presser : il part dimanche pour les États-Unis. Il voudrait faire ça après-demain au plus tard, pour avoir le temps de la surveiller un peu les premiers jours.

— Bon... Eh bien, je vais prévenir Marcelle aujourd'hui même, seulement ça me prend un peu de court, il faut que je trouve l'argent. Combien veut-il?

— Ah! je suis désolée, dit la voix de Sarah, mais il veut quatre mille comptant, j'ai insisté, je vous jure, j'ai dit que vous étiez gêné mais il n'a rien voulu savoir. C'est un sale Juif, ajouta-t-elle en riant.

Sarah débordait de pitié inemployée mais quand elle avait entrepris de rendre un service, elle devenait brutale et affairée comme une sœur de charité. Mathieu avait un peu éloigné l'écouteur, il pensait : Quatre mille francs, et il entendait le rire de Sarah crépiter sur la petite plaque noire, c'était un cauchemar.

— D'ici deux jours? Bon, je... je m'arrangerai. Merci Sarah, vous êtes une perle. Vous serez chez vous ce soir avant dîner?

— Toute la journée.

— Bon. Je passerai, il y a encore des trucs à régler.

— A ce soir.

Mathieu sortit de la cabine.

— Je voudrais un jeton de téléphone, mademoiselle. Oh! et puis non, ça n'est pas la peine.

Il jeta vingt sous dans une soucoupe et monta lentement l'escalier. Ça n'était pas la peine d'appeler Marcelle avant d'avoir réglé cette question d'argent. « J'irai trouver Daniel à midi. » Il se rassit près d'Ivich et la regarda sans tendresse.

— Je n'ai plus mal à la tête, dit-elle gentiment.

— Je suis bien content, dit Mathieu.

Il avait le cœur plein de suie.

Ivich le regarda de côté, à travers ses longs cils. Elle avait un sourire confus et coquet :

— On pourrait... on pourrait tout de même aller voir les Gauguin.

— Si vous voulez, dit Mathieu sans surprise.

Ils se levèrent et Mathieu remarqua que le verre d'Ivich était vide.

— Taxi, cria-t-il.

— Pas celui-là, dit Ivich, il est découvert, nous aurons le vent dans la figure.

— Non, non, dit Mathieu au chauffeur, continuez, ça n'était pas pour vous.

— Arrêtez celui-ci, dit Ivich, regardez comme il est beau, on dirait un carrosse du Saint-Sacrement et puis il est fermé.

Le taxi s'arrêta et Ivich y monta. « Pendant que j'y suis, pensa Mathieu, je demanderai mille francs de plus à Daniel, ça me permettra de finir le mois. »

— Galerie des Beaux-Arts, faubourg Saint-Honoré.

Il s'assit en silence auprès d'Ivich. Ils étaient gênés tous les deux. Mathieu vit, entre ses pieds, trois cigarettes à moitié consumées, avec des bouts dorés.

— Il y a quelqu'un qui s'est énervé dans ce taxi.

— Pourquoi?

Mathieu lui montra les cigarettes.

— C'est une femme, dit Ivich, il y a des traces de rouge.

Ils sourirent et se turent. Mathieu dit :

— Une fois j'ai trouvé cent francs dans un taxi.

— Vous avez dû être content.

— Oh! je les ai rendus au chauffeur.

— Tiens, dit Ivich, moi je les aurais gardés; pourquoi avez-vous fait ça?

— Je ne sais pas, dit Mathieu.

Le taxi traversa la place Saint-Michel, Mathieu faillit dire : « Regardez comme la Seine est verte », mais il ne dit rien. Ivich dit soudain :

— Boris pensait que nous irions tous les trois au « Sumatra », ce soir; j'aimerais...

Elle avait tourné la tête et regardait les cheveux de Mathieu en avançant la bouche d'un air tendre. Ivich n'était pas précisément coquette mais de temps en temps elle prenait un air de tendresse pour le plaisir de sentir son visage lourd et doux comme un fruit. Mathieu la jugea agaçante et déplacée.

— Je serai content de voir Boris et d'être avec vous, dit-il, ce qui me gêne un peu, vous le savez, c'est Lola; elle ne peut pas m'encaisser.

— Qu'est-ce que ça fait?

Il y eut un silence. C'était comme s'ils s'étaient représenté en même temps qu'ils étaient un homme et une femme, enfermés ensemble dans un taxi. « Ça ne doit pas être », se dit-il avec agacement; Ivich reprit :

— Je ne trouve pas que Lola vaille la peine qu'on fasse attention à elle. Elle est belle et elle chante bien, voilà tout.

— Je la trouve sympathique.

— Naturellement. Ça, c'est votre morale, vous voulez toujours être parfait. Du moment que les gens vous détestent, vous faites de votre mieux pour leur découvrir des qualités. Moi, je ne la trouve pas sympathique, ajouta-t-elle.

— Elle est charmante avec vous.

— Elle ne peut pas faire autrement; mais je ne l'aime pas, elle joue la comédie.

— La comédie? demanda Mathieu en levant les sourcils, c'est bien la dernière chose que je lui reprocherais.

— C'est drôle que vous n'ayez pas remarqué ça : elle pousse des soupirs gros comme elle pour qu'on la croie désespérée et puis elle se commande de bons petits plats.

Elle ajouta avec une sournoise méchanceté :

— Moi, j'aurais cru que les gens désespérés se fichaient pas mal de crever : ça m'étonne toujours quand je la vois calculer sou par sou ses dépenses et faire des économies.

— Ça n'empêche pas qu'elle soit désespérée. C'est comme ça que font les gens qui vieillissent : quand ils sont dégoûtés d'eux-mêmes et de leur vie, ils pensent à l'argent et ils se soignent.

— Eh bien, on ne devrait jamais vieillir, dit Ivich sèchement.

Il la regarda d'un air gêné et il s'empressa d'ajouter :

— Vous avez raison, ça n'est pas beau d'être vieux.

— Oh! mais vous, vous n'avez pas d'âge, dit Ivich, il me semble que vous avez toujours été comme vous êtes, vous avez la jeunesse d'un minéral. Quelquefois, j'essaie d'imaginer comment vous étiez dans votre enfance, mais je ne peux pas.

— J'avais des boucles, dit Mathieu.

— Eh bien moi, je me figure que vous étiez comme aujourd'hui, tout juste un peu plus petit.

Cette fois, Ivich ne devait pas savoir qu'elle avait l'air tendre. Mathieu voulut parler mais il y avait un drôle de chatouillement dans son gosier et il était hors de lui-même. Il avait laissé derrière lui Marcelle, Sarah et les interminables couloirs d'hôpital où il traînait depuis le matin, il n'était plus nulle part, il se sentait libre; cette journée d'été le frôlait de sa masse dense et chaude, il avait envie de s'y laisser tomber de tout son poids. Une seconde encore il lui sembla qu'il restait en suspens dans le vide avec une intolérable impression de liberté et puis, brusquement, il étendit le bras, prit Ivich par les épaules et l'attira contre lui. Ivich se laissa aller avec raideur, tout d'une pièce, comme si elle perdait l'équilibre. Elle ne dit rien; elle avait un air neutre.

Le taxi s'était engagé dans la rue de Rivoli, les arcades du Louvre s'envolaient lourdement le long des vitres, comme de grosses colombes. Il faisait chaud, Mathieu sentait un corps chaud contre son flanc; à travers la glace de devant il voyait des arbres et un drapeau tricolore au bout d'un mât. Il se rappela le geste d'un type qu'il avait vu, une fois, rue Mouffetard. Un type assez bien mis, au visage tout gris. Le type s'était approché d'une friterie, il avait longuement regardé une tranche de viande froide posée sur une assiette, à l'étalage, puis il avait étendu la main et pris le morceau de viande; il avait l'air de trouver ça tout simple, il avait dû se sentir libre lui aussi. Le patron avait crié, un agent avait emmené le type qui paraissait étonné. Ivich ne disait toujours rien.

« Elle me juge », pensa Mathieu avec irritation.

Il se pencha; pour la punir, il effleura du bout des lèvres une bouche froide et close; il était buté; Ivich se taisait. En relevant la tête il vit ses yeux et sa joie rageuse s'évanouit. Il pensa : « Un homme marié qui tripote une jeune fille dans un taxi » et son bras retomba, mort et cotonneux; le corps d'Ivich se redressa avec une oscillation mécanique, comme un balancier qu'on a écarté de sa position d'équilibre. « Ça y est, se dit Mathieu, c'est irrémédiable. » Il faisait le dos rond, il aurait voulu fondre. Un agent leva son bâton, le taxi s'arrêta. Mathieu regardait droit devant lui, mais il ne voyait pas les arbres; il regardait son amour.

C'était de l'amour. A présent, c'était de l'amour. Mathieu pensa : « Qu'est-ce que j'ai fait? » Cinq minutes auparavant cet amour n'existait pas; il y avait entre eux un sentiment rare et précieux, qui n'avait pas de nom, qui ne pouvait pas s'exprimer par des gestes. Et, justement, il avait fait un geste, le seul qu'il ne fallait pas faire — ça n'était pas exprès d'ailleurs, c'était venu tout seul. Un geste et cet amour était apparu devant Mathieu, comme un gros objet importun et déjà vulgaire. Ivich penserait désormais qu'il l'aimait, elle penserait : il est comme les autres; désormais, Mathieu aimerait Ivich, comme les autres femmes qu'il avait aimées. « Qu'est-ce qu'elle pense? » Elle se tenait à ses côtés, raide et silencieuse et il y avait ce geste entre eux, j'ai horreur qu'on me touche, ce geste maladroit et tendre, qui avait déjà l'obstination impalpable des choses passées. « Elle râle, elle me méprise, elle pense que je suis comme les autres. » Ça n'était pas ça que je voulais d'elle, pensa-t-il avec désespoir. Mais, déjà, il n'arrivait plus à se rappeler ce qu'il voulait avant. L'amour était là, tout rond, tout facile, avec ses désirs simples et ses conduites banales et c'était Mathieu qui l'avait fait naître, en pleine liberté. « Ça n'est pas vrai, pensa-t-il avec force, je ne la désire pas, je ne l'ai jamais désirée. » Mais il savait déjà qu'il allait la désirer : ça finit toujours par là, je regarderai ses jambes et sa gorge et puis, un beau jour... Il vit brusquement Marcelle étendue sur le lit, toute nue, et les yeux clos : il haïssait Marcelle.

Le taxi s'était arrêté; Ivich ouvrit la porte et descendit sur la chaussée. Mathieu ne la suivit pas tout de suite : il contemplait d'un œil rond cet amour tout neuf et déjà vieux, cet amour d'homme marié, honteux et sournois, humiliant pour elle, humilié d'avance, il l'acceptait déjà comme une fatalité. Il descendit enfin, paya et rejoignit Ivich qui l'attendait sous la porte cochère. « Si seulement elle pouvait oublier. » Il lui jeta un coup d'œil furtif et trouva qu'elle avait l'air dur. « En mettant les choses au mieux, il y a quelque chose de fini entre nous », pensa-t-il. Mais il n'avait pas envie de s'empêcher de l'aimer. Ils entrèrent à l'Exposition sans échanger une parole.

V

« L'Archange! » Marcelle bâilla, se redressa un peu, secoua la tête et ce fut sa première pensée : « L'archange vient ce soir » Elle aimait ses mystérieuses visites, mais, ce jour-là, elle y pensait sans plaisir. Il y avait une horreur fixe dans l'air autour d'elle, une horreur de midi. Une chaleur dégradée emplissait la chambre, elle avait déjà servi dehors, elle avait laissé sa luminosité dans les plis du rideau et stagnait là, inerte et sinistre comme un destin. « S'il savait, il est si pur, je le dégoûterais. » Elle s'était assise au bord du lit, comme la veille, quand Mathieu était tout nu contre elle, elle regardait ses orteils avec un dégoût morose et la soirée de la veille était encore là, impalpable, avec sa lumière morte et rose, comme une odeur refroidie. « Je n'ai pas pu... Je n'ai pas pu lui dire. » Il aurait dit : « Bon! Eh bien, on va s'arranger » avec un air allant et gai, l'air d'avaler une drogue. Elle savait qu'elle n'aurait pas pu supporter ce visage; c'était resté dans sa gorge. Elle pensa : « Midi! » Le plafond était gris comme un petit matin, mais c'était une chaleur de midi. Marcelle s'endormait tard et ne connaissait plus jamais les matins, il lui semblait parfois que sa vie s'était arrêtée un jour à midi, qu'elle était un éternel midi affalé sur les choses, pluvieux, sans espoir et tellement inutile. Au dehors, c'était le grand jour, les toilettes claires. Mathieu marchait au dehors, dans le poudroiement vif et gai de cette journée commencée sans elle et qui avait déjà un passé. « Il pense à moi, il s'affaire », pensa-t-elle sans amitié. Elle était agacée parce qu'elle imaginait cette robuste pitié au grand soleil, cette pitié agissante et maladroite d'homme sain. Elle se sentait lente et moite, encore toute barbouillée de dormi; il y avait ce casque d'acier sur sa tête, ce goût de buvard dans sa bouche, cette tiédeur le long de ses flancs et, sous les bras, au bout des poils noirs, ces perles de froid. Elle avait envie de vomir, mais elle se retenait : sa journée n'était pas encore commencée, elle était là, posée contre Marcelle, en équilibre

instable, le moindre geste la ferait s'écrouler comme une avalanche.
Elle eut un ricanement dur : « Sa liberté! » Quand on se réveillait le
matin avec le cœur tourné et qu'on avait quinze heures à tuer avant
de pouvoir se recoucher, qu'est-ce que ça pouvait bien foutre qu'on
soit libre? « Ça n'aide pas à vivre, la liberté. » De délicates petites
plumes enduites d'aloès lui caressaient le fond de la gorge et puis un
dégoût de tout, en boule sur sa langue, lui tirait les lèvres en arrière.
« J'ai de la chance, il paraît qu'il y en a qui vomissent toute la journée, au deuxième mois; moi, je rends un peu le matin, l'après-midi je
suis lasse, mais je tiens le coup; et maman a connu des femmes qui ne
pouvaient pas supporter l'odeur du tabac, il ne manquerait plus que
ça. » Elle se leva brusquement et courut au lavabo; elle vomit une
eau mousseuse et trouble, on aurait dit un blanc d'œuf un peu battu.
Marcelle se cramponna au rebord de faïence et regarda le liquide
boursouflé d'air : finalement, ça ressemblait plutôt à du sperme. Elle
eut un mauvais sourire et murmura : « Souvenir d'amour. » Puis,
il se fit un grand silence de métal dans sa tête et sa journée commença. Elle ne pensait plus à rien, elle passa la main dans ses cheveux et attendit : « Le matin, je rends toujours deux fois. » Et puis,
tout d'un coup, elle revit le visage de Mathieu, son air naïf et convaincu, quand il avait dit : « On le fait passer, non? » et elle fut tra-
versée d'un éclair de haine.

Ça vient. Elle pensa d'abord au beurre et elle en eut horreur, il lui
semblait qu'elle mâchait un bout de beurre jaune et rance, puis elle
sentit quelque chose comme un grand rire au fond de sa gorge et elle
se pencha au-dessus du lavabo. Un long filament pendait à ses lèvres,
elle dut tousser pour s'en débarrasser. Ça ne la dégoûtait pas. Elle
était pourtant prompte à se dégoûter d'elle-même : l'hiver dernier,
quand elle avait ses diarrhées, elle ne voulait plus que Mathieu la tou-
chât, il lui semblait tout le temps qu'elle avait une odeur. Elle
regarda les glaires qui glissaient lentement vers le trou de vidange, en
laissant des traces luisantes et visqueuses, comme des limaces. Elle
dit à mi-voix : « Marrant! Marrant! » Ça ne la dégoûtait pas : c'était
de la vie, comme les éclosions gluantes d'un printemps, ça n'était
pas plus répugnant que la petite colle rousse et odorante qui enduit
les bourgeons. « Ce n'est pas ça qui est répugnant. » Elle fit couler un
peu d'eau pour nettoyer la cuvette, elle ôta sa chemise avec des gestes
mous. Elle pensa : « Si j'étais une bête, on me laisserait tranquille. »
Elle pourrait s'abandonner à cette langueur vivante, s'y baigner
comme au sein d'une grande fatigue heureuse. Elle n'était pas une
bête. « On le fait passer, non? » Depuis la veille au soir, elle se sentait
traquée.

La glace lui renvoyait son image entourée de lueurs de plomb.
Elle s'en approcha. Elle ne regarda ni ses épaules, ni ses seins : elle
n'aimait pas son corps. Elle regarda son ventre, son ample bassin
fécond. Sept ans plus tôt, un matin — Mathieu avait passé la nuit
avec elle, c'était la première fois — elle s'était approchée de la glace
avec le même étonnement hésitant, elle pensait alors : « C'est donc
vrai qu'on peut m'aimer! » et elle contemplait sa chair polie et
soyeuse, presque une étoffe et son corps n'était qu'une surface, rien
qu'une surface, faite pour réfléchir les jeux stériles de la lumière et
pour se froncer sous les caresses comme l'eau sous le vent. Aujour-
d'hui, ce n'était plus la même chair : elle regardait son ventre et elle
retrouvait devant l'abondance paisible de ces grasses prairies nour-
ricières, une impression qu'elle avait eue lorsqu'elle était petite,
devant les seins des femmes qui allaitaient au Luxembourg : par delà
la peur et le dégoût, une sorte d'espoir. Elle pensa : « C'est là ». Dans
ce ventre, une petite fraise de sang se hâtait de vivre, avec une préci-
pitation candide, une petite fraise de sang toute stupide qui n'était
même pas encore une bête et qu'on allait racler au bout d'un couteau.
« Il y en a d'autres, à cette heure, qui regardent leur ventre et qui
pensent aussi : c'est là. Mais elles sont fières, elles. » Elle haussa les
épaules : eh bien, oui, il était fait pour la maternité, ce corps qui
s'épanouissait absurdement. Mais les hommes en avaient décidé
autrement. Elle irait chez cette vieille : il n'y avait qu'à s'imaginer
que c'était un fibrome. « D'ailleurs, à l'heure qu'il est, ce n'est pas plus
qu'un fibrome. » Elle irait chez la vieille, elle mettrait les jambes en
l'air et la vieille la gratterait entre les cuisses avec son outil. Et puis,
on n'en parlerait plus, ce ne serait plus qu'un souvenir ignoble, tout
le monde en a comme ça dans sa vie. Elle reviendrait dans sa chambre
rose, elle continuerait à lire, à souffrir de l'intestin et Mathieu continuerait à la voir quatre nuits par semaine et il la traiterait, quelque
temps encore, avec une délicatesse attendrie, comme une jeune mère,
et quand il ferait l'amour, il redoublerait de précautions et Daniel,
Daniel l'archange viendrait aussi de temps en temps... Une occasion
manquée, quoi! Elle surprit ses yeux dans la glace et se détourna
vivement : elle ne voulait pas haïr Mathieu. Elle pensa : « Il faut
tout de même que je commence ma toilette. »

Elle n'en avait pas le courage. Elle se rassit sur le lit, elle posa
doucement la main sur son ventre, juste au-dessus des poils noirs,
elle appuya un peu, pas trop, elle pensa avec une sorte de tendresse :
« c'est là ». Mais la haine ne désarmait pas. Elle se dit avec application : « Je ne veux pas le haïr. Il est dans son droit, on a toujours dit
qu'en cas d'accident... Il ne pouvait pas savoir, c'est ma faute, je ne

lui ai jamais rien dit. » Elle put croire un instant qu'elle allait se détendre, elle ne craignait rien tant que d'avoir à le mépriser. Mais, presque aussitôt elle sursauta : « Et comment aurais-je pu le lui dire ? Il ne me demande jamais rien. » Évidemment : ils avaient convenu, une fois pour toutes, qu'ils se raconteraient tout, mais c'était surtout commode pour lui. Il aimait surtout à parler de lui, à exposer ses petits cas de conscience, ses délicatesses morales. Quant à Marcelle, il lui faisait confiance : par paresse. Il ne se tourmentait pas pour elle, il pensait : « Si elle avait quelque chose, elle me le dirait. » Mais elle ne pouvait pas parler : ça ne sortait pas. « Il devrait pourtant le savoir, que je ne peux pas parler de moi, que je ne m'aime pas assez pour ça. » Sauf avec Daniel, Daniel savait l'intéresser à elle-même : il avait une manière si charmante de l'interroger, en la regardant de ses beaux yeux caressants, et puis, ils avaient un secret ensemble. Daniel était si mystérieux : il la voyait en cachette et Mathieu ignorait tout de leur intimité; ils ne faisaient rien de mal, c'était presque une farce, mais cette complicité créait entre eux un lien charmant et léger; et puis Marcelle n'était pas fâchée d'avoir un peu de vie personnelle, quelque chose qui fût vraiment à elle et qu'elle ne fût pas obligée de partager. « Il n'avait qu'à faire comme Daniel, pensa-t-elle. Pourquoi n'y a-t-il que Daniel qui sache me faire parler ? S'il m'avait un peu aidée... » Toute la journée de la veille, elle avait eu la gorge serrée, elle aurait voulu lui dire : « Et si on le gardait ? » Ah ! s'il avait hésité, ne fût-ce qu'une seconde, je le lui aurais dit. Mais il était venu, il avait pris son air naïf : « On le fait passer, non ? » Et ça n'avait pas pu sortir. « Il était inquiet, quand il est parti : il ne voudrait pas que cette bonne femme me démolisse. Ça oui : il va chercher des adresses, ça l'occupera, à présent qu'il n'a plus ses cours, ça vaut encore mieux pour lui que de traîner avec cette petite. Et puis, il est embêté comme quelqu'un qui a cassé une potiche. Mais, au fond, il a la conscience parfaitement en repos... Il a dû se promettre de me combler d'amour. » Elle eut un rire bref : « Ça va. Seulement il faut qu'il se presse : bientôt, j'aurai passé l'âge de l'amour. »

Elle crispa les mains sur le drap, elle était effrayée : « Si je me mets à le détester, qu'est-ce qui me restera ? » Savait-elle seulement si elle voulait un gosse ? Elle voyait de loin, dans la glace, une masse sombre et un peu affaissée : c'était son corps de sultane stérile. « Est-ce qu'il aurait vécu seulement ? Je suis pourrie. » Elle irait chez cette vieille. En se cachant, la nuit. Et la vieille lui passerait la main dans les cheveux comme à Andrée et l'appellerait : mon petit chat, avec un air de complicité immonde : « Quand on n'est pas mariée, une grossesse, c'est aussi dégueulasse qu'une blennorragie, j'ai une maladie vénérienne, voilà ce qu'il faut que je me dise. »

Mais elle ne put s'empêcher de passer doucement la main sur son ventre. Elle pensa : c'est là. Là. Quelque chose de vivant et de malchanceux comme elle. Une vie absurde et superflue, comme la sienne... Elle pensa soudain avec passion : « Il aurait été à moi. Même idiot, même difforme, il aurait été à moi. » Mais ce désir secret, cet obscur serment étaient tellement solitaires, tellement inavouables, il fallait les dissimuler à tant de gens, qu'elle se sentit brusquement coupable et elle eut horreur d'elle-même.

VI

On voyait d'abord, au-dessus de la porte, l'écusson « R. F. » et les drapeaux tricolores : ça donnait tout de suite le ton. Et puis, on pénétrait dans les grands salons déserts, on plongeait dans une lumière académique qui tombait d'une verrière dépolie : ça vous entrait, doré, dans les yeux et ça se mettait aussitôt à fondre, ça devenait gris. Murs clairs, tentures de velours beige : Mathieu pensa : « l'esprit français ». Un bain d'esprit français, il y en avait partout, sur les cheveux d'Ivich, sur les mains de Mathieu : c'était ce soleil expurgé et le silence officiel de ces salons; Mathieu se sentit accablé par une nuée de responsabilités civiques : il convenait de parler bas, de ne pas toucher aux objets exposés, d'exercer avec modération, mais fermeté, son esprit critique, de n'oublier en aucun cas la plus française des vertus, la Pertinence. Après ça, naturellement, il y avait bien des taches sur les murs, les tableaux, mais Mathieu n'avait plus aucune envie de les regarder. Il entraîna tout de même Ivich, il lui montra sans parler un paysage breton avec un calvaire, un Christ en croix, un bouquet, deux Tahitiennes, à genoux sur le sable, une ronde de cavaliers maoris. Ivich ne disait rien et Mathieu se demandait ce qu'elle pouvait penser. Il essayait, par à-coups, de regarder les tableaux mais ça ne donnait rien : « Les tableaux, ça ne vous prend pas, pensa-t-il, avec agacement, ça se propose; ça dépend de moi qu'ils existent ou non, je suis libre en face d'eux. » Trop libre : ça lui créait une responsabilité supplémentaire, il se sentait en faute.

— Ça, c'est Gauguin, dit-il.

C'était une petite toile carrée avec une étiquette : « Portrait de l'artiste, par lui-même. » Gauguin, blême et peigné, avec un menton énorme, avait un air d'intelligence facile et la morgue triste d'un enfant. Ivich ne répondit pas et Mathieu lui jeta un coup d'œil furtif : il ne vit que ses cheveux dédorés par le faux éclat du jour.

La semaine précédente, en regardant ce portrait pour la première fois, Mathieu l'avait trouvé beau. A présent, il se sentait sec. D'ailleurs, il ne voyait pas le tableau : Mathieu était sursaturé de réalité, de vérité, transi par l'esprit de la Troisième République; tout ce qui était réel, il le voyait, il voyait tout ce que pouvait éclairer cette lumière classique, les murs, les toiles dans leurs cadres, les couleurs croûteuses sur les toiles. Mais pas les tableaux; les tableaux s'étaient éteints et ça paraissait monstrueux, au fond de ce petit bain de pertinence, qu'il se fût trouvé des gens pour peindre, pour figurer sur des toiles des objets inexistants.

Un monsieur et une dame entrèrent. Le monsieur était grand et rose avec des yeux comme des boutons de bottine et de doux cheveux blancs; la dame, c'était plutôt le genre gazelle, elle pouvait avoir quarante ans. A peine entrés, ils eurent l'air d'être chez eux : ça devait être une habitude, il y avait un rapport indéniable entre leur air de jeunesse et la qualité de la lumière; ça devait être la lumière des expositions nationales qui les conservait le mieux. Mathieu montra à Ivich une grande moisissure sombre au flanc du mur de fond :

— C'est encore lui.

Gauguin, nu jusqu'à la ceinture sous un ciel d'orage, fixait sur eux le regard dur et faux des hallucinés. La solitude et l'orgueil avaient dévoré son visage; son corps était devenu un fruit gras et mou des tropiques avec des poches pleines d'eau. Il avait perdu la Dignité — cette Dignité Humaine que Mathieu conservait encore sans savoir qu'en faire — mais il gardait l'orgueil. Derrière lui, il y avait des présences obscures, tout un sabbat de formes noires. La première fois qu'il avait vu cette chair obscène et terrible, Mathieu avait été ému; mais il était seul. Aujourd'hui, il y avait, à côté de lui, un petit corps rancuneux et Mathieu avait honte de lui-même. Il était de trop : une grosse immondice au pied du mur.

Le monsieur et la dame s'approchèrent; ils vinrent se planter sans façon devant la toile. Ivich dut faire un pas de côté, parce qu'ils l'empêchaient de voir. Le monsieur se renversa en arrière et regarda le tableau avec une sévérité navrée. C'était une compétence : il avait la rosette.

— Tss, tss, tss, fit-il, en secouant la tête, que j'aime donc peu ça! Ma parole, il se prenait pour le Christ. Et cet ange noir, là, là, derrière lui, ça n'est pas sérieux.

La dame se mit à rire :

— Mon Dieu! c'est vrai, dit-elle d'une voix de fleur, cet ange, c'est littéraire comme tout.

— Je n'aime pas Gauguin quand il pense, dit le monsieur profondément. Le vrai Gauguin c'est le Gauguin qui décore.

Il regardait Gauguin de ses yeux de poupée, sec et mince dans son beau costume de flanelle grise en face de ce gros corps nu. Mathieu entendit un gloussement bizarre et se retourna : Ivich avait le fou rire, elle lui jeta un regard désespéré en se mordant les lèvres : « Elle ne m'en veut plus », pensa Mathieu avec un éclair de joie. Il la prit par le bras et la conduisit pliée en deux jusqu'à un fauteuil de cuir, au beau milieu de la pièce. Ivich se laissa tomber dans le fauteuil en riant; elle avait tous ses cheveux dans la figure.

— C'est formidable, dit-elle à voix haute. Comment est-ce qu'il disait : « Je n'aime pas Gauguin quand il pense? » Et la bonne femme! Ça lui va si bien d'être avec une bonne femme comme ça.

Le monsieur et la dame se tenaient très droits : ils semblaient se consulter du regard sur le parti à prendre.

— Il y a d'autres tableaux dans la salle à côté, dit Mathieu timidement.

Ivich cessa de rire.

— Non, dit-elle d'un ton morose, à présent ça n'est plus pareil : il y a des gens...

— Vous voulez qu'on s'en aille?

— J'aimerais mieux, ça m'a redonné mal à la tête tous ces tableaux. Je voudrais me promener un peu à l'air.

Elle se leva. Mathieu la suivit en jetant un coup d'œil de regret au grand tableau du mur de gauche : il aurait voulu le lui montrer. Deux femmes foulaient une herbe rose de leurs pieds nus. L'une d'elles portait un capuchon, c'était une sorcière. L'autre étendait le bras avec une tranquillité prophétique. Elles n'étaient pas tout à fait vivantes. Il semblait qu'on les eût surprises en train de se métamorphoser en choses.

Dehors, la rue flambait; Mathieu eut l'impression de traverser un brasier.

— Ivich, fit-il malgré lui.

Ivich fit la grimace et porta les mains à ses yeux :

— C'est comme si on me les crevait à coups d'épingle. Oh! dit-elle avec fureur, je hais l'été.

Ils firent quelques pas. Ivich titubait un peu, elle pressait toujours ses mains contre ses yeux.

— Attention, dit Mathieu, le trottoir s'arrête.

Ivich abaissa brusquement les mains et Mathieu vit ses yeux pâles, écarquillés. Ils traversèrent la chaussée en silence.

— Ça ne devrait pas être public, dit Ivich, tout à coup.

— Vous voulez dire : les expositions? demanda Mathieu étonné.

— Oui.

— Si ça n'était pas public — il essayait de reprendre le ton de familiarité gaie qui leur était habituel — je me demande comment nous ferions pour y aller.

— Eh bien, nous n'irions pas, dit Ivich sèchement.

Ils se turent, Mathieu pensa : « Elle n'a pas cessé de m'en vouloir. » Et puis, soudain, il fut traversé par une certitude insupportable : « Elle veut foutre le camp. Elle ne pense qu'à ça. Elle doit chercher dans sa tête une phrase de congé poli et, quand elle l'aura trouvée, elle me plaquera. Je ne veux pas qu'elle s'en aille », pensat-il avec angoisse.

— Vous n'avez rien de spécial à faire? demanda-t-il.

— Quand?

— Maintenant.

— Non, rien.

— Puisque vous voulez vous promener, je pensais... est-ce que ça vous ennuierait de m'accompagner jusque chez Daniel, rue Montmartre? Nous pourrions nous quitter devant sa porte et vous me permettriez de vous offrir un taxi pour rentrer au Foyer.

— Si vous voulez, mais je ne rentre pas au Foyer, je vais voir Boris.

« Elle reste. » Ça ne prouvait pas qu'elle lui avait pardonné. Ivich avait horreur de quitter les endroits et les gens, même si elle les haïssait, parce que l'avenir lui faisait peur. Elle s'abandonnait avec une indolence boudeuse aux situations les plus déplaisantes et elle finissait par y trouver une sorte de répit. Mathieu était content tout de même : tant qu'elle demeurerait avec lui, il l'empêcherait de penser. S'il parlait sans relâche, s'il s'imposait, il pourrait retarder un peu l'éclosion des pensées coléreuses et méprisantes qui allaient naître en elle. Il fallait parler, parler tout de suite, sur n'importe quoi. Mais Mathieu ne trouvait rien à dire. Il finit par demander gauchement :

— Ça vous a tout de même bien plu, ces tableaux?

Ivich haussa les épaules.

— Naturellement.

Mathieu avait envie de s'éponger le front, mais il n'osa pas le faire. « Dans une heure, elle sera libre, elle me jugera sans appel et je ne pourrai plus me défendre. Ça n'est pas possible de la laisser partir comme ça, décida-t-il. Il faut que je lui explique. »

Il se tourna vers elle, mais il vit ses yeux un peu hagards et les mots ne vinrent pas.

— Vous croyez qu'il était fou? demanda soudain Ivich.

— Gauguin? Je ne sais pas. C'est à cause de son portrait que vous demandez ça?

— C'est à cause de ses yeux. Et puis il y a ces formes noires, derrière lui, on dirait des chuchotements.

Elle ajouta avec une sorte de regret :

— Il était beau.

— Tiens, dit Mathieu surpris, c'est une idée qui ne me serait pas venue.

Ivich avait une façon de parler des morts illustres qui le scandalisait un peu : entre les grands peintres et leurs tableaux, elle n'établissait aucun rapport; les tableaux c'étaient des choses, de belles choses sensuelles qu'il aurait fallu posséder; il lui semblait qu'ils avaient toujours existé; les peintres c'étaient des hommes comme les autres : elle ne leur savait aucun gré de leurs œuvres et ne les respectait pas. Elle demandait s'ils avaient été plaisants, gracieux, s'ils avaient eu des maîtresses; un jour, Mathieu lui avait demandé si elle aimait les toiles de Toulouse-Lautrec et elle avait répondu : « Quelle horreur, il était si laid! » Mathieu s'était senti personnellement blessé.

— Si, il était beau, dit Ivich avec conviction.

Mathieu haussa les épaules. Les étudiants de la Sorbonne insignifiants et frais comme des filles, Ivich pouvait les manger des yeux tant qu'elle voulait. Et même Mathieu l'avait trouvée charmante, un jour qu'elle avait longuement dévisagé un jeune pupille d'orphelinat accompagné de deux religieuses et qu'elle avait dit avec une gravité un peu inquiète : « Je crois que je deviens pédéraste. » Les femmes aussi, elle pouvait les trouver belles. Mais pas Gauguin. Pas cet homme mûr qui avait fait pour elle des tableaux qu'elle aimait.

— Ce qu'il y a, dit-il, c'est que je ne le trouve pas sympathique.

Ivich fit une moue méprisante et se tut.

— Qu'est-ce qu'il y a, Ivich, dit vivement Mathieu, vous me blâmez parce que j'ai dit qu'il n'était pas sympathique?

— Non, mais je me demande pourquoi vous avez dit ça.

— Comme ça. Parce que c'est mon impression : c'est cet air d'orgueil qu'il a, ça lui donne des yeux de poisson bouilli.

Ivich se mit à tirer sur une boucle de cheveux, elle avait pris un air d'obstination fade.

— Il a l'air noble, dit-elle sur un ton neutre.

— Oui... dit Mathieu du même ton, il a de la morgue, si c'est ça que vous voulez dire.

— Naturellement, dit Ivich avec un petit rire.

— Pourquoi dites-vous : naturellement?

— Parce que j'étais sûre que vous appelleriez ça de la morgue.

Mathieu dit avec douceur :

— Je ne voulais rien dire de mal sur lui. Vous savez, j'aime bien qu'on soit orgueilleux.

Il y eut un assez long silence. Puis Ivich dit abruptement, d'un air bête et fermé :

— Les Français n'aiment pas ce qui est noble.

Ivich parlait volontiers du tempérament français quand elle était en colère et toujours avec cet air bête. Elle ajouta d'une voix bonasse :

— Je comprends ça, d'ailleurs. Du dehors, ça doit paraître tellement exagéré.

Mathieu ne répondit pas : le père d'Ivich était noble. Sans la révolution de 1917, Ivich aurait été élevée à Moscou, au pensionnat des demoiselles de la noblesse; elle aurait été présentée à la cour, elle aurait épousé un officier de la garde, grand et beau, au front étroit, au regard mort. M. Serguine, à présent, était propriétaire d'une scierie mécanique à Laon. Ivich était à Paris, elle se promenait à Paris, avec Mathieu, un bourgeois français qui n'aimait pas la noblesse.

— C'est lui qui est... parti? demanda soudain Ivich.

— Oui, dit Mathieu avec empressement, vous voulez que je vous raconte son histoire?

— Je crois que je sais : il était marié, il avait des enfants, c'est ça?

— Oui, il travaillait dans une banque. Et puis, le dimanche, il s'en allait en banlieue avec un chevalet et une boîte à couleurs. C'était ce qu'on appelle un peintre des dimanches.

— Un peintre des dimanches?

— Oui : au début, c'est ce qu'il était, ça veut dire un amateur qui barbouille des toiles le dimanche comme on pêche à la ligne. Un peu par hygiène, vous comprenez, parce qu'on peint des paysages à la campagne, on respire du bon air.

Ivich se mit à rire, mais pas de l'air que Mathieu attendait.

— Ça vous amuse qu'il ait commencé par être un peintre des dimanches? demanda Mathieu avec inquiétude.

— Ça n'est pas à lui que je pensais.

— Qu'est-ce que vous pensiez?

— Je me demandais si on parlait aussi, quelquefois, des écrivains du dimanche.

Des écrivains du dimanche : des petits bourgeois qui écrivaient annuellement une nouvelle ou cinq ou six poèmes pour mettre un peu d'idéal dans leur vie. Par hygiène. Mathieu frissonna :

— Vous voulez dire que j'en suis un? demanda-t-il gaîment. Eh bien! vous voyez que ça mène à tout. Peut-être qu'un beau jour, je partirai à Tahiti.

Ivich se tourna vers lui et le regarda bien en face. Elle avait l'air mauvais et apeuré : elle devait s'effrayer de sa propre audace.

— Ça m'étonnerait, dit-elle d'une voix blanche.

— Pourquoi pas? dit Mathieu. Peut-être pas à Tahiti, mais à New-York. J'aimerais bien aller en Amérique.

Ivich tirait sur ses boucles avec violence.

— Oui, dit-elle, si c'était en mission... avec d'autres professeurs.

Mathieu la regarda en silence et elle reprit :

— Peut-être que je me trompe... Je vous imagine très bien faisant une conférence dans une université devant des étudiants américains, mais pas sur le pont d'un bateau avec des émigrants. C'est peut-être parce que vous êtes Français.

— Vous croyez qu'il me faut des cabines de luxe? demanda-t-il en rougissant.

— Non, dit Ivich brièvement, de seconde classe.

Il eut quelque peine à avaler sa salive. « Je voudrais bien l'y voir, elle, sur un pont de bateau, avec les émigrants, elle en crèverait. »

— Enfin, conclut-il, de n'importe quelle façon, je vous trouve drôle de décider comme ça que je ne pourrais pas partir. D'ailleurs vous vous trompez, j'en ai eu envie très souvent, autrefois. Ça m'a passé parce que je trouve ça idiot. Et puis cette histoire est d'autant plus comique qu'elle est venue à propos de Gauguin, précisément, qui est resté un rond-de-cuir jusqu'à quarante ans.

Ivich éclata d'un rire ironique :

— Ça n'est pas vrai? demanda Mathieu.

— Si... puisque vous le dites. En tout cas il n'y a qu'à le regarder sur sa toile...

— Eh bien?

— Eh bien! j'imagine qu'il ne doit pas y avoir beaucoup de ronds-de-cuir de son espèce. Il avait l'air... perdu.

Mathieu revit un visage lourd au menton énorme. Gauguin avait perdu la dignité humaine, il avait accepté de la perdre.

— Je vois, dit-il. Sur la grande toile du fond? Il était très malade à ce moment-là.

Ivich sourit avec mépris.

— Je parle du petit tableau où il est encore jeune : il a l'air capable de n'importe quoi. Elle regarda le vide, d'un air un peu hagard et Mathieu sentit pour la seconde fois la morsure de la jalousie.

— Évidemment, si c'est ça que vous voulez dire, je ne suis pas un homme perdu.

— Oh! non, dit Ivich.

— Je ne vois pas pourquoi ce serait une qualité, d'ailleurs, dit-il, ou alors c'est que je ne comprends pas bien ce que vous voulez dire.

— Eh bien! n'en parlons plus.

— Naturellement. Vous êtes toujours comme ça, vous faites des reproches enveloppés et puis vous refusez de vous expliquer, c'est trop commode.

— Je ne fais de reproche à personne, dit-elle avec indifférence.

Mathieu cessa de marcher et la regarda. Ivich s'arrêta de mauvaise grâce. Elle sautait d'un pied sur l'autre et fuyait le regard de Mathieu :

— Ivich! Vous allez me dire ce que vous mettez là-dedans.

— Dans quoi? dit-elle avec étonnement.

— Dans cette histoire d'homme « perdu ».

— Nous en sommes encore à parler de ça?

— Ça a l'air idiot, dit Mathieu, mais je voudrais savoir ce que vous mettez là-dedans.

Ivich recommença à tirer sur ses cheveux : c'était exaspérant.

— Mais je n'y mets rien, c'est un mot qui m'est venu.

Elle s'arrêta, elle avait l'air de chercher. De temps en temps elle ouvrait la bouche et Mathieu croyait qu'elle allait parler : mais rien ne venait. Elle dit :

— Je me moque qu'on soit comme ça ou autrement.

Elle avait enroulé une boucle autour de son doigt et tirait dessus comme pour l'arracher. Elle ajouta tout d'un coup d'une voix rapide, en fixant la pointe de ses souliers :

— Vous êtes installé et vous ne changeriez pas pour tout l'or du monde.

— C'est donc ça! dit Mathieu. Qu'est-ce que vous en savez?

— C'est une impression : on a l'impression que vous avez votre vie faite et vos idées sur tout. Alors vous étendez la main vers les choses quand vous croyez qu'elles sont à votre portée, mais vous ne vous dérangeriez pas pour aller les prendre.

— Qu'est-ce que vous en savez? répéta Mathieu. Il ne trouvait rien d'autre à dire : il pensait qu'elle avait raison.

— Je croyais, dit Ivich avec lassitude. Je croyais que vous ne vouliez rien risquer, que vous étiez trop intelligent pour ça. Elle ajouta d'un air faux : Mais du moment que vous me dites que vous êtes autrement...

Mathieu pensa tout à coup à Marcelle et il eut honte :

— Non, dit-il d'une voix basse, je suis comme ça, je suis comme vous croyez.

— Ah! dit Ivich sur un ton de triomphe.

— Vous... vous trouvez ça méprisable?

— Au contraire, dit Ivich avec indulgence. Je trouve que c'est beaucoup mieux comme ça. Avec Gauguin la vie devait être impossible. Elle ajouta sans qu'on pût discerner la moindre ironie dans sa voix : Avec vous on se sent en sécurité, on n'a jamais à craindre d'imprévu.

— En effet, dit Mathieu sèchement. Si vous voulez dire que je ne fais pas de caprices... Vous savez je pourrais en faire comme un autre, mais je trouve ça moche.

— Je sais, dit Ivich, tout ce que vous faites est toujours si... méthodique...

Mathieu sentit qu'il pâlissait.

— A propos de quoi dites-vous ça, Ivich?

— A propos de tout, dit Ivich d'un air vague.

— Oh! vous avez bien une petite idée particulière.

Elle marmotta sans le regarder :

— Chaque semaine, vous arriviez avec la *Semaine à Paris*, vous faisiez un programme...

— Ivich! dit Mathieu indigné, c'était pour vous!

— Je sais, dit Ivich avec politesse, je vous suis très reconnaissante.

Mathieu était plus surpris encore que blessé.

— Je ne comprends pas, Ivich. Est-ce que vous n'aimiez pas entendre des concerts ou voir des tableaux?

— Mais si.

— Comme vous dites ça mollement.

— J'aimais vraiment beaucoup... J'ai horreur, dit-elle avec une violence soudaine, qu'on me crée des devoirs envers les choses que j'aime.

— Ah!... vous... vous n'aimiez pas ça! répéta Mathieu.

Elle avait relevé la tête et rejeté ses cheveux en arrière, son large visage blême s'était dévoilé, ses yeux étincelaient. Mathieu était atterré : il regardait les lèvres fines et veules d'Ivich, il se demandait comment il avait pu les embrasser.

— Il fallait le dire, reprit-il piteusement, je ne vous aurais jamais forcée.

Il l'avait traînée au concert, dans les expositions, il lui expliquait les tableaux et pendant ce temps-là, elle le haïssait.

— Qu'est-ce que ça peut me faire, à moi, des tableaux, dit Ivich sans l'entendre, si je ne peux pas les posséder. A chaque fois je crevais de rage et d'envie de les emporter, mais on ne peut même pas les toucher. Et je vous sentais à côté de moi, tranquille et respectueux : vous alliez là comme à la messe.

Ils se turent. Ivich avait gardé son air dur. Mathieu eut brusquement la gorge serrée :

— Ivich, je vous prie de m'excuser pour ce qui s'est passé ce matin.

— Ce matin? dit Ivich. Je n'y pensais même plus, je pensais à Gauguin.

— Ça ne se reproduira plus, dit Mathieu, je n'ai même pas compris comment ça a pu se produire.

Il parlait par acquit de conscience : il savait que sa cause était perdue. Ivich ne répondit pas et Mathieu reprit avec effort :

— Il y a aussi les musées et les concerts... Si vous saviez comme je regrette! On croit qu'on est d'accord avec quelqu'un... Mais vous ne disiez jamais rien.

A chaque mot il croyait qu'il allait s'arrêter. Et puis un autre lui venait du fond de la gorge en lui soulevant la langue. Il parlait avec dégoût et par petits spasmes. Il ajouta :

— Je vais essayer de changer.

« Je suis abject », pensa-t-il. Une colère désespérée lui embrasait les joues. Ivich secoua la tête.

— On ne peut pas se changer, dit-elle. Elle avait pris un ton raisonnable et Mathieu la détesta franchement. Ils marchèrent en silence, côte à côte; ils étaient inondés de lumière et ils se haïssaient. Mais en même temps, Mathieu se voyait avec les yeux d'Ivich et il avait horreur de lui-même. Elle porta sa main à son front et serra ses tempes entre ses doigts :

— Est-ce que c'est encore loin?

— Un quart d'heure. Vous êtes fatiguée?

— Oh! oui. Excusez-moi, ce sont ces tableaux. Elle tapa du pied et regarda Mathieu d'un air égaré : Voilà déjà qu'ils m'échappent, ils se brouillent tous dans ma tête. Toutes les fois, c'est pareil.

— Vous voulez rentrer? Mathieu était presque soulagé.

— Je crois que ça vaut mieux.

Mathieu héla un taxi. A présent, il avait hâte d'être seul.

— Au revoir, dit Ivich sans le regarder.

Mathieu pensa : « Et le « Sumatra »? Est-ce que je dois tout de même y aller? »

Mais il n'avait même plus envie de la revoir.

— Au revoir, dit-elle.

Le taxi s'éloigna et, pendant quelques instants, Mathieu le suivit des yeux avec angoisse. Puis une porte claqua en lui, se verrouilla et il se mit à penser à Marcelle.

VII

Nu jusqu'à la ceinture, Daniel se rasait devant son armoire à glace : « C'est pour ce matin, à midi tout sera fini. » Ça n'était pas un simple projet : la chose était déjà là, dans la lumière électrique, dans le crissement léger du rasoir; on ne pouvait pas essayer de l'éloigner, ni même de la rapprocher pour que ce fût plus vite terminé : il fallait la vivre, simplement. Dix heures venaient à peine de sonner, mais midi était déjà présent dans la chambre, fixe et rond, un œil. Au delà, il n'y avait rien qu'une après-midi vague qui se tordait comme un ver. Le fond des yeux lui faisait mal parce qu'il avait si peu dormi et il avait un bouton sous la lèvre, une toute petite rougeur avec une pointe blanche : à présent, c'était comme ça, chaque fois qu'il avait bu. Daniel tendait l'oreille : mais non, c'étaient des bruits dans la rue. Il regarda le bouton, rouge et fiévreux — il y avait aussi les grands cernes bleuâtres sous ses yeux — et il pensa : « Je me détruis. » Il prenait grand soin de passer le rasoir tout autour du bouton sans l'écorcher; il resterait une petite touffe de crins noirs, mais tant pis : Daniel avait horreur des écorchures. En même temps, il tendait l'oreille : la porte de sa chambre était entre-bâillée, pour qu'il pût mieux entendre : il se disait : « Ce coup-ci je ne la raterai pas. »

Ce fut un tout petit frôlement, presque imperceptible; déjà Daniel avait bondi, son rasoir à la main, il ouvrit brusquement la porte d'entrée. Il était trop tard, l'enfant l'avait prévenu : elle s'était enfuie, elle devait s'être blottie dans l'encoignure d'un palier, elle attendait le cœur battant, en retenant son souffle. Daniel découvrit sur le paillasson, à ses pieds, un petit bouquet d'œillets : « Sale petite femelle », dit-il très haut. C'était la fille de la concierge, il en était sûr. Il n'y avait qu'à regarder ses yeux de poisson frit quand elle lui disait bonjour. Ça durait depuis quinze jours;

tous les matins, en rentrant de l'école, elle déposait des fleurs devant la porte de Daniel. Il fit tomber, d'un coup de pied, les œillets dans la cage de l'escalier. « Il faudra que je reste aux écoutes dans l'antichambre pendant toute une matinée, ça n'est que comme ça que je la pincerai. » Il apparaîtrait, nu jusqu'à la ceinture et fixerait sur elle un regard sévère. Il pensa : « C'est ma tête qu'elle aime. Ma tête et mes épaules parce qu'elle a de l'idéal. Ça lui fera un coup, de voir que j'ai du poil sur la poitrine. » Il rentra dans sa chambre et se remit à se raser. Il voyait dans la glace son visage sombre et noble aux joues bleues; il pensa avec une sorte de malaise : « C'est ça qui les excite. » Un visage d'archange; Marcelle l'appelait son cher archange et, à présent, il fallait qu'il essuyât les regards de cette petite garce, toute gonflée par la puberté. « Les salopes », pensa Daniel avec irritation. Il se pencha un peu, et, d'un coup adroit de son rasoir, il décapita son bouton. Ça n'aurait pas été une mauvaise blague de défigurer cette tête qu'elles aimaient tant. « Bah! Un visage balafré est toujours un visage, ça signifie toujours quelque chose : je m'en lasserais plus vite encore. » Il s'approcha de la glace et se regarda sans plaisir; il se dit : « D'ailleurs, j'aime être beau. » Il avait l'air fatigué. Il se pinça à la hauteur des hanches : « Il faudrait perdre un kilo. » Sept whiskies, la veille au soir, tout seul, au « Johnny's ». Jusqu'à trois heures il n'avait pas pu se décider à rentrer parce que c'était sinistre de mettre la tête sur l'oreiller et de se sentir couler dans le noir, en pensant qu'il y aurait un lendemain. Daniel pensa aux chiens de Constantinople : on les avait traqués dans les rues et mis dans des sacs, dans des paniers et puis on les avait abandonnés dans une île déserte; ils se dévoraient entre eux; le vent de la pleine mer apportait parfois leurs hurlements jusqu'aux oreilles des marins : « Ça n'était pas des chiens qu'on aurait dû y mettre. » Daniel n'aimait pas les chiens. Il enfila une chemise de soie crème et un pantalon de flanelle grise; il choisit une cravate avec soin : aujourd'hui, ça serait la verte à rayures, parce qu'il avait mauvais teint. Puis il ouvrit la fenêtre et le matin entra dans sa chambre, un matin lourd, étouffant, prédestiné. Une seconde Daniel se laissa flotter dans la chaleur stagnante, puis il regarda autour de lui : il aimait sa chambre parce qu'elle était impersonnelle et ne le livrait pas, on aurait dit une chambre d'hôtel. Quatre murs nus, deux fauteuils, une chaise, une table, une armoire, un lit. Daniel n'avait pas de souvenirs. Il vit le grand panier d'osier, ouvert au milieu de la pièce et détourna les yeux : c'était pour aujourd'hui.

La montre de Daniel marquait dix heures vingt-cinq. Il entrou-

vrit la porte de la cuisine et siffla. Scipion parut le premier; il était
blanc et roux avec une petite barbe. Il regarda durement Daniel
et bâilla avec férocité, en faisant le pont avec son dos. Daniel
s'agenouilla avec douceur et se mit à lui caresser le museau. Le
chat, les yeux mi-clos, lui donna de petits coups de patte sur la
manche. Au bout d'un moment, Daniel le prit par la peau du cou
et le déposa dans le panier; Scipion y demeura sans un mouvement,
écrasé et béat. Malvina vint ensuite; Daniel l'aimait moins que
les deux autres parce qu'elle était comédienne et servile. Quand
elle se fut assurée qu'il la voyait, elle se mit à ronronner de loin
et à faire des grâces : elle se frottait la tête contre le battant de
la porte. Daniel frôla du doigt son cou gras, alors elle se renversa
sur le dos, les pattes raides, et il lui chatouilla les tétins sous sa
fourrure noire. « Ha, ha! dit-il d'une voix chantante et mesurée,
ha, ha! » et elle se roulait d'un flanc sur l'autre avec des mouvements gracieux de la tête : « Attends voir un peu, pensa-t-il, attends
seulement jusqu'à midi. » Il l'attrapa par les pattes et la déposa
près de Scipion. Elle avait l'air un peu étonnée, mais elle se roula
en boule et, à la réflexion, se remit à ronronner.

« Poppée, appela Daniel, Poppée, Poppée! » Poppée ne venait
presque jamais quand on l'appelait; Daniel dut aller la chercher à la
cuisine. Quand elle le vit, elle sauta sur le fourneau à gaz avec un
petit rugissement irrité. C'était une chatte de gouttière, avec une
grande cicatrice qui lui barrait le flanc droit. Daniel l'avait trouvée
au Luxembourg, un soir d'hiver, peu avant la fermeture du jardin, il
l'avait emportée. Elle était impérieuse et mauvaise, elle mordait
souvent Malvina : Daniel l'aimait. Il la prit dans ses bras et elle
retira la tête en arrière en aplatissant les oreilles et en faisant le gros
cou : elle avait l'air scandalisé. Il lui passa ses doigts sur le museau et
elle mordilla le bout de ce doigt, furieuse et amusée; alors, il la pinça
dans le gras du cou et elle releva sa petite tête butée. Elle ne ronronnait pas — Poppée ne ronronnait jamais — mais elle le regarda,
bien en face, et Daniel pensa, par habitude : « C'est rare, un chat qui
vous regarde dans les yeux. » En même temps, il sentit qu'une angoisse intolérable l'envahissait et il dut détourner les yeux : « là, là,
dit-il, là, là, ma reine! » et il lui sourit sans la regarder. Les deux
autres étaient restés côte à côte, stupides et ronronnants, on aurait
dit un chant de cigales. Daniel les contempla avec un soulagement
mauvais : « De la gibelotte. » Il pensait aux tétins roses de Malvina.
Mais ce fut toute une histoire pour faire entrer Poppée dans le panier :
il dut la pousser par l'arrière-train, elle se retourna en crachant et lui
envoya un coup de griffe. « Ah! c'est comme ça? » dit Daniel. Il la

prit par la nuque et par les reins et la courba de force, l'osier grinça
sous les griffes de Poppée. La chatte eut un instant de stupeur et
Daniel en profita pour rabattre vivement le couvercle et fermer les
deux cadenas. « Ouf », fit-il. Sa main lui cuisait un peu, une sèche
petite douleur, presque un chatouillement. Il se releva et considéra le
panier avec une satisfaction ironique. « Bouclés! » Sur le dessus de
sa main, il y avait trois égratignures et, au fond de lui-même un chatouillement aussi; un drôle de chatouillement qui risquait de tourner
mal. Il prit la pelote de ficelle sur la table et la mit dans la poche de
son pantalon.

Il hésita. « Il y a un bon bout de chemin; je vais avoir chaud. »
Il aurait voulu prendre son veston de flanelle, mais il n'avait pas
l'habitude de céder facilement à ses désirs et puis ça serait comique
de marcher au gros soleil, rouge et suant, avec ce fardeau dans les
bras. Comique et un peu ridicule : ça le fit sourire et il choisit sa veste
de tweed violine, qu'il ne pouvait plus supporter depuis la fin de mai.
Il souleva le panier par l'anse et pensa : « Ce qu'ils sont lourds, ces
sales animaux. » Il imaginait leur posture humiliée et grotesque, leur
terreur rageuse. « C'était donc ça que j'aimais! » Il avait suffi d'en-
fermer les trois idoles dans une cage d'osier et elles étaient rede-
venues des chats, tout simplement des chats, de petits mammifères
vaniteux et bornés qui crevaient de frousse — aussi peu sacrés
que possible. « Des chats : ça n'était que des chats. » Il se mit à
rire : il avait l'impression qu'il était en train de jouer un bon tour à
quelqu'un. Quand il franchit la porte d'entrée, il eut un haut-le-
cœur, mais ça ne dura pas : dans l'escalier il se sentait dur et sec,
avec une drôle de fadeur par en dessous, une fadeur de viande crue.
La concierge était sur le pas de sa porte; elle lui sourit. Elle aimait
bien Daniel parce qu'il était si cérémonieux et si galant.

— Vous êtes bien matinal, monsieur Sereno.

— J'avais peur que vous ne fussiez malade, chère madame, répondit Daniel, d'un air attentif. Je suis rentré tard hier soir et j'ai vu de
la lumière sous la porte de votre loge.

— Imaginez! dit la concierge, en riant, j'étais si rendue que je
m'étais endormie sans éteindre. Tout d'un coup, j'entends votre coup
de sonnette. Ah! j'ai dit, voilà monsieur Sereno qui rentre! (Je
n'avais que vous de sorti.) J'ai éteint tout de suite après. Il était
trois heures, à peu près?

— A peu près...

— Eh bien! dit-elle, je pense que vous en avez un gros panier!

— Ce sont mes chats.

— Ils sont malades, les pauvres petites bêtes?

— Non, mais je les emmène chez ma sœur, à Meudon. Le vétérinaire dit qu'ils ont besoin d'air.

Il ajouta gravement :

— Vous savez que les chats peuvent devenir tuberculeux?

— Tuberculeux! dit la concierge saisie. Alors, soignez-les bien. Tout de même, ajouta-t-elle, ça va faire un vide chez vous; je m'étais habituée à les voir, ces mignons, quand je faisais votre ménage. Ça doit vous faire du chagrin.

— Beaucoup de chagrin, madame Dupuy, dit Daniel.

Il lui fit un sourire grave et la quitta. « La vieille taupe, elle s'est coupée. Elle devait les tripoter quand je n'y étais pas : je lui avais pourtant bien défendu de les toucher; elle ferait mieux de surveiller sa fille. » Il franchit le porche et la lumière l'éblouit, la sale lumière brûlante et pointue. Elle lui faisait mal aux yeux, c'était prévu : quand on a bu la veille, rien ne vaut les matins de brume. Il ne voyait plus rien, il nageait dans la lumière, avec un cercle de fer autour du crâne. Tout d'un coup, il vit son ombre, grotesque et trapue, avec l'ombre du cageot d'osier qu'il balançait au bout de son bras. Daniel sourit : il était très grand. Il se redressa de toute sa taille, mais l'ombre resta courtaude et difforme, on aurait dit un chimpanzé. « Le docteur Jekyll et mister Hyde. Non, pas de taxi, se dit-il, j'ai tout mon temps. Je vais balader mister Hyde jusqu'à l'arrêt du 72. » Le 72 le mènerait à Charenton. A un kilomètre de là, Daniel connaissait un petit coin solitaire au bord de la Seine. « Eh bien, se dit-il, je ne vais tout de même pas tourner de l'œil, il ne manquerait plus que ça. » L'eau de la Seine était particulièrement noire et sale à cet endroit-là, avec des flaques d'huile verdâtres, à cause des usines de Vitry. Daniel se contempla avec dégoût : il se sentait tellement doux, à l'intérieur, tellement doux que ça n'était pas naturel. Il pensa : « Voilà l'homme », avec une sorte de plaisir. Il était tout dur et barré et puis, par en dessous, il y avait une faible victime qui demandait grâce. Il pensa : « C'est drôle qu'on puisse se haïr comme si on était un autre. » Ça n'était pas vrai, d'ailleurs : il avait beau faire, il n'y avait qu'un Daniel. Quand il se méprisait, il avait l'impression de se détacher de soi, de planer comme un juge abstrait au-dessus d'un grouillement impur et puis, tout d'un coup, ça le reprenait, ça l'aspirait par en bas, il s'engluait en lui-même. « Merde! pensa-t-il, je vais boire un coup. » Il avait juste un petit détour à faire, il s'arrêterait chez Championnet, rue Tailledouce. Quand il poussa la porte, le bar était désert. Le garçon époussetait des tables de bois roux, en forme de tonneaux. L'obscurité fut douce aux yeux de Daniel : « J'ai un sacré mal de tête », pensa-t-il. Il posa le panier et se hissa sur un tabouret de bar.

— Naturellement, ça sera un petit whisky bien tassé, affirma le barman.

— Non, dit sèchement Daniel.

Qu'ils aillent se faire foutre avec leur manie de cataloguer les gens comme si c'étaient des parapluies ou des machines à coudre. Je ne suis pas... on n'est jamais rien. Mais ils vous définissent en un tour-nemain. Celui-ci donne de bons pourboires, celui-là a toujours le mot pour rire, moi, j'aime les petits whiskies bien tassés.

— Un gin-fizz, dit Daniel.

Le barman le servit sans faire d'observations : il devait être froissé. Tant mieux. Je ne mettrai plus les pieds dans cette boîte, ils sont trop familiers. D'ailleurs, le gin-fizz avait le goût de limonade purga-tive. Ça s'éparpillait en poussière acidulée sur la langue et ça finissait par un goût d'acier. Ça ne me fait plus rien, pensa Daniel.

— Donnez-moi une vodka poivrée dans un verre ballon.

Il but la vodka et resta rêveur un moment, avec un feu d'artifice dans la bouche. Il pensait : « Ça n'en finira donc jamais? » Mais c'étaient des pensées de surface, comme toujours, des chèques sans provision. « Qu'est-ce qui ne finira donc jamais? Qu'est-ce qui ne finira donc jamais? » On entendit un miaulement bref et un gratte-ment. Le barman sursauta :

— Ce sont des chats, dit Daniel brièvement.

Il descendit du tabouret, jeta vingt francs sur la table et reprit le panier. En le soulevant, il découvrit sur le sol une toute petite goutte rouge : c'était du sang. « Qu'est-ce qu'ils peuvent fabriquer là-dedans », pensa Daniel avec angoisse. Mais il n'avait pas envie de soulever le couvercle. Pour l'instant, il n'y avait dans le cageot qu'une peur massive et indifférenciée : s'il ouvrait, cette peur allait redevenir ses chats et ça, Daniel n'aurait pas pu le supporter. « Ah! tu ne pourrais pas le supporter? et si je le soulevais, ce couvercle? » Mais déjà Daniel était dehors et l'aveuglement recommençait, un aveuglement lucide et moite : les yeux vous démangeaient, on croyait ne voir que du feu et puis, tout d'un coup, on s'apercevait qu'on était en train de voir des maisons depuis un moment déjà, des maisons à cent pas devant soi, claires et légères, comme des fumées : au fond de la rue il y avait un grand mur bleu. « C'est sinistre de voir clair », pensa Daniel. C'était comme ça qu'il imaginait l'enfer : un regard qui percerait tout, on verrait jusqu'au bout du monde — jusqu'au fond de soi. Le panier remua tout seul au bout de son bras; ça grattait là-dedans. Cette terreur qu'il sentait si proche de sa main,

Daniel ne savait pas trop si elle lui faisait horreur ou plaisir : d'ailleurs, ça revenait au même. « Il y a tout de même quelque chose qui les rassure, ils sentent mon odeur. » Daniel pensa : « C'est vrai, pour eux, je suis une odeur. » Mais patience : bientôt Daniel n'aurait plus cette odeur familière, il se promènerait sans odeur, seul au milieu des hommes, qui n'ont pas les sens assez fins pour vous repérer au parfum. Être sans odeur et sans ombre, sans passé, n'être plus rien qu'un invisible arrachement à soi vers l'avenir. Daniel s'aperçut qu'il était à quelques pas en avant de son corps, par là, au niveau du bec de gaz, et qu'il se regardait venir, boitillant un peu à cause de son fardeau, emprunté, déjà en nage; il se voyait venir, il n'était plus qu'un pur regard. Mais la glace d'une teinturerie lui renvoya son image et l'illusion se dissipa. Daniel s'emplit d'une eau vaseuse et fade : lui-même; l'eau de la Seine, fade et vaseuse, emplira le panier, ils vont se déchirer avec leurs griffes. Un grand dégoût l'envahit, il pensa : « C'est un acte gratuit. » Il s'était arrêté, il avait posé le panier par terre : « S'emmerder à travers le mal qu'on fait aux autres. On ne peut jamais s'atteindre directement. » Il pensa de nouveau à Constantinople : on enfermait les épouses infidèles dans un sac avec des chats hydrophobes et on jetait le sac dans le Bosphore. Tonneaux, sacs de cuir, cageots d'osier : prisons. « Il y en a de pires. » Daniel haussa les épaules : encore une pensée sans provision. Il ne voulait pas faire de tragique, il en avait assez fait, autrefois. Quand on fait du tragique, c'est qu'on se prend au sérieux. Jamais, jamais plus Daniel ne se prendrait au sérieux. L'autobus apparut tout d'un coup, Daniel fit signe au conducteur et monta en première classe.

— Pour le terminus?

— Six tickets, dit le receveur.

L'eau de Seine les rendra fous. L'eau café au lait avec des reflets violets. Une femme vint s'asseoir en face de lui, digne et pincée, avec une petite fille. La petite fille regarda le panier avec intérêt : « Sale moucheronne », pensa Daniel. Le panier miaula et Daniel sursauta comme s'il était pris en flagrant délit d'assassinat :

— Qu'est-ce que c'est? demanda la petite fille d'une voix claire.

— Chut, dit sa mère, veux-tu laisser le monsieur tranquille.

— Ce sont des chats, dit Daniel.

— Ils sont à vous? demanda la petite fille.

— Oui.

— Pourquoi est-ce que vous les emmenez dans un panier.

— Parce qu'ils sont malades, répondit Daniel doucement.

— Est-ce que je peux les voir?

— Jeannine, dit sa mère, tu exagères.

— Je ne peux pas te les montrer, la maladie les a rendus méchants.

La petite fille prit une voix raisonnable et charmeuse :

— Oh! Avec moi, ils ne seraient pas méchants, les minets.

— Crois-tu? Écoute, ma petite chérie, dit Daniel d'une voix basse et rapide, je vais les noyer mes chats, voilà ce que je vais faire et sais-tu pourquoi? Parce que, pas plus tard que ce matin, ils ont déchiré tout le visage d'une belle petite fille comme toi, qui venait m'apporter des fleurs. On sera obligé de lui mettre un œil de verre.

— Ha! dit la petite fille interloquée. Elle regarda un instant le panier avec terreur et se jeta dans les jupes de sa mère.

— Là, là! fit la mère en tournant vers Daniel des yeux indignés, tu vois qu'il faut rester tranquille, ne pas bavarder à tort et à travers. C'est rien, mon petit chat, le monsieur a voulu plaisanter.

Daniel lui rendit son regard, paisiblement : « Elle me déteste », pensa-t-il avec satisfaction. Il voyait défiler, derrière les vitres, des maisons grises, il savait que la bonne femme le regardait. « Une mère indignée! Elle cherche ce qu'elle pourra détester en moi. Pas mon visage. » On ne détestait jamais le visage de Daniel. « Ni mon vêtement, il est neuf et tendre. Ah! peut-être mes mains. » Ses mains étaient courtes et fortes, un peu grasses, avec des poils noirs sur les phalanges. Il les étala sur ses genoux : « Regarde-les! Mais regarde-les donc! » Mais la femme avait abandonné la partie : elle fixait les yeux droit devant elle, d'un air obtus; elle se reposait. Daniel la contempla avec une sorte d'avidité : ces gens qui se reposaient, comment faisaient-ils? Elle s'était laissée tomber de toute sa taille en elle-même et elle s'y diluait. Il n'y avait rien dans cette tête qui ressemblât à une fuite éperdue devant soi, ni curiosité, ni haine, aucun mouvement, pas même une ondulation légère : rien que la pâte épaisse du sommeil. Elle se réveilla soudain, un air d'animation vint se poser sur son visage.

— C'est là, mais c'est là! dit-elle. Viens donc! que tu es agaçante à toujours traînasser.

Elle prit sa fille par la main et l'entraîna. Avant de descendre, la petite fille se retourna et jeta un regard d'horreur sur le panier. L'autobus repartit puis s'arrêta; des gens passèrent en riant devant Daniel.

— Terminus, lui cria le receveur.

Daniel sursauta : la voiture était vide. Il se leva et descendit. C'était une place populeuse avec des bistrots; un groupe d'ouvriers et de femmes s'était formé autour d'une voiture à bras. Des femmes le regardèrent avec surprise. Daniel hâta le pas et tourna dans une

ruelle sale qui descendait vers la Seine. Des deux côtés de la rue
il y avait des tonneaux et des entrepôts. Le panier s'était mis à
miauler sans arrêt et Daniel courait presque : il portait un seau
percé dont l'eau s'enfuyait goutte à goutte. Chaque miaulement,
c'était une goutte d'eau. Le seau était lourd. Daniel le prit de la
main gauche et, de la droite, il s'épongea le front. Il ne fallait pas
penser aux chats. Ah! tu ne veux pas penser aux chats? Eh bien!
précisément, il faut que tu y penses, ça serait trop commode! Daniel
revit les yeux d'or de Poppée et pensa très vite à n'importe quoi,
à la Bourse, il avait gagné dix mille francs l'avant-veille, à Marcelle,
il devait voir Marcelle le soir même, c'était son jour : « Archange! »
Daniel ricana : il méprisait profondément Marcelle : « Ils n'ont pas
le courage de s'avouer qu'ils ne s'aiment plus. Si Mathieu voyait
les choses commes elles sont, il faudrait bien qu'il prenne une décision. Mais il ne veut pas. Il ne veut pas se perdre. Il est normal, lui »,
pensa Daniel avec ironie. Les chats miaulèrent comme si on les
avait ébouillantés et Daniel sentit qu'il perdait la tête. Il posa le
cageot par terre et y donna deux violents coups de pied. Il se fit
un grand remue-ménage à l'intérieur, et puis les chats se turent.
Daniel resta un moment immobile avec un drôle de frisson en
aigrette derrière les oreilles. Des ouvriers sortirent d'un entrepôt
et Daniel reprit sa marche. C'était là. Il descendit par un escalier
de pierre sur la berge de la Seine et s'assit par terre, près d'un
anneau de fer, entre un tonneau de goudron et un tas de pavés.
La Seine était jaune sous le ciel bleu. Des chalands noirs et rem-
plis de tonneaux étaient amarrés contre le quai d'en face. Daniel
était assis au soleil et ses tempes lui faisaient mal. Il regarda l'eau,
onduleuse et gonflée avec des fluorescences d'opale. Puis il sortit
son peloton de sa poche et avec son canif il coupa un long bout de
ficelle; ensuite sans se lever, de la main gauche, il prit un pavé. Il
assujettit l'une des extrémités de la ficelle à l'anse du panier,
enroula le reste du cordon autour du pavé, fit plusieurs nœuds et
reposa la pierre sur le sol : ça faisait un drôle d'engin. Daniel pensa
qu'il lui faudrait porter le panier de la main droite et la pierre
de la main gauche : il les laisserait choir dans l'eau en même temps.
Le panier flotterait peut-être un dixième de seconde et puis une
force brutale l'attirerait au fond de l'eau, il s'enfoncerait brusquement. Daniel pensa qu'il avait chaud, il maudit sa veste épaisse
mais il ne voulut pas l'ôter. En lui ça palpitait, ça demandait grâce
et Daniel, dur et sec, se regardait gémir : « Quand on n'a pas le
courage de se tuer en gros, il faut bien le faire en détail. » Il s'ap-
procherait de l'eau, il dirait : « Adieu à ce que j'aime le mieux au

monde... » Il se souleva un peu sur les mains et regarda autour de lui : à droite la berge était déserte, à gauche, tout au loin, il vit un pêcheur, noir dans le soleil. Les remous se propageraient sous l'eau jusqu'au bouchon de sa ligne : « Il va croire que ça mord. » Il rit et sortit son mouchoir pour essuyer la sueur qui perlait à son front. Les aiguilles de son bracelet-montre marquaient onze heures vingt-cinq. « A onze heures et demie! » Il fallait prolonger ce moment extraordinaire : Daniel était dédoublé; il se sentait perdu dans un nuage écarlate, sous un ciel de plomb, il pensa à Mathieu avec une sorte d'orgueil : « C'est moi qui suis libre », se dit-il. Mais c'était un orgueil impersonnel, car Daniel n'était plus personne. A onze heures vingt-neuf il se leva, il se sentait si faible qu'il dut s'appuyer au tonneau. Il fit une tache de goudron à son veston de tweed et il la regarda.

Il vit la tache noire sur l'étoffe violine et tout d'un coup il sentit qu'il ne faisait plus qu'un. Un seul. Un lâche. Un type qui aimait ses chats et qui ne voulait pas les foutre à l'eau. Il prit son canif, se baissa et coupa la ficelle. En silence : même au dedans de lui-même il faisait silence, il avait trop honte pour parler devant soi. Il reprit le panier et remonta l'escalier : c'était comme s'il passait en détournant la tête devant quelqu'un qui le regardait avec mépris. En lui, c'était toujours le désert et le silence. Quand il fut en haut des marches, il osa s'adresser ses premières paroles : « Qu'est-ce que c'était que cette goutte de sang? » Mais il n'osa pas ouvrir le panier : il se mit à marcher en boitant. C'est moi. C'est moi. C'est moi. L'immonde. Mais il y avait au fond de lui un drôle de petit sourire parce qu'il avait sauvé Poppée.

— Taxi, cria-t-il.

Le taxi s'arrêta.

— 22, rue Montmartre, dit Daniel. Voulez-vous mettre ce panier à côté de vous?

Il se laissa bercer par le mouvement du taxi. Il n'arrivait même plus à se mépriser. Et puis la honte reprit le dessus et il recommença à se voir : c'était intolérable. « Ni en gros, ni en détail », pensa-t-il amèrement. Quand il prit son portefeuille pour payer le chauffeur, il constata sans joie qu'il était gonflé de billets. « Gagner de l'argent, oui. Je peux faire ça. »

— Vous voilà donc revenu, monsieur Sereno, dit la concierge, y a justement quelqu'un qui vient de monter chez vous. Un de vos amis, un grand avec des épaules comme ça. Je lui ai dit que vous n'étiez pas là. Il n'est pas là, qu'il a dit, eh bien je vais laisser un mot sous sa porte.

Elle regarda le panier et s'écria :

— Mais vous les avez rapportés, les mignons!

— Qu'est-ce que vous voulez, madame Dupuy, dit Daniel, c'est peut-être coupable, mais je n'ai pas pu me séparer d'eux.

« C'est Mathieu, pensa-t-il en montant l'escalier, il tombe bien celui-là. » Il était content de pouvoir haïr un autre.

Il rencontra Mathieu sur le palier du troisième :

— Salut, dit Mathieu, je n'espérais plus te voir.

— J'étais allé promener mes chats, dit Daniel. Il s'étonnait de sentir en lui une sorte de chaleur.

— Tu remontes avec moi? demanda-t-il précipitamment.

— Oui. J'ai un service à te demander.

Daniel lui jeta un rapide coup d'œil et remarqua qu'il avait un visage terreux. « Il a l'air salement embêté », pensa-t-il. Il avait envie de l'aider. Ils montèrent. Daniel mit la clé dans la serrure et poussa la porte.

— Passe, dit-il. Il lui toucha légèrement l'épaule et retira tout de suite sa main. Mathieu entra dans la chambre de Daniel et s'assit dans un fauteuil.

— Je n'ai rien compris à ce que m'a dit ta concierge, dit-il. Elle prétendait que tu avais emmené tes chats chez ta sœur Tu es réconcilié avec ta sœur, à présent?

Quelque chose se glaça subitement en Daniel : « Quelle tête ferait-il s'il savait d'où je viens? » Il regarda sans sympathie les yeux raisonnables et perçants de son ami : « C'est vrai, il est normal lui. » Il se sentait séparé de lui par un abîme. Il rit :

— Ah! oui! Chez ma sœur... c'était un innocent petit mensonge, dit-il. Il savait que Mathieu n'insisterait pas : Mathieu avait l'habitude agaçante de traiter Daniel en mythomane et il affectait de ne jamais s'enquérir des mobiles qui le poussaient à mentir. De fait Mathieu loucha sur le cageot d'un air perplexe et se tut.

— Tu permets? demanda Daniel.

Il était devenu tout sec. Il n'avait qu'un désir : ouvrir le panier au plus vite : « Qu'est-ce que c'était que cette goutte de sang? » Il s'agenouilla en pensant : « Ils vont me sauter à la figure » et il avança son visage au-dessus du couvercle, de façon qu'il fût bien à leur portée. Il pensait en ouvrant le cadenas : « Un bon petit embêtement ne lui ferait pas de mal. Ça lui ferait perdre pour un temps son optimisme et son air rassis. » Poppée s'échappa du panier en grondant et s'enfuit à la cuisine. Scipion sortit à son tour : il avait conservé sa dignité mais ne semblait pas rassuré du tout.

Il s'en fut à pas comptés jusqu'à l'armoire, regarda autour de lui d'un air sournois, s'étira et finit par se glisser sous le lit. Malvina ne bougeait pas : « Elle est blessée », pensa Daniel. Elle gisait au fond du panier, anéantie. Daniel lui mit un doigt sous le menton et lui releva la tête de force : elle avait reçu un bon coup de griffe sur le nez et son œil gauche était fermé, mais elle ne saignait plus. Sur son museau il y avait une croûte noirâtre et, autour de la croûte, ses poils étaient raides et gluants.

— Qu'est-ce qu'il y a? demanda Mathieu. Il s'était soulevé et regardait la chatte avec politesse. « Il me trouve ridicule parce que je m'occupe d'une chatte. Ça lui semblerait tout naturel s'il s'agissait d'un marmot. »

— Malvina a reçu un mauvais coup, expliqua Daniel. C'est sûrement Poppée qui l'a griffée, elle est insupportable. Excuse-moi, mon cher, je vais te demander une petite minute pour la soigner.

Il alla chercher une bouteille d'arnica et un paquet de ouate dans l'armoire. Mathieu le suivit des yeux, sans mot dire, puis il se passa la main sur le front d'un air de vieillard. Daniel se mit à laver le nez de Malvina. La chatte se débattait faiblement.

— Sois belle, dit Daniel, sois sage. Allons! Allons! Na!

Il pensait qu'il agaçait prodigieusement Mathieu et ça lui donnait du cœur à l'ouvrage. Mais quand il releva la tête, il vit que Mathieu regardait dans le vide d'un air dur.

— Excuse-moi, mon cher, dit Daniel de sa voix la plus profonde, je n'en ai plus que pour une petite minute. Il fallait que je lave cette bête, tu sais, ça s'infecte si vite. Je ne t'agace pas trop? ajouta-t-il en lui adressant un franc sourire. Mathieu tressaillit puis il se mit à rire.

— Va donc, va donc, dit-il, ne fais pas tes yeux de velours.

Mes yeux de velours! La supériorité de Mathieu était odieuse : « Il croit me connaître, il parle de mes mensonges, de mes yeux de velours. Il ne me connaît pas du tout mais ça l'amuse de m'étiqueter comme si j'étais une chose. »

Daniel rit avec cordialité et essuya soigneusement la tête de Malvina. Malvina fermait les yeux, elle avait les dehors de l'extase mais Daniel savait bien qu'elle souffrait. Il lui donna une petite tape sur les reins.

— Voilà! dit-il en se relevant, demain il n'y paraîtra plus. Mais l'autre lui a envoyé un bon coup de griffe, tu sais.

— Poppée? C'est une teigne, dit Mathieu d'un air absent.

Il dit brusquement :

— Marcelle est enceinte.

— Enceinte!

La surprise de Daniel fut de courte durée mais il eut à lutter contre une formidable envie de rire. C'était ça, c'était donc ça! « C'est vrai, ça pisse le sang tous les mois lunaires et c'est prolifique comme des raies par-dessus le marché. » Il pensa avec dégoût qu'il la verrait le soir même. « Je me demande si j'aurai le courage de lui toucher la main. »

— Je suis salement emmerdé, dit Mathieu d'un air objectif.

Daniel le regarda et dit sobrement :

— Je te comprends. Puis il se hâta de lui tourner le dos sous prétexte d'aller ranger la bouteille d'arnica dans l'armoire. Il avait peur de lui éclater de rire au nez. Il se mit à penser à la mort de sa mère, ça lui réussissait toujours dans ces occasions-là. Il en fut quitte pour deux ou trois soubresauts convulsifs. Mathieu continuait gravement à parler derrière le dos de Daniel :

— Ce qu'il y a c'est que ça l'humilie, dit-il. Tu ne l'as pas vue souvent, tu n'as pas pu te rendre compte, mais c'est une espèce de Walkyrie. Une Walkyrie en chambre, ajouta-t-il sans méchanceté. Pour elle c'est une déchéance terrible.

— Oui, dit Daniel avec sollicitude, et puis pour toi ça ne vaut guère mieux : tu as beau faire, elle doit te faire horreur à présent. Je sais que, chez moi, ça tuerait l'amour.

— Je n'ai plus d'amour pour elle, dit Mathieu.

— Non?

Daniel était profondément étonné et diverti : « Il y aura du sport, ce soir. » Il demanda :

— Tu le lui as dit?

— Évidemment non.

— Pourquoi « évidemment? » Il faudra bien que tu le lui dises. Tu vas la...

— Non. Je ne veux pas la plaquer, si c'est ça que tu veux dire.

— Alors?

Daniel s'amusait ferme. Il avait hâte à présent de revoir Marcelle.

— Alors rien, dit Mathieu. Tant pis pour moi. Ça n'est pas sa faute, si je ne l'aime plus.

— Est-ce que c'est la tienne?

— Oui, dit Mathieu brièvement.

— Tu vas continuer à la voir en cachette et à...

— Et puis après?

— Eh bien! dit Daniel, si tu joues longtemps ce petit jeu-là, tu finiras par la haïr.

Mathieu avait l'air dur et buté :

— Je ne veux pas qu'elle soit emmerdée.

— Si tu préfères te sacrifier... dit Daniel avec indifférence. Quand Mathieu se mettait à faire le quaker, Daniel le haïssait.

— Qu'est-ce que j'ai à sacrifier? J'irai au lycée, je verrai Marcelle. J'écrirai une nouvelle tous les deux ans. C'est précisément ce que j'ai fait jusqu'ici. Il ajouta avec une amertume que Daniel ne lui connaissait pas :

— Je suis un écrivain des dimanches. D'ailleurs, dit-il, je tiens à elle, ça m'embêterait salement de ne plus la voir. Seulement ça me fait comme des liens de famille.

Il y eut un silence. Daniel vint s'asseoir dans le fauteuil, en face de Mathieu.

— Il faut que tu m'aides, dit Mathieu. J'ai une adresse mais pas d'argent. Prête-moi cinq mille balles.

— Cinq mille balles, répéta Daniel d'un air incertain.

Son portefeuille gonflé, boudiné dans sa poche intérieure, son portefeuille de marchand de cochons, il suffisait de l'ouvrir, d'y prendre cinq billets. Mathieu lui avait souvent rendu service, autrefois.

— Je te rendrai la moitié à la fin du mois, dit Mathieu. Et puis l'autre moitié le 14 juillet parce qu'à ce moment-là je touche mes traitements d'août et de septembre à la fois.

Daniel regarda la face terreuse de Mathieu et pensa : « Ce type-là est formidablement embêté. » Puis il pensa aux chats et se sentit impitoyable.

— Cinq mille francs! dit-il d'une voix désolée, mais je ne les ai pas, mon vieux, je suis bien embêté...

— Tu m'avais dit l'autre jour que tu allais faire une bonne affaire.

— Eh bien! mon pauvre vieux, dit Daniel, ta bonne affaire a été une fameuse déception : tu sais ce que c'est que la Bourse. D'ailleurs c'est bien simple, je n'ai plus que des dettes.

Il n'avait pas mis beaucoup de sincérité dans sa voix parce qu'il ne désirait pas convaincre. Mais quand il vit que Mathieu ne le croyait pas, il se mit en colère : « Qu'il aille se faire foutre! Il se croit profond, il s'imagine qu'il lit en moi. Je me demande pourquoi je l'aiderais : il n'a qu'à taper ses pareils. » Ce qui était insupportable c'était cet air normal et composé que Mathieu n'arrivait pas à perdre, même dans l'affliction.

— Bon! dit Mathieu avec entrain, alors tu ne peux vraiment pas?

Daniel pensa : « Il faut qu'il en ait rudement besoin pour insister comme ça. »

— Vraiment pas. Je suis désolé, mon vieux.

Il était gêné par la gêne de Mathieu, mais ça n'était pas tellement désagréable : on avait l'impression de s'être retourné un ongle. Daniel aimait bien les situations fausses.

— Tu en as un besoin urgent? interrogea-t-il avec sollicitude. Tu ne peux pas t'adresser ailleurs?

— Oh! tu sais, c'était surtout pour éviter de taper Jacques.

— C'est vrai, dit Daniel, un peu déçu, il y a ton frère. Alors tu es sûr d'avoir ton argent.

Mathieu eut l'air découragé :

— Ça n'est pas dit. Il s'est foutu dans la tête qu'il ne fallait plus me prêter un sou, que c'était me rendre un mauvais service. « A ton âge, il m'a dit, tu devrais être indépendant. »

— Oh! mais dans un cas comme celui-là, il t'en prêtera sûrement, dit Daniel avec rondeur. Il tira doucement un bout de langue et se mit à se lécher la lèvre supérieure avec satisfaction : il avait su trouver, du premier coup, ce ton d'optimisme superficiel et allant qui mettait les gens en fureur.

Mathieu avait rougi :

— Précisément. Je ne peux pas lui dire que c'est pour ça.

— C'est vrai, dit Daniel. Il réfléchit un moment : De toute façon il te restera ces sociétés, tu sais, qui prêtent aux fonctionnaires. Je dois dire que la plupart du temps on tombe sur des usuriers. Mais tu t'en moques, des intérêts, du moment que tu as ton argent.

Mathieu eut l'air intéressé et Daniel pensa avec ennui qu'il l'avait un peu rassuré :

— Qu'est-ce que c'est que ces gens-là? Ils prêtent l'argent tout de suite?

— Ah! non, dit vivement Daniel, ils mettent bien une dizaine de jours : il faut qu'ils fassent une enquête.

Mathieu se tut, il semblait méditer; Daniel sentit tout à coup un petit choc mou : Malvina avait bondi sur ses genoux, elle s'y installa en ronronnant : « En voilà une qui n'a pas de rancune », pensa Daniel avec dégoût. Il se mit à la caresser d'une main légère et négligente. Les bêtes et les gens n'arrivaient pas à le haïr : à cause d'une espèce d'inertie bonasse ou peut-être à cause de son visage. Mathieu s'était absorbé dans ses misérables petits calculs : lui non plus il n'avait pas de rancune. Daniel se pencha sur Malvina et se mit à lui gratter le crâne : sa main tremblait.

— Dans le fond, dit-il sans regarder Mathieu, je serais presque content de ne pas avoir l'argent. Je viens d'y penser : toi qui veux toujours être libre, ça te fournit une occasion superbe de faire un acte de liberté.

— Un acte de liberté? Mathieu n'avait pas l'air de comprendre. Daniel releva la tête :

— Oui, dit Daniel, tu n'as qu'à épouser Marcelle.

Mathieu le regarda en fronçant les sourcils : il devait se demander si Daniel ne se moquait pas de lui. Daniel soutint son regard avec une gravité modeste.

— Tu es cinglé? demanda Mathieu.

— Pourquoi? Tu n'as qu'un mot à dire et tu changes toute ta vie, ça n'arrive pas tous les jours.

Mathieu se mit à rire : « Il prend le parti d'en rire », pensa Daniel agacé.

— Tu n'arriveras pas à me tenter, dit Mathieu. Et surtout pas en ce moment.

— Eh bien mais... précisément, dit Daniel sur le même ton de légèreté, ça doit être très amusant de faire exprès le contraire de ce qu'on veut. On se sent devenir un autre.

— Et quel autre! dit Mathieu. Veux-tu aussi que je fasse trois gosses, pour le plaisir de me sentir un autre quand je les promènerai au Luxembourg? J'imagine en effet que ça me changerait si je devenais un type complètement foutu.

— Pas tant que ça, pensa Daniel, pas tant que tu le crois.

— Au fond, dit-il, ça ne doit pas être tellement désagréable d'être un type foutu. Mais là, foutu jusqu'aux moelles, enterré. Un type marié avec trois gosses, comme tu dis. Ce que ça doit vous calmer!

— En effet, dit Mathieu. Des types comme ça j'en rencontre tous les jours. Tiens, des pères d'élèves qui viennent me voir. Quatre enfants, cocus, membres de l'association des parents d'élèves. Ils ont l'air plutôt calmes. Je dirais même bénins.

— Ils ont aussi une espèce de gaîté, dit Daniel. Ils me donnent le vertige. Et toi, ça ne te tente vraiment pas? Je te vois si bien marié, reprit-il, tu serais comme eux, gras, bien soigné, avec le mot pour rire et des yeux de celluloïd. Moi je crois que je ne détesterais pas.

— Ça te ressemble assez, dit Mathieu sans s'émouvoir. Mais moi j'aime encore mieux demander cinq mille balles à mon frère

Il se leva. Daniel posa Malvina à terre et se leva aussi. « Il sait que j'ai l'argent et il ne me hait pas : qu'est-ce qu'il faut donc leur faire? »

Le portefeuille était là, Daniel n'avait qu'à mettre la main à sa poche, il dirait : « Voilà mon vieux, j'ai voulu te faire poser un peu, histoire de rire. » Mais il eut peur de se mépriser.

— Je regrette, dit-il en hésitant, si je vois un moyen, je t'écrirai...

Il avait accompagné Mathieu jusqu'à la porte d'entrée.

— Ne te frappe pas, dit Mathieu gaîment, je me débrouillerai.

Il referma la porte. Quand Daniel entendit son pas leste dans l'escalier, il pensa : « c'est irréparable » et il eut le souffle coupé. Mais ça ne dura pas : « Pas un instant, se dit-il, il n'a cessé d'être pondéré, dispos, en parfait accord avec lui-même. Il est emmerdé, mais ça lui reste extérieur. Au dedans il est chez soi. » Il alla regarder son beau visage sombre dans la glace et pensa : « Tout de même, ça vaudrait mille s'il était obligé d'épouser Marcelle. »

VIII

Elle était réveillée depuis longtemps, à présent; elle devait se ronger. Il fallait la rassurer, lui dire qu'elle n'irait là-bas en aucun cas. Mathieu revit avec tendresse son pauvre visage ravagé de la veille et elle lui parut, tout à coup, d'une fragilité poignante. « Il faut que je lui téléphone. » Mais il décida de passer d'abord chez Jacques : « Comme ça, j'aurai peut-être une bonne nouvelle à lui annoncer. » Il pensait avec irritation à l'air que Jacques allait prendre. Un air amusé et sage, au delà du blâme comme de l'indulgence, avec la tête inclinée de côté et les yeux mi-clos : « Comment? encore besoin d'argent? » Mathieu en avait la chair de poule. Il traversa la chaussée et pensa à Daniel : il ne lui en voulait pas. C'était ainsi, on ne pouvait pas en vouloir à Daniel. Il en voulait à Jacques. Il s'arrêta devant un immeuble trapu de la rue Réaumur et lut avec agacement, comme chaque fois : « Jacques Delarue, avoué, deuxième étage. » Avoué! Il entra et prit l'ascenseur. « J'espère bien qu'Odette ne sera pas là », pensa-t-il.

Elle était là; Mathieu l'aperçut à travers la porte vitrée du petit salon, elle était assise sur un divan, élégante, longue et propre jusqu'à l'insignifiance; elle lisait. Jacques disait volontiers : « Odette est une des rares femmes de Paris qui trouvent le temps de lire. »

— Monsieur Mathieu veut voir Madame? demanda Rose.

— Oui, je vais lui dire bonjour; mais voulez-vous prévenir Monsieur que je le retrouverai tout à l'heure dans son bureau?

Il poussa la porte, Odette leva sur lui son beau visage ingrat et fardé.

— Bonjour, Thieu, dit-elle d'un air content. C'est ma visite que vous venez me faire?

— Votre visite? dit Mathieu.

Il regardait avec une sympathie déconcertée ce haut front calme et ces yeux verts. Elle était belle sans aucun doute, mais d'une beauté qui semblait se dérober sous le regard. Habitué à des visages comme celui de Lola dont le sens s'imposait du premier coup avec brutalité, Mathieu avait cent fois tenté de retenir ensemble ces traits glissants, mais ils s'échappaient, l'ensemble se défaisait à chaque instant et le visage d'Odette gardait son décevant mystère bourgeois.

— Je voudrais bien que ce soit votre visite, reprit-il, mais il faut que je voie Jacques, j'ai un service à lui demander.

— Vous n'êtes pas si pressé, dit Odette, Jacques ne s'échappera pas. Asseyez-vous là.

Elle lui fit une place auprès d'elle :

— Attention, dit-elle en souriant, un de ces jours, je me fâcherai. Vous me négligez. J'ai droit à ma visite personnelle, vous me l'avez promise.

— C'est-à-dire que c'est vous qui m'avez promis de me recevoir un de ces jours.

— Comme vous êtes poli, dit-elle en riant, vous n'avez pas la conscience tranquille.

Mathieu s'assit. Il aimait bien Odette, seulement il ne savait jamais que lui dire.

— Comment allez-vous, Odette?

Il mit de la chaleur dans sa voix pour dissimuler la gaucherie de sa question.

— Fort bien, dit-elle. Savez-vous où j'ai été ce matin? A Saint-Germain, avec l'auto, pour voir Françoise, ça m'a charmée.

— Et Jacques?

— Il a beaucoup à faire ces jours-ci; je ne le voyais presque plus. Mais il est insolent de santé comme toujours.

Mathieu sentit soudain un profond déplaisir. « Elle est à Jacques », pensa-t-il. Il regarda avec malaise le long bras brun qui sortait d'une robe très simple et retenue à la taille par une cordelière rouge, presque une robe de jeune fille. Le bras, la robe et le corps sous la robe appartenaient à Jacques, comme la bergère, comme le secrétaire d'acajou, comme le divan. Cette femme discrète et pudique sentait la possession. Il y eut un silence puis Mathieu prit la voix chaude et un peu nasale qu'il réservait à Odette.

— Vous avez une bien belle robe, dit-il.

— Oh! écoutez, dit Odette avec un rire indigné, laissez cette robe tranquille; chaque fois que vous me voyez, vous me parlez de mes robes. Dites-moi plutôt ce que vous avez fait cette semaine.

Mathieu rit aussi, il se sentait détendu.

— Eh bien, justement, j'ai quelque chose à dire sur cette robe.

— Mon Dieu, dit Odette, qu'est-ce que ça va être?

— Eh bien, je me demande si vous ne devriez pas mettre des boucles d'oreilles quand vous la portez.

— Des boucles d'oreilles?

Odette le regarda d'un air singulier.

— Vous trouvez que ça fait vulgaire, dit Mathieu.

— Du tout. Mais ça rend le visage indiscret.

Elle dit brusquement en lui riant au nez :

— Vous seriez certainement beaucoup plus à l'aise avec moi, si j'en portais.

— Mais non, pourquoi? dit Mathieu vaguement.

Il était surpris, il pensait : elle n'est décidément pas bête. Il en était de l'intelligence d'Odette comme de sa beauté : elle avait quelque chose d'insaisissable.

Il y eut un silence, Mathieu ne sut plus que dire. Pourtant, il n'avait pas envie de s'en aller, il goûtait une sorte de quiétude. Odette lui dit gentiment :

— J'ai tort de vous retenir, allez vite chez Jacques, vous avez l'air préoccupé.

Mathieu se leva. Il pensa qu'il allait demander de l'argent à Jacques et sentit des fourmillements au bout des doigts.

— Au revoir, Odette, dit-il affectueusement. Non, non, ne vous dérangez pas. Je reviendrai pour vous dire adieu.

Jusqu'à quel point est-elle une victime? se demandait-il en frappant à la porte de Jacques. Avec ce genre de bonnes femmes, on ne sait jamais.

— Entre, dit Jacques.

Il se leva, vif et très droit, et s'avança vers Mathieu.

— Bonjour, vieux, dit-il chaleureusement. Ça va?

Il paraissait beaucoup plus jeune que Mathieu, quoiqu'il fût l'aîné. Mathieu trouvait qu'il épaississait des hanches. Pourtant, il devait porter un corset.

— Bonjour, dit Mathieu avec un sourire amical.

Il se sentait en faute; depuis vingt ans il se sentait en faute, chaque fois qu'il pensait à son frère ou qu'il le revoyait.

— Alors, dit Jacques, qu'est-ce qui t'amène?

Mathieu fit un geste maussade.

— Ça ne va pas? demanda Jacques. Tiens, prends un fauteuil. Veux-tu un whisky?

— Va pour un whisky, dit Mathieu. Il s'assit, la gorge serrée. Il pensait : je bois mon whisky et je fous le camp sans rien dire. Mais il était trop tard, Jacques savait parfaitement à quoi s'en tenir : « Il pensera simplement que je n'ai pas osé le taper. » Jacques restait debout, il prit une bouteille de whisky et remplit deux verres.

— C'est ma dernière bouteille, dit-il, mais je ne renouvellerai pas ma provision avant l'automne. On a beau dire, un bon gin-fizz, pendant les chaleurs, c'est tout de même meilleur, qu'en penses-tu?

Mathieu ne répondit pas, il regardait sans aménité ce visage rose et frais de tout jeune homme, ces cheveux blonds coupés très court. Jacques souriait innocemment, toute sa personne respirait l'innocence mais ses yeux étaient durs. « Il joue l'innocence, pensa Mathieu avec rage, il sait très bien pourquoi je suis venu, il est en train de chercher son personnage. » Il dit avec dureté :

— Tu te doutes bien que je viens te taper.

Voilà, c'était jeté. A présent, il ne pouvait plus reculer; déjà son frère haussait les sourcils d'un air de profonde surprise. « Il ne m'épargnera rien », pensa Mathieu consterné.

— Mais non, je ne m'en doutais pas, dit Jacques, pourquoi veux-tu que je m'en doute? Voudrais-tu insinuer que c'est le seul but de tes visites? »

Il s'assit, toujours très droit, un peu raide et croisa les jambes avec souplesse, comme pour compenser la raideur de son buste. Il portait un superbe costume de sport en drap anglais.

— Je ne veux rien insinuer du tout, dit Mathieu. Il cligna des yeux et ajouta en serrant fortement son verre :

— Mais j'ai besoin de quatre mille francs d'ici demain.

« Il va dire non. Pourvu qu'il refuse vite et que je puisse foutre le camp. » Mais Jacques n'était jamais pressé : il était avoué, il avait le temps.

— Quatre billets, dit-il en hochant la tête d'un air connaisseur. Mais dis-moi! dis-moi donc!

Il étendit les jambes et considéra ses souliers avec satisfaction :

— Tu m'amuses, Thieu, dit-il, tu m'amuses et tu m'instruis. Oh! ne prends pas ce que je te dis en mauvaise part, ajouta-t-il vivement sur un geste de Mathieu; je ne songe pas à critiquer ta conduite, mais enfin, je réfléchis, je m'interroge, je vois ça de haut, je dirais « en philosophe » si je ne m'adressais à un philosophe. Vois-tu, quand je pense à toi, je me confirme dans l'idée qu'il ne faut pas être un homme à principes. Toi, tu en es bourré, tu t'en inventes et tu ne t'y conformes pas. En théorie, il n'y a pas plus indépendant, c'est très beau, tu vis au-dessus des classes. Seulement, je me demande ce que tu deviendrais si je n'étais pas là. Note que je suis trop heureux, moi qui n'ai pas de principes, de pouvoir t'aider de temps en temps.

Mais il me semble qu'avec tes idées, j'aurais à cœur de ne rien demander à un affreux bourgeois. Car je suis un affreux bourgeois, ajouta-t-il en riant de bon cœur.

Il reprit sans cesser de rire :

— Et il y a pis, c'est que toi qui craches sur la famille, tu t'autorises de nos liens de famille pour me taper. Car enfin, tu ne t'adresserais pas à moi si je n'étais ton frère.

Il prit un air d'intérêt sincère.

— Ça ne te gêne pas, au fond, tout ça?

— J'y suis bien obligé, dit Mathieu en riant aussi.

Il n'allait pas s'engager dans une discussion d'idées. Les discussions d'idées, avec Jacques, tournaient toujours mal. Mathieu perdait tout de suite son sang-froid.

— Oui, évidemment, dit Jacques froidement. Tu ne crois pas qu'avec un peu d'organisation...? Mais c'est sans doute contraire à tes idées. Je ne dis pas que ce soit ta faute, remarque bien : pour moi, c'est la faute des principes.

— Tu sais, dit Mathieu, pour répondre quelque chose, refuser les principes, c'est encore un principe.

— Oh! si peu, dit Jacques.

A présent, se dit Mathieu, il va les lâcher. Mais il regarda les joues pleines de son frère, sa mine fleurie, son air ouvert et pourtant buté et il pensa avec un serrement de cœur : « Il a l'air dur à la détente. » Heureusement, Jacques avait repris la parole :

— Quatre billets, répéta-t-il. C'est un besoin subit, car enfin, la semaine dernière quand tu... quand tu es venu me demander un petit service il n'a pas été question de ça.

— En effet, dit Mathieu, je... ça date d'hier.

Il pensa soudain à Marcelle, il la revit, sinistre et nue dans la chambre rose et il ajouta d'un ton pressant qui le surprit lui-même :

— Jacques, j'ai besoin de cet argent.

Jacques le dévisagea avec curiosité et Mathieu se mordit les lèvres : lorsqu'ils étaient ensemble, les deux frères n'avaient pas coutume de manifester si vivement leurs sentiments.

— A ce point-là? C'est drôle. Tu es pourtant le dernier... Tu... d'ordinaire tu m'empruntes un peu d'argent parce que tu ne sais pas ou ne veux pas t'organiser, mais je n'aurais jamais cru... Naturellement je ne te demande rien, ajouta-t-il sur un ton légèrement interrogateur.

Mathieu hésitait : vais-je lui dire que ce sont mes impôts? Mais non. Il sait que je les ai payés en mai.

— Marcelle est enceinte, dit-il brusquement.

Il sentit qu'il rougissait et secoua les épaules, pourquoi pas, après tout? Pourquoi cette honte brûlante et subite? Il regarda son frère en face avec des yeux agressifs. Jacques eut l'air intéressé :

— Vous vouliez un enfant?

Il faisait exprès de ne pas comprendre.

— Non, dit Mathieu d'un ton cassant, c'est un accident.

— Ça m'étonnait aussi, dit Jacques, mais enfin, tu aurais pu vouloir pousser jusqu'au bout tes expériences en dehors de l'ordre établi...

— Oui, eh bien ça n'est pas ça du tout.

Il y eut un silence et puis Jacques reprit, tout à fait à son aise :

— Alors? A quand le mariage?

Mathieu rougit de colère : comme toujours, Jacques refusait d'envisager honnêtement la situation, il tournait obstinément autour d'elle et pendant ce temps-là, son esprit s'évertuait à trouver un nid d'aigle d'où il pût prendre des vues plongeantes sur la conduite des autres. Quoi qu'on lui dît, quoi qu'on fît, son premier mouvement était pour s'élever au-dessus du débat, il ne pouvait rien voir que d'en haut, il avait la passion des nids d'aigle.

— Nous avons décidé qu'elle se ferait avorter, dit Mathieu brutalement.

Jacques ne sourcilla pas.

— Tu as trouvé ton médecin? dit-il d'un air neutre.

— Oui.

— Un homme sûr? D'après ce que tu m'as dit, la santé de cette jeune femme est délicate.

— J'ai des amis qui me répondent de lui.

— Oui, dit Jacques, oui, évidemment.

Il ferma les yeux un instant, les rouvrit et joignit les mains par le bout des doigts.

— En somme, dit-il, si je t'ai bien compris, ce qui t'arrive c'est ceci : tu viens d'apprendre que ton amie est enceinte; tu ne veux pas te marier, pour des raisons de principes, mais tu te considères comme engagé envers elle par des obligations aussi strictes que celles du mariage. Ne voulant ni l'épouser ni porter atteinte à sa réputation, tu as décidé de la faire avorter dans les meilleures conditions possibles. Des amis t'ont recommandé un médecin de confiance qui te demande quatre mille francs, il ne te reste plus qu'à te procurer la somme. C'est bien cela?

— Exactement! dit Mathieu.

— Et pourquoi te faut-il l'argent d'ici demain?

— Le type que j'ai en vue part pour l'Amérique dans huit jours.

— Bon, dit Jacques, compris!

Il souleva ses mains jointes jusqu'à hauteur de ses yeux et les considéra d'un air précis comme quelqu'un qui n'a plus qu'à tirer les conclusions de ce qu'il vient de dire. Mais Mathieu ne s'y trompa pas : un avoué ne conclut pas si vite. Jacques avait abaissé les mains et les avait reposées sur ses genoux, disjointes, il s'était enfoncé dans son fauteuil et ses yeux ne brillaient plus. Il dit d'une voix endormie :

— On est très sévère pour les avortements, en ce moment.

— Je sais, dit Mathieu, ça leur prend de temps en temps. Ils mettent en taule quelques pauvres bougres sans protection, mais les grands spécialistes ne sont jamais inquiétés.

— Tu veux dire qu'il y a là une injustice, dit Jacques. Je suis tout à fait de ton avis. Mais je n'en désapprouve pas totalement les résultats. Par la force des choses, tes pauvres bougres sont des herboristes ou des faiseuses d'anges qui vous détraquent une femme avec des instruments sales; les rafles opèrent une sélection, c'est déjà ça.

— Enfin voilà, dit Mathieu excédé, je viens te demander quatre mille francs.

— Et... dit Jacques, tu es bien sûr que l'avortement est conforme à tes principes?

— Pourquoi pas?

— Je ne sais pas, c'est à toi de le savoir. Tu es pacifiste par respect de la vie humaine, et tu vas détruire une vie.

— Je suis tout à fait décidé, dit Mathieu. Et d'ailleurs je suis peut-être pacifiste mais je ne respecte pas la vie humaine, tu dois confondre.

— Ah! je croyais... dit Jacques.

Il considérait Mathieu avec une sérénité amusée.

— Alors te voilà dans la peau d'un infanticide? ça te va si mal, mon pauvre Thieu.

« Il a peur qu'on ne me prenne, pensa Mathieu : il ne donnera pas un sou. » Il aurait fallu pouvoir lui dire : si tu payes, tu ne cours aucun risque, je m'adresserai à un habile homme qui n'est pas sur les listes de la police. Si tu refuses, je serai obligé d'envoyer Marcelle chez une herboriste et, là, je ne garantis rien parce que la police les connaît toutes et peut leur serrer la vis du jour au lendemain. Mais ces arguments étaient trop directs pour avoir prise sur Jacques; Mathieu dit simplement :

— Un avortement n'est pas un infanticide.

Jacques prit une cigarette et l'alluma :

— Oui, dit-il avec détachement. J'en conviens : un avortement n'est pas un infanticide, c'est un meurtre « métaphysique ». Il ajouta sérieusement : « Mon pauvre Mathieu, je n'ai pas d'objections contre le meurtre métaphysique, pas plus que contre les crimes parfaits. Mais que toi, tu commettes un meurtre métaphysique... toi, tel que tu es... » Il fit claquer sa langue d'un air de blâme :

— Non, décidément, ce serait une fausse note.

C'était fini, Jacques refusait, Mathieu allait pouvoir s'en aller. Il s'éclaircit la voix et demanda par acquit de conscience :

— Alors tu ne peux pas m'aider ?

— Comprends-moi bien, dit Jacques, je ne refuse pas de te rendre service. Mais serait-ce vraiment te rendre service ? Je suis persuadé d'ailleurs que tu trouveras facilement l'argent dont tu as besoin... Il se leva brusquement comme s'il avait pris une décision et vint poser amicalement sa main sur l'épaule de son frère :

— Écoute, Thieu, dit-il avec chaleur, disons que j'ai refusé : je ne veux pas t'aider à te mentir. Mais je vais te proposer autre chose...

Mathieu, qui allait se lever, retomba sur son fauteuil et sa vieille colère fraternelle le ressaisit. Cette douce et ferme pression sur son épaule lui était intolérable ; il renversa la tête en arrière et vit le visage de Jacques en raccourci.

— Me mentir ! Voyons, Jacques, dis que tu ne veux pas tremper dans une affaire d'avortement, que tu désapprouves ça ou que tu n'as pas d'argent disponible, c'est ton droit et je ne t'en voudrai pas. Mais qu'est-ce que tu viens me parler de mensonge ? Il n'y a pas de mensonge là-dedans. Je ne veux pas d'enfant : il m'en vient un, je le supprime ; c'est tout.

Jacques retira sa main et fit quelques pas d'un air réfléchi : « Il va me faire un discours, pensa Mathieu, je n'aurais jamais dû accepter la discussion. »

— Mathieu, dit Jacques d'une voix posée, je te connais mieux que tu ne crois et tu m'effraies. Il y a beau temps que je redoutais quelque chose de ce genre : cet enfant qui va naître est le résultat logique d'une situation où tu t'es mis volontairement et tu veux le supprimer parce que tu ne veux pas accepter toutes les conséquences de tes actes. Tiens, veux-tu que je te dise la vérité ? Tu ne te mens peut-être pas en ce moment précis : mais c'est ta vie tout entière qui est bâtie sur un mensonge.

— Mais je t'en prie, dit Mathieu, ne te gêne pas : apprends-moi ce que je me cache. Il souriait.

— Ce que tu te caches, dit Jacques, c'est que tu es un bourgeois honteux. Moi je suis revenu à la bourgeoisie après bien des errements, j'ai contracté avec elle un mariage de raison, mais toi tu es bourgeois par goût, par tempérament, et c'est ton tempérament qui te pousse au mariage. Car tu es marié, Mathieu, dit-il avec force.

— Première nouvelle, dit Mathieu.

— Si, tu es marié, seulement tu prétends le contraire parce que tu as des théories. Tu as pris tes habitudes chez cette jeune femme : quatre fois par semaine tu t'en vas tranquillement la rejoindre et tu passes la nuit avec elle. Voilà sept ans que ça dure, ça n'a plus rien d'une aventure; tu l'estimes, tu te sens des obligations envers elle, tu ne veux pas la quitter. Et je suis bien sûr que tu ne recherches pas uniquement le plaisir, j'imagine même qu'à la longue, si fort qu'il ait pu être, le plaisir a dû s'émousser. En fait, le soir, tu dois t'asseoir près d'elle et lui raconter longuement les événements de la journée et lui demander conseil dans les cas difficiles.

— Évidemment, dit Mathieu en haussant les épaules. Il était furieux contre lui-même.

— Eh bien! dit Jacques, veux-tu me dire en quoi ceci diffère du mariage... à la cohabitation près?

— A la cohabitation près? dit Mathieu ironiquement. Excuse-moi, c'est une paille.

— Oh! dit Jacques, j'imagine que ça ne doit pas te coûter beaucoup, à toi, de t'en abstenir.

« Il n'en avait jamais tant dit, pensa Mathieu, il prend sa revanche. » Il aurait fallu partir en claquant la porte. Mais Mathieu savait bien qu'il resterait jusqu'au bout : il avait un désir combatif et malveillant de connaître l'opinion de son frère.

— A moi, dit-il, pourquoi dis-tu que ça ne doit pas me coûter beaucoup à moi ?

— Parce que toi, tu y gagnes le confort, une apparence de liberté : tu as tous les avantages du mariage et tu te sers de tes principes pour en refuser les inconvénients. Tu refuses de régulariser la situation, ça t'est bien facile. Si quelqu'un en souffre, ça n'est pas toi.

— Marcelle partage mes idées sur le mariage, dit Mathieu d'une voix rogue; il s'entendait prononcer chaque mot et se trouvait profondément déplaisant.

— Oh! dit Jacques, si elle ne les partageait pas, elle serait sans doute trop fière pour te l'avouer. Sais-tu que je ne te comprends pas : toi, si prompt à t'indigner quand tu entends parler d'une injustice, tu maintiens cette femme dans une position humiliée depuis des années, pour le simple plaisir de te dire que tu es d'accord avec tes principes. Et encore si c'était vrai, si vraiment tu conformais ta vie à tes idées. Mais, je te le répète, tu es pour autant dire marié, tu as un appartement coquet, tu touches à dates fixes un traitement assez rondelet, tu n'as aucune inquiétude pour l'avenir puisque l'État te garantit une retraite... et tu aimes cette vie-là, calme, réglée, une vraie vie de fonctionnaire.

— Écoute, dit Mathieu, il y a un malentendu entre nous : je me soucie fort peu d'être ou de n'être pas un bourgeois. Ce que je veux simplement c'est... —il acheva entre ses dents serrées avec une sorte de honte — garder ma liberté.

— J'aurais cru, moi, dit Jacques, que la liberté consistait à regarder en face les situations où l'on s'est mis de son plein gré et à accepter toutes ses responsabilités. Mais ça n'est sans doute pas ton avis : tu condamnes la société capitaliste, et pourtant tu es fonctionnaire dans cette société, tu affiches une sympathie de principe pour les communistes : mais tu te gardes bien de t'engager, tu n'as jamais voté. Tu méprises la classe bourgeoise et pourtant tu es bourgeois, fils et frère de bourgeois et tu vis comme un bourgeois.

Mathieu fit un geste mais Jacques ne se laissa pas interrompre :

— Tu as pourtant l'âge de raison, mon pauvre Mathieu! dit-il avec une pitié grondeuse. Mais ça aussi tu te le caches, tu veux te faire plus jeune que tu n'es. D'ailleurs... peut-être suis-je injuste. L'âge de raison, tu ne l'as peut-être pas encore, c'est plutôt un âge moral... peut-être que j'y suis arrivé plus vite que toi.

« Ça y est, pensa Mathieu, il va me parler de sa jeunesse. » Jacques était très fier de sa jeunesse, c'était sa garantie, elle lui permettait de défendre le parti de l'ordre avec une bonne conscience : pendant cinq ans il avait singé avec application tous les égarements à la mode, il avait donné dans le surréalisme, eu quelques liaisons flatteuses et il avait respiré parfois, avant de faire l'amour, un mouchoir imbibé de chlorure d'éthyle. Un beau jour, il s'était rangé : Odette lui apportait six cent mille francs de dot. Il avait écrit à Mathieu : « Il faut avoir le courage de faire comme tout le monde, pour n'être comme personne. » Et il avait acheté une étude d'avoué.

— Je ne te reproche pas ta jeunesse, dit-il. Au contraire : tu as eu la chance d'éviter certains écarts. Mais enfin, je ne regrette pas non plus la mienne. Au fond, vois-tu, nous avions tous deux à user les instincts de notre vieux pirate de grand-père. Seulement, moi, je les ai liquidés d'un seul coup et toi tu les uses à la petite semaine, il te manque d'avoir touché le fond. Je pense qu'à l'origine tu étais beaucoup moins pirate que moi, c'est ce qui te perd : ta vie est un perpétuel compromis entre un goût de révolte et d'anarchie au fond très modeste et tes tendances profondes qui te portent vers l'ordre, la santé morale, je dirais presque la routine. Le résultat c'est que tu es resté un vieil étudiant irresponsable. Mais, mon vieux, regarde-toi bien : tu as trente-quatre ans, tes cheveux s'éclaircissent un peu — pas tant que les miens, il est vrai — tu n'as plus rien d'un jouvenceau, ça te va très mal la vie de bohème. D'ailleurs qu'est-ce que c'est que ça, la bohème? C'était très joli il y a cent ans, à présent c'est une poignée d'égarés qui ne sont dangereux pour personne et qui ont manqué le train. Tu as l'âge de raison, Mathieu, tu as l'âge de raison ou tu devrais l'avoir, répéta-t-il distraitement.

— Bah! dit Mathieu, ton âge de raison, c'est l'âge de la résignation, je n'y tiens pas du tout.

Mais Jacques ne l'écoutait pas. Son regard devint tout à coup net et gai et il reprit vivement :

— Écoute, comme je te l'ai dit, je vais te faire une proposition, si tu refuses, il ne te sera pas difficile de trouver quatre mille francs, je n'ai pas de remords. Je tiens dix mille francs à ta disposition si tu épouses ton amie.

Mathieu avait prévu le coup, de toute façon ça lui ménageait une sortie potable qui sauvait la face :

— Je te remercie, Jacques, dit-il en se levant, tu es vraiment trop gentil, mais ça ne va pas. Je ne dis pas que tu aies tort sur toute la ligne, mais si je dois me marier un jour, il faut que l'envie m'en vienne. En ce moment ça ne serait qu'un coup de tête stupide pour me sortir du bain.

Jacques se leva aussi :

— Réfléchis bien, dit-il, prends ton temps. Ta femme sera très bien reçue ici, je n'ai pas besoin de te le dire, je fais confiance à ton choix; Odette sera heureuse de la traiter en amie. D'ailleurs ma femme ignore tout de ta vie privée.

— C'est tout réfléchi, dit Mathieu.

— Comme tu voudras, dit Jacques cordialement — était-il si mécontent? — Il ajouta : Quand te voit-on?

— Je viendrai déjeuner dimanche, dit Mathieu. Salut.

— Salut, dit Jacques, et... tu sais, si tu te ravisais, ma proposition tient toujours.

Mathieu sourit et sortit sans répondre. « C'est fini! pensa-t-il, c'est fini! » Il descendit l'escalier en courant, il n'était pas gai mais il avait envie de chanter. A présent, Jacques devait s'être rassis à son bureau, l'œil perdu, avec un sourire triste et grave : « Ce garçon-là m'inquiète, il a pourtant l'âge de raison. » Ou peut-être était-il allé faire un tour chez Odette : « Mathieu me donne des inquiétudes. Je ne peux pas te dire pourquoi. Mais il n'est pas raisonnable. » Qu'est-ce qu'elle dirait ? Est-ce qu'elle jouerait le rôle de l'épouse mûre et réfléchie ou bien s'en tirerait-elle par quelques approbations rapides sans lever le nez de son livre ?

« Tiens, se dit Mathieu, j'ai oublié de dire au revoir à Odette ! » Il en conçut du remords : il était en dispositions d'avoir des remords. « Est-ce que c'est vrai ? Est-ce que je maintiens Marcelle dans une position humiliée ? » Il se rappela les violentes sorties de Marcelle contre le mariage : « Je le lui ai proposé, d'ailleurs. Une fois. Il y a cinq ans. » C'était en l'air, à vrai dire, en tout cas Marcelle lui avait ri au nez. « Ah ! ça, pensa-t-il, j'ai un complexe d'infériorité devant mon frère ! » Mais non, ce n'était pas ça, quel que fût son sentiment de culpabilité, Mathieu n'avait jamais cessé de se donner raison contre Jacques. « Seulement voilà, c'est un salaud qui me tient à cœur, quand je n'ai plus honte devant lui, j'ai honte pour lui. Ah ! pensa-t-il, on n'en finit jamais avec la famille, c'est comme la petite vérole, ça vous prend quand on est gosse et ça vous marque pour la vie. » Il y avait un bistrot, à l'angle de la rue Montorgueil. Il entra, prit un jeton à la caisse, la cabine était dans un recoin sombre. Il avait le cœur serré en décrochant l'appareil.

— Allo ! Allo ! Marcelle ?

Marcelle avait le téléphone dans sa chambre.

— C'est toi ? dit-elle.

— Oui.

— Eh bien ?

— Eh bien ! la vieille est impossible.

— Hum ! fit Marcelle d'un air de doute.

— Je t'assure. Elle était aux trois quarts saoule, ça pue, chez elle, c'est dégueulasse, si tu voyais ses mains ! Et puis c'est une brute.

— Bon. Alors ?

— Eh bien ! j'ai quelqu'un en vue. Par Sarah. Quelqu'un de très bien.

— Ah ! dit Marcelle avec indifférence. Elle ajouta :

— Combien ?

— Quatre mille.

— Combien ? répéta Marcelle incrédule.

— Quatre mille.

— Tu vois bien ! Ça n'est pas possible, il faut que j'aille...

— Tu n'iras pas! dit Mathieu avec force. J'emprunterai.

— A qui? à Jacques?

— Je sors de chez lui. Il refuse.

— Daniel?

— Il refuse aussi, la vache! Je l'ai vu ce matin, je suis sûr qu'il était plein aux as.

— Tu ne lui as pas dit que c'était pour... ça, demanda Marcelle vivement.

— Non, dit Mathieu.

— Qu'est-ce que tu vas faire?

— Je ne sais pas. Il sentit que sa voix manquait d'assurance et il ajouta fermement : « Ne t'en fais pas. Nous avons quarante-huit heures : je trouverai. Quand le Diable y serait, ça se trouve, quatre mille francs. »

— Eh bien, trouve-les, dit Marcelle d'un drôle de ton. Trouve-les.

— Je te téléphonerai. Je te vois toujours demain soir?

— Oui.

— Ça va, toi?

— Ça va.

— Tu... tu n'es pas trop...

— Si, dit Marcelle d'une voix sèche. J'ai de l'angoisse. Elle ajouta plus doucement : Enfin fais pour le mieux, mon pauvre vieux!

— Je t'apporterai les quatre mille francs demain soir, dit Mathieu.

Il hésita et dit avec effort :

— Je t'aime.

Marcelle raccrocha sans répondre.

Il sortit de la cabine. En traversant le café, il entendait encore la voix sèche de Marcelle : « J'ai de l'angoisse. » Elle m'en veut. Pourtant je fais ce que je peux. « Dans une position humiliée. » Est-ce que je la maintiens dans une position humiliée? Et si... Il s'arrêta net sur le bord du trottoir. Et si elle voulait l'enfant? Alors là, tout foutait le camp, il suffisait de penser ça une seconde et tout prenait un autre sens, c'était une autre histoire et Mathieu, Mathieu lui-même, se transformait de la tête aux pieds, il n'avait cessé de se mentir, c'était un beau salaud. Heureusement ça n'était pas vrai, ça ne pouvait pas être vrai, je l'ai trop souvent entendue se moquer de ses amies mariées, quand elles étaient enceintes : des vases sacrés, elle les appelait, elle disait : « Elles crèvent d'orgueil parce qu'elles vont pondre. » Quand on a dit ça, on n'a pas le droit de changer d'avis en douce, ça serait un abus de confiance. Et Marcelle est incapable d'un abus de confiance, elle me l'aurait dit, pourquoi ne me l'aurait-elle pas dit, on se dit tout, oh! et puis assez! assez! Il était las de tourner en rond dans ce maquis inextricable, Marcelle, Ivich, l'argent, l'argent, Ivich, Marcelle, je ferai tout ce qu'il faudra mais je voudrais n'y plus penser, pour l'amour de Dieu, je voudrais penser à autre chose. Il pensa à Brunet mais ça, c'était plus triste encore : une amitié morte; il se sentait nerveux et triste parce qu'il allait le revoir. Il vit un kiosque à journaux et s'en approcha : « *Paris-Midi*, s'il vous plaît. »

Il n'y en avait plus, il prit un journal au hasard : c'était *Excelsior*. Mathieu donna ses dix sous et s'en fut. *Excelsior*, ça n'était pas un journal offensant, c'était du papier gras, triste et velouté comme du tapioca. Il n'arrivait pas à vous mettre en colère, il vous ôtait simplement le goût de vivre pendant qu'on le lisait. Mathieu lut : « Bombardement aérien de Valence » et il releva la tête, vaguement irrité : la rue Réaumur était en cuivre noirci. Deux heures, le moment de la journée où la chaleur était le plus sinistre, elle se tordait et crépitait au milieu de la chaussée comme une longue étincelle électrique. « Quarante avions tournent pendant une heure au-dessus du centre de la ville et lâchent cent cinquante bombes. On ignore encore le nombre exact de morts et de blessés. » Il vit du coin de l'œil, sous le titre, un terrible petit texte serré, en italique, qui avait l'air bavard et documenté : « De notre envoyé spécial », on donnait des chiffres. Mathieu tourna la page, il n'avait pas envie d'en savoir plus long. Un discours de M. Flandin à Bar-le-Duc. La France tapie derrière la ligne Maginot... Stokovsky nous déclare : je n'épouserai jamais Greta Garbo. Du nouveau sur l'affaire Weidmann. La visite du roi d'Angleterre : quand Paris attend son Prince Charmant. Tous les Français... Mathieu sursauta et pensa : « Tous les Français sont des salauds. » Gomez le lui avait écrit, une fois, de Madrid. Il referma le journal et se mit à lire, en première page, la dépêche de l'envoyé spécial. On comptait déjà cinquante morts et trois cents blessés, et ça n'était pas fini, il y avait sûrement des cadavres sous les décombres. Pas d'avions, pas de D.C.A. Mathieu se sentait vaguement coupable. Cinquante morts et trois cents blessés, qu'est-ce que ça signifiait au juste? Un hôpital plein? Quelque chose comme un grave accident de chemin de fer? Cinquante morts. Il y avait des milliers d'hommes en France qui n'avaient pas pu lire leur journal, ce matin-là, sans qu'une boule de colère leur montât à la gorge, des milliers d'hommes qui avaient serré les poings en murmurant : « Salauds! » Mathieu serra les poings, il murmura : « Salauds! » et se sentit encore plus coupable. Si du moins il avait pu trouver en lui une petite émotion bien vivante et modeste, consciente de ses limites. Mais non : il était vide, il y avait devant lui une grande colère, une colère désespérée, il la voyait, il aurait pu la toucher. Seulement elle était inerte, elle attendait pour vivre, pour éclater, pour souffrir, qu'il lui prêtât son corps. C'était la colère des autres. « Salauds! » Il serrait les poings, il marchait à grands pas, mais ça ne venait pas, la colère restait dehors. J'y ai été, moi, à Valence, j'y ai vu la Fiesta, en 34, et une grande corrida avec Ortega et El Estudiante. Sa pensée faisait des ronds au-dessus de la ville, cherchant une église, une rue, la façade d'une maison dont il pût dire : « J'ai vu ça, ils l'ont détruit, ça n'existe plus. » Ça y est! la pensée s'abattit sur une rue sombre, écrasée par d'énormes monuments. J'ai vu ça, il s'y promenait, le matin, il étouffait dans une ombre ardente, le ciel flambait très haut, au-dessus des têtes. Ça y est. *Les bombes sont tombées dans cette rue, sur les gros monuments gris, la rue s'est élargie énormément, elle entre à présent jusqu'au fond des maisons, il n'y a plus d'ombre dans la rue, le ciel en fusion a coulé sur la chaussée et le soleil tape sur les décombres.* Quelque chose s'apprêtait à naître, une timide aurore de colère. Ça y est! Mais ça se dégonfla, ça se raplatit, il était désert, il marchait à pas comptés avec la décence d'un type qui suit un enterrement, à Paris, pas à Valence, à Paris, hanté par un fantôme de colère. Les vitres flamboyaient, les autos filaient sur la chaussée, il marchait au milieu de petits hommes vêtus d'étoffes claires, de Français, qui ne regardaient pas le ciel, qui n'avaient pas peur du ciel. Et pourtant c'est réel, là-bas, quelque part sous le même soleil, c'est réel, les autos se sont arrêtées, les vitres ont éclaté, des bonnes femmes stupides et muettes sont accroupies avec des airs de poules mortes auprès de vrais cadavres et elles lèvent la tête de temps à autre, elles regardent le ciel, le ciel vénéneux, tous les Français sont des salauds. Mathieu avait chaud, c'était une vraie chaleur. Il passa son mouchoir sur son front, il pensa : « On ne peut pas souffrir pour ce qu'on veut. » Là-bas il y avait une histoire formidable et tragique qui réclamait qu'on souffrît pour elle... « Je ne peux pas, je ne suis pas dans le coup. Je suis à Paris, au milieu de mes présences à moi, Jacques derrière son bureau qui dit : « Non » et Daniel qui ricane et Marcelle dans la chambre rose et Ivich que j'ai embrassée ce matin. Sa vraie présence, écœurante, à force d'être vraie. Chacun a son monde, le mien c'est un hôpital avec Marcelle enceinte dedans et ce Juif qui me demande quatre mille francs. Il y a d'autres mondes. Gomez. Il était dans le coup, il est parti, c'était son lot. Et le type d'hier. Il n'est pas parti, il doit errer dans les rues, comme moi. Seulement s'il ramasse un journal et qu'il lit : « Bombardement de Valence » il n'aura pas besoin de se forcer, il souffrira là-bas, dans la ville en décombres. Pourquoi suis-je dans ce monde dégueulasse de tapages, d'instruments chirurgicaux, de pelotages sournois dans les taxis, dans ce monde sans Espagne? Pourquoi ne suis-je pas dans le bain, avec Gomez, avec Brunet? Pourquoi n'ai-je pas eu envie d'aller me battre? Est-ce que j'aurais pu choisir un autre monde? Est-ce que je suis encore libre? Je peux aller où je veux, je ne rencontre pas de résistance mais c'est pis : je suis dans une cage sans barreaux, je suis séparé de l'Espagne par... par rien et cependant, c'est infranchissable. » Il regarda la dernière page d'*Excelsior* : photos de l'envoyé spécial. Des corps allongés sur le trottoir le long d'un mur. Au milieu de la chaussée, une grosse commère, couchée sur le dos, les jupes relevées sur ses cuisses, elle n'avait plus de tête. Mathieu replia le journal et le jeta dans le ruisseau.

Boris le guettait, devant la porte de l'immeuble. En apercevant Mathieu, il prit un air froid et gourmé : c'était son air de fou.

— Je viens de sonner chez vous, dit-il, mais je crois que vous n'y étiez pas.

— En êtes-vous bien sûr? demanda Mathieu du même ton.

— Pas absolument, dit Boris, tout ce que je peux vous dire, c'est que vous ne m'avez pas ouvert.

Mathieu le regarda en hésitant. Il était à peine deux heures, de toute façon, Brunet n'arriverait pas avant une demi-heure.

— Montez avec moi, dit-il, nous allons en avoir le cœur net.

Ils montèrent. Dans l'escalier, Boris dit de sa voix naturelle :

— Ça tient toujours pour le « Sumatra », ce soir?

Mathieu se détourna et feignit de chercher ses clés dans sa poche :

— Je ne sais pas si j'irai, dit-il. J'ai pensé... Lola préférerait peut-être vous avoir à elle toute seule.

— Ben, évidemment, dit Boris, mais qu'est-ce que ça fait? Elle sera polie. Et puis de toute façon nous ne serions pas seuls : il y aura Ivich.

— Vous avez vu Ivich? demanda Mathieu en ouvrant la porte.

— Je la quitte, répondit Boris.

— Passez, dit-il en s'effaçant.

Boris passa devant Mathieu et se dirigea avec une familiarité pleine d'aisance vers le bureau. Mathieu regardait sans amitié son dos maigre : « Il l'a vue », pensait-il.

— Vous vous amenez? dit Boris.

Il s'était tourné et considérait Mathieu d'un air rieur et tendre.

— Ivich ne... ne vous a rien dit pour ce soir? demanda Mathieu.

— Pour ce soir?

un air soupçonneux, je ne suis pas devenu sergent racoleur du P. C. Et puis entendons-nous bien : le Parti n'a aucun besoin de toi. Tu ne représentes rien pour lui qu'un petit capital d'intelligence — et ça, des intellectuels, nous en avons à revendre. — Mais toi tu as besoin du parti.

— C'est pour mon bien, répéta Mathieu. Pour mon bien... Écoute, reprit-il brusquement, je ne m'attendais pas à ta... à ta proposition, je suis pris de court mais... Mais je voudrais que tu me dises ce que tu penses. Tu sais, je vis entouré de gosses qui ne s'occupent que d'eux-mêmes et qui m'admirent par principe. Personne ne me parle jamais de moi; moi aussi, quelquefois, j'ai de la peine à me retrouver. Alors? Tu penses que j'ai besoin de m'engager?

— Oui, dit Brunet avec force. Oui, tu as besoin de t'engager. Est-ce que tu ne le sens pas toi-même?

Mathieu sourit tristement : il pensait à l'Espagne.

— Tu as suivi ton chemin, dit Brunet. Tu es fils de bourgeois, tu ne pouvais pas venir à nous comme ça, il a fallu que tu te libères. A présent c'est fait, tu es libre. Mais à quoi ça sert-il, la liberté, si ce n'est pas pour s'engager? Tu as mis trente-cinq ans à te nettoyer et le résultat c'est du vide. Tu es un drôle de corps, tu sais, poursuivit-il avec un sourire amical. Tu vis en l'air, tu as tranché tes attaches bourgeoises, tu n'as aucun lien avec le prolétariat, tu flottes, tu es un abstrait, un absent. Ça ne doit pas être drôle tous les jours.

— Non, dit Mathieu, ce n'est pas drôle tous les jours.

Il s'approcha de Brunet et le secoua par les épaules : il l'aimait très fort.

— Sacré vieux racoleur, lui dit-il, sacrée putain. Ça me fait plaisir que tu me dises tout ça.

Brunet lui sourit distraitement : il suivait son idée. Il dit :

— Tu as renoncé à tout pour être libre. Fais un pas de plus, renonce à ta liberté elle-même : et tout te sera rendu.

— Tu parles comme un curé, dit Mathieu en riant. Non mais, sérieusement, mon vieux, ça ne serait pas un sacrifice, tu sais. Je sais bien que je retrouverais tout, de la chair, du sang, de vraies passions. Tu sais, Brunet, j'ai fini par perdre le sens de la réalité : rien ne me paraît plus tout à fait vrai.

Brunet ne répondit pas : il méditait. Il avait un lourd visage couleur de brique, aux traits tombants avec des cils roux très pâles et très longs. Il ressemblait à un Prussien. Mathieu, chaque fois qu'il le voyait, avait une sorte de curiosité inquiète dans les narines, il reniflait doucement et s'attendait à respirer tout à coup une forte odeur animale. Mais Brunet n'avait pas d'odeur.

— Toi tu es bien réel, dit Mathieu. Tout ce que tu touches a l'air réel. Depuis que tu es dans ma chambre, elle me paraît vraie et elle me dégoûte.

Il ajouta brusquement :

— Tu es un homme.

— Un homme? demanda Brunet surpris; le contraire serait inquiétant. Qu'est-ce que tu veux dire?

— Rien d'autre que ce que je dis : tu as choisi d'être un homme.

Un homme aux muscles puissants et un peu noués, qui pensait par courtes vérités sévères, un homme droit, fermé, sûr de soi, terrestre, réfractaire aux tentations angéliques de l'art, de la psychologie, de la politique, tout un homme, rien qu'un homme. Et Mathieu était là, en face de lui, indécis, mal vieilli, mal cuit, assiégé par tous les vertiges de l'inhumain : il pensa : « Moi, je n'ai pas l'air d'un homme. »

Brunet se leva et vint vers Mathieu :

— Eh bien! fais comme moi, dit-il, qu'est-ce qui t'en empêche? Est-ce que tu t'imagines que tu pourras vivre toute ta vie entre parenthèses?

Mathieu le regarda en hésitant :

— Évidemment, dit-il, évidemment. Et si je choisis, je choisis d'être avec vous, il n'y a pas d'autre choix.

— Il n'y a pas d'autre choix, répéta Brunet. Il attendit un peu et demanda : Alors?

— Laisse-moi un peu souffler, dit Mathieu.

— Souffle, dit Brunet, souffle, mais presse-toi. Demain tu seras trop vieux, tu auras tes petites habitudes, tu seras l'esclave de ta liberté. Et peut-être aussi que le monde sera trop vieux.

— Je ne comprends pas, dit Mathieu.

Brunet le regarda et lui dit rapidement :

— Nous aurons la guerre en septembre.

— Tu rigoles, dit Mathieu.

— Tu peux me croire, les Anglais le savent, le gouvernement français est prévenu; dans la seconde quinzaine de septembre, les Allemands entreront en Tchécoslovaquie.

— Ces tuyaux-là... dit Mathieu contrarié.

— Mais tu ne comprends donc rien? demanda Brunet avec agacement. Il se reprit et ajouta plus doucement :

— Il est vrai que si tu comprenais, je n'aurais pas besoin de te mettre les points sur les *i*. Écoute : tu es de la biffe comme moi. Admets que tu partes dans l'état où tu es en ce moment : tu risques de crever comme une bulle, tu auras rêvé ta vie trente-cinq ans et puis un beau jour une grenade fera éclater tes rêves, tu mourras sans t'être réveillé. Tu as été un fonctionnaire abstrait, tu seras un héros dérisoire et tu tomberas sans avoir rien compris, pour que M. Schneider conserve ses intérêts dans les usines Skoda.

— Et toi? demanda Mathieu. Il ajouta en souriant : Mon pauvre vieux, j'ai bien peur que le marxisme ne protège pas des balles.

— J'en ai peur aussi, dit Brunet. Tu sais où ils m'enverront? En avant de la ligne Maginot : c'est le casse-pipe garanti.

— Alors?

— Ça n'est pas pareil, c'est un risque assumé. A présent rien ne peut ôter son sens à ma vie, rien ne peut l'empêcher d'être un destin.

Il ajouta vivement :

— Comme celle de tous les camarades, d'ailleurs.

On aurait dit qu'il avait peur de pécher par orgueil.

Mathieu ne répondit pas, il alla s'accouder au balcon, il pensait : « Il a bien dit ça. » Brunet avait raison : sa vie était un destin. Son âge, sa classe, son temps, il avait tout repris, tout assumé, il avait choisi la canne plombée qui le frapperait à la tempe, la grenade allemande qui l'éventrerait. Il s'était engagé, il avait renoncé à sa liberté, ce n'était plus qu'un soldat. Et on lui avait tout rendu, même sa liberté. « Il est plus libre que moi : il est d'accord avec lui-même et d'accord avec le Parti. » Il était là, bien réel, avec un vrai goût de tabac dans la bouche, les couleurs et les formes dont il s'emplissait les yeux étaient plus vraies, plus denses que celles que Mathieu pouvait voir, et cependant, au même instant, il s'étendait à travers toute la terre, souffrant et luttant avec les prolétaires de tous les pays. « En cet instant, en ce même instant, il y a des types qui se fusillent à bout portant dans la banlieue de Madrid, il y a des Juifs autrichiens qui agonisent dans les camps de concentration, il y a des Chinois dans les décombres de Nankin, et moi, je suis là, tout frais, je me sens libre, dans un quart d'heure je prendrai mon chapeau et j'irai me promener au Luxembourg. » Il se tourna vers Brunet et le regarda avec amertume : « Je suis un irresponsable », pensa-t-il.

— Ils ont bombardé Valence, dit-il, tout à coup.

— Je sais, dit Brunet. Il n'y avait pas un canon de D. C. A. dans toute la ville. Ils ont lâché leurs bombes sur un marché.

Il n'avait pas serré les poings, il n'avait pas abandonné son ton paisible, son débit un peu endormi, et pourtant c'était lui qu'on avait bombardé, c'étaient ses frères et ses sœurs, ses enfants qu'on avait tués. Mathieu alla s'asseoir dans un fauteuil. « Tes fauteuils sont corrupteurs. » Il se redressa vivement et s'assit sur le coin de la table.

— Eh bien? dit Brunet.

Il avait l'air de le guetter.

— Eh bien! dit Mathieu, tu as de la veine.

— De la veine d'être communiste?

— Oui.

— Tu en as de bonnes! Ça se choisit, mon vieux.

— Je sais. Tu as de la veine d'avoir pu choisir.

Le visage de Brunet se durcit un peu :

— Ça veut dire que tu n'auras pas cette veine-là.

Voilà, il faut répondre. Il attend : oui ou non. Entrer au Parti, donner un sens à sa vie, choisir d'être un homme, agir, croire. Ce serait le salut. Brunet ne le quittait pas des yeux :

— Tu refuses?

— Oui, dit Mathieu désespéré, oui, Brunet : je refuse.

Il pensait : « Il est venu m'offrir ce qu'il a de meilleur! » Il ajouta :

— Ça n'est pas définitif, tu sais. Plus tard...

Brunet haussa les épaules.

— Plus tard? Si tu comptes sur une illumination intérieure pour te décider, tu risques d'attendre longtemps. Est-ce que tu t'imagines que j'étais convaincu quand je suis entré au P. C.? Une conviction, ça se fait.

Mathieu sourit tristement.

— Je sais bien : mets-toi à genoux et tu croiras. Tu as peut-être raison. Mais moi, je veux croire d'abord.

— Naturellement, dit Brunet avec impatience. Vous êtes tous pareils, vous autres les intellectuels : tout craque, tout fout le camp, les fusils vont partir tout seuls et vous êtes là, paisibles, vous réclamez le droit d'être convaincus. Ah! si seulement tu pouvais te voir avec mes yeux, tu comprendrais que le temps presse.

— Eh bien! oui, le temps presse, et puis après?

Brunet s'envoya une claque d'indignation sur la cuisse.

— Et voilà! Tu fais semblant de regretter ton scepticisme mais tu y tiens. C'est ton confort moral. Dès qu'on l'attaque, tu t'y accroches âprement, comme ton frère s'accroche à son argent.

Mathieu dit doucement :

— Est-ce que j'ai l'air âpre, en ce moment?

— Je ne dis pas... dit Brunet.

Il y eut un silence. Brunet paraissait radouci : « S'il pouvait me comprendre », pensa Mathieu. Il fit un effort : convaincre Brunet, c'était le seul moyen qui lui restait dé se convaincre lui-même.

— Je n'ai rien à défendre : je ne suis pas fier de ma vie et je n'ai pas le sou. Ma liberté? Elle me pèse : voilà des années que je suis libre pour rien. Je crève d'envie de la troquer un bon coup contre une certitude. Je ne demanderais pas mieux que de travailler avec vous, ça me changerait de moi-même, j'ai besoin de m'oublier un peu. Et puis je pense comme toi qu'on n'est pas un homme tant qu'on n'a pas trouvé quelque chose pour quoi on accepterait de mourir.

Brunet avait relevé la tête :

— Eh bien! alors? dit-il presque gaîment.

— Eh bien! tu vois : je ne peux pas m'engager, je n'ai pas assez de raisons pour ça. Je râle comme vous, contre les mêmes gens, contre les mêmes choses, mais pas assez. Je n'y peux rien. Si je me mettais à défiler en levant le poing et en chantant l'*Internationale* et si je me déclarais satisfait avec ça, je me mentirais.

Brunet avait pris son air le plus massif, le plus paysan, il ressemblait à une tour. Mathieu le regarda avec désespoir :

— Est-ce que tu me comprends, Brunet? Dis, est-ce que tu me comprends?

— Je ne sais pas si je te comprends très bien, dit Brunet, mais de toute façon tu n'as pas à te justifier, personne ne t'accuse. Tu te réserves pour une meilleure occasion, c'est ton droit. Je souhaite qu'elle se présente le plus tôt possible.

— Je le souhaite aussi.

Brunet le regarda avec curiosité.

— Es-tu bien sûr de le souhaiter?

— Ben oui...

— Oui? Eh bien, tant mieux. Seulement je crains qu'elle ne vienne pas de sitôt.

— Je me suis dit ça aussi, dit Mathieu. Je me suis dit qu'elle ne viendrait peut-être jamais ou trop tard ou que peut-être il n'y a pas d'occasion.

— Et alors?

— Eh bien! dans ce cas-là, je serai le pauvre type. C'est tout.

Brunet se leva :

— Voilà... dit-il, voilà... Eh bien! mon vieux, je suis bien content tout de même de t'avoir vu.

Mathieu se leva aussi.

— Tu ne vas pas... tu ne vas pas partir comme ça. Tu as bien encore une minute?

Brunet regarda sa montre :

— Je suis déjà en retard.

Il y eut un silence. Brunet attendait poliment. « Il ne faut pas qu'il parte, il faut que je lui parle », pensa Mathieu. Mais il ne trouvait rien à lui dire.

— Il ne faut pas m'en vouloir, dit-il précipitamment.

— Mais je ne t'en veux pas, dit Brunet. Tu n'es pas forcé de penser comme moi.

— Ça n'est pas vrai, dit Mathieu désolé. Je vous connais bien, vous autres : vous estimez qu'on est forcé de penser comme vous, à moins d'être un salaud. Tu me prends pour un salaud, mais tu ne veux pas me le dire, parce que tu juges le cas désespéré.

Brunet eut un faible sourire :

— Je ne te prends pas pour un salaud, dit-il. Simplement tu es moins dégagé de ta classe que je ne croyais.

Tout en parlant, il s'était rapproché de la porte. Mathieu lui dit :

— Tu ne peux pas savoir comme ça m'a touché que tu sois venu me voir et que tu m'aies offert ton aide, simplement parce que j'avais une sale gueule ce matin. Tu as raison, tu sais, j'ai besoin d'aide. Seulement c'est ton aide à toi que je voudrais... pas celle de Karl Marx. Je voudrais te voir souvent et parler avec toi, est-ce que c'est impossible?

Brunet détourna les yeux :

— Je voudrais bien, dit-il, mais je n'ai pas beaucoup de temps.

Mathieu pensait : « Évidemment. Il a eu pitié de moi ce matin et j'ai découragé sa pitié. A présent nous sommes redevenus des étrangers l'un pour l'autre. Je n'ai aucun droit sur son temps. » Il dit, malgré lui :

— Brunet, tu ne te rappelles donc pas? Tu étais mon meilleur ami.

Brunet jouait avec le loquet de la porte :

— Pourquoi donc crois-tu que je sois venu? Si tu avais accepté mon offre, nous aurions pu travailler ensemble...

Ils se turent. Mathieu pensait : « Il est pressé, il crève d'envie de s'en aller. » Brunet ajouta, sans le regarder :

— Je tiens toujours à toi. Je tiens à ta gueule, à tes mains, à ta voix et puis il y a tout de même les souvenirs. Mais ça ne change rien à l'affaire : mes seuls amis, à présent, ce sont les camarades du parti, avec ceux-là, j'ai tout un monde en commun.

— Et tu penses que nous n'avons plus rien de commun? demanda Mathieu.

Brunet leva les épaules sans répondre. Il eût suffi de dire un mot, un seul mot et Mathieu eût tout retrouvé, l'amitié de Brunet, des raisons de vivre. C'était tentant comme le sommeil. Mathieu se redressa brusquement :

— Je ne veux pas te retenir, dit-il. Viens me voir quand tu auras le temps.

— Certainement, dit Brunet. Et toi, si tu changes d'avis, mets-moi un mot.

— Certainement, dit Mathieu.

Brunet avait ouvert la porte. Il sourit à Mathieu et s'en fut. Mathieu pensa : « C'était mon meilleur ami. »

Il est parti. Il s'en allait par les rues, en tanguant et en se dandinant comme un matelot, et les rues devenaient réelles une à une. Mais la réalité de la chambre avait disparu avec lui. Mathieu regarda son fauteuil vert et corrupteur, ses chaises, ses rideaux verts, il pensa : « Il ne s'assiéra plus sur mes chaises, il ne regardera plus mes rideaux en roulant une cigarette », la chambre n'était plus qu'une tache de lumière verte qui tremblait au passage des autobus. Mathieu s'approcha de la fenêtre et s'accouda au balcon. Il pensait : je ne pouvais pas accepter, et la chambre était derrière lui comme une eau tranquille, il n'y avait que sa tête qui sortait de l'eau, la chambre corruptrice était derrière lui, il tenait la tête hors de l'eau, il regardait dans la rue en pensant : est-ce que c'est vrai? est-ce que c'est vrai que je ne pouvais pas accepter? Une petite fille, au loin, sautait à la corde, la corde s'élevait au-dessus de sa tête comme une anse et fouettait le sol sous ses pieds. Un après-midi d'été; la lumière était posée dans la rue et sur les toits, égale, fixe et froide comme une vérité éternelle. Est-ce que c'est vrai que je ne suis pas un salaud? Le fauteuil est vert, la corde à sauter ressemble à une anse : ça c'est indiscutable. Mais quand il s'agit des gens, on peut toujours discuter, tout ce qu'ils font peut s'expliquer, par en haut ou par en bas, c'est comme on veut. J'ai refusé parce que je veux rester libre : voilà ce que je peux dire. Et je peux dire aussi : j'ai eu les foies; j'aime mes rideaux verts, j'aime prendre l'air, le soir, à mon balcon et je ne voudrais pas que ça change; ça me plaît de m'indigner contre le capitalisme et je ne voudrais pas qu'on le supprime, parce que je n'aurais plus de motifs de m'indigner, ça me plaît de me sentir dédaigneux et solitaire, ça me plaît de dire non, toujours non et j'aurais peur qu'on essayât de construire pour de bon un monde vivable, parce que je n'aurais plus qu'à dire oui et à faire comme les autres. Par en haut ou par en bas : qui déciderait? Brunet a décidé : il pense que je suis un salaud. Jacques aussi. Daniel aussi : ils ont tous décidé que je suis un salaud. Ce pauvre Mathieu, il est foutu, c'est un salaud. Et qu'est-ce que je peux faire, moi, contre eux tous? Il faut décider : mais qu'est-ce que je décide? Quand il avait dit non, tout à l'heure, il se croyait sincère, un enthousiasme

amer s'était levé tout droit dans son cœur. Mais qui donc aurait
pu garder, sous cette lumière, la plus petite parcelle d'enthousiasme?
C'était une lumière de fin d'espoir, elle éternisait tout ce qu'elle touchait. La petite fille sauterait éternellement à la corde, la corde
s'élèverait éternellement au-dessus de sa tête et fouetterait éternellement le trottoir sous ses pieds, Mathieu la regarderait éternellement. A quoi bon sauter à la corde? A quoi bon? A quoi bon
décider d'être libre? Sous cette même lumière, à Madrid, à Valence,
des hommes s'étaient mis à leur fenêtre, ils regardaient des rues
désertes et éternelles, ils disaient : « A quoi bon? A quoi bon continuer la lutte? » Mathieu rentra dans la chambre, mais la lumière l'y
poursuivit. Mon fauteuil, mes meubles. Sur la table il y avait un
presse-papier qui figurait un crabe. Mathieu le prit par le dos, comme
s'il était vivant. Mon presse-papier. A quoi bon? A quoi bon? Il
laissa retomber le crabe sur la table et il décida : je suis un type
foutu.

IX

Il était six heures; en sortant de son bureau, Daniel s'était regardé dans la glace de l'antichambre, il avait pensé : « Ça recommence! » et il avait eu peur. Il s'engagea dans la rue Réaumur : on pouvait s'y cacher, ça n'était qu'un hall à ciel ouvert, une salle des pas perdus. Le soir avait vidé les immeubles commerciaux qui le bordaient; on n'était pas tenté, au moins, d'imaginer des intimités derrière leurs vitres noires. Libéré, le regard de Daniel filait tout droit entre ces falaises trouées jusqu'à la flaque de ciel rose et croupi qu'elles emprisonnaient à l'horizon.

Ça n'était pas si commode de se cacher. Même pour la rue Réaumur, il était trop voyant; les grandes garces fardées qui sortaient des magasins lui lançaient des œillades hardies et il sentait son corps : « Salopes », dit-il entre ses dents. Il avait peur de respirer leur odeur : la femme a beau se laver, elle sent. Heureusement, les femmes étaient plutôt rares, malgré tout, ça n'était pas une rue pour les femmes, et les hommes ne se souciaient pas de lui, ils lisaient leurs journaux en marchant ou bien ils frottaient d'un air las les verres de leurs lunettes ou bien ils souriaient dans le vide avec étonnement. C'était une vraie foule, bien qu'elle fût un peu clair-semée, elle cheminait lentement, un lourd destin de foule semblait l'écraser. Daniel se mit au pas de ce lent défilé, il emprunta à ces hommes leur sourire endormi, leur destin vague et menaçant, il se perdit : il n'y eut plus en lui qu'un bruit sourd d'avalanches, il ne fut plus qu'une plage de lumière oubliée : « J'arriverai trop tôt chez Marcelle, j'ai le temps de marcher un peu. »

Il se redressa, raide et méfiant : il s'était retrouvé, il ne pouvait jamais se perdre bien loin. « J'ai le temps de marcher un peu. » Ça voulait dire : je vais faire un tour à la kermesse, il y avait beau temps que Daniel ne parvenait plus à se duper. D'ailleurs à quoi bon? Il voulait aller à la kermesse? Eh! bien, il irait. Il irait parce qu'il n'avait pas la moindre envie de s'en empêcher : ce matin les chats, la visite de Mathieu, après ça quatre heures de travail odieux et, ce soir, Marcelle, c'était intolérable, je peux bien me dédommager un peu.

Marcelle, c'était un marécage. Elle se laissait endoctriner pendant des heures, elle disait : oui, oui, toujours oui et les idées s'enlisaient dans sa tête, elle n'existait qu'en apparence. Ça va bien de s'amuser un moment avec les imbéciles, on donne de la corde, ils s'élèvent dans les airs, énormes et légers comme des éléphants de baudruche, on tire sur la corde et ils reviennent flotter à ras de terre, tourneboulés, ahuris, ils dansent à chaque secousse de la ficelle avec des rebonds pataults, mais il faut changer souvent d'imbéciles, sinon ça se finit dans le dégoût. Et puis à présent, Marcelle était pourrie; dans sa chambre, ça serait irrespirable. D'ordinaire déjà, on ne pouvait s'empêcher de renifler quand on y entrait. Ça ne sentait rien mais on n'en était jamais sûr, on gardait tout le temps de l'inquiétude au fond des bronches, souvent ça donnait de l'asthme. J'irai à la kermesse. Il n'y avait pas besoin de tant d'excuse, d'ailleurs, c'était tout à fait innocent : il voulait observer le manège des tantes en train de chasser. La kermesse du boulevard de Sébastopol était une célébrité dans son genre, c'était là que le contrôleur des Finances Durat avait racolé la petite salope qui l'avait occis. Les voyous qui flânaient devant les appareils à sous en attendant le client étaient beaucoup plus drôles que leurs collègues de Montparnasse : c'étaient des tapettes d'occasion, de petits rustres mal dégrossis, brutaux et canailles, aux voix rauques, avec une sournoiserie feutrée, qui cherchaient simplement à gagner dix francs et un dîner. Et puis alors les michés, de quoi mourir de rire, tendres et soyeux, des voix comme du miel, quelque chose de papillotant, d'humble et d'égaré dans le regard. Daniel ne pouvait pas souffrir leur humilité, ils avaient perpétuellement l'air de plaider coupables. Il avait envie de les battre, un homme qui se condamne lui-même, on a toujours envie de taper dessus pour l'accabler davantage, pour briser en mille morceaux le peu de dignité qui lui reste. Il s'accotait d'ordinaire contre un pilier, et les regardait fixement pendant qu'ils faisaient la roue sous les yeux cancres et rigolards de leurs jeunes amants. Les michés le prenaient pour un poulet ou pour le souteneur d'un des mômes : il leur gâchait tout leur plaisir.

Daniel fut pris d'une hâte subite et pressa le pas : « On va rire! » Sa gorge était sèche, l'air sec brûlait autour de lui. Il ne voyait plus rien, il avait une tache devant les yeux, le souvenir d'une épaisse lumière jaune d'œuf, elle le repoussait et l'attirait à la fois, cette lumière ignoble, il avait besoin de la voir mais elle était encore loin, elle flottait entre des murs bas, comme une odeur de cave. La rue Réaumur s'évanouit, il ne restait plus rien devant lui qu'une distance avec des obstacles, les gens : ça sentait le cauchemar. Seulement, dans les vrais cauchemars, Daniel n'arrivait jamais au bout de la rue. Il tourna dans le boulevard de Sébastopol, calciné sous le ciel clair, et ralentit sa marche. Kermesse : il vit l'enseigne, s'assura que les visages des passants lui étaient inconnus et entra.

C'était un long boyau poussiéreux aux murs badigeonnés de brun avec la laideur sévère et l'odeur vineuse d'un entrepôt. Daniel s'enfonça dans la lumière jaune, elle était plus triste et plus crémeuse encore qu'à l'ordinaire, la clarté du jour la tassait au fond de la salle; pour Daniel c'était la lumière du mal de mer : elle lui rappelait cette nuit qu'il avait passée, malade, sur le bateau de Palerme : dans la chambre aux machines déserte il y avait une bruine jaune toute pareille, il en rêvait parfois et se réveillait en sursaut, heureux de retrouver les ténèbres. Les heures qu'il passait à la kermesse lui semblaient rythmées par un sourd martèlement de bielles.

Le long des murs on avait disposé des boîtes grossières sur quatre pattes, c'étaient les jeux. Daniel les connaissait tous : les joueurs de football, seize petites figurines de bois peint embrochées sur de longues tringles de cuivre, les joueurs de polo, l'automobile de fer-blanc qu'il fallait faire courir sur une route d'étoffe, entre des maisons et des champs, les cinq petits chats noirs sur le toit, au clair de lune, qu'on abattait de cinq coups de revolver, la carabine électrique, les distributeurs de chocolats et de parfum. Au fond de la salle il y avait trois rangées de « kinéramas », les titres des films se détachaient en grosses lettres noires : Jeune ménage, Femmes de chambre polissonnes, le Bain de soleil, la Nuit de Noces interrompue. Un monsieur à lorgnon s'était approché en tapinois d'un de ces appareils, il glissa vingt sous dans la fente et colla ses yeux avec une hâte maladroite contre les oculaires de mica. Daniel étouffait : c'était cette poussière, cette chaleur et puis on s'était mis à frapper de grands coups, à intervalles réguliers, de l'autre côté du mur. Sur la gauche il vit l'appât : des jeunes gens pauvrement vêtus s'étaient groupés autour du boxeur nègre, mannequin de deux mètres qui portait au milieu du ventre un coussinet de cuir et un cadran. Ils étaient quatre, un blond, un rouquin et deux bruns, il avaient ôté leurs vestes, relevé les manches de leurs chemises sur leurs petits bras maigres et ils tapaient comme des sourds sur le coussin. Une aiguille indiquait sur le cadran la force de leurs poings. Ils cou-

lèrent vers Daniel des regards sournois et se mirent à frapper de
plus belle. Daniel leur fit les gros yeux pour leur montrer qu'ils se
trompaient d'adresse et leur tourna le dos. Sur la droite près de
la caisse, à contre-jour, il vit un long jeune homme aux joues grises,
qui portait un complet tout froissé, une chemise de nuit et des
chaussons. Ça n'était sûrement pas une lope comme les autres,
d'ailleurs il n'avait pas l'air de les connaître, il était entré là par
hasard — Daniel en aurait donné sa tête à couper — et semblait
tout absorbé par la contemplation d'une grue mécanique. Au bout
d'un moment, attiré sans doute par la lampe électrique et le kodak
qui reposaient, derrière les vitres, sur un cailloutis de bonbons, il
s'approcha sans bruit et glissa d'un air rusé une pièce de monnaie
dans la fente de l'appareil, puis il s'éloigna un peu et parut retomber
dans sa méditation, il se caressait les ailes du nez d'un doigt pensif.
Daniel sentit qu'un frisson trop connu lui parcourait la nuque :
« Il s'aime bien, pensa-t-il, il aime se toucher. » C'étaient ceux-là
les plus attirants, les plus romanesques : ceux dont le moindre
mouvement révélait une inconsciente coquetterie, un amour de soi
profond et feutré. Le jeune homme saisit d'un geste vif les deux
manettes de l'appareil et se mit à les manœuvrer avec compétence. La grue tourna sur elle-même avec un bruit d'engrenage
et des tremblotements séniles, tout l'appareil en était secoué. Daniel
lui souhaitait de gagner la lampe électrique mais un guichet cracha
des bonbons multicolores qui avaient l'aspect avare et borné de
haricots secs. Le jeune homme ne parut pas déçu, il fouilla dans
sa poche et en tira une autre pièce. « Ce sont ses derniers sous, décida
Daniel, il n'a pas mangé depuis hier. » Il ne fallait pas. Il ne fallait
pas se laisser aller à imaginer derrière ce corps maigre et charmant,
tout occupé de lui-même, une vie mystérieuse de privations, de
liberté et d'espoir. Pas aujourd'hui. Pas ici dans cet enfer, sous cette
sinistre lumière, avec ces coups sourds qu'on frappait contre le mur,
je me suis juré de tenir le coup. Et pourtant Daniel comprenait
si bien qu'on puisse être happé par un de ces appareils, y perdre
peu à peu son argent et recommencer encore et encore, la gorge
séchée de vertige et de fureur : Daniel comprenait tous les vertiges.
La grue se mit à tourner, avec des mouvements précautionneux
et renchéris : cet appareil nickelé avait l'air satisfait de lui-même.
Daniel eut peur : il avait fait un pas en avant, il brûlait d'envie de
poser sa main sur le bras du jeune homme — il sentait déjà le contact de l'étoffe rêche et pelée — et de lui dire : « Ne jouez plus. » Le
cauchemar allait recommencer, avec ce goût d'éternité et ce tam-tam
victorieux de l'autre côté du mur et cette marée de tristesse résignée

qui montait en lui, cette tristesse infinie et familière qui allait tout submerger, il lui faudrait des jours et des nuits pour en sortir. Mais un monsieur entra et Daniel fut délivré : il se redressa, il crut qu'il allait éclater de rire : « Voilà l'homme », pensa-t-il. Il était un peu égaré mais content tout de même parce qu'il avait tenu le coup.

Le monsieur s'avança avec pétulance, il marchait en pliant les genoux, le buste raide et les jambes souples : « Toi, pensa Daniel, tu portes un corset. » Il pouvait avoir cinquante ans, il était rasé de près, avec un visage compréhensif que la vie semblait avoir amoureusement massé, un teint de pêche sous des cheveux blancs, un beau nez florentin et un regard un peu plus dur, un peu plus myope qu'il n'eût fallu : le regard de circonstance. Son entrée fit sensation : les quatre voyous se retournèrent ensemble, en affectant le même air d'innocence vicieuse, puis ils se remirent à donner des coups de poing dans le bide du nègre, mais le cœur n'y était plus. Le monsieur laissa son regard se poser un instant sur eux avec une réserve d'où la sévérité n'était pas exclue, puis il se détourna et s'approcha du jeu de football. Il fit tourner les tringles de fer et examina les figurines avec une application souriante comme s'il s'amusait lui-même du caprice qui l'avait conduit là. Daniel vit ce sourire et reçut un coup de faux en plein cœur, toutes ces feintes et ces mensonges lui firent horreur et il eut envie de s'enfuir. Mais ce ne fut qu'un instant : c'était un élancement sans conséquence, il avait l'habitude. Il s'accota commodément contre un pilier et fit peser sur le monsieur un regard lourd. A sa droite, le jeune homme en chemise de nuit avait tiré une troisième pièce de sa poche et il recommençait pour la troisième fois sa petite danse silencieuse autour de la grue.

Le beau monsieur se pencha sur le jeu et promena son index sur le corps fluet des petits joueurs de bois : il ne voulait pas s'abaisser à faire des avances, il considérait sans doute qu'il était, avec ses cheveux blancs et ses vêtements clairs, une tartine assez délectable pour attirer sur elle toutes ces jeunes mouches. De fait, après quelques instants de conciliabule, le petit blond se détacha du groupe, il avait jeté sans l'enfiler sa veste sur ses épaules et se rapprochait du miché en flânant, les mains dans les poches. Il avait l'air craintif et flaireur, un regard de chien sous ses épais sourcils. Daniel considéra avec dégoût sa croupe dodue, ses grosses joues paysannes mais grises, qu'un peu de barbe salissait déjà. « De la chair de femme, pensa-t-il. Ça se brasse comme de la pâte à pain. » Le monsieur l'emmènerait chez lui, le baignerait, le savonnerait, le parfumerait peut-être. A cette pensée, Daniel eut un retour de fureur : « Salauds! » murmura-t-il. Le jeune homme s'était arrêté à quelques pas du vieux monsieur et feignait à son tour d'examiner l'appareil. Ils étaient penchés tous les deux sur les tringles et les inspectaient sans se regarder, d'un air d'intérêt. Le jeune homme au bout d'un moment parut prendre une décision extrême : il empoigna un bouton et fit tourner une des tringles sur elle-même avec rapidité. Quatre petits joueurs décrivirent un demi-cercle et s'arrêtèrent la tête en bas.

— Vous savez jouer? demanda le monsieur d'une voix en pâte d'amande. Oh! Voulez-vous m'expliquer? Je ne comprends pas!

— Vous mettez vingt ronds et puis vous tirez. Il y a des boules qui viennent, faut les envoyer dans le trou.

— Mais il faut être deux, n'est-ce pas? J'essaie d'envoyer la balle dans le but et vous, vous devez m'en empêcher?

— Ben oui, dit le jeune homme. Il ajouta au bout d'un instant : Faut qu'on soye aux deux bouts, un là et un là.

— Voudriez-vous faire une partie avec moi?

— Moi, je veux bien, dit le jeune homme.

Ils jouèrent. Le monsieur dit d'une voix de tête :

— Mais ce jeune homme est tellement habile! Comment fait-il? Il gagne tout le temps. Apprenez-moi.

— C'est l'habitude, dit le jeune homme avec modestie.

— Ah! vous vous exercez! Vous venez souvent ici, sans doute? Il m'arrive d'entrer en passant, mais je ne vous ai jamais rencontré : je vous aurais remarqué. Si, si, je vous aurais remarqué, je suis très physionomiste et vous avez une figure intéressante. Vous êtes Tourangeau?

— Oui, oui, sûrement, dit le jeune homme déconcerté.

Le monsieur cessa de jouer et se rapprocha de lui.

— Mais la partie n'est pas finie, dit le jeune homme naïvement, il vous reste cinq boules.

— Oui! Eh bien, nous jouerons tout à l'heure, dit le monsieur. Je préfère causer un petit peu si cela ne vous ennuie pas.

Le jeune homme eut un sourire appliqué. Le monsieur, pour le rejoindre, dut faire un tour sur lui-même. Il releva la tête en passant sa langue sur ses lèvres minces et rencontra le regard de Daniel. Daniel fit la moue, le monsieur détourna les yeux précipitamment et parut inquiet, il se frotta les mains d'un air de prêtre. Le jeune homme n'avait rien vu, la bouche ouverte, l'œil vide et déférent, il attendait qu'on lui adressât la parole. Il y eut un silence puis le monsieur se mit à lui parler avec onction, sans le regarder, d'une voix étouffée. Daniel eut beau tendre l'oreille, il ne surprit que les mots « villa » et « billard ». Le jeune homme hocha la tête avec conviction.

— Ça doit être nickel! dit-il à voix haute.

Le monsieur ne répondit pas et lança un coup d'œil furtif dans la direction de Daniel. Daniel se sentait réchauffé par une colère sèche et délicieuse. Il connaissait tous les rites du départ : ils se diraient adieu et le monsieur s'en irait le premier, d'un pas affairé. Le gamin irait rejoindre ses copains avec nonchalance, il donnerait un coup de poing ou deux dans le ventre du nègre, puis il partirait à son tour, après des adieux mous, en traînant les pieds : c'était lui qu'il fallait suivre. Et le vieux, qui ferait les cent pas dans la rue voisine, verrait surgir tout à coup Daniel sur les talons de sa jeune beauté. Quel moment! Daniel en jouissait d'avance, il dévorait des yeux en justicier le visage délicat et usé de sa proie, ses mains tremblaient, son bonheur eût été parfait s'il n'avait eu la gorge si sèche, il crevait de soif. S'il trouvait une occasion favorable, il leur ferait le coup de la Police des mœurs : il pourrait toujours prendre le nom du vieux et lui flanquer une frousse épouvantable : « S'il me demande ma carte d'inspecteur je lui montrerai mon coupe-file de la préfecture. »

— Bonjour, monsieur Lalique, dit une voix timide.

Daniel sursauta : Lalique était un nom de guerre qu'il prenait parfois. Il se retourna brusquement :

— Qu'est-ce que tu fais ici? demanda-t-il avec sévérité. Je t'avais défendu d'y mettre les pieds.

C'était Bobby. Daniel l'avait placé chez un pharmacien. Il était devenu gros et gras, il portait un complet de confection neuf, il n'était plus intéressant du tout. Bobby avait incliné sa tête sur l'épaule et faisait l'enfant : il regardait Daniel sans lui répondre, avec un sourire innocent et futé, comme s'il eût dit : « Coucou, me voilà. » Ce sourire porta la fureur de Daniel à son comble.

— Vas-tu parler? demanda-t-il.

— Je vous cherche depuis trois jours, monsieur Lalique, dit Bobby de sa voix traînante, je ne connais pas votre adresse. Je me suis dit : un de ces jours, monsieur Daniel va venir faire son petit tour par ici...

« Un de ces jours! Insolente petite ordure! » Il se permettait de juger Daniel, de faire ses petites prévisions : « Il s'imagine qu'il me connaît, qu'il peut me manœuvrer. » Il n'y avait rien à faire, à moins de l'écraser comme une limace : une image de Daniel était enkystée là, sous ce front étroit et elle y demeurerait toujours. Malgré sa répugnance, Daniel se sentait solidaire de cette trace flasque et vivante : c'était lui qui vivait ainsi dans la conscience de Bobby.

— Tu es laid! dit-il, tu as épaissi et puis ce costume ne te va pas, où as-tu été le pêcher? C'est terrible comme ta vulgarité ressort quand tu es endimanché.

Bobby ne parut pas s'émouvoir : il regardait Daniel en écarquillant les yeux d'un air gentil, il souriait toujours. Daniel détestait cette patience inerte de pauvre, ce sourire mou et tenace, en caoutchouc : même si on avait déchiré ces lèvres à coups de poing, il serait resté sur la bouche saignante. Daniel jeta un coup d'œil furtif vers le beau monsieur et vit avec dépit qu'il ne se gênait plus : il était penché sur le voyou blond et respirait ses cheveux en riant d'un air bon. « C'était prévu, pensa Daniel avec fureur. Il me voit avec cette lope, il me prend pour un confrère, je suis sali. » Il haïssait cette franc-maçonnerie de pissotières. « Ils s'imaginent que tout le monde en est. Moi, en tout cas, je me tuerais plutôt que de ressembler à cette vieille lope! »

— Qu'est-ce que tu veux? demanda-t-il brutalement. Je suis pressé. Et puis recule-toi un peu, tu sens la brillantine à plein nez.

— Excusez-moi, dit Bobby sans se hâter, vous étiez là, appuyé au poteau, vous n'aviez pas l'air pressé du tout, c'est pourquoi je me suis permis...

— Oh! Mais dis-moi, tu parles bien! dit Daniel éclatant de rire. Tu t'es acheté une langue de confection en même temps que ton costume?

Ces sarcasmes glissèrent sur Bobby : il avait renversé la tête et regardait le plafond d'un air de volupté humble à travers ses paupières mi-closes. « Il m'avait plu parce qu'il ressemblait à un chat. » A cette pensée Daniel ne put réprimer un sursaut de rage : eh bien! oui, un jour! Bobby lui avait plu un jour! Est-ce que ça lui conférait des droits pour toute sa vie?

Le vieux monsieur avait pris la main de son jeune ami et la gardait paternellement dans les siennes. Puis il lui dit adieu, en lui tapotant la joue, jeta un regard complice à Daniel et s'en fut à longues foulées dansantes. Daniel lui tira la langue mais déjà l'autre avait tourné le dos. Bobby se mit à rire.

— Qu'est-ce qui te prend? demanda Daniel.

— C'est parce que vous avez tiré la langue à la vieille tata, dit Bobby. Il ajouta d'un ton caressant : « Vous êtes toujours le même, monsieur Daniel, toujours aussi gamin. »

— Ça va, dit Daniel horrifié. Il fut pris d'un soupçon et demanda :

— Et ton pharmacien? Tu n'es plus chez lui?

— Je n'ai pas eu de chance, dit Bobby plaintivement.

Daniel le regarda avec dégoût.

— Tu t'es pourtant fait de la graisse.

Le petit type blond sortit nonchalamment de la kermesse, il frôla Daniel en passant. Ses trois camarades le suivirent bientôt, ils se bousculèrent en riant très haut. « Qu'est-ce que je fais ici? » pensa Daniel. Il chercha des yeux les épaules voûtées et la nuque maigre du jeune homme en chemise de nuit.

— Allons, parle, dit-il distraitement. Qu'est-ce que tu lui as fait? Tu l'as volé?

— C'est la pharmacienne, dit Bobby. Elle ne m'avait pas à la bonne.

Le jeune homme en chemise de nuit n'était plus là. Daniel se sentit las et vidé, il avait peur de se retrouver seul.

— Elle s'est mise en boule parce que je voyais Ralph, poursuivit Bobby.

— Je t'avais dit de ne plus fréquenter Ralph. C'est une sale petite frappe.

— Alors il faut plaquer les copains parce qu'on a eu un coup de veine? demanda Bobby avec indignation. Je le voyais moins, mais je ne voulais pas le laisser tomber d'un seul coup. C'est un voleur, elle disait : je lui interdis de mettre les pieds dans ma pharmacie. Que voulez-vous, c'est une femme qui est con. Alors moi, je le voyais dehors pour pas qu'elle m'attrape. Mais il y a le stagiaire qui nous a vus ensemble. Le sale petit mec, je crois qu'il a de ces goûts, dit Bobby avec pudeur. Au début que j'étais là, c'étaient des Bobby par-ci, des mon petit Bobby par-là, comment que je l'ai envoyé tartir. Je te rattraperai qu'il m'a dit. Il rentre à la pharmacie, le voilà qui dégoise tout, qu'il nous avait vus ensemble, qu'on se tenait mal, que les gens se retournaient sur nous. Qu'est-ce que je t'avais dit, qu'elle fait, la patronne, je te défends de le voir ou tu ne resteras pas chez nous. Madame, que je lui fais, à la pharmacie, c'est vous qui commandez, mais quand je suis dehors, vous avez rien à dire. Pan!

La kermesse était déserte, de l'autre côté du mur, le martèlement avait cessé. La caissière se leva, c'était une grosse blonde. Elle s'en fut à petits pas jusqu'à un distributeur de parfums et se mira dans la glace en souriant. Sept heures sonnèrent.

— A la pharmacie, c'est vous qui commandez, mais quand je suis dehors vous avez rien à dire, répéta Bobby avec complaisance.

Daniel se secoua.

— Alors ils t'ont mis dehors? demanda-t-il du bout des lèvres.

— C'est moi qui suis parti, dit Bobby dignement. J'ai dit : je préfère m'en aller. Et j'avais plus un sou, hein? Ils n'ont même pas voulu me payer mon dû, mais tant pis : je suis comme ça. Je

couche chez Ralph, je dors l'après-midi parce que, le soir, il reçoit
une femme du monde : c'est une liaison. J'ai pas mangé depuis avant-
hier.

Il regarda Daniel d'un air caressant :

— Je me suis dit : je vais toujours tâcher de voir monsieur
Lalique, il me comprendra.

— Tu es un petit idiot, dit Daniel. Tu ne m'intéresses plus. Je me
décarcasse pour te trouver une place et tu te fais mettre dehors au
bout d'un mois. Et puis, tu sais, ne t'imagine pas que je crois la
moitié de ce que tu me dis. Tu mens comme un arracheur de dents.

— Vous pouvez lui demander, dit Bobby. Vous verrez si je dis
pas la vérité.

— Lui demander. A qui?

— A la patronne, tiens.

— Je m'en garderais bien, dit Daniel. J'en entendrais de belles.
D'ailleurs je ne peux rien pour toi.

Il se sentait veule, il pensa : « Il faut que je m'en aille », mais ses
jambes étaient engourdies.

— On avait l'idée de travailler, Ralph et moi... dit Bobby d'un
air détaché. On voulait s'établir à notre compte.

— Oui? Et tu viens me demander de t'avancer de l'argent pour
vos premières dépenses? Garde ces histoires-là pour d'autres. Combien veux-tu?

— Vous êtes un chic type, monsieur Lalique, dit Bobby d'une
voix mouillée. Je disais justement à Ralph ce matin : que je trouve
seulement monsieur Lalique, tu verras qu'il ne me laissera pas dans
le pétrin.

— Combien veux-tu? répéta Daniel.

Bobby se mit à se tortiller.

— C'est-à-dire, si des fois vous pouviez me prêter, prêter hein?
Je vous les rendrais à la fin du premier mois.

— Combien?

— Cent francs.

— Tiens, dit Daniel, en voilà cinquante, je te les donne. Et dis-
parais.

Bobby empocha le billet sans mot dire et ils restèrent en face l'un
de l'autre, indécis.

— Va-t'en, dit Daniel mollement. Tout son corps était en coton.

— Merci, monsieur Lalique, dit Bobby. Il fit un faux départ
et revint sur ses pas. Des fois que vous voudriez me parler ou à
Ralph, on habite à côté, 6, rue aux Ours, au septième. Vous vous
trompez sur Ralph, vous savez, il vous aime beaucoup.

— Va-t'en.

Bobby s'éloigna à reculons, souriant toujours, puis il tourna sur lui-même et s'en fut. Daniel s'approcha de la grue et la regarda. A côté du kodak et de la lampe électrique, il y avait une paire de jumelles qu'il n'avait jamais remarquées. Il glissa une pièce de vingt sous dans la fente de l'appareil et tourna les boutons au hasard. La grue laissa choir ses pinces sur le lit de bonbons qu'elles se mirent à racler maladroitement. Daniel ramassa cinq ou six bonbons dans le creux de sa main et les mangea.

Le soleil accrochait un peu d'or aux grandes bâtisses noires, le ciel était rempli d'or, mais une ombre douce et liquide montait de la chaussée, les gens souriaient aux caresses de l'ombre. Daniel avait une soif d'enfer mais il ne voulait pas boire : crève donc! crève de soif! « Après tout, pensa-t-il, je n'ai rien fait de mal. » Mais c'était pis : il s'était laissé frôler par le Mal, il s'était tout permis sauf l'assouvissement, il n'avait même pas eu le courage de s'assouvir. A présent il portait ce Mal en lui comme un chatouillement vivace, du haut en bas de son corps, il était infecté, il avait encore cet arrière-goût jaune dans les yeux, ses yeux jaunissaient tout. Il eût encore mieux valu s'assommer de plaisir et assommer le Mal en soi. Il est vrai qu'il renaissait toujours. Il se retourna brusquement : « Il est capable de me suivre pour voir où j'habite. Oh! pensat-il, je voudrais qu'il m'ait suivi. Cette rossée que je lui flanquerais en pleine rue! » Mais Bobby ne se montrait pas. Il avait gagné sa journée, à présent il était rentré. Chez Ralph, 6, rue aux Ours. Daniel sursauta : « Si je pouvais oublier cette adresse! S'il pouvait se faire que j'oublie cette adresse... » A quoi bon? Il n'aurait garde de l'oublier.

Les gens babillaient autour de lui, en paix avec eux-mêmes. Un monsieur dit à sa femme : « Hé mais, ça remonte à l'avant-guerre. En 1912. Non. En 1913. J'étais encore chez Paul Lucas. » La paix. La paix des braves gens, des honnêtes gens, des hommes de bonne volonté. Pourquoi est-ce leur volonté qui est la bonne et non la mienne? On n'y pouvait rien, c'était comme ça. Quelque chose dans ce ciel, dans cette lumière, dans cette nature en avait décidé ainsi. Ils le savaient, ils savaient qu'ils avaient raison, que Dieu, s'il existait, était de leur bord. Daniel regarda leurs visages : comme ils étaient durs, malgré leur abandon. Il suffirait d'un signal pour que ces hommes se jettent sur lui et le déchirent. Et le ciel, la lumière, les arbres, toute la Nature seraient d'accord avec eux, comme toujours : Daniel était un homme de mauvaise volonté.

Sur le pas de sa porte, un concierge gras et pâle, aux épaules affaissées prenait le frais. Daniel le vit de loin, il pensa : voilà le Bien. Le concierge était assis sur une chaise, les mains sur le ventre, comme un Bouddha, il regardait passer les gens et, de temps à autre, les approuvait d'un petit signe de tête : « Être ce type-là », pensait Daniel avec envie. Ça devait être un cœur révérencieux. A part ça, sensible aux grandes forces naturelles, le chaud, le froid, la lumière et l'humidité. Daniel s'arrêta : il était fasciné par ces longs cils bêtes, par la malice sentencieuse de ces joues pleines. S'abrutir jusqu'à n'être plus que ça, jusqu'à n'avoir plus dans sa tête qu'une pâte blanche avec un petit parfum de crème à raser. « Il dort toutes les nuits », pensa-t-il. Il ne savait plus s'il avait envie de le tuer ou de se glisser bien au chaud dans cette âme en ordre.

Le gros homme leva la tête et Daniel reprit sa marche : « Avec la vie que je mène, je peux toujours espérer que je deviendrai gâteux le plus tôt possible. »

Il jeta un mauvais regard à sa serviette, il n'aimait pas porter ça au bout de son bras : ça lui donnait l'air d'un avocat. Mais sa mauvaise humeur fondit aussitôt parce qu'il se rappela qu'il ne l'avait pas emportée sans intention ; et même elle lui serait formidablement utile. Il ne se dissimulait pas qu'il courait des risques, mais il était calme et froid, un peu animé simplement. « Si j'arrive au bord du trottoir en treize enjambées... » Il fit treize enjambées et s'arrêta pile au bord du trottoir, mais la dernière enjambée était notablement plus grande que les autres, il s'était fendu comme un escrimeur : « D'ailleurs, ça n'a aucune importance : de toute façon l'affaire est dans le sac. » Ça ne pouvait pas rater, c'était scientifique, on se demandait même comment il se faisait que personne n'y eût songé auparavant : « Ce qu'il y a, pensa-t-il avec sévérité, c'est que les voleurs sont cons. » Il traversa la chaussée et précisa son idée : « Il y a beau temps qu'ils auraient dû s'organiser. En syndicat, comme les prestidigitateurs. » Une association pour la mise en commun et l'exploitation des procédés techniques, voilà ce qui leur faisait défaut. Avec un siège social, un honneur, des traditions et une bibliothèque. Une cinéthèque aussi et des films qui décomposeraient au ralenti les mouvements difficiles. Chaque perfectionnement nouveau serait filmé, la théorie serait enregistrée sur disques et porterait le nom de son inventeur ; on classerait tout par catégorie ; il y aurait par exemple le vol à l'étalage avec le procédé 1673 ou « procédé Serguine » appelé aussi l'œuf de Christophe Colomb (parce qu'il est simple comme bonjour mais encore faut-il le trouver). Boris eût accepté de tourner un petit film démonstratif. « Ah! pensa-t-il, et puis des cours gratuits de psychologie du vol, c'est indispensable. » Son procédé reposait presque entièrement sur la psychologie. Il regarda avec satisfaction un petit café à un étage, couleur potiron, et s'aperçut soudain qu'il était au milieu de l'avenue d'Orléans. C'était formidable ce que les gens avaient l'air sympathiques, sur l'avenue d'Orléans, entre sept heures et sept heures et demie du soir. La lumière y faisait beaucoup certainement, c'était une mousseline rousse tout à fait seyante et puis c'était charmant de se trouver tout au bout de Paris, près d'une porte, les rues filaient sous vos pieds vers le centre vieillot et commercial de la ville, vers les Halles, vers les ruelles sombres du quartier Saint-Antoine, on se sentait plongé dans le doux exil religieux du soir et des faubourgs. Les gens ont l'air d'être sortis dans la rue pour être ensemble; ils ne se fâchent pas quand on les bouscule, on pourrait croire, même, que ça leur fait plaisir. Et puis, ils regardent les devantures avec une admiration innocente et tout à fait désintéressée. Sur le boulevard Saint-Michel les gens regardent aussi les devantures, mais c'est avec l'intention d'acheter. « Je reviendrai ici tous les soirs », décida Boris avec enthousiasme. Et puis, l'été prochain, il louerait une chambre dans une de ces maisons à trois étages qui avaient l'air de sœurs jumelles et qui faisaient penser à la révolution de 48. Mais si les fenêtres étaient si étroites, je me demande comment les bonnes femmes s'y prenaient pour faire passer les sommiers qu'elles jetaient sur les soldats. C'est tout noir de fumée autour des fenêtres, on dirait qu'elles ont été léchées par des flammes d'incendie, ça n'est pas triste, ces façades blêmes et percées de petits trous noirs, on dirait des éclats de ciel d'orage sous le ciel bleu, je regarde les fenêtres, si je pouvais monter sur le toit-terrasse de ce petit café, j'apercevrais les armoires à glace au fond des chambres comme des lacs verticaux; la foule passe à travers mon corps et je pense à des gardes municipaux, aux grilles dorées du Palais-Royal, au 14 juillet, je ne sais pas pourquoi. « Qu'est-ce qu'il venait faire chez Mathieu, ce communiste? » pensa-t-il brusquement. Boris n'aimait pas les communistes, ils étaient trop sérieux. Brunet, en particulier, on aurait dit un pape. « Il m'a foutu dehors », pensa Boris, hilare. « La vache, il m'a proprement foutu dehors. » Et puis, ça le prit tout d'un coup, un violent petit simoun dans sa tête, le besoin d'être méchant : « Mathieu s'est peut-être aperçu qu'il se gourait sur toute la ligne, il va peut-être entrer au parti communiste. » Il se divertit un instant à dénombrer les conséquences incalculables d'une pareille conversion. Mais il prit peur tout de suite et s'arrêta. Bien certainement Mathieu ne s'était pas gouré, ça serait trop grave, à présent que Boris était engagé : en classe de philosophie, il avait eu de vives sympathies pour le communisme et Mathieu l'en avait détourné en lui expliquant ce que c'était que la liberté. Boris avait tout de suite compris : on a le devoir de faire tout ce qu'on veut, de penser tout ce qui vous semble bon, de n'être responsable que devant soi-même et de remettre en question, constamment, tout ce qu'on pense et tout le monde. Boris avait bâti sa vie là-dessus et il était scrupuleusement libre : en particulier, il remettait toujours tout le monde en question, sauf Mathieu et Ivich; ces deux-là, c'était tout à fait inutile, attendu qu'ils étaient parfaits. Quant à la liberté, il n'était pas bon non plus de s'interroger sur elle, parce qu'alors on cessait d'être libre. Boris se gratta le crâne avec perplexité et il se demanda d'où lui venaient ces impulsions de brise-tout qui le prenaient de temps en temps. « Au fond j'ai peut-être un caractère inquiet », pensa-t-il avec un étonnement amusé. Parce qu'enfin, à considérer froidement les choses, Mathieu ne s'était pas gouré, c'était tout à fait impossible : Mathieu n'était pas un type à se gourer. Boris se réjouit et balança allégrement sa serviette au bout de son bras. Il se demanda aussi s'il était moral d'avoir un caractère inquiet et il entrevit du pour et du contre, mais il s'interdit de pousser plus loin ses investigations; il demanderait à Mathieu. Boris trouvait tout à fait indécent qu'un type de son âge prétendît penser par lui-même. Il en avait assez vu, à la Sorbonne, de ces faux malins, des normaliens salingues et à lunettes, qui avaient toujours une théorie personnelle en réserve, ils finissaient régulièrement par déconner, d'une manière ou d'une autre, et puis, même sans ça leurs théories étaient laides, elles étaient anguleuses. Boris avait le ridicule en horreur, il ne voulait pas déconner et préférait se taire et passer pour une tête vide, c'était beaucoup moins désobligeant. Plus tard, naturellement, ça serait une autre affaire, mais pour l'instant, il s'en remettait à Mathieu dont c'était le métier. Et puis, ça le réjouissait toujours quand Mathieu se mettait à penser : Mathieu rougissait, regardait ses doigts, bafouillait un peu, mais c'était du travail probe et élégant. Quelquefois, entre temps, il venait une petite idée à Boris, bien malgré lui, et il faisait son possible pour que Mathieu ne s'en aperçût pas, mais il s'en apercevait toujours, ce fumier, il lui disait : « Vous avez quelque chose derrière la tête » et il l'accablait de questions. Boris était au supplice, il essayait cent fois de détourner la conversation, mais Mathieu était tenace comme un pou ; Boris finissait par lâcher le morceau et puis il regardait entre ses pieds et le plus fort, c'est que Mathieu l'engueulait, après ça, lui disait : « C'est complètement idiot, vous raisonnez comme un manche », exactement comme si Boris s'était targué d'avoir une idée de génie. « Le fumier! » répéta Boris, hilare. Il s'arrêta devant la glace d'une belle pharmacie rouge et considéra son image avec impartialité. « Je suis un modeste », pensa-t-il. Et il se trouva sympathique. Il monta sur la balance automatique et se pesa pour voir s'il n'avait pas engraissé depuis la veille. Une ampoule rouge s'alluma, un mécanisme se mit en marche avec un râle sifflant et Boris reçut un ticket de carton : cinquante-sept kilos cinq cents. Il eut un moment de désarroi : « J'ai pris cinq cents grammes », pensa-t-il. Mais il s'aperçut heureusement qu'il avait gardé sa serviette à la main. Il descendit de la balance et reprit sa marche. Cinquante-sept kilos pour un mètre soixante-treize, c'était bien. Il était d'une humeur absolument charmante et se sentait tout velouté au dedans. Et puis, au dehors, il y avait la mélancolie ténue de cette vieille journée qui sombrait lentement autour de lui et le frôlait, en s'enfonçant, de sa lumière rousse et de ses parfums pleins de regret. Cette journée, cette mer tropicale qui se retirait en le laissant seul sous un ciel pâlissant, c'était encore une étape, une toute petite étape. La nuit allait venir, il irait au « Sumatra », il verrait Mathieu, il verrait Ivich, il danserait. Et puis tout à l'heure, juste à la charnière entre le jour et la nuit, il y aurait ce larcin, ce chef-d'œuvre. Il se redressa et pressa le pas : il allait falloir jouer serré. A cause de ces types qui n'ont l'air de rien, qui feuillettent des livres d'un air sérieux et qui sont des détectives privés. La librairie Garbure en employait six. Boris tenait le renseignement de Picard qui avait fait ce métier-là trois jours quand il avait été collé à son certificat de géologie, il était bien forcé, ses parents lui avaient coupé les vivres, mais il avait plaqué tout de suite, dégoûté. Non seulement il lui fallait espionner les clients comme un vulgaire poulet, mais on lui avait donné l'ordre de guetter les naïfs, les types à lorgnon, par exemple, qui approchaient timidement de l'étalage, et de leur sauter tout à coup sur le poil en les accusant d'avoir voulu glisser un bouquin dans leur poche. Naturellement, les malheureux se décomposaient, on les emmenait au fond d'un long couloir dans un petit bureau sombre, où on leur extorquait cent francs sous la menace de poursuites judiciaires. Boris se sentit grisé : il les vengerait tous; lui, on ne le prendrait pas. « La plupart des types, pensa-t-il, se défendent mal, sur cent qui volent, il y en a quatre-vingts qui improvisent. » Pour lui, il n'improvisait pas; bien sûr il ne savait pas tout, mais ce qu'il savait, il l'avait appris avec méthode, car il avait toujours pensé qu'un type qui travaille de la tête doit posséder par-dessus le marché un métier manuel pour se maintenir en contact avec la réalité. Jusqu'ici il n'avait tiré aucun profit matériel de ses entreprises : il comptait

pour rien de posséder dix-sept brosses à dents, une vingtaine de
cendriers, une boussole, un pique-feu et un œuf à repriser. Ce qu'il
prenait en considération dans chaque cas, c'était la difficulté tech-
nique. Mieux valait, comme la semaine précédente, dérober une
petite boîte de réglisses Blackoïd sous les yeux du pharmacien qu'un
portefeuille en maroquin dans un magasin désert. Le profit du vol
était tout moral; sur ce point, Boris se sentait en plein accord avec
les anciens Spartiates, c'était une ascèse. Et puis, il y avait un
moment jouissant, c'était quand on se disait : je vais compter jusqu'à
cinq, à cinq il faut que la brosse à dents soit dans ma poche; on avait
la gorge serrée et une extraordinaire impression de lucidité et de
puissance. Il sourit : il allait faire une exception à ses principes; pour
la première fois, l'intérêt serait le mobile du vol : dans une demi-
heure au plus tard, il posséderait ce joyau, ce trésor indispensable :
« Ce Thesaurus! » se dit-il à mi-voix car il aimait le mot de Thesaurus
qui lui rappelait le moyen âge, Abélard, un herbier, Faust et les cein-
tures de chasteté qu'on voit au musée de Cluny. « Il sera à moi, je
pourrai le consulter à toute heure du jour. » Tandis que, jusqu'à présent, il était obligé de le feuilleter à l'étalage et précipitamment et
puis les pages n'étaient pas coupées; bien souvent il n'avait pu
recueillir que des renseignements tronqués. Il le poserait, le soir
même, sur sa table de nuit et le lendemain, en se réveillant, son
premier regard serait pour lui : « Ah non! se dit-il avec agacement :
je couche chez Lola, ce soir. » En tout cas, il l'emmènerait à la
bibliothèque de la Sorbonne et, de temps en temps, interrompant
son travail de revision, il y jetterait un coup d'œil pour se récréer :
il se promit d'apprendre une locution et peut-être même deux par
jour, en six mois ça ferait six fois trois dix-huit, multipliés par
deux : trois cent soixante, avec les cinq ou six cents qu'il connaissait déjà, ça pourrait aller chercher le millier, c'était ce qu'on
appelait une bonne connaissance moyenne. Il traversa le boulevard Raspail et s'engagea dans la rue Denfert-Rochereau avec
un léger déplaisir. La rue Denfert-Rochereau l'ennuyait énormément, peut-être à cause des marronniers; de toute façon, c'était
un endroit nul, à l'exception d'une teinturerie noire avec des rideaux
rouge sang qui pendaient lamentablement comme deux cheve-
lures scalpées. Boris jeta au passage un coup d'œil aimable à la
teinturerie et puis il se plongea dans le silence blond et distingué
de la rue. Une rue? ce n'était qu'un trou avec des maisons sur
chaque bord. « Oui, mais le métro passe par en dessous », pensa Boris
et il tira quelque réconfort de cette idée, il se représenta pendant une
minute ou deux qu'il marchait sur une mince croûte de bitume, elle

allait peut-être s'effondrer. « Il faudra que je raconte ça à Mathieu, se dit Boris. Il va en baver. » Non. Le sang monta soudain à son visage, il ne raconterait rien du tout. A Ivich, oui : elle le comprenait et si elle ne volait pas elle-même, c'était parce qu'elle n'était pas douée. Il raconterait aussi l'histoire à Lola, pour la faire râler. Mais Mathieu n'était pas trop franc au sujet de ces vols. Il ricanait avec indulgence quand Boris lui en parlait, mais Boris n'était pas très sûr qu'il les approuvât. Par exemple il se demandait bien quels reproches Mathieu pouvait lui faire. Lola, elle, ça la rendait folle, mais c'était normal, elle ne pouvait pas comprendre certaines délicatesses, d'autant qu'elle était un peu radin. Elle lui disait : « Tu voleras ta propre mère, tu finiras un jour par me voler. » Et il répondait : « Hé! Hé! si ça se trouve, je ne dis pas non. » Naturellement, ça n'avait pas le sens commun : on ne volait pas ses intimes, c'était beaucoup trop facile, il répondait ça par agacement : il détestait cette manière qu'avait Lola de toujours ramener tout à elle. Mais Mathieu... Oui Mathieu, c'était à n'y rien comprendre. Qu'est-ce qu'il pouvait bien avoir contre le vol, du moment qu'il était exécuté dans les règles? Ce blâme tacite de Mathieu tourmenta Boris pendant quelques instants et puis il secoua la tête et se dit : « C'est marrant! » Dans cinq ans, dans sept ans, il aurait ses idées à lui, celles de Mathieu lui paraîtraient attendrissantes et vieillottes, il serait son propre juge : « Savoir même si nous nous verrons encore? » Boris n'avait nulle envie que ce jour vînt, et il se trouvait parfaitement heureux mais il était raisonnable et il savait que c'était une nécessité : il fallait qu'il changeât, qu'il laissât une foule de choses et de gens derrière lui, il n'était pas encore fait. Mathieu c'était une étape, comme Lola, et dans les moments où Boris l'admirait le plus, il y avait dans cette admiration quelque chose de provisoire qui lui permettait d'être éperdue sans servilité. Mathieu était aussi bien que possible mais il ne pouvait pas changer en même temps que Boris, il ne pouvait plus changer du tout, il était trop parfait. Ces pensées assombrirent Boris et il fut content d'arriver sur la place Edmond-Rostand : c'était toujours agréable de la traverser à cause des autobus qui se précipitaient lourdement sur vous, comme de gros dindons et qu'il fallait éviter de justesse, rien qu'en effaçant un peu le buste. « Pourvu qu'ils n'aient pas eu l'idée de rentrer le livre justement aujourd'hui. » Au coin de la rue Monsieur-le-Prince et du boulevard Saint-Michel, il fit une pause; il voulait refréner son impatience, il n'eût pas prudent de s'amener les joues rougies par l'espoir, avec des yeux de loup. Il avait pour principe d'agir à froid. Il s'imposa de demeurer immobile devant la boutique d'un marchand d'om-

brelles et de couteaux et de regarder l'un après l'autre, méthodi-
quement, les articles en montre, des tom-pouce verts et rouges,
huileux, des parapluies à manche d'ivoire qui figuraient des têtes de
bouledogue, tout cela était triste à pleurer et, par surcroît, Boris
arrêta volontairement sa pensée sur les vieilles personnes qui
viennent acheter ces objets. Il allait atteindre à un état de résolution
froide et sans gaîté, lorsqu'il vit soudain quelque chose qui le replon-
gea dans la jubilation : « Un eustache! » murmura-t-il, les mains
tremblantes. C'était un véritable eustache, lame épaisse et longue,
cran d'arrêt, manche de corne noire, élégant comme un croissant de
lune; il y avait deux taches de rouille sur la lame, on aurait dit du
sang : « Oh! » gémit Boris, le cœur tordu de désir. Le couteau reposait,
grand ouvert, sur une planchette de bois vernie, entre deux parapluies. Boris le regarda longtemps et le monde se décolora autour de
lui, tout ce qui n'était pas l'éclat froid de cette lame perdit son prix à
ses yeux, il voulait tout plaquer, entrer dans la boutique, acheter
le couteau et s'enfuir n'importe où, comme un voleur, en emportant
son butin : « Picard m'apprendra à le lancer », se dit-il. Mais le sens
rigoureux de ses devoirs reprit bientôt le dessus : « Tout à l'heure.
Je l'achèterai tout à l'heure, pour me récompenser si je réussis mon
coup. »

La librairie Garbure faisait le coin de la rue de Vaugirard et du
boulevard Saint-Michel et elle avait — ce qui servait les desseins de
Boris — une entrée dans chaque rue. Devant le magasin on avait
disposé six longues tables chargées de livres, ils étaient, pour la plupart, d'occasion. Boris repéra du coin de l'œil un monsieur à moustache rouge qui rôdait souvent dans les parages et qu'il soupçonnait
d'être un poulet. Puis, il s'approcha de la troisième table et voici : le
livre était là, énorme, si énorme même que Boris en fut un instant
découragé, sept cents pages, in-quarto, des feuilles gaufrées, épaisses
comme le petit doigt : « Il va falloir faire entrer ça dans ma serviette »,
se dit-il, avec un peu d'accablement. Mais il lui suffit de regarder le
titre d'or qui luisait doucement sur la couverture pour sentir renaître
son courage : « Dictionnaire historique et étymologique de la langue
verte et des argots depuis le xive siècle jusqu'à l'époque contempo-
raine. » « Historique! » se répéta Boris avec extase. Il toucha la couverture du bout des doigts d'un geste familier et tendre, pour
reprendre contact : « Ça n'est pas un livre, c'est un meuble », pensa-
t-il avec admiration. Dans son dos, sans aucun doute, le monsieur à
moustache s'était retourné, il le guettait. Il fallait commencer la comédie, feuilleter le volume, faire la mine du badaud qui hésite, et, finalement se laisse tenter. Boris ouvrit le dictionnaire au hasard. Il lut :

« Être de... pour : Être porté sur. Tournure assez communément employée aujourd'hui. Exemple : « Le curé était de la chose comme un bourdon. » Traduisez : le curé était porté sur la bagatelle. On dit aussi : « être de l'homme » pour « être inverti ». Cette locution semble provenir de la France du Sud-Ouest... »

Les pages suivantes n'étaient pas coupées. Boris abandonna sa lecture et se mit à rire tout seul. Il se répétait avec délices : « Le curé était de la chose comme un bourdon. » Puis, il redevint brusquement sérieux et se mit à compter : « Un! deux! trois! quatre! » pendant qu'une joie austère et pure faisait battre son cœur.

Une main se posa sur son épaule. « Je suis fait, pensa Boris, mais, ils ont agi trop tôt, ils ne peuvent rien prouver contre moi. » Il se retourna lentement, avec sang-froid. C'était Daniel Sereno, un ami de Mathieu. Boris l'avait vu deux ou trois fois, il le trouvait superbe; par exemple, il avait l'air vache.

— Bonjour, dit Sereno, qu'est-ce que vous lisez donc? Vous avez l'air fasciné.

Il n'avait pas l'air vache du tout, mais il fallait se méfier : à vrai dire il paraissait même trop aimable, il devait préparer un sale coup. Et puis, comme par un fait exprès, il avait surpris Boris en train de feuilleter ce dictionnaire d'argot, ça reviendrait sûrement aux oreilles de Mathieu qui en ferait des gorges chaudes.

— Je m'étais arrêté en passant, répondit-il d'un air contraint.

Sereno sourit; il prit le volume à deux mains et l'éleva jusqu'à ses yeux; il devait être un peu myope. Boris admira son aisance : d'ordinaire, ceux qui feuilletaient les livres prenaient soin de les laisser sur la table, par crainte des détectives privés. Mais il était évident que Sereno se croyait tout permis. Boris murmura d'une voix étranglée en feignant le détachement :

— C'est un ouvrage curieux...

Sereno ne répondit pas; il semblait plongé dans sa lecture. Boris s'irrita et lui fit subir un examen sévère. Mais il dut reconnaître, par honnêteté d'esprit, que Sereno était parfaitement élégant. Pour tout dire, il y avait dans ce complet de tweed presque rose, dans cette chemise de lin, dans cette cravate jaune, une hardiesse calculée qui choquait un peu Boris. Boris aimait l'élégance sobre et un peu négligée. Mais enfin l'ensemble était irréprochable, quoique tendre comme du beurre frais. Sereno éclata de rire. Il avait un rire chaud et plaisant et puis Boris le trouva sympathique parce qu'il ouvrait la bouche toute grande en riant.

— Être de l'homme! dit Sereno. Être de l'homme! C'est une trouvaille, je m'en servirai à l'occasion.

Il reposa le livre sur la table :

— Êtes-vous de l'homme, Serguine?

— Je... dit Boris, le souffle coupé.

— Ne rougissez pas, dit Sereno — et Boris se sentit devenir écarlate — et soyez convaincu que cette pensée ne m'a même pas effleuré. Je sais reconnaître ceux qui sont de l'homme — visiblement cette expression l'amusait — leurs gestes ont une rondeur molle qui ne trompe pas. Tandis que vous, je vous observais depuis un moment et j'étais charmé : vos gestes sont vifs et gracieux mais ils ont des angles. Vous devez être très adroit.

Boris écoutait Sereno avec attention : c'est toujours intéressant d'entendre quelqu'un vous expliquer comment il vous voit. Et puis Sereno avait une voix de basse très agréable. Par exemple, ses yeux étaient gênants : à première vue, on les aurait crus tout embués de tendresse et puis, quand on les regardait mieux on y découvrait quelque chose de dur, presque de maniaque. « Il cherche à me faire une blague », pensa Boris et il se tint sur ses gardes. Il eût aimé demander à Sereno ce qu'il entendait par « des gestes qui ont des angles » mais il n'osa pas, il pensa qu'il convenait de parler le moins possible et puis, sous ce regard insistant, il sentait naître en lui une étrange douceur déconcertée, il avait envie de s'ébrouer et de piaffer pour dissiper ce vertige de douceur. Il détourna la tête et il y eut un silence assez pénible. « Il va me prendre pour un con », pensa Boris avec résignation.

— Vous faites des études de philosophie, je crois, dit Sereno.

— Oui, des études de philosophie, dit Boris avec empressement.

Il était heureux d'avoir un prétexte pour rompre le silence. Mais à ce moment, l'horloge de la Sorbonne sonna un coup et Boris s'arrêta, glacé d'effroi. « Huit heures et quart, pensa-t-il, avec angoisse. S'il ne s'en va pas tout de suite, c'est foutu. » La librairie Garbure fermait à huit heures et demie. Sereno n'avait pas du tout l'air d'avoir envie de s'en aller. Il dit :

— Je vous avouerai que je ne comprends rien à la philosophie. Vous, vous devez comprendre, naturellement...

— Je ne sais pas, un peu, je crois, dit Boris au supplice.

Il pensait : j'ai sûrement l'air mal poli mais pourquoi ne s'en va-t-il pas? D'ailleurs Mathieu l'avait prévenu : Sereno apparaissait toujours à contretemps, cela faisait partie de sa nature démoniaque.

— Je présume que vous aimez ça, dit Sereno.

— Oui, dit Boris, qui se sentit rougir pour la seconde fois. Il détestait parler de ce qu'il aimait : c'était impudique. Il avait l'impression que Sereno s'en doutait et faisait exprès de se montrer indiscret. Sereno le regarda d'un air d'attention pénétrante :

— Pourquoi?

— Je ne sais pas, dit Boris.

C'était vrai : il ne savait pas. Pourtant, il aimait ça bien fort. Même Kant.

Sereno sourit :

— Au moins, on voit tout de suite que ce n'est pas un amour de tête, dit-il.

Boris se cabra, et Sereno ajouta vivement :

— Je plaisante. En fait, je trouve que vous avez de la chance. Moi, j'en ai fait, comme tout le monde. Mais on n'a pas su me la faire aimer... J'imagine que c'est Delarue qui m'en a dégoûté : il est trop fort pour moi. Je lui ai demandé quelquefois des explications, mais dès qu'il avait commencé à m'en donner, je n'y entendais plus rien; il me semblait même que je ne comprenais plus ma question.

Boris fut blessé par ce ton persifleur et il soupçonna que Sereno voulait l'amener insidieusement à médire de Mathieu pour le plaisir de le lui répéter ensuite. Il admira Sereno d'être si gratuitement vache, mais il se révolta et dit sèchement :

— Mathieu explique très bien.

Cette fois Sereno éclata de rire et Boris se mordit les lèvres :

— Mais je n'en doute pas une seconde. Seulement nous sommes de trop vieux amis et j'imagine qu'il réserve ses qualités pédagogiques pour les jeunes gens. Il recrute d'ordinaire ses disciples parmi ses élèves.

— Je ne suis pas son disciple, dit Boris.

— Je ne pensais pas à vous, dit Daniel. Vous n'avez pas une tête de disciple. Je pensais à Hourtiguère, un grand blond qui est parti l'an dernier pour l'Indochine. Vous avez dû en entendre parler : il y a deux ans, c'était la grande passion, on les voyait toujours ensemble.

Boris dut reconnaître que le coup avait porté et son admiration pour Sereno s'en accrut mais il aurait aimé lui envoyer son poing dans la figure.

— Mathieu m'en a parlé, dit-il.

Il détestait ce Hourtiguère que Mathieu avait connu avant lui. Mathieu prenait parfois un air pénétré quand Boris venait le retrouver au Dôme et il disait : « Il faut que j'écrive à Hourtiguère. » Après quoi, il restait un long moment rêveur et appliqué comme un soldat qui écrit à sa payse et il faisait des ronds dans l'air au-dessus d'une feuille blanche, avec la plume de son stylo. Boris se mettait au travail à côté de lui mais il le détestait. Il n'était pas jaloux de Hourtiguère, bien entendu. Au contraire, il éprouvait pour lui de la pitié mêlée d'un peu de répulsion (il ne connaissait rien de lui d'ailleurs, sauf une photo qui le représentait comme un grand garçon à l'air malchanceux avec des culottes de golf, et une dissertation philosophique tout à fait idiote qui traînait encore sur la table de travail de Mathieu). Seulement il ne voulait pour rien au monde que Mathieu le traitât plus tard comme il traitait Hourtiguère. Il aurait préféré ne plus jamais revoir Mathieu s'il avait pu croire que celui-ci dirait un jour d'un air important et morose à un jeune philosophe : « Ah! Aujourd'hui, il faut que j'écrive à Serguine. » Il acceptait à la rigueur que Mathieu ne fût qu'une étape dans sa vie — et c'était déjà assez pénible — mais il ne pouvait supporter d'être une étape dans la vie de Mathieu.

Sereno semblait s'être installé. Il s'appuyait à la table de ses deux mains, dans une posture nonchalante et commode :

— Je regrette souvent d'être tellement ignare dans ce domaine, poursuivit-il. Ceux qui en ont fait, ont l'air d'en avoir tiré de grandes joies.

Boris ne répondit pas.

— Il m'aurait fallu un initiateur, dit Sereno. Quelqu'un dans votre genre... Qui ne soit pas encore trop calé mais qui prenne ça au sérieux.

Il rit, comme traversé d'une idée plaisante :

— Dites-moi, ce serait amusant si je prenais des leçons avec vous...

Boris le regarda avec méfiance. Ce devait être encore un piège. Il ne se voyait pas du tout en train de donner des leçons à Sereno qui devait être beaucoup plus intelligent que lui et qui lui poserait certainement une foule de questions embarrassantes. Il étranglerait de timidité. Il pensa avec une résignation froide qu'il devait être huit heures vingt-cinq. Sereno souriait toujours, il avait l'air enchanté de son idée. Mais il avait de drôles d'yeux. Boris avait de la peine à le regarder en face.

— Je suis très paresseux, vous savez, dit Sereno. Il faudrait prendre de l'autorité sur moi...

Boris ne put s'empêcher de rire et il avoua franchement :

— Je crois que je ne saurais pas du tout...

— Mais si! dit Sereno, je suis persuadé que si.

— Vous m'intimideriez, dit Boris.

Sereno haussa les épaules :

— Bah!... Tenez, avez-vous une minute? Nous pourrions prendre un verre en face, au d'Harcourt, et nous parlerions de notre projet.

« Notre » projet... Boris suivait des yeux avec angoisse un commis de la librairie Garbure qui commençait à empiler les livres les uns sur les autres. Il eût aimé pourtant suivre Sereno au d'Harcourt : c'était un drôle de type et puis il était rudement beau, et puis c'était amusant de parler avec lui parce qu'il fallait jouer serré; on avait tout le temps l'impression d'être en danger. Il se débattit un instant contre lui-même, mais le sens du devoir l'emporta :

— C'est que je suis assez pressé, dit-il, d'une voix que le regret rendait coupante.

Le visage de Sereno changea.

— Très bien, dit-il, je ne veux pas vous déranger. Excusez-moi de vous avoir tenu si longtemps. Allons, au revoir, et dites bonjour à Mathieu.

Il se détourna brusquement et partit : « Est-ce que je l'ai blessé? » pensa Boris mal à son aise. Il suivit d'un regard inquiet les larges épaules de Sereno qui remontait le boulevard Saint-Michel. Et puis, il pensa, tout à coup, qu'il n'avait plus une minute à perdre.

« Un. Deux. Trois. Quatre. Cinq. »

A cinq, il prit ostensiblement le volume de la main droite et se dirigea vers la librairie sans essayer de se cacher.

Une cohue de mots qui fuyaient n'importe où; les mots fuyaient, Daniel fuyait un long corps frêle, un peu voûté, des yeux noisette, tout un visage austère et charmant, c'est un petit moine, un moine russe, Alioscha. Des pas, des mots, les pas sonnaient jusque dans sa tête, n'être plus que ces pas, que ces mots, tout valait mieux que le silence : le petit imbécile, je l'avais bien jugé. Mes parents m'ont défendu de parler aux gens que je ne connais pas, voulez-vous un bonbon ma petite demoiselle, mes parents m'ont défendu... Ha! ce n'est qu'une très petite cervelle, je ne sais pas, je ne sais pas, aimez-vous la philosophie, je ne sais pas, parbleu, comment le saurait-il pauvre agneau! Mathieu fait le sultan dans sa classe, il lui a jeté le mouchoir, il l'emmène au café et le petit avale tout, les cafés-crème et les théories, comme des hosties; va, va promener tes airs de première communiante, il était là gourmé et précieux comme un âne chargé de reliques, oh! j'ai compris, je ne voulais pas porter la main sur toi, je ne suis pas digne; et ce regard qu'il m'a lancé quand je lui ai dit que je ne comprenais pas la philosophie, il ne se donnait même plus la peine d'être poli, vers la fin. Oh! je suis sûr — je l'avais pressenti du temps de Hourtiguère — je suis sûr qu'il les met en garde contre moi. « C'est très bien, dit Daniel en riant d'aise, c'est une excellente leçon et à peu de frais, je suis content qu'il m'ait envoyé promener; si j'avais eu la folie de m'intéresser un peu à lui et de lui parler avec confiance, il serait allé rapporter ça tout bouillant à

Mathieu et ils en auraient fait des gorges chaudes. » Il s'arrêta si brusquement qu'une dame qui marchait derrière lui le heurta dans le dos et poussa un petit cri : « Il lui a parlé de moi ! » C'était une idée in-to-lé-rable, à vous donner une suée de rage, il fallait se les imaginer tous deux, bien dispos, heureux d'être ensemble, le petit la bouche bée, naturellement, écarquillant les yeux et mettant les oreilles en cornet, pour ne rien perdre de la manne divine, dans quelque café de Montparnasse, une de ces infectes tabagies qui sentaient le linge sale... « Mathieu a dû le regarder par en dessous, d'un air profond, et il lui a expliqué mon caractère, c'est à mourir de rire. » Daniel répéta : « C'est à mourir de rire », et il enfonça ses ongles dans la paume de sa main. Ils l'avaient jugé par derrière, ils l'avaient démonté, disséqué, et il était sans défense, il ne se doutait de rien, il avait pu exister ce jour-là comme les autres jours, comme s'il n'était rien qu'une transparence sans mémoire et sans conséquence, comme s'il n'était pas pour les autres un corps un peu gras, des joues qui s'empâtaient, une beauté orientale qui se fanait, un sourire cruel et, qui sait?... Mais non, personne. Si Bobby le sait, Ralph le sait, Mathieu non. Bobby c'est une crevette, ça n'est pas une conscience, il habite 6, rue aux Ours, avec Ralph. Ha! si l'on pouvait vivre au milieu d'aveugles. Il n'est pas aveugle, lui, il s'en vante, il sait voir, c'est un fin psychologue et il a le droit de parler de moi attendu qu'il me connaît depuis quinze ans et que c'est mon meilleur ami et il ne s'en prive pas; dès qu'il rencontre quelqu'un, ça fait deux personnes pour qui j'existe et puis trois et puis neuf, et puis cent. Sereno, Sereno, Sereno le courtier, Sereno le boursier, Sereno le... Ha! s'il pouvait crever, mais non, il se promène en liberté avec son opinion sur moi au fond de la tête et il en infecte tous ceux qui l'approchent, il faudrait courir partout et gratter, gratter, effacer, laver à grande eau, j'ai gratté Marcelle jusqu'à l'os. Elle m'a tendu la main, le premier jour en me regardant beaucoup, elle m'a dit : « Mathieu m'a si souvent parlé de vous. » Et je l'ai regardée à mon tour, j'étais fasciné, j'étais là-dedans, j'existais dans cette chair, derrière ce front buté, au fond de ces yeux, salope! A présent, elle ne croit plus un mot de ce qu'il lui dit sur moi.

Il sourit avec satisfaction; il était si fier de cette victoire que, pendant une seconde, il oublia de se surveiller : il se fit une déchirure dans la trame des mots, qui gagna peu à peu, s'étendit, devint du silence. Le silence, lourd et vide. Il n'aurait pas dû, il n'aurait pas dû cesser de parler. Le vent était tombé, la colère hésitait; tout au fond du silence, il y avait le visage de Serguine, comme une plaie. Doux visage obscur; quelle patience, quelle ferveur n'aurait-il pas fallu pour l'éclairer un peu. Il pensa : « J'aurais pu... » Cette année encore,

aujourd'hui encore, il aurait pu. Après... Il pensa : « Ma dernière
chance. » C'était sa dernière chance et Mathieu la lui avait soufflée,
négligemment. Des Ralph, des Bobby, voilà ce qu'on lui laissait.
« Et lui, le pauvre gosse, il en fera un singe savant! » Il marchait en
silence, ses pas résonnaient seuls au fond de sa tête, comme dans une
rue déserte, au petit matin. Sa solitude était si totale, sous ce beau
ciel, doux comme une bonne conscience, au milieu de cette foule
affairée, qu'il était stupéfait d'exister; il devait être le cauchemar
de quelqu'un, de quelqu'un qui finirait bien par se réveiller. Heureusement, la colère déferla, recouvrit tout, il se sentit ranimé par une
rage allègre et la fuite recommença, le défilé des mots recommença;
il haïssait Mathieu. En voilà un qui doit trouver tout naturel d'exister, il ne se pose pas de question, cette lumière grecque et juste, ce
ciel vertueux sont faits pour lui, il est chez lui, il n'a jamais été seul :
« Ma parole, pensa Daniel, il se prend pour Gœthe. » Il avait relevé
la tête, il regardait les passants dans les yeux; il choyait sa haine :
« Mais prends garde, fais-toi des disciples, si ça t'amuse, mais
pas contre moi, parce que je finirai par te jouer un sale tour. »
Une nouvelle poussée de colère le souleva, il ne touchait plus terre,
il volait, tout à la joie de se sentir terrible et tout à coup l'idée lui
vint, aiguë, rutilante : « Mais, mais, mais... on pourrait peut-être
l'aider à réfléchir, à rentrer en lui-même, s'arranger pour que les
choses ne lui soient pas trop faciles, ça serait un fameux service à lui
rendre. » Il se rappelait de quel air brusque et masculin, Marcelle lui
avait jeté un jour, par-dessus son épaule : « Quand une femme est
foutue, elle n'a qu'à se faire faire un gosse. » Ça serait trop drôle s'ils
n'étaient pas tout à fait du même avis sur la question, s'il courait
avec zèle les boutiques d'herboriste, pendant qu'elle, au fond de sa
chambre rose, séchait du désir d'avoir un enfant. Elle n'aura rien osé
lui dire, seulement... S'il se trouvait quelqu'un, un bon ami commun,
pour lui donner un peu de courage... « Je suis méchant », pensa-t-il,
inondé de joie. La méchanceté, c'était cette extraordinaire impression
de vitesse, on se détachait soudain de soi-même et on filait en avant
comme un trait; la vitesse vous prenait à la nuque, elle augmentait
de minute en minute, c'était intolérable et délicieux, on roulait freins
desserrés, à tombeau ouvert, on enfonçait de faibles barrières qui
surgissaient à droite, à gauche, inattendues — Mathieu le pauvre
type, je suis trop vache, je vais gâcher sa vie — et qui cassaient
net, comme des branches mortes, et c'était enivrant cette joie trans-
percée de peur, sèche comme une secousse électrique, cette joie qui
ne pouvait pas s'arrêter. « Je me demande s'il aura encore des disciples? Un père de famille, ça ne trouve pas si souvent preneur. » La

tête de Serguine, quand Mathieu viendrait lui annoncer son mariage, le mépris de ce petit, son écrasante stupeur. « Vous vous mariez ? » Et Mathieu bafouillerait : « On a quelquefois des devoirs. » Mais les gosses ne comprennent pas ces devoirs-là. Il y avait quelque chose qui tentait timidement de renaître. C'était le visage de Mathieu, son brave visage de bonne foi, mais la course reprit aussitôt de plus belle : le mal n'était en équilibre qu'à toute vitesse, comme une bicyclette. Sa pensée bondit devant lui, alerte et joyeuse : « C'est un homme de bien, Mathieu. Ce n'est pas un méchant, oh ! non ; il est de la race d'Abel, il a sa conscience pour lui. Eh bien ! il doit épouser Marcelle. Après ça, il n'aura plus qu'à se reposer sur ses lauriers, il est jeune encore, il aura toute une vie pour se féliciter de sa bonne action. »

C'était si vertigineux ce repos languissant d'une conscience pure, d'une insondable conscience pure, sous un ciel indulgent et familier, qu'il ne savait pas s'il le désirait pour Mathieu ou pour lui-même. Un type fini, résigné, calme, enfin calme... : « Et si elle ne voulait pas... Oh ! s'il y a une chance, une seule chance pour qu'elle veuille avoir le gosse, je jure bien qu'elle lui demandera de l'épouser demain soir. » Monsieur et Madame Delarue... Monsieur et Madame Delarue ont l'honneur de vous faire part... « En somme, pensa Daniel, je suis leur ange gardien, l'ange du foyer. » C'était un archange, un archange de haine, un archange justicier qui s'engagea dans la rue Vercingétorix. Il revit, un instant, un long corps gauche et gracieux, un visage maigre incliné sur un livre, mais l'image chavira aussitôt et ce fut Bobby qui réapparut. « 6, rue aux Ours. » Il se sentait libre comme l'air, il s'accordait toutes les permissions. La grande épicerie de la rue Vercingétorix était encore ouverte, il y entra. Quand il sortit, il tenait dans la main droite, le glaive de feu de saint Michel et dans la main gauche un paquet de bonbons pour Mme Duffet.

Dix heures sonnèrent à la pendulette. Mme Duffet ne parut pas entendre. Elle fixait sur Daniel un regard attentif; mais ses yeux avaient rosi. « Elle ne va pas tarder à décamper », pensa-t-il. Elle lui souriait d'un air futé, mais de petits vents coulis fusaient à travers ses lèvres mal jointes : elle bâillait sous son sourire. Tout à coup, elle rejeta la tête en arrière et parut prendre une décision; elle dit avec un entrain espiègle :

— Eh bien, mes enfants, moi, je vais au lit! Ne la faites pas veiller trop tard, Daniel, je compte sur vous. Après, elle dort jusqu'à midi.

Elle se leva et vint tapoter l'épaule de Marcelle de sa petite main preste. Marcelle était assise sur le lit.

— Tu entends, Rodilard, dit-elle en s'amusant à parler entre ses dents serrées, tu dors trop tard, ma fille, tu dors jusqu'à midi, tu te fais de la graisse.

— Je jure de m'en aller avant minuit, dit Daniel.

Marcelle sourit :

— Si je veux.

Il se tourna vers Mme Duffet en feignant l'accablement :

— Que puis-je faire?

— Enfin, soyez raisonnables, dit Mme Duffet. Et merci pour vos délicieux bonbons.

Elle éleva la boîte enrubannée à la hauteur de ses yeux, d'un geste un peu menaçant :

— Vous êtes trop gentil, vous me gâtez, je finirai par vous gronder!

— Vous ne pouviez me faire plus de plaisir qu'en les aimant, dit Daniel d'une voix profonde.

Il se pencha sur la main de Mme Duffet et la baisa. De près, la chair était ridée avec des tavelures mauves.

— Archange! dit Mme Duffet attendrie. Allons, je me sauve, ajouta-t-elle en embrassant Marcelle sur le front.

Marcelle lui entoura la taille de son bras et la retint contre elle une seconde, Mme Duffet lui ébouriffa les cheveux et se dégagea prestement.

— Je viendrai te border tout à l'heure, dit Marcelle.

— Non, non, mauvaise fille; je te laisse à ton archange.

Elle s'enfuit avec la vivacité d'une petite fille et Daniel suivit d'un regard froid son dos menu : il avait cru qu'elle ne s'en irait jamais. La porte se referma, mais il ne se sentit pas soulagé : il avait un peu peur de rester seul avec Marcelle. Il se tourna vers elle et vit qu'elle le regardait en souriant.

— Qu'est-ce qui vous fait sourire? demanda-t-il.

— Ça m'amuse toujours de vous voir avec maman, dit Marcelle. Que vous êtes enjôleur, mon pauvre archange; c'est une honte, vous ne pouvez pas vous empêcher de séduire les gens.

Elle le regardait avec une tendresse de propriétaire, elle semblait satisfaite de l'avoir pour elle toute seule. « Elle a le masque de la grossesse, pensa Daniel avec rancune. » Il lui en voulait d'avoir l'air si contente. Il avait toujours un peu d'angoisse, quand il se trouvait au bord de ces longs entretiens chuchotants et qu'il fallait plonger dedans. Il se racla la gorge : « Je vais avoir de l'asthme », pensa-t-il. Marcelle était une épaisse odeur triste, déposée sur le lit, en boule, qui s'effilocherait au moindre geste.

Elle se leva :

— J'ai quelque chose à vous montrer.

Elle alla chercher une photo sur la cheminée.

— Vous qui voulez toujours savoir comment j'étais, quand j'étais jeune..., dit-elle en la lui tendant.

Daniel la prit : c'était Marcelle à dix-huit ans, elle avait l'air d'une gouine, avec la bouche veule et les yeux durs. Et toujours cette chair flasque qui flottait comme un costume trop large. Mais elle était maigre. Daniel leva les yeux et surprit son regard anxieux.

— Vous étiez charmante, dit-il avec prudence, mais vous n'avez guère changé.

Marcelle se mit à rire :

— Si! Vous savez très bien que j'ai changé, mauvais flatteur, mais tenez-vous tranquille, vous n'êtes pas avec ma mère.

Elle ajouta :

— Mais n'est-ce pas que j'étais un beau brin de fille?

— Je vous aime mieux à présent, dit Daniel. Vous aviez quelque chose d'un peu mou dans la bouche... Vous avez l'air tellement plus intéressante.

— On ne sait jamais si vous êtes sérieux, dit-elle d'un air maussade. Mais il était facile de voir qu'elle était flattée.

Elle se haussa un peu et jeta un bref coup d'œil vers la glace. Ce geste gauche et sans pudeur agaça Daniel : il y avait dans sa coquetterie, une bonne foi enfantine et désarmée qui jurait avec son visage de femme de peine. Il lui sourit.

— Moi aussi, je vais vous demander pourquoi vous souriez, dit-elle.

— Parce que vous avez eu un geste de petite fille pour vous regarder dans la glace. C'est si émouvant, quand par hasard vous vous occupez de vous-même.

Marcelle rosit et tapa du pied :

— Il ne pourra pas s'empêcher de flatter!

Ils rirent tous les deux et Daniel pensa sans grand courage : « Allons-y. » Ça se présentait bien, c'était le moment, mais il se sentait vide et mou. Il pensa à Mathieu pour se donner du cœur et fut satisfait de retrouver sa haine intacte. Mathieu était net et sec comme un os; on pouvait le haïr. On ne pouvait pas haïr Marcelle.

— Marcelle! Regardez-moi.

Il avait avancé le buste et la dévisageait d'un air soucieux.

— Voilà, dit Marcelle.

Elle lui rendit son regard, mais sa tête était agitée de secousses raides : elle pouvait difficilement soutenir le regard d'un homme.

— Vous avez l'air fatiguée.

Marcelle cligna des yeux.

— Je suis un peu patraque, dit-elle. Ce sont les chaleurs.

Daniel se pencha un peu plus et répéta d'un air de blâme désolé :

— Très fatiguée! Je vous regardais tout à l'heure; pendant que votre mère nous racontait son voyage à Rome : vous aviez l'air si préoccupée, si nerveuse...

Marcelle l'interrompit, avec un rire indigné :

— Écoutez, Daniel, c'est la troisième fois qu'elle vous raconte ce voyage. Et vous, chaque fois, vous l'écoutez avec le même air d'intérêt passionné; pour être tout à fait franche, ça m'agace un peu, je ne sais pas trop ce qu'il y a dans votre tête à ces moments-là.

— Votre mère m'amuse, dit Daniel. Je connais ses histoires, mais j'aime les lui entendre raconter, elle a des petits gestes qui me charment.

Il fit un petit mouvement du cou et Marcelle éclata de rire : Daniel savait très bien imiter les gens quand il voulait. Mais il reprit aussitôt son sérieux et Marcelle cessa de rire. Il la regarda avec reproche et elle s'agita un peu sous ce regard. Elle lui dit :

— C'est vous qui avez l'air drôle, ce soir. Qu'est-ce que vous avez?

Il ne se pressa pas de lui répondre. Un silence lourd pesait sur eux, la chambre était une vraie fournaise. Marcelle eut un petit rire gêné qui mourut aussitôt sur ses lèvres. Daniel s'amusait beaucoup.

— Marcelle, dit-il, je ne devrais pas vous le dire...

Elle se rejeta en arrière :

— Quoi? Quoi? Qu'est-ce qu'il y a?

— Vous n'en voudrez pas à Mathieu?

Elle blêmit :

— Il... Oh! le... Il m'avait juré qu'il ne vous dirait rien.

— Marcelle, c'est tellement important et vous vouliez me le cacher! Je ne suis donc plus votre ami?

Marcelle frissonna :

— C'est sale! dit-elle.

Voilà! Ça y est : elle est nue. Il n'était plus question d'archange ni de photos de jeunesse; elle avait perdu son masque de dignité rieuse. Il n'y avait plus qu'une grosse femme enceinte, qui sentait la chair. Daniel avait chaud, il passa la main sur son front en sueur.

— Non, dit-il lentement, non, ce n'est pas sale.

Elle eut un geste brusque du coude et de l'avant-bras, qui zébra l'air torride de la chambre.

— Je vous fais horreur, dit-elle.

Il eut un rire jeune :

— Horreur? A moi? Marcelle, vous pourriez chercher longtemps avant de trouver quelque chose qui me donne horreur de vous.

Marcelle ne répondit pas, elle avait baissé le nez, tristement. Elle finit par dire :

— Je voulais tant vous tenir en dehors de tout ça!...

Ils se turent. A présent, il y avait un nouveau lien entre eux, comme un cordon ombilical.

— Vous avez vu Mathieu, depuis qu'il m'a quitté? demanda Daniel.

— Il m'a téléphoné vers une heure, dit Marcelle avec brusquerie.

Elle s'était reprise et durcie, elle se tenait sur la défensive, toute droite et les narines pincées; elle souffrait.

— Il vous a dit que je lui avais refusé l'argent?

— Il m'a dit que vous n'en aviez pas.

— J'en avais.

— Vous en aviez? répéta-t-elle étonnée.

— J'en avais, mais je ne voulais pas lui en prêter. Pas avant de vous avoir vue, du moins.

Il prit un temps et ajouta :

— Marcelle, est-ce qu'il faut que je lui en prête?

— Mais, dit-elle avec embarras, je ne sais pas. C'est à vous de voir si vous pouvez.

— Je peux admirablement. J'ai quinze mille francs dont je peux disposer sans me gêner le moins du monde.

— Alors oui, dit Marcelle. Oui, mon cher Daniel, il faut nous en prêter.

Il y eut un silence. Marcelle chiffonnait le drap du lit entre ses doigts et sa lourde gorge palpitait.

— Vous ne me comprenez pas, dit Daniel. Je veux dire : est-ce que vous désirez du fond du cœur que je lui en prête?

Marcelle leva la tête et le regarda avec surprise :

— Vous êtes bizarre, Daniel; vous avez quelque chose derrière la tête.

— Eh bien... je me demandais simplement si Mathieu vous avait consultée.

— Mais naturellement. Enfin, dit-elle avec un très léger sourire, on ne se consulte pas, nous autres, vous savez comme nous sommes : l'un dit : on fera ceci ou cela, et l'autre proteste s'il n'est pas d'accord.

— Oui, dit Daniel. Oui... Seulement, c'est tout à l'avantage de celui qui a son opinion déjà faite : l'autre est bousculé et n'a pas le temps de s'en faire une.

— Peut-être..., dit Marcelle.

— Je sais combien Mathieu respecte vos avis, dit-il. Mais j'imagine si bien la scène : elle m'a hanté tout l'après-midi. Il a dû faire le gros dos, comme il fait dans ces cas-là et puis dire en avalant sa salive : « Bon! Eh bien, on prendra les grands moyens. » Il n'a pas eu d'hésitations et d'ailleurs, il ne pouvait pas en avoir : c'est un homme. Seulement... est-ce que ça n'a pas été un peu précipité? Vous ne deviez pas savoir vous-même ce que vous vouliez?

Il se pencha de nouveau vers Marcelle :

— Ça ne s'est pas passé comme ça?

Marcelle ne le regardait pas. Elle avait tourné la tête du côté du lavabo et Daniel la voyait de profil. Elle avait l'air sombre.

— Un peu comme ça, dit-elle.

Elle rougit violemment :

— Oh! et puis n'en parlons plus, Daniel, je vous en prie! Ça... ça ne m'est pas très agréable.

Daniel ne la quittait pas des yeux. « Elle palpite », pensa-t-il. Mais il ne savait plus trop s'il avait plaisir à l'humilier ou à s'humilier avec elle. Il se dit : « Ce sera plus facile que je ne pensais. »

— Marcelle, dit-il, ne vous fermez pas, je vous en supplie : je sais combien il vous est déplaisant que nous parlions de tout ça...

— Surtout avec vous, dit Marcelle. Daniel, vous êtes tellement autre!

Parbleu, je suis sa pureté! Elle frissonna de nouveau et serra les bras contre sa poitrine :

— Je n'ose plus vous regarder, dit-elle. Même si je ne vous dégoûte pas, il me semble que je vous ai perdu.

— Je sais, dit Daniel avec amertume. Un archange, ça s'effarouche facilement. Écoutez, Marcelle, ne me faites plus jouer ce rôle ridicule. Je n'ai rien d'un archange; je suis simplement votre ami, votre meilleur ami. Et j'ai tout de même mon mot à dire, ajouta-t-il avec fermeté, puisque je suis en mesure de vous aider. Marcelle êtes-vous vraiment sûre que vous n'avez pas envie d'un enfant?

Il se fit une rapide petite déroute à travers le corps de Marcelle, on eût dit qu'il voulait se désassembler. Et puis ce début de dislocation fut arrêté net, le corps se tassa sur le bord du lit, immobile et pesant. Elle tourna la tête vers Daniel; elle était cramoisie; mais elle le regardait sans rancune, avec une stupeur désarmée. Daniel pensa : « Elle est désespérée. »

— Vous n'avez qu'un mot à dire : si vous êtes sûre de vous, Mathieu recevra l'argent demain matin.

Il souhaitait presque qu'elle lui dît : « Je suis sûre de moi. » Il enverrait l'argent et tout serait dit. Mais elle ne disait rien, elle s'était tournée vers lui, elle avait l'air d'attendre; il fallait aller jusqu'au bout. « Ah ça! pensa Daniel avec horreur, elle a l'air reconnaissante, ma parole! » Comme Malvina, quand il l'avait rossée.

— Vous! dit-elle. Vous vous êtes demandé ça! Et lui... Daniel, il n'y a que vous au monde qui vous intéressiez à moi.

Il se leva, il vint s'asseoir près d'elle et lui prit la main. Une main molle et fiévreuse comme une confidence : il la garda dans la sienne sans parler. Marcelle semblait lutter contre ses larmes; elle regardait ses genoux.

— Marcelle, ça vous est égal qu'on supprime le gosse?

Marcelle eut un geste las :

— Que voulez-vous qu'on fasse d'autre?

Daniel pensa : « J'ai gagné. » Mais il n'en ressentit aucun plaisir. Il étouffait. De tout près, Marcelle sentait un peu, il l'aurait juré; c'était imperceptible et même, si on voulait, ça n'était pas à proprement parler une odeur, mais on aurait dit qu'elle fécondait l'air autour d'elle. Et puis, il y avait cette main qui suait dans la sienne. Il se contraignit à la serrer plus fort, pour lui faire exprimer tout son jus.

— Je ne sais pas ce qu'on peut faire, dit-il d'une voix un peu sèche;

nous verrons ça après. En ce moment, je ne pense qu'à vous. Ce gosse, si vous l'aviez ce serait peut-être un désastre, mais peut-être aussi une chance. Marcelle! il ne faut pas que vous puissiez vous accuser plus tard de n'avoir pas assez réfléchi.

— Oui..., dit Marcelle, oui...

Elle regardait le vide avec un air de bonne foi qui la rajeunissait. Daniel pensa à la jeune étudiante qu'il avait vue sur la photo. « C'est vrai! Elle a été jeune... » Mais sur ce visage ingrat, les reflets de la jeunesse eux-mêmes n'étaient pas émouvants. Il lâcha brusquement sa main et s'écarta un peu d'elle.

— Réfléchissez, répéta-t-il d'une voix pressante. Est-ce que vous êtes vraiment sûre?

— Je ne sais pas, dit Marcelle.

Elle se leva :

— Excusez-moi, il faut que j'aille border maman.

Daniel s'inclina en silence : c'était rituel. « J'ai gagné! » pensa-t-il, quand la porte se fut refermée. Il s'essuya les mains sur son mouchoir puis il se leva vivement et ouvrit le tiroir de la table de nuit : il s'y trouvait parfois des lettres amusantes, de courts billets de Mathieu, tout à fait conjugaux, ou d'interminables doléances d'Andrée, qui n'était pas heureuse. Le tiroir était vide, Daniel se rassit dans le fauteuil et pensa : « J'ai gagné, elle meurt d'envie de pondre. » Il était content d'être seul : il pouvait récupérer de la haine. « Je jure bien qu'il l'épousera, se dit-il. Il a d'ailleurs été ignoble, il ne l'a même pas consultée. Pas la peine, reprit-il avec un rire sec. Pas la peine de le haïr pour de bons motifs : j'ai assez à faire avec les autres. »

Marcelle rentra avec un visage décomposé. Elle dit d'une voix abrupte :

— Et quand même j'en aurais envie, du gosse? A quoi ça m'avancerait-il? Je ne peux pas me payer le luxe d'être fille-mère et il n'est pas question qu'il m'épouse, n'est-ce pas?

Daniel haussa des sourcils étonnés :

— Et pourquoi? demanda-t-il. Pourquoi ne peut-il pas vous épouser?

Marcelle le regarda avec ahurissement, puis elle prit le parti de rire :

— Mais, Daniel! Enfin, vous savez bien comme nous sommes!

— Je ne sais rien du tout, dit Daniel. Je ne sais qu'une chose : s'il veut, il n'a qu'à faire les démarches nécessaires, comme tout le monde, et dans un mois, vous êtes sa femme. Est-ce vous, Marcelle, qui avez décidé de ne jamais vous marier?

— J'aurais horreur qu'il m'épouse à son corps défendant.

— Ce n'est pas une réponse.

Marcelle se détendit un peu. Elle se mit à rire et Daniel comprit qu'il avait fait fausse route. Elle dit :

— Non vraiment, ça m'est tout à fait égal de ne pas m'appeler Mme Delarue.

— J'en suis sûr, dit Daniel vivement. Je voulais dire : si c'était le seul moyen de garder l'enfant?...

Marcelle parut bouleversée :

— Mais... je n'ai jamais envisagé les choses de cette façon.

Ça devait être vrai. Il était très difficile de lui faire regarder les choses en face; il fallait lui maintenir le nez dessus, sinon elle s'éparpillait dans toutes les directions. Elle ajouta :

— C'est... c'est une chose qui allait de soi entre nous : le mariage est une servitude et nous n'en voulions ni l'un ni l'autre.

— Mais vous voulez l'enfant?

Elle ne répondit pas. C'était le moment décisif; Daniel répéta d'une voix dure :

— N'est-ce pas? Vous voulez l'enfant?

Marcelle s'appuyait d'une main à l'oreiller et elle avait posé l'autre main contre ses cuisses. Elle l'éleva un peu, et la posa contre son ventre, comme si elle avait mal à l'intestin; c'était grotesque et fascinant. Elle dit d'une voix solitaire :

— Oui. Je veux l'enfant.

Gagné. Daniel se tut. Il ne pouvait détacher les yeux de ce ventre. Chair ennemie, chair graisseuse et nourricière, garde-manger. Il pensa que Mathieu l'avait désirée, et il eut une flamme brève de satisfaction : c'était comme s'il s'était déjà un peu vengé. La main brune et baguée se crispait sur la soie, pressait contre ce ventre. Qu'est-ce qu'elle sentait, au dedans, cette lourde femelle en désarroi? Il aurait voulu être elle. Marcelle dit sourdement :

— Daniel, vous m'avez délivrée. Je ne... je ne pouvais dire ça à personne, à personne au monde, j'avais fini par croire que c'était coupable.

Elle le regarda anxieusement :

— Ça n'est pas coupable?

Il ne put s'empêcher de rire :

— Coupable? Mais c'est de la perversion, Marcelle. Vous trouvez vos désirs coupables quand ils sont naturels?

— Non, je veux dire : vis-à-vis de Mathieu. C'est comme une rupture de contrat.

— Il faut vous expliquer franchement avec lui, voilà tout.

Marcelle ne répondit pas; elle avait l'air de ruminer. Elle dit soudain, passionnément :

— Oh! si j'avais un gosse, je vous jure, je ne permettrais pas qu'il gâche sa vie comme moi.

— Vous n'avez pas gâché votre vie.

— Si!

— Mais non, Marcelle. Pas encore.

— Si! Je n'ai rien fait et personne n'a besoin de moi.

Il ne répondit pas : c'était vrai.

— Mathieu n'a pas besoin de moi. Si je crevais... ça ne l'atteindrait pas dans ses moelles. Vous non plus, Daniel. Vous avez une grande affection pour moi, c'est peut-être ce que j'ai de plus précieux au monde. Mais vous n'avez pas besoin de moi; c'est plutôt moi qui ai besoin de vous.

Répondre? Protester? Il fallait se méfier : Marcelle paraissait être dans un de ses accès de clairvoyance cynique. Il lui prit la main sans mot dire et la serra de façon significative.

— Un gosse, poursuivit Marcelle. Un gosse, oui, il aurait eu besoin de moi.

Il lui caressa la main :

— C'est à Mathieu qu'il faut dire tout ça.

— Je ne peux pas.

— Mais pourquoi?

— Je suis nouée. J'attends que ça vienne de lui.

— Mais vous savez bien que ça ne viendra jamais de lui : il n'y pense pas.

— Pourquoi n'y pense-t-il pas? Vous y avez bien pensé.

— Je ne sais pas.

— Eh bien, alors ça restera comme c'est. Vous nous prêterez l'argent et j'irai chez ce médecin.

— Vous ne pouvez pas, s'écria brusquement Daniel; vous ne pouvez pas!

Il s'arrêta net et la considéra avec méfiance : c'était l'émotion qui lui avait fait pousser ce cri stupide. Cette idée le glaça, il avait horreur de l'abandon. Il pinça les lèvres et fit des yeux ironiques, en levant un sourcil. Vaine défense; il aurait fallu ne pas la voir : elle avait courbé les épaules, ses bras pendaient le long de ses flancs; elle attendait, passive et usée, elle allait attendre ainsi pendant des années, jusqu'au bout. Il pensa : « Sa dernière chance! » comme il l'avait pensé pour lui-même tout à l'heure. Entre trente et quarante ans, les gens jouent leur dernière chance. Elle allait jouer et perdre; dans quelques jours, elle ne serait plus qu'une grosse misère. Il fallait empêcher ça.

— Et si j'en parlais moi-même à Mathieu?

Une énorme pitié bourbeuse l'avait envahi. Il n'avait aucune sympathie pour Marcelle et il se dégoûtait profondément, mais la pitié était là, irrésistible. Il aurait fait n'importe quoi pour s'en délivrer. Marcelle leva la tête, elle avait l'air de le croire fou.

— Lui en parler? Vous? Mais, Daniel! A quoi pensez-vous?

— On pourrait lui dire... que je vous ai rencontrée...

— Où? Je ne sors jamais. Et même en admettant, est-ce que je serais allée de but en blanc vous raconter ça?

— Non. Non, évidemment.

Marcelle lui posa la main sur le genou :

— Daniel, je vous en prie, ne vous en mêlez pas. Je suis furieuse contre Mathieu, il ne devait pas vous raconter...

Mais Daniel tenait à son idée :

— Écoutez, Marcelle. Vous ne savez pas ce que nous allons faire? Lui dire la vérité, tout simplement. Je lui dirai : il faut que tu nous pardonnes une petite cachotterie : Marcelle et moi, nous nous voyons quelquefois et nous ne te l'avons pas dit.

— Daniel! supplia Marcelle, il ne faut pas. Je ne veux pas que vous parliez de moi. Pour rien au monde je ne veux avoir l'air de réclamer. C'était à lui de comprendre.

Elle ajouta d'un air conjugal :

— Et puis vous savez, il ne me pardonnerait pas de ne pas le lui avoir dit moi-même. Nous nous disons toujours tout.

Daniel pensa : « Elle est bien bonne. » Mais il n'avait pas envie de rire.

— Mais je ne parlerais pas en votre nom, dit-il. Je lui dirais que je vous ai vue, que vous aviez l'air tourmentée et que tout n'est peut-être pas aussi simple qu'il le croit. Tout ça comme venant de moi.

— Je ne veux pas, dit Marcelle d'un air buté. Je ne veux pas.

Daniel regardait ses épaules et son cou avec avidité. Cette obstination bête l'irritait; il voulait la briser. Il était possédé par un désir énorme et disgracié : violer cette conscience, s'abîmer avec elle dans l'humilité. Mais ça n'était pas du sadisme : c'était plus tâtonnant et plus humide, plus charnel. C'était de la bonté.

— Il le faut, Marcelle. Marcelle regardez-moi!

Il la prit aux épaules et ses doigts s'enfoncèrent dans du beurre tiède.

— Si je ne lui en parle pas, vous ne lui direz jamais rien et... et ce sera fini, vous vivrez auprès de lui en silence, vous finirez par le haïr.

Marcelle ne répondit pas, mais il comprit à son air rancuneux et dégonflé qu'elle était en train de céder. Elle dit encore :

— Je ne veux pas.

Il la lâcha :

— Si vous ne me laissez pas faire, dit-il avec colère, je vous en voudrai longtemps. Vous vous serez gâché la vie de vos propres mains.

Marcelle promenait le bout de son pied sur la descente de lit.

— Il faudrait... il faudrait lui dire des choses tout à fait vagues..., dit-elle, simplement éveiller son attention...

— Bien entendu, dit Daniel.

Il pensait : « Compte là-dessus. »

Marcelle eut un geste de dépit :

— Ce n'est pas possible.

— Allons bon! Vous alliez devenir raisonnable... Pourquoi n'est-ce pas possible?

— Vous seriez obligé de lui dire que nous nous voyons.

— Eh bien, oui, dit Daniel avec agacement, je vous l'ai dit. Mais je le connais, il ne s'en fâchera pas, il s'irritera un peu, pour la forme, et puis, comme il va se sentir coupable, il sera trop content d'avoir quelque chose à vous reprocher. D'ailleurs, je lui dirai que nous nous voyons depuis quelques mois seulement et à de rares intervalles. De toute façon, il aurait bien fallu que nous le lui disions un jour.

— Oui.

Elle n'avait pas l'air convaincue :

— C'était notre secret, dit-elle avec un profond regret. Écoutez, Daniel, c'était ma vie privée, je n'en ai pas d'autre.

Elle ajouta haineusement :

— Je ne puis avoir à moi que ce que je lui cache.

— Il faut essayer. Pour l'enfant.

Elle allait céder, il n'y avait plus qu'à attendre; elle allait glisser, entraînée par son propre poids, vers la résignation, vers l'abandon; dans un moment, elle serait toute ouverte, sans défense et comblée, elle lui dirait : « Faites ce que vous voulez, je suis entre vos mains. » Elle le fascinait; ce tendre feu qui le dévorait, il ne savait plus si c'était le Mal ou la bonté. Bien et Mal, leur Bien et son Mal, c'était pareil. Il y avait cette femme, et cette communion repoussante et vertigineuse.

Marcelle se passa la main dans les cheveux :

— Eh bien, essayons, dit-elle avec défi. Après tout ce sera une épreuve.

— Une épreuve? demanda Daniel. C'est Mathieu que vous voulez mettre à l'épreuve?

— Oui.

— Vous pouvez penser qu'il restera indifférent? Qu'il n'aura pas hâte d'aller s'expliquer avec vous?

— Je ne sais pas.

Elle dit sèchement :

— J'ai besoin de l'estimer.

Le cœur de Daniel se mit à battre avec violence!

— Vous ne l'estimez donc plus?

— Si... Mais je ne suis plus en confiance avec lui depuis hier soir. Il a été... Vous avez raison : il a été trop négligent. Il ne s'est pas soucié de moi. Et puis, son coup de téléphone d'aujourd'hui, c'était piteux. Il a...

Elle rougit :

— Il a cru devoir me dire qu'il m'aimait. En raccrochant. Ça puait la mauvaise conscience. Je ne peux pas vous dire l'effet que ça m'a fait! Si jamais je cessais de l'estimer... Mais je ne veux pas y penser. Quand par hasard je lui en veux, ça m'est extrêmement pénible. Ah! s'il essayait de me faire un peu parler demain, s'il me demandait une fois, une seule fois : « Qu'est-ce que tu as dans la tête? »...

Elle se tut, elle secoua la tête tristement.

— Je lui parlerai, dit Daniel. En sortant de chez vous, je lui mettrai un mot et je lui donnerai rendez-vous pour demain.

Ils se turent. Daniel se mit à penser à l'entrevue du lendemain : elle promettait d'être violente et dure, ça le lavait de cette poisseuse pitié.

— Daniel! dit Marcelle. Cher Daniel.

Il leva la tête et vit son regard. C'était un regard lourd et envoûtant, qui débordait de reconnaissance sexuelle, un regard d'après l'amour. Il ferma les yeux : il y avait entre eux quelque chose de plus fort que l'amour. Elle s'était ouverte, il était entré en elle, ils ne faisaient plus qu'un.

— Daniel! répéta Marcelle.

Daniel ouvrit les yeux et toussa péniblement; il avait de l'asthme. Il lui prit la main et l'embrassa longuement en retenant son souffle.

— Mon archange, disait Marcelle au-dessus de sa tête.

Il passera toute sa vie penché sur cette main odorante, et elle lui caressa les cheveux.

Une grande fleur mauve montait vers le ciel, c'était la nuit. Mathieu se promenait dans cette nuit, il pensait : « Je suis un type foutu. » C'était une idée toute neuve, il fallait la tourner et la retourner, la flairer avec circonspection. De temps en temps Mathieu la perdait, il ne restait plus que les mots. Les mots n'étaient pas dépourvus d'un certain charme sombre : « Un type foutu. » On imaginait de beaux désastres, le suicide, la révolte, d'autres issues extrêmes. Mais l'idée revenait vite : ça n'était pas ça, pas du tout ça; il s'agissait d'une petite misère tranquille et modeste, il n'était pas question de désespoir, au contraire, c'était plutôt confortable : Mathieu avait l'impression qu'on venait de lui donner toutes les permissions, comme à un incurable : « Je n'ai plus qu'à me laisser vivre », pensa-t-il. Il lut « Sumatra » en lettres de feu et le nègre se précipita vers lui, en touchant sa casquette. Sur le seuil de la porte, Mathieu hésita : il entendait des rumeurs, un tango; son cœur était encore plein de paresse et de nuit. Et puis ça se fit d'un coup, comme le matin, quand on se trouve debout sans savoir comment on s'est levé : il avait écarté la tenture verte, descendu les dix-sept marches de l'escalier, il était dans une cave écarlate et bruissante avec des taches d'un blanc malsain, les nappes; ça sentait l'homme, il y avait plein d'hommes dans la salle, comme à la messe. Au fond de la cave, des gauchos en chemise de soie jouaient de la musique sur une estrade. Devant lui il y avait des gens debout, immobiles et corrects qui semblaient attendre : ils dansaient; ils étaient moroses, ils avaient l'air en proie à un interminable destin. Mathieu fouilla la salle de son regard las pour découvrir Boris et Ivich.

— Vous désirez une table, monsieur?

Un beau jeune homme s'inclinait devant lui d'un air d'entremetteur.

— Je cherche quelqu'un, dit Mathieu.

Le jeune homme le reconnut :

— Ah ! c'est vous, monsieur ? dit-il avec cordialité. Mlle Lola s'habille. Vos amis sont dans le fond, à gauche, je vais vous conduire.

— Non merci, je les trouverai bien. Vous avez beaucoup de monde aujourd'hui.

— Oui, pas mal. Des Hollandais. Ils sont un peu bruyants mais ils consomment bien.

Le jeune homme disparut. Il ne fallait pas songer à se frayer un passage entre les couples qui dansaient. Mathieu attendit : il écoutait le tango et les traînements de pieds, il regardait les lents déplacements de ce meeting silencieux. Des épaules nues, une tête de nègre, l'éclat d'un col, des femmes superbes et mûres, beaucoup de messieurs âgés qui dansaient avec un air d'excuse. Les sons âcres du tango leur passaient par-dessus la tête : les musiciens n'avaient pas l'air de jouer pour eux. « Qu'est-ce que je viens faire ici ? » se demanda Mathieu. Son veston luisait aux coudes, son pantalon n'avait plus de pli, il ne dansait pas bien, il était incapable de s'amuser avec cette oisiveté grave. Il se sentit mal à l'aise : à Montmartre, malgré la sympathie des maîtres d'hôtel, on ne pouvait jamais se sentir à l'aise; il y avait dans l'air une cruauté inquiète et sans repos.

Les ampoules blanches se rallumèrent. Mathieu s'avança sur la piste au milieu de dos en fuite. Dans une encoignure il y avait deux tables. A l'une d'elles, un homme et une femme parlaient à petits coups, sans se regarder. A l'autre il vit Boris et Ivich, ils se penchaient l'un vers l'autre tout affairés, avec une austérité pleine de grâce. « On dirait deux petits moines. » C'était Ivich qui parlait, elle faisait des gestes vifs. Jamais, même dans ses moments de confiance, elle n'avait offert à Mathieu un tel visage. « Qu'ils sont jeunes ! » pensa Mathieu. Il avait envie de faire demi-tour et de s'en aller. Il s'approcha pourtant, parce qu'il ne pouvait plus supporter la solitude, il avait l'impression de les regarder par le trou de la serrure. Bientôt ils l'apercevraient, ils tourneraient vers lui ces visages composés qu'ils réservaient à leurs parents, aux grandes personnes, et, même au fond de leurs cœurs, il y aurait quelque chose de changé. Il était tout près d'Ivich à présent, mais elle ne le voyait pas. Elle s'était penchée à l'oreille de Boris et chuchotait. Elle avait un peu — un tout petit peu — l'air d'une grande sœur, elle parlait à Boris avec une condescendance émerveillée. Mathieu se sentit un peu réconforté : même avec son frère, Ivich ne s'abandonnait pas tout

à fait, elle jouait à la grande sœur, elle ne s'oubliait jamais. Boris
eut un rire bref :

— Des clous! dit-il simplement.

Mathieu posa la main sur leur table. « Des clous. » Sur ces mots
leur dialogue prenait fin pour toujours : c'était comme la dernière
réplique d'un roman ou d'une pièce de théâtre. Mathieu regardait
Boris et Ivich : il les trouvait romanesques.

— Salut, dit-il.

— Salut, dit Boris en se levant.

Mathieu jeta un bref coup d'œil vers Ivich : elle s'était rejetée en
arrière. Il vit des yeux pâles et mornes. La vraie Ivich avait disparu.
« Et pourquoi la vraie? » pensa-t-il avec irritation.

— Bonjour, Mathieu, dit Ivich.

Elle ne sourit pas, mais elle n'avait pas non plus l'air étonné ni
rancuneux; elle semblait trouver la présence de Mathieu toute
naturelle. Boris montra la foule d'un geste rapide :

— Il y a quelqu'un! dit-il avec satisfaction.

— Oui, dit Mathieu.

— Voulez-vous ma place?

— Non, ça n'est pas la peine; vous la donnerez à Lola tout à l'heure.

Il s'assit. La piste était déserte, il n'y avait plus personne sur
l'estrade des musiciens : les gauchos avaient terminé leur série de
tangos, le jazz nègre « Hijito's band » allait les remplacer.

— Qu'est-ce que vous buvez? demanda Mathieu.

. Les gens bourdonnaient autour de lui, Ivich ne l'avait pas mal
reçu : il était pénétré par une chaleur humide, il jouissait de l'épais-
sissement heureux que donne le sentiment d'être un homme parmi
d'autres.

— Une vodka, dit Ivich.

— Tiens, vous aimez ça, maintenant?

— C'est fort, dit-elle sans se prononcer.

— Et ça? demanda Mathieu par esprit de justice en désignant une
mousse blanche dans le verre de Boris. Boris le regardait avec une
admiration joviale et ébahie; Mathieu se sentait gêné.

— C'est dégueulasse, dit Boris, c'est le cocktail du barman.

— C'est par politesse que vous l'avez commandé?

— Il y a trois semaines qu'il me casse les pieds pour que j'y goûte.
Vous savez, il ne sait pas faire les cocktails. Il est devenu barman
parce qu'il était prestidigitateur. Il dit que c'est le même métier
mais il se trompe.

— Je suppose que c'est à cause du shaker, dit Mathieu, et puis
quand on casse les œufs, il faut avoir le tour de main.

— Alors il vaudrait mieux avoir été jongleur. N'importe comment j'en aurais pas pris de sa sale mixture, mais je lui ai emprunté cent balles ce soir.

— Cent francs, dit Ivich, mais je les avais.

— Moi aussi, dit Boris, mais c'est parce qu'il est barman. Un barman on doit lui emprunter de l'argent, expliqua-t-il avec une nuance d'austérité.

Mathieu regarda le barman. Il était debout derrière son bar, tout en blanc, les bras croisés, il fumait une cigarette. Il avait l'air paisible.

— J'aurais aimé être barman, dit Mathieu, ça doit être marrant.

— Ça vous aurait coûté cher, dit Boris, vous auriez tout cassé.

Il y eut un silence. Boris regardait Mathieu et Ivich regardait Boris.

— Je suis de trop, se dit Mathieu avec tristesse.

Le maître d'hôtel lui tendit la carte des champagnes : il fallait faire attention; il ne lui restait plus tout à fait cinq cents francs.

— Un whisky, dit Mathieu.

Il eut soudain horreur des économies et de cette maigre liasse qui traînait dans son portefeuille. Il rappela le maître d'hôtel.

— Attendez. Je préfère du champagne.

Il reprit la carte. Le Mumm coûtait 300 francs.

— Vous en prendrez bien, dit-il à Ivich.

— Non. Oui, dit-elle à la réflexion. C'est préférable.

— Donnez-nous un Mumm, cordon rouge.

— Je suis content de boire du champagne, dit Boris, parce que je n'aime pas ça. Il faut s'habituer.

— Vous êtes gonflants, tous les deux, dit Mathieu, vous buvez toujours des trucs que vous n'aimez pas.

Boris s'épanouit : il adorait que Mathieu lui parlât sur ce ton. Ivich pinça les lèvres. « On ne peut rien leur dire, pensa Mathieu avec un peu d'humeur. Il y en a toujours un qui se scandalise. » Ils étaient là, en face de lui, attentifs et sévères; ils s'étaient fait de Mathieu, l'un et l'autre, une image personnelle et ils exigeaient l'un et l'autre qu'il y ressemblât. Seulement ces deux images n'étaient pas conciliables.

Ils se turent.

Mathieu détendit les jambes et sourit de plaisir. Des sons de trompette, acidulés et glorieux, lui parvenaient, par bouffées; il n'avait pas l'idée d'y chercher un air : c'était là, voilà tout, ça faisait du bruit, ça lui donnait une grosse jouissance cuivrée à fleur de peau.

Bien entendu, il savait fort bien qu'il était foutu; mais finalement, dans ce dancing, à cette table, au milieu de tous ces autres types pareillement foutus, ça n'avait pas tellement d'importance et ça n'était pas pénible du tout. Il tourna la tête : le barman rêvait toujours : à droite il y avait un type avec un monocle, tout seul, l'air ravagé; et un autre, plus loin, tout seul aussi devant trois consommations et un sac de dame; sa femme et son ami devaient danser, il avait l'air plutôt soulagé : il bâilla largement derrière sa main et ses petits yeux clignèrent avec volupté. Partout des faces souriantes et proprettes, avec des yeux décavés. Mathieu se sentit soudain solidaire de tous ces types qui auraient mieux fait de rentrer chez eux mais qui n'en avaient même plus la force, qui restaient là à fumer de minces cigarettes, à boire des mixtures au goût d'acier, à sourire, les oreilles dégouttantes de musique, à contempler de leurs yeux vidés les débris de leur destin; il sentit l'appel discret d'un humble et lâche bonheur : « Être comme eux... » Il eut peur et sursauta; il se tourna vers Ivich. Rancuneuse et distante comme elle était, c'était pourtant son unique secours. Ivich regardait le liquide transparent qui restait dans son verre : elle louchait d'un air inquiet.

— Il faut boire d'un coup, dit Boris.

— Ne faites pas ça, dit Mathieu, vous allez vous incendier la gorge.

— La vodka se boit d'un coup, dit Boris avec sévérité.

Ivich prit son verre.

— J'aime mieux boire d'un coup, ça sera plus vite fini.

— Non, ne buvez pas, attendez le champagne.

— Il faut que j'avale ça, dit-elle avec irritation, je veux m'amuser.

Elle se renversa en arrière en approchant le verre de ses lèvres et elle en fit couler tout le contenu dans sa bouche; elle avait l'air de remplir une carafe. Elle resta ainsi une seconde, n'osant avaler, avec cette petite mare de feu au fond du gosier. Mathieu souffrait pour elle.

— Avale! lui dit Boris. Imagine-toi que c'est de l'eau : il n'y a que ça.

Le cou d'Ivich se gonfla et elle reposa le verre avec une horrible grimace; elle avait les yeux pleins de larmes. La dame brune, leur voisine, abandonnant un instant sa rêverie morose, fit tomber sur elle un regard plein de blâme.

— Pouah! dit Ivich, ça brûle... c'est du feu!

— Je t'en achèterai une bouteille pour que tu t'exerces, dit Boris. Ivich réfléchit une seconde :

— Il vaudrait mieux que je m'entraîne avec du marc, c'est plus fort.
Elle ajouta avec une espèce d'angoisse :

— Je pense que je vais pouvoir m'amuser, maintenant.

Personne ne lui répondit. Elle se retourna vivement vers Mathieu :
c'était la première fois qu'elle le regardait :

— Vous, vous tenez bien l'alcool?

— Lui? Il est formidable, dit Boris. Sept whiskies que je l'ai vu
boire, un jour qu'il me parlait de Kant. A la fin je n'écoutais plus,
j'étais saoul pour lui.

C'était vrai : même comme ça Mathieu ne pouvait pas se perdre.
Pendant tout le temps qu'il buvait, il s'accrochait. A quoi? Il revit
tout à coup Gauguin, une grosse face blême aux yeux déserts; il
pensa : « A ma dignité humaine. » Il avait peur, s'il s'abandonnait
un instant, de trouver tout à coup dans sa tête, égarée, flottant
comme un brouillard de chaleur, une pensée de mouche ou de can-
crelat.

— J'ai horreur d'être saoul, expliqua-t-il avec humilité, je bois
mais je refuse l'ivresse de tout mon corps.

— Pour ça, vous êtes entêté, dit Boris, avec admiration, pis
qu'une tête de mule!

— Je ne suis pas entêté, je suis tendu : je ne sais pas me laisser
aller. Il faut toujours que je pense sur ce qui m'arrive, c'est une
défense.

Il ajouta avec ironie, comme pour lui-même :

— Je suis un roseau pensant.

Comme pour lui-même. Mais ça n'était pas vrai, il n'était pas
sincère : au fond il voulait plaire à Ivich. Il pensa : « Alors, j'en suis
là? » Il en était à profiter de sa déchéance, il ne dédaignait pas d'en
tirer de menus avantages, il s'en servait pour faire des politesses aux
petites filles. « Salaud! » Mais il s'arrêta effrayé : quand il se traitait
de salaud, il n'était pas non plus sincère, il n'était pas vraiment
indigné. C'était un truc pour se racheter, il croyait se sauver de
l'abjection par la « lucidité », mais cette lucidité ne lui coûtait rien,
elle l'amusait plutôt. Et ce jugement même qu'il portait sur sa lucidité, cette manière de grimper sur ses propres épaules... « Il faudrait
changer jusqu'aux moelles. » Mais rien ne pouvait l'y aider : toutes
ses pensées étaient contaminées dès leur naissance. Soudain, Mathieu
s'ouvrit comme une blessure; il se vit tout entier, béant : pensées,
pensées sur des pensées, pensées sur des pensées de pensées, il
était transparent jusqu'à l'infini et pourri jusqu'à l'infini. Et puis
ça s'éteignit, il se retrouva assis en face d'Ivich qui le regardait d'un
drôle d'air :

— Alors? lui demanda-t-il, vous avez travaillé, tantôt.

Ivich haussa les épaules avec colère :

— Je ne veux plus qu'on me parle de ça! J'en ai marre, je suis ici pour m'amuser.

— Elle a passé sa journée sur son divan, en boule, avec des yeux comme des soucoupes.

Boris ajouta fièrement sans se soucier du regard noir que sa sœur lui jetait :

— Elle est marrante, elle peut crever de froid en plein été.

Ivich avait frissonné de longues heures, sangloté peut-être. A présent, il n'y paraissait plus : elle s'était mis du bleu sur les paupières et du rouge framboise sur les lèvres, l'alcool enflammait ses joues, elle était éclatante.

— Je voudrais passer une soirée formidable, dit-elle, parce que c'est ma dernière soirée.

— Vous êtes ridicule.

— Si, dit-elle avec obstination, je serai collée, je le sais, et je partirai sur l'heure, je ne pourrai pas rester un jour de plus à Paris. Ou alors...

Elle se tut.

— Ou alors?

— Rien. Je vous en prie, ne parlons plus de ça, ça m'humilie. Ah! Voilà le champagne, dit-elle gaiement.

Mathieu vit la bouteille et pensa : « 350 francs. » Le type qui l'avait abordé la veille, rue Vercingétorix, il était foutu lui aussi, mais modestement, sans champagne ni belles folies; et, par-dessus le marché, il avait faim. Mathieu eut horreur de la bouteille. Elle était lourde et noire, avec une serviette blanche autour du col. Le garçon, penché sur le seau à glace d'un air gourmé et révérencieux, la faisait tourner du bout des doigts, avec compétence. Mathieu regardait toujours la bouteille, il pensait toujours au type de la veille et se sentait le cœur étreint d'une vraie angoisse; mais justement, il y avait un jeune homme digne, sur l'estrade, qui chantait dans un porte-voix :

> *Il a mis dans le mille*
> *Émile.*

Et puis, il y avait cette bouteille qui tournait cérémonieusement au bout de doigts pâles, et puis tous ces gens qui cuisaient dans leur jus sans faire tant d'histoires. Mathieu pensa : « Il puait le gros rouge; au fond c'est pareil. D'ailleurs, je n'aime pas le champagne. »

Le dancing tout entier lui parut un petit enfer léger comme une bulle de savon et il sourit.

— Pourquoi vous marrez-vous? demanda Boris en riant d'avance.

— Je viens de me rappeler que moi non plus je n'aime pas le champagne.

Ils se mirent à rire tous les trois. Le rire d'Ivich était strident; sa voisine tourna la tête et la toisa.

— On a bonne mine! dit Boris.

Il ajouta :

— On pourrait le vider dans le seau à glace quand le garçon sera parti.

— Si vous voulez, dit Mathieu.

— Non! dit Ivich, je veux boire, moi; je boirai toute la bouteille, si vous n'en voulez pas.

Le garçon les servit et Mathieu porta mélancoliquement son verre à ses lèvres. Ivich regardait le sien d'un air perplexe.

— Ça ne serait pas mauvais, dit Boris, si c'était servi bouillant.

Les ampoules blanches s'éteignirent, on ralluma les lampes rouges et un roulement de tambour retentit. Un petit monsieur chauve et rondelet, en smoking, sauta sur l'estrade et se mit à sourire dans un porte-voix.

— Mesdames et Messieurs, la direction de « Sumatra » a le grand plaisir de vous présenter Miss Ellinor dans ses débuts à Paris. Miss El-li-nor, répéta-t-il. Ha!

Aux premiers accords d'une biguine, une longue fille blonde entra dans la salle. Elle était nue, son corps, dans l'air rouge, semblait un grand morceau de coton. Mathieu se tourna vers Ivich : elle regardait la fille nue de ses yeux pâles grands ouverts; elle avait pris son air de cruauté maniaque.

— Je la connais, souffla Boris.

La fille dansait, affolée par l'envie de plaire; elle semblait inexperte; elle lançait ses jambes en avant, l'une après l'autre, avec énergie et ses pieds pointaient au bout de ses jambes comme des doigts.

— Elle en remet, dit Boris, elle va se claquer.

De fait, il y avait une fragilité inquiétante dans ses longs membres; quand elle reposait les pieds sur le sol, des secousses ébranlaient ses jambes, des chevilles aux cuisses. Elle se rapprocha de l'estrade et se tourna : « Ça y est, pensa Mathieu avec ennui, elle va travailler de la croupe. » Le bruit des conversations couvrait la musique par rafales.

— Elle ne sait pas danser, dit la voisine d'Ivich en pinçant les lèvres. Quand on met les consommations à trente-cinq francs, on devrait soigner les attractions.

— Ils ont Lola Montero, dit le gros type.

— Ça ne fait rien, c'est honteux, ils ont ramassé ça dans la rue.

Elle but une gorgée de son cocktail et se mit à jouer avec ses bagues. Mathieu parcourut la salle du regard et ne rencontra que des visages sévères et justes; les gens se délectaient de leur indignation : la fille leur semblait deux fois nue, parce qu'elle était maladroite. On eût dit qu'elle sentait leur hostilité et qu'elle espérait les attendrir. Mathieu fut frappé par sa bonne volonté éperdue : elle leur tendait ses fesses entr'ouvertes dans un emportement de zèle qui fendait le cœur.

— Qu'est-ce qu'elle se dépense! dit Boris.

— Ça ne prendra pas, dit Mathieu, ils veulent qu'on les respecte.

— Ils veulent surtout voir des culs.

— Oui, mais il leur faut de l'art autour.

Pendant un moment les jambes de la danseuse piaffèrent sous l'impotence hilare de sa croupe, puis elle se redressa avec un sourire, leva les bras en l'air et les secoua : il en tomba par nappes des frissons qui glissèrent le long des omoplates et vinrent mourir au creux des reins.

— C'est marrant ce qu'elle peut avoir les hanches raides, dit Boris.

Mathieu ne répondit pas, il venait de penser à Ivich. Il n'osait pas la regarder mais il se rappelait son air de cruauté; finalement elle était comme tous les autres, l'enfant sacrée : doublement défendue par sa grâce et par ses vêtements sages, elle dévorait des yeux, avec les sentiments d'un mufle, cette pauvre viande nue. Un flot de rancune monta aux lèvres de Mathieu, il en avait la bouche empoisonnée : « Ça n'était pas la peine de faire tant de manières, ce matin. » Il tourna un peu la tête et vit le poing d'Ivich tout crispé, qui reposait sur la table. L'ongle du pouce, écarlate et affilé, pointait vers la piste comme une flèche indicatrice. « Elle est toute seule, pensa-t-il, elle cache sous ses cheveux son visage chaviré, elle serre les cuisses, elle jouit! » Cette idée lui fut insupportable, il faillit se lever et disparaître mais il n'en avait pas la force, il pensa simplement : « Dire que je l'aime pour sa pureté. » La danseuse, les poings sur les hanches, se déplaçait de côté, sur les talons, elle effleura leur table de sa hanche. Mathieu eût souhaité désirer ce gros pouf réjoui au bas d'une échine peureuse, pour se distraire de ses pensées, pour jouer un bon tour à Ivich. La fille s'était accroupie, jambes écartées, elle balançait lentement sa croupe d'avant en arrière, comme une de ces lanternes pâles qui oscillent, la nuit, dans les petites gares au bout d'un bras invisible.

— Pouah! dit Ivich, je ne veux plus la regarder.

Mathieu se tourna vers elle avec étonnement, il vit un visage triangulaire, décomposé par la rage et le dégoût : « Elle n'était pas troublée », pensa-t-il avec reconnaissance. Ivich frissonnait, il voulut lui sourire mais sa tête s'emplit de grelots; Boris, Ivich, le corps obscène et la brume pourpre glissèrent hors de sa portée. Il était seul, il y avait au loin un feu de Bengale et, dans la fumée, un monstre à quatre jambes qui faisait la roue, une musique de fête lui parvenait en soubresauts à travers un bruissement humide de feuillage. « Qu'est-ce que j'ai? » se demanda-t-il. C'était comme le matin : autour de lui, il n'y avait plus qu'un spectacle, Mathieu était ailleurs.

La musique se rompit et la fille s'immobilisa, tournant son visage vers la salle. Au-dessus de son sourire, elle avait de beaux yeux aux abois. Personne n'applaudit et il y eut quelques rires offensants.

— Les vaches! dit Boris.

Il frappa dans ses mains avec force. Des visages étonnés se tournèrent vers lui.

— Veux-tu te taire, dit Ivich furieuse, tu ne vas pas l'applaudir.

— Elle fait ce qu'elle peut, dit Boris en applaudissant.

— Raison de plus.

Boris haussa les épaules :

— Je la connais, dit-il, j'ai dîné avec elle et Lola, c'est une bonne fille mais elle n'a pas de tête.

La fille disparut en souriant et en envoyant des baisers. Une lumière blanche envahit la salle, ce fut le réveil : les gens étaient contents de se retrouver entre eux après justice faite, la voisine d'Ivich alluma une cigarette et fit une moue tendre pour elle seule. Mathieu ne se réveillait pas, c'était un cauchemar blanc, voilà tout, les visages s'épanouissaient autour de lui, avec une suffisance rieuse et flasque, la plupart n'avaient pas l'air habités, le mien doit être comme ça, il doit avoir cette pertinence des yeux, des coins de la bouche et, malgré ça, on doit voir qu'il est creux; c'était une figure de cauchemar cet homme qui sautillait sur l'estrade et faisait des gestes pour réclamer le silence, avec son air de déguster par avance l'étonnement qu'il allait provoquer, avec son affectation de laisser tomber dans le porte-voix, sans commentaires, tout simplement, le nom célèbre :

— Lola Montero!

La salle frissonna de complicité et d'enthousiasme, les applaudissements crépitèrent et Boris parut charmé.

— Ils sont de bon poil, ça va gazer.

Lola s'était accotée contre la porte; de loin, son visage aplati et raviné ressemblait au mufle d'un lion, ses épaules, blancheur frissonnante à reflets verts, c'était le feuillage d'un bouleau un soir de vent sous les phares d'une auto.

— Qu'elle est belle! murmura Ivich.

Elle s'avança à grandes enjambées calmes, avec un désespoir plein d'aisance; elle avait les petites mains et les grâces alourdies d'une sultane, mais elle mettait dans sa démarche une générosité d'homme.

— Elle en jette, dit Boris avec admiration, c'est pas à elle qu'ils feraient le coup du crochet.

C'était vrai : les gens du premier rang s'étaient reculés sur leurs chaises, tout intimidés, ils osaient à peine regarder de si près cette tête célèbre. Une belle tête de tribun, volumineuse et publique, empâtée par un soupçon d'importance politicienne : la bouche connaissait son affaire, elle était habituée à bâiller largement, les lèvres bien en dehors, pour vomir l'horreur, le dégoût et pour que la voix portât loin. Lola s'immobilisa tout d'un coup, la voisine d'Ivich soupira de scandale et d'admiration : « Elle les tient », pensa Mathieu.

Il se sentait gêné : au fond d'elle-même, Lola était noble et passionnée, pourtant son visage mentait, il jouait la noblesse et la passion. Elle souffrait, Boris la désespérait, mais, cinq minutes par jour, elle profitait de son tour de chant pour souffrir en beauté! « Eh bien, et moi? Est-ce que je ne suis pas en train de souffrir en beauté, de jouer au type foutu avec accompagnement de musique? Pourtant, pensa-t-il, c'est bien vrai que je suis foutu. » Autour de lui, c'était pareil : il y avait des gens qui n'existaient pas du tout, des buées, et puis il y en avait d'autres qui existaient un peu trop. Le barman, par exemple. Tout à l'heure il fumait une cigarette, vague et poétique comme un liseron; à présent il s'était réveillé, il était un peu trop barman, il secouait le shaker, l'ouvrait, faisait couler une mousse jaune dans des verres avec des gestes d'une précision légèrement superflue : il jouait au barman. Mathieu pensa à Brunet. « Peut-être qu'on ne peut pas faire autrement; peut-être qu'il faut choisir : n'être rien ou jouer ce qu'on est. Ça serait terrible, se dit-il, on serait truqués par nature. »

Lola, sans se presser, parcourait la salle du regard. Son masque douloureux s'était durci et figé, il semblait oublié sur son visage. Mais, au fond des yeux, seuls vivants, Mathieu crut surprendre une flamme de curiosité âpre et menaçante qui n'était pas jouée. Elle aperçut enfin Boris et Ivich et parut tranquillisée. Elle leur fit un grand sourire plein de bonté puis elle annonça d'un air perdu :

— Une chanson de matelot : Johnny Palmer.

— J'aime sa voix, dit Ivich, on dirait un gros velours à côtes.

— Oui.

Mathieu pensa : « Encore Johnny Palmer! »

L'orchestre préluda et Lola leva ses bras lourds, ça y est, elle fait la croix, il vit s'ouvrir une bouche saignante.

> *Qui est cruel, jaloux, amer?*
> *Qui triche au jeu, sitôt qu'il perd?*

Mathieu n'écouta plus, il avait honte devant cette image de la douleur. Ça n'était qu'une image, il le savait bien, mais tout de même...

« Je ne sais pas souffrir, je ne souffre jamais assez. » Ce qu'il y avait de plus pénible dans la souffrance, c'est qu'elle était un fantôme, on passait son temps à lui courir après, on croyait toujours qu'on allait l'atteindre et se jeter dedans et souffrir un bon coup en serrant les dents mais, au moment où l'on y tombait, elle s'échappait, on ne trouvait plus qu'un éparpillement de mots et des milliers de raisonnements affolés qui grouillaient minutieusement : « Ça bavarde dans ma tête, ça n'arrête pas de bavarder, je donnerais n'importe quoi pour pouvoir me taire. » Il regarda Boris avec envie; derrière ce front buté, il devait y avoir d'énormes silences.

> *Qui est cruel, jaloux, amer!*
> *C'est Johnny Palmer.*

« Je mens! » Sa déchéance, ses lamentations, c'étaient des mensonges, du vide, il s'était poussé dans le vide, à la surface de lui-même pour échapper à la pression insoutenable de son véritable monde. Un monde noir et torride qui puait l'éther. Dans ce monde-là, Mathieu n'était pas foutu — pas du tout, c'était pis : il était gaillard — gaillard et criminel. C'était Marcelle qui serait foutue s'il ne trouvait pas cinq mille balles avant le surlendemain. Foutue pour de bon, sans lyrisme; ça voulait dire qu'elle pondrait le gosse ou alors qu'elle risquait de crever entre les mains d'une herboriste. Dans ce monde-là, la souffrance n'était pas un état d'âme et il n'y avait pas besoin de mots pour l'exprimer : c'était un air des choses. « Épouse-la, faux bohème, épouse-la, mon cher, pourquoi ne l'épouses-tu pas? » Je parie qu'elle va en claquer, pensa Mathieu avec horreur. Tout le monde applaudit et Lola daigna sourire. Elle s'inclina et dit :

— Une chanson de l'Opéra de Quat'sous : La fiancée du Pirate.

« Je ne l'aime pas quand elle chante ça. Margo Lion était bien mieux. Plus mystérieuse. Lola, c'est une rationaliste, elle est sans mystère. Et puis trop bonne. Elle me hait, mais d'une grosse haine ronde, c'est sain, une haine d'honnête homme. » Il écoutait distraitement ces pensées légères qui couraient comme des souris dans un grenier. Au-dessous, il y avait un épais sommeil triste, un monde épais qui attendait en silence : Mathieu retomberait dedans tôt ou tard. Il vit Marcelle, il vit sa bouche dure et ses yeux égarés : « Épouse-la, faux bohème, épouse-la, tu as pourtant l'âge de raison, il faut l'épouser. »

> *Un navire de haut bord*
> *Trent' canons aux sabords*
> *Entrera dans le port.*

« Assez! Assez! Je trouverai de l'argent, je finirai bien par en trouver ou alors je l'épouserai, c'est entendu, je ne suis pas un salaud, mais pour ce soir, rien que pour ce soir, qu'on me foute la paix avec tout ça, je veux oublier; Marcelle n'oublie pas, elle est dans la chambre, allongée sur le lit, elle se rappelle tout, elle me VOIT, elle écoute les rumeurs de son corps et puis après? Elle aura mon nom, ma vie entière s'il le faut, mais cette nuit est à moi. » Il se tourna vers Ivich, s'élança vers elle, elle lui sourit mais il se cogna le nez contre une muraille de verre, pendant qu'on applaudissait. « Une autre! réclamait-on, une autre! » Lola ne tint pas compte de ces prières : elle avait un autre tour de chant à deux heures du matin, elle se ménageait. Elle salua deux fois et s'avança vers Ivich. Des têtes se tournèrent vers la table de Mathieu. Mathieu et Boris se levèrent.

— Bonjour ma petite Ivich, ça va?

— Bonjour Lola, dit Ivich, d'un air veule.

Lola effleura le menton de Boris d'une main légère :

— Bonjour, crapule.

Sa voix calme et grave conférait au mot « crapule » une sorte de dignité; il semblait que Lola l'eût choisi exprès parmi les mots gauches et pathétiques de ses chansons.

— Bonjour madame, dit Mathieu.

— Ah! dit-elle, vous êtes là aussi?

Ils s'assirent. Lola se tourna vers Boris, elle semblait tout à fait à son aise.

— Il paraît qu'ils ont emboîté Ellinor?

— On en cause.

— Elle est venue pleurer dans ma loge. Sarrunyan était furieux, c'est la troisième fois depuis huit jours.

— Il ne va pas la vider? demanda Boris inquiet.

— Il en avait envie : elle n'a pas de contrat. Je lui ai dit : si elle part, je pars avec.

— Qu'est-ce qu'il a dit?

— Qu'elle pouvait rester une semaine encore.

Elle parcourut la salle du regard et dit d'une voix haute :

— C'est un sale public, ce soir.

— Tiens, dit Boris, j'aurais pas dit.

La voisine d'Ivich qui dévorait Lola des yeux avec impudence avait tressailli. Mathieu eut envie de rire; il trouvait Lola très sympathique.

— C'est que tu n'as pas l'habitude, dit Lola. Quand je suis entrée, j'ai vu tout de suite qu'ils venaient de faire un mauvais coup, ils avaient l'air cafard. Tu sais, ajouta-t-elle, si la môme perd sa place, elle n'a plus qu'à faire le trottoir.

Ivich releva soudain la tête, elle avait l'air égaré.

— Je me fous qu'elle fasse le trottoir, dit-elle avec violence, ça lui conviendra mieux que la danse.

Elle faisait effort pour tenir sa tête droite et pour garder ouverts ses yeux ternes et roses. Elle perdit un peu de son assurance et ajouta d'un air conciliant et traqué :

— Naturellement, je comprends bien qu'il faut qu'elle gagne sa vie.

Personne ne répondit et Mathieu souffrit pour elle : ça devait être dur de tenir la tête droite. Lola la regardait avec placidité. Comme si elle pensait : « Gosse de riche. » Ivich eut un petit rire.

— J'ai pas besoin de danser, dit-elle d'un air malin.

Son rire se brisa et sa tête croula.

— Qu'est-ce qu'elle tient, dit paisiblement Boris.

Lola contemplait le crâne d'Ivich avec curiosité. Au bout d'un moment elle avança sa petite main grasse, saisit les cheveux d'Ivich à poignée et lui releva la tête. Elle avait l'air d'une infirmière :

— Qu'est-ce qu'il y a mon petit? On a trop bu?

Elle écartait comme un rideau les boucles blondes d'Ivich, dénudant une grosse joue blême. Ivich entrouvrait des yeux mourants, elle laissait rouler sa tête en arrière. « Elle va vomir », pensa

Mathieu sans s'émouvoir. Lola tirait par saccades sur les cheveux d'Ivich.

— Ouvrez les yeux, voyons, ouvrez les yeux! Voulez-vous me regarder?

Les yeux d'Ivich s'ouvrirent tout grands, ils brillaient de haine :

— Eh bien, voilà : je vous regarde, dit-elle d'une voix nette et glacée.

— Tiens, dit Lola, vous n'êtes pas si saoule que ça.

Elle lâcha les cheveux d'Ivich. Ivich leva vivement les mains et raplatit ses boucles sur ses joues, elle avait l'air de modeler un masque et, de fait, son visage en triangle réapparut sous ses doigts mais il resta autour de sa bouche et dans ses yeux quelque chose de pâteux et d'usé. Elle demeura un moment immobile, avec l'air intimidant d'un somnambule, pendant que l'orchestre jouait un slow.

— Tu m'invites? demanda Lola.

Boris se leva et ils se mirent à danser. Mathieu les suivit du regard, il n'avait pas envie de parler.

— Cette femme me blâme, dit Ivich d'un air sombre.

— Lola?

— Non, ma voisine. Elle me blâme.

Mathieu ne répondit pas. Ivich reprit :

— Je voulais tant m'amuser ce soir et... et voilà! Je hais le champagne!

« Elle doit me haïr aussi parce que c'est moi qui lui en ai fait prendre. » Il la vit avec surprise prendre la bouteille dans le seau et remplir sa coupe.

— Qu'est-ce que vous faites? demanda-t-il.

— Je pense que je n'en ai pas pris assez. Il y a un état qu'il faut atteindre, après on est bien.

Mathieu pensa qu'il aurait dû l'empêcher de boire, mais il n'en fit rien. Ivich porta la coupe à ses lèvres et fit une grimace de dégoût :

— Que c'est mauvais, dit-elle en reposant son verre.

Boris et Lola passèrent près de leur table, ils riaient.

— Ça va, petite fille? cria Lola.

— Tout à fait bien maintenant, dit Ivich avec un sourire aimable.

Elle reprit la coupe de champagne et la vida d'un trait sans quitter Lola des yeux. Lola lui rendit son sourire et le couple s'éloigna en dansant. Ivich avait l'air fasciné.

— Elle se serre contre lui, dit-elle d'une voix presque inintelligible, c'est... c'est risible. Elle a l'air d'une ogresse.

— Elle est jalouse, se dit Mathieu. Mais duquel des deux?

Elle était à moitié ivre, souriant d'un air maniaque, tout occupée de Boris et de Lola, elle se souciait de lui comme d'une guigne, il lui servait seulement de prétexte pour parler à voix haute : ses sourires, ses mines et tous les mots qu'elle disait, elle se les adressait à elle-même à travers lui. « Ça devrait m'être insupportable, pensa Mathieu, et ça me laisse complètement froid. »

— Dansons, dit brusquement Ivich.

Mathieu sursauta :

— Vous n'aimez pas danser avec moi.

— Ça ne fait rien, dit Ivich, je suis saoule.

Elle se leva en chancelant, faillit tomber et se rattrapa au bord de la table. Mathieu la prit dans ses bras et l'emporta, ils entrèrent dans un bain de vapeur, la foule se referma sur eux, sombre et parfumée. Un instant Mathieu fut englouti. Mais tout de suite, il se retrouva, il marquait le pas derrière un nègre, il était seul, dès les premières mesures Ivich s'était envolée, il ne la sentait plus.

— Comme vous êtes légère.

Il baissa les yeux et vit des pieds : « Il y en a beaucoup qui ne dansent pas mieux que moi », pensa-t-il. Il tenait Ivich à distance, presque à bout de bras et ne la regardait pas.

— Vous dansez correctement, dit-elle, mais on voit que ça ne vous fait pas plaisir.

— Ça m'intimide, dit Mathieu.

Il sourit :

— Vous êtes étonnante, tout à l'heure vous pouviez à peine marcher et maintenant vous dansez comme une professionnelle.

— Je peux danser ivre-morte, dit Ivich, je peux danser toute la nuit, ça ne me fatigue jamais.

— Je voudrais bien être comme ça.

— Vous ne pourriez pas.

— Je sais.

Ivich regardait autour d'elle avec nervosité :

— Je ne vois plus l'ogresse, dit-elle.

— Lola? A gauche derrière vous.

— Allons vers eux, dit-elle.

Ils bousculèrent un couple chétif, l'homme leur demanda pardon et la femme leur jeta un regard noir; Ivich la tête tournée en arrière halait Mathieu à reculons. Ni Boris ni Lola ne les avaient vu venir, Lola fermait les yeux, ses paupières faisaient deux taches bleues dans son dur visage, Boris souriait, perdu dans une solitude angélique.

— Et maintenant? demanda Mathieu.

— Restons par là, il y a plus de place.

Ivich était devenue presque lourde, elle dansait à peine, les yeux fixés sur son frère et sur Lola. Mathieu ne voyait plus qu'un bout d'oreille entre deux boucles. Boris et Lola se rapprochèrent en tournant sur eux-mêmes. Quand ils furent tout proches Ivich pinça son frère au-dessus du coude :

— Bonjour, Petit Poucet.

Boris écarquilla les yeux avec étonnement :

— Eh! dit-il, Ivich, ne te sauve pas! Pourquoi m'appelles-tu comme ça?

Ivich ne répondit pas, elle fit faire volte-face à Mathieu et s'arrangea pour tourner le dos à Boris. Lola avait ouvert les yeux.

— Tu comprends pourquoi elle m'appelle Petit Poucet? lui demanda Boris.

— Je crois que je m'en doute, dit Lola.

Boris dit encore quelques mots mais le fracas des applaudissements couvrit sa voix; le jazz s'était tu, les nègres se hâtaient de plier bagage pour laisser la place à l'orchestre argentin.

Ivich et Mathieu regagnèrent leur table.

— Je m'amuse follement, dit Ivich.

Lola était déjà assise.

— Vous dansez rudement bien, dit-elle à Ivich.

Ivich ne répondit pas, elle fixait sur Lola un regard lourd :

— Vous étiez gonflant, dit Boris à Mathieu, je croyais que vous ne dansiez jamais.

— C'est votre sœur qui a voulu.

— Costaud comme vous êtes, dit Boris, vous devriez plutôt faire de la danse acrobatique.

Il y eut un silence pesant. Ivich se taisait, solitaire et revendiquante, et personne n'avait envie de parler. Un tout petit ciel local s'était formé au-dessus de leurs têtes, rond, sec et étouffant. Les ampoules se rallumèrent. Aux premières mesures du tango, Ivich se pencha vers Lola :

— Venez! dit-elle d'une voix rauque.

— Je ne sais pas conduire, dit Lola.

— C'est moi qui conduirai, dit Ivich. Elle ajouta d'un air mauvais en découvrant ses dents :

— N'ayez pas peur, je conduis comme un homme.

Elles se levèrent. Ivich étreignit brutalement Lola et la poussa vers la piste.

— Elles sont marrantes, dit Boris en bourrant sa pipe.

— Oui.

Lola surtout était marrante : elle avait un air de jeune fille.

— Regardez, dit Boris.

Il sortit de sa poche un énorme surin à manche de corne et le posa sur la table.

— C'est un couteau basque, expliqua-t-il, il est à cran d'arrêt.

Mathieu prit poliment le couteau et tenta de l'ouvrir :

— Pas comme ça, malheureux! dit Boris, vous allez vous massacrer!

Il reprit le couteau, l'ouvrit et le posa près de son verre :

— C'est un couteau de caïd, dit-il. Vous voyez ces taches brunes? Le type qui me l'a vendu m'a juré que c'était du sang.

Ils se turent. Mathieu regardait au loin la tête tragique de Lola qui glissait au-dessus d'une mer sombre. « Je ne savais pas qu'elle était si grande. » Il détourna les yeux et lut sur le visage de Boris un contentement naïf qui lui fendit le cœur. « Il est content parce qu'il est avec moi, songea-t-il avec remords, et moi je ne trouve jamais rien à lui dire. »

— Visez la bonne femme qui vient d'arriver. A droite, la troisième table, dit Boris.

— La blonde qui a des perles?

— Oui, c'est des fausses. Allez-y mou, elle nous regarde.

Mathieu coula un regard sournois vers une grande et belle fille à l'air froid.

— Comment vous la trouvez?

— Comme ça.

— J'ai eu la touche avec elle, mardi dernier, elle était bourrée, elle voulait tout le temps m'inviter à danser. En plus de ça, elle m'a fait cadeau de son porte-cigarettes, Lola était folle, elle le lui a fait rapporter par le garçon. Il ajouta d'un air sobre :

— Il était en argent, avec des pierres incrustées.

— Elle vous mange des yeux, dit Mathieu.

— Je m'en doute.

— Qu'allez-vous faire d'elle?

— Rien, dit-il avec mépris, c'est une femme entretenue.

— Et alors? demanda Mathieu surpris. Vous voilà bien puritain, tout à coup.

— C'est pas ça, dit Boris en riant. C'est pas ça mais les grues, les danseuses, les chanteuses, finalement c'est toujours pareil. Si vous en avez une, vous les avez toutes. Il posa sa pipe et dit avec gravité : D'ailleurs je suis un chaste, moi, je ne suis pas comme vous.

— Hum! dit Mathieu.

— Vous verrez, dit Boris, vous verrez, je vous étonnerai : comme un moine que je vivrai, quand ça sera fini avec Lola.

Il se frottait les mains d'un air réjoui. Mathieu dit :

— Ça ne sera pas fini de si tôt.

— Le premier juillet. Qu'est-ce que vous pariez?

— Rien. Vous pariez tous les mois que vous romprez le mois suivant et vous perdez à chaque coup. Vous me devez déjà cent francs, une paire de jumelles de courses, cinq Corona-Corona et le bateau en bouteille que nous avons vu rue de Seine. Vous n'avez jamais pensé à rompre, vous tenez bien trop à Lola.

— C'est aux seins que vous me faites mal, expliqua Boris.

— Seulement c'est plus fort que vous, poursuivit Mathieu sans se troubler, vous ne pouvez pas vous sentir engagé, ça vous affole.

— Taisez-vous donc, dit Boris furieux et amusé, vous pouvez toujours courir pour avoir vos cigares et votre bateau.

— Je sais, vous ne payez jamais vos dettes d'honneur : vous êtes un petit malheureux.

— Et vous, vous êtes un médiocre, répondit Boris.

Son visage s'illumina :

— Vous ne trouvez pas que c'est une injure formidable à envoyer à un type : monsieur, vous êtes un médiocre.

— C'est pas mal, dit Mathieu.

— Ou alors encore mieux : monsieur vous êtes une non-valeur!

— Non, dit Mathieu, pas ça, vous affaibliriez votre position.

Boris le reconnut de bonne grâce :

— Vous avez raison, dit-il, vous êtes odieux, parce que vous avez toujours raison.

Il ralluma sa pipe avec soin.

— Pour tout vous dire, j'ai mon idée, dit-il d'un air confus et maniaque, je voudrais avoir une bonne femme du grand monde.

— Tiens, dit Mathieu, pourquoi?

— Je ne sais pas. Je pense que ça doit être marrant, elles doivent faire un tas de manières. Et puis c'est flatteur, il y en a qui ont leur nom dans *Vogue*. Vous vous rendez compte. Vous achetez *Vogue*, vous regardez les photos, vous voyez : Mme la comtesse de Roca-madour avec ses six lévriers et vous pensez : j'ai couché avec cette bonne femme-là, hier soir. Ça doit vous faire un coup.

— Dites donc, elle vous sourit à présent, dit Mathieu.

— Oui. Elle est culottée. C'est du pur vice, vous savez, elle veut me souffler à Lola parce qu'elle ne peut pas la blairer. Je vais lui tourner le dos, décida-t-il.

— Qu'est-ce que c'est, le type qui est avec elle?

— Un copain. Il danse à l'Alcazar. Il est beau, hein! Visez cette gueule. Ça va chercher dans les trente-cinq berges et ça se donne des airs de Chérubin.

— Eh ben quoi? dit Mathieu. Vous serez comme ça, quand vous aurez trente-cinq ans.

— A trente-cinq ans, dit Boris sobrement, je serai crevé depuis longtemps.

— Ça vous plaît à dire.

— Je suis tuberculeux, dit-il.

— Je sais, — un jour Boris s'était écorché les gencives en se brossant les dents, il avait craché du sang. — Je sais. Et après?

— Ça m'est égal d'être tuberculeux, dit Boris. Simplement ça me dégoûterait de me soigner. Je trouve qu'on ne doit pas passer la trentaine, après on est un vieux jeton.

Il regarda Mathieu et ajouta :

— Je ne dis pas ça pour vous.

— Non, dit Mathieu. Mais vous avez raison; après trente ans, on est un vieux jeton.

— Je voudrais avoir deux ans de plus et puis rester toute ma vie à cet âge-là : ça serait jouissant.

Mathieu le regarda avec une sympathie scandalisée. La jeunesse, c'était à la fois pour Boris une qualité périssable et gratuite dont il fallait profiter cyniquement et une vertu morale dont il fallait se montrer digne. C'était plus encore, c'était une justification. « Ça ne fait rien, pensa Mathieu, il sait être jeune. » Lui seul, peut-être parmi tous ces gens, était vraiment, pleinement ici dans ce dancing sur sa chaise. « Au fond ça n'est pas si con : vivre sa jeunesse à fond et claquer à trente ans. De toute façon, après trente ans, on est un mort. »

— Vous avez l'air salement emmerdé, dit Boris.

Mathieu sursauta : Boris était rouge de confusion mais il regardait Mathieu avec une sollicitude inquiète.

— Ça se voit? demanda Mathieu.

— Et comment, que ça se voit.

— J'ai des emmerdements d'argent.

— Vous vous défendez mal, dit Boris sévèrement. Si j'avais votre traitement, j'aurais pas besoin d'emprunter. Voulez-vous les cent francs du barman?

— Merci, j'ai besoin de cinq mille balles.

Boris siffla d'un air entendu :

— Oh! pardon, dit-il. Votre ami Daniel va vous les refiler?

— Il ne peut pas.

— Et votre frère?

— Il ne veut pas.

— Ah! merde, dit Boris, désolé. Si vous vouliez... ajouta-t-il avec embarras.

— Quoi, si je voulais?

— Rien, je pensais : c'est con, Lola a des sous plein sa mallette et elle n'en fait rien.

— Je ne veux pas emprunter à Lola.

— Mais puisque je vous jure qu'elle n'en fait rien. S'il s'agissait de son compte en banque, je ne dis pas : elle achète des valeurs, elle joue à la Bourse, mettons qu'elle ait besoin de son fric. Mais elle a sept mille francs chez elle depuis quatre mois, elle n'y a pas touché, elle n'a même pas trouvé le temps de les porter à la banque. Je vous dis qu'ils traînent au fond d'une mallette.

— Vous ne comprenez pas, dit Mathieu agacé. Je ne veux pas emprunter à Lola parce qu'elle ne peut pas me blairer.

Boris se mit à rire :

— Pour ça non! dit-il, elle ne peut pas vous blairer.

— Vous voyez.

— C'est tout de même con, dit Boris. Vous êtes emmerdé comme un pou à cause de cinq mille balles, vous les avez sous la main et vous ne voulez pas les prendre. Et si je les lui demandais comme pour moi?

— Non, non! Ne faites rien, dit vivement Mathieu, elle finirait toujours par savoir la vérité. Sérieusement, hein? dit-il avec insistance, ça me serait désagréable que vous lui demandiez.

Boris ne répondit pas. Il avait pris son couteau entre deux doigts et l'avait élevé lentement jusqu'à la hauteur de son front, la pointe en bas. Mathieu se sentait mal à l'aise : « Je suis ignoble, pensa-t-il, je n'ai pas le droit de faire l'homme d'honneur aux dépens de Marcelle. » Il se tourna vers Boris, il voulait lui dire : « Allez-y, demandez l'argent à Lola. » Mais il ne put s'arracher un mot et le sang lui vint aux joues. Boris écarta les doigts et le couteau tomba. La lame se ficha dans le plancher et le manche se mit à vibrer.

Ivich et Lola regagnaient leurs places. Boris ramassa le couteau et le reposa sur la table.

— Qu'est-ce que c'est que cette horreur? demanda Lola.

— C'est un couteau de caïd, dit Boris, c'est pour te faire marcher droit.

— Tu es un petit monstre.

L'orchestre avait attaqué un autre tango. Boris regarda Lola d'un air sombre :

— Dis, viens danser, dit-il entre ses dents.

— Vous allez me crever, tous tant que vous êtes, dit Lola.

Son visage s'était illuminé, elle ajouta avec un sourire heureux :

— Tu es gentil.

Boris se leva et Mathieu pensa : « Il va lui demander l'argent tout de même. » Il était écrasé de honte et lâchement soulagé. Ivich s'assit à côté de lui.

— Elle est formidable, dit-elle d'une voix enrouée.

— Oui, elle est belle.

— Oh!... Et puis ce corps! Ce que ça peut être émouvant cette tête ravagée sur ce corps épanoui. Je sentais le temps couler, j'avais l'impression qu'elle allait se faner entre mes bras.

Mathieu suivait des yeux Boris et Lola. Boris n'avait pas encore abordé la question. Il avait l'air de plaisanter et Lola lui souriait.

— Elle est sympathique, dit Mathieu distraitement.

— Sympathique? Ah! non, dit-elle d'un ton sec. C'est une sale bonne femme, une femelle.

Elle ajouta avec fierté :

— Je l'intimidais.

— J'ai vu, dit Mathieu. Il croisait et décroisait les jambes avec nervosité.

— Vous voulez danser? demanda-t-il.

— Non, dit Ivich, je veux boire. Elle remplit sa coupe à demi et expliqua : « C'est bien de boire quand on danse parce que la danse empêche l'ivresse et que l'alcool vous soutient. »

Elle ajouta d'un air tendu :

— C'est fameux ce que je m'amuse, je finis en beauté.

« Ça y est, pensa Mathieu, il lui parle. » Boris avait pris l'air sérieux, il parlait sans regarder Lola. Lola ne disait rien. Mathieu se sentit devenir écarlate, il était irrité contre Boris. Les épaules d'un nègre gigantesque lui masquèrent un moment la tête de Lola, elle réapparut avec un air fermé puis la musique cessa, la foule s'entr'ouvrit et Boris en sortit, crâneur et mauvais. Lola le suivait d'un peu loin, elle n'avait pas l'air contente. Boris se pencha sur Ivich.

— Rends-moi un service : invite-la, dit-il rapidement.

Ivich se leva sans marquer d'étonnement et se jeta à la rencontre de Lola.

— Oh! non, dit Lola, non, ma petite Ivich, je suis si fatiguée.

Elles parlementèrent un instant puis Ivich l'entraîna.

— Elle ne veut pas? demanda Mathieu.

— Non, dit Boris, elle va me le payer.

Il était blême, sa moue haineuse et veule lui donnait un air de ressemblance avec sa sœur. C'était une ressemblance trouble et déplaisante.

— Ne faites pas de bêtises, dit Mathieu inquiet.

— Vous m'en voulez, hein! demanda Boris, vous m'aviez bien défendu de lui en parler...

— Je serais un salaud si je vous en voulais : vous savez bien que je vous ai laissé faire... Pourquoi a-t-elle refusé?

— Sais pas, dit Boris en haussant les épaules. Elle a fait une sale gueule et elle a dit qu'elle avait besoin de son argent. Ça alors! dit-il avec une fureur étonnée, pour une fois que je lui demande quelque chose... Elle n'y est plus du tout! Ça doit payer, une femme de son âge, quand ça veut avoir un type du mien!

— Comment lui avez-vous présenté ça?

— Je lui ai dit que c'était pour un copain qui veut acheter un garage. Je lui ai dit le nom : Picard. Elle le connaît. C'est vrai qu'il veut acheter un garage.

— Elle n'a pas dû vous croire.

— J'en sais rien, dit Boris, mais ce que je sais, c'est qu'elle va me le payer tout de suite.

— Restez tranquille, cria Mathieu.

— Oh! ça va, dit Boris d'un air hostile, c'est mon affaire.

Il alla s'incliner devant la grande blonde, qui rosit un peu et se leva. Comme ils se mettaient à danser, Lola et Ivich passèrent près de Mathieu. La blonde faisait des mines. Mais elle avait l'air aux aguets sous son sourire. Lola gardait son calme, elle s'avançait majestueusement et les gens s'écartaient sur son passage pour lui marquer leur respect. Ivich marchait à reculons, les yeux au ciel, inconsciente. Mathieu prit le couteau de Boris par la lame et en frappa le manche contre le table à petits coups secs : il va y avoir du sang, pensa-t-il. Il s'en foutait éperdument, d'ailleurs, il pensait à Marcelle. Il pensa : « Marcelle, ma femme », et quelque chose se referma sur lui en clapotant. Ma femme, elle vivra dans ma maison. Voilà. C'était naturel, parfaitement naturel, comme de respirer, comme d'avaler sa salive. Ça le frôlait de partout, laisse-toi aller, ne te crispe pas, sois souple, sois naturel. Dans ma maison. Je la verrai tous les jours de ma vie. Il pensa : « Tout est clair, j'ai une v e. »

Une vie. Il regardait tous ces visages empourprés, ces lunes rousses qui glissaient sur des coussinets de nuages : « Ils ont des vies. Tous. Chacun la sienne. Elles s'étirent à travers les murs du dancing, à travers les rues de Paris, à travers la France, elles s'entrecroisent, elles se coupent et elles restent toutes aussi rigoureusement person-

nelles qu'une brosse à dents, qu'un rasoir, que les objets de toilette
qui ne se prêtent pas. Je le savais. Je savais qu'ils avaient chacun
leur vie. Je ne savais pas que j'en avais une, moi. Je pensais : je ne
fais rien, j'y échapperai. Eh bien je me foutais dedans. » Il posa le
couteau sur la table, prit la bouteille et l'inclina au-dessus de son
verre : elle était vide. Il restait un peu de champagne dans la coupe
d'Ivich, il prit la coupe et but.

« J'ai bâillé, j'ai lu, j'ai fait l'amour. Et ça marquait! Chacun
de mes gestes suscitait, au delà de lui-même, dans le futur, une petite
attente obstinée qui mûrissait. C'est moi, ces attentes, c'est moi
qui m'attends aux carrefours, aux croisées des chemins, dans la
grande salle de la mairie du XIVe, c'est moi qui m'attends là-bas
sur un fauteuil rouge, j'attends que j'y vienne, vêtu de noir, avec
un faux col dur, que j'y vienne crever de chaleur et dire : oui, oui,
je consens à la prendre pour épouse. » Il secoua violemment la tête
mais sa vie tenait bon autour de lui. « Lentement, sûrement, au gré
de mes humeurs, de mes paresses, j'ai sécrété ma coquille. A présent,
c'est fini, je suis muré, moi partout! Au centre, il y a mon appartement avec moi dedans, au milieu de mes fauteuils de cuir vert,
dehors il y a la rue de la Gaîté, à sens unique parce que je la descends
toujours, l'avenue du Maine et tout Paris en rond autour de moi,
Nord devant, Sud derrière, le Panthéon à main droite, la tour Eiffel
à main gauche, la porte de Clignancourt en face de moi et, au milieu
de la rue Vercingétorix, un petit trou satiné de rose, la chambre de
Marcelle, ma femme, et Marcelle est dedans, nue, elle m'attend. Et
puis tout autour de Paris, la France sillonnée de routes à sens unique
et puis des mers teintées de bleu ou de noir, la Méditerranée en bleu,
la mer du Nord en noir, la Manche couleur café au lait et puis des
pays, l'Allemagne, l'Italie — l'Espagne est en blanc parce que je
ne suis pas allé m'y battre — et puis des villes rondes, à des distances
fixes de ma chambre, Tombouctou, Toronto, Kazan, Nijni-Novgo-
rod, immuables comme des bornes. Je vais, je m'en vais, je me promène, j'erre, j'ai beau errer : ce sont des vacances d'universitaire,
partout où je vais j'emporte ma coquille avec moi, je reste chez moi
dans ma chambre, au milieu de mes livres, je ne me rapproche pas
d'un centimètre de Marrakech ou de Tombouctou. Même si je prenais
le train, le bateau, l'autocar, si j'allais passer mes vacances au Maroc,
si j'arrivais soudain à Marrakech, je serais toujours dans ma chambre,
chez moi. Et si j'allais me promener sur les places, dans les souks,
si je serrais l'épaule d'un Arabe, pour toucher sur lui Marrakech,
eh bien! cet Arabe serait à Marrakech, pas moi : moi je serais toujours
assis, dans ma chambre, paisible et méditatif comme j'ai choisi

d'être, à trois mille kilomètres du Marocain et de son burnous. Dans ma chambre. Pour toujours. Pour toujours l'ancien amant de Marcelle et, à présent, son mari le professeur, pour toujours celui qui n'a pas appris l'anglais, qui n'a pas adhéré au parti communiste, celui qui n'a pas été en Espagne, pour toujours. »

« Ma vie. » Elle l'entourait. C'était un drôle d'objet sans commencement ni fin, qui pourtant n'était pas infini. Il la parcourait des yeux d'une mairie à l'autre, de la mairie du XVIIIᵉ arrondissement où il avait passé en octobre 1923 le conseil de revision, à la mairie du XIVᵉ où il allait épouser Marcelle au mois d'août ou au mois de septembre 1938; elle avait un sens vague et hésitant comme les choses naturelles, une fadeur tenace, une odeur de poussière et de violette.

« J'ai mené une vie édentée, pensa-t-il. Une vie édentée. Je n'ai jamais mordu, j'attendais, je me gardais pour plus tard — et je viens de m'apercevoir que je n'ai plus de dents. Que faire? Briser la coquille? C'est facile à dire. Et d'ailleurs! qu'est-ce qui resterait? Une petite gomme visqueuse qui ramperait dans la poussière en laissant derrière elle une traînée brillante. »

Il leva les yeux et vit Lola, elle avait un sourire méchant sur les lèvres. Il vit Ivich : elle dansait, la tête renversée en arrière, perdue, sans âge, sans avenir : « Elle n'a pas de coquille. » Elle dansait, elle était ivre, elle ne pensait pas à Mathieu. Pas du tout. Pas plus que s'il n'avait jamais existé. L'orchestre s'était mis à jouer un tango argentin. Mathieu le connaissait bien, ce tango, c'était *Mio caballo murrio*, mais il regardait Ivich et il lui semblait qu'il entendait cet air triste et rude pour la première fois. « Elle ne sera jamais à moi, elle n'entrera jamais dans ma coquille. » Il sourit, il sentait une humble douleur rafraîchissante, il contempla tendrement ce petit corps rageur et frêle où sa liberté s'était ensablée : « Ma chère Ivich, ma chère liberté. » Et tout d'un coup, au-dessus de son corps encrassé, au-dessus de sa vie une pure conscience se mit à planer, une conscience sans moi, juste un peu d'air chaud; elle planait, c'était un regard, elle regardait le faux bohème, le petit bourgeois cramponné à ses aises, l'intellectuel raté « pas révolutionnaire, révolté », le rêveur abstrait entouré de sa vie flasque, elle jugeait : « Ce type est foutu, il ne l'a pas volé. » Elle, elle n'était solidaire de personne, elle tournoyait dans la bulle tournoyante, écrasée, perdue, souffrant là-bas sur le visage d'Ivich, toute sonnante de musique, éphémère et désolée. Une conscience rouge, un sombre petit lamento, *mio caballo murrio*, elle était capable de tout, de se désespérer vraiment pour les Espagnols, de décider n'importe quoi. Si ça pouvait durer comme ça... Mais ça ne pouvait pas durer : la conscience enflait, enflait, l'orchestre se tut, elle éclata. Mathieu se retrouva seul avec lui-même, au fond de sa vie, sec et dur, il ne se jugeait même plus, il ne s'acceptait pas non plus, il était Mathieu, voilà tout : « Une extase de plus. Et puis après? » Boris regagna sa place, il n'avait pas l'air trop fier. Il dit à Mathieu :

— Oh! la la!

— Hé? demanda Mathieu.

— La blonde. C'est une sale bonne femme.

— Qu'est-ce qu'elle a fait?

Boris fronça les sourcils et frissonna sans répondre. Ivich revint s'asseoir près de Mathieu. Elle était seule. Mathieu fouilla la salle du regard et découvrit Lola près des musiciens, elle parlait avec Sarrunyan. Sarrunyan semblait étonné puis il jeta un coup d'œil sournois du côté de la grande blonde qui s'éventait négligemment. Lola lui sourit et traversa la salle. Quand elle s'assit, elle avait un drôle d'air. Boris regarda son soulier droit avec affectation et il y eut un lourd silence.

— C'est trop fort, cria la blonde, vous n'avez pas le droit, je ne partirai pas.

Mathieu sursauta et tout le monde se retourna. Sarrunyan s'était penché obséquieusement sur la blonde, comme un maître d'hôtel qui prend la commande. Il lui parlait à voix basse, d'un air calme et dur. La blonde se leva tout à coup.

— Viens, dit-elle à son type.

Elle fouilla dans son sac. Les coins de sa bouche tremblaient.

— Non, non, dit Sarrunyan, c'est moi qui vous invite.

La blonde froissa un billet de cent francs et le jeta sur la table. Son compagnon s'était levé, il regardait le billet de cent francs avec blâme. Puis la blonde lui prit le bras et ils partirent tous deux la tête haute, en roulant pareillement les hanches.

Sarrunyan s'avança vers Lola en sifflotant.

— Il fera chaud quand elle reviendra, dit-il avec un sourire amusé.

— Merci, dit Lola. Je n'aurais pas cru que ça serait si facile.

Il s'en fut. L'orchestre argentin avait quitté la salle, les nègres rentraient un à un avec leurs instruments. Boris fixa sur Lola un regard de fureur et d'admiration puis il se tourna brusquement vers Ivich.

— Viens danser, dit-il.

Lola les regarda d'un air paisible pendant qu'ils se levaient. Mais quand ils se furent éloignés, son visage se décomposa d'un seul coup. Mathieu lui sourit :

— Vous faites ce que vous voulez dans la boîte, dit-il.

— Je les tiens, dit-elle avec indifférence. Les gens viennent ici pour moi.

Ses yeux restaient inquiets, elle se mit à tapoter nerveusement sur la table. Mathieu ne savait plus que lui dire. Heureusement, elle se leva au bout d'un instant.

— Excusez-moi, dit-elle.

Mathieu la vit faire le tour de la salle et disparaître. Il pensa : « C'est l'heure de la drogue. » Il était seul. Ivich et Boris dansaient, aussi purs qu'un air de musique, à peine moins impitoyables. Il détourna la tête et regarda ses pieds. Du temps coula, nul. Il ne pensait à rien. Une sorte de plainte rauque le fit sursauter. Lola était revenue, elle avait les yeux clos, elle souriait : « Elle a son compte, pensa-t-il. » Elle ouvrit les yeux et s'assit, sans cesser de sourire.

— Est-ce que vous saviez que Boris avait besoin de cinq mille francs?

— Non, dit-il. Non, je ne savais pas. Il a besoin de cinq mille francs?

Lola le regardait toujours, elle oscillait d'arrière en avant. Mathieu voyait deux grosses prunelles vertes avec des pupilles minuscules :

— Je viens de les lui refuser, dit Lola. Il dit que c'est pour Picard, je pensais qu'il se serait adressé à vous.

Mathieu se mit à rire :

— Il sait que je n'ai jamais le sou.

— Alors vous n'étiez pas au courant? demanda Lola d'un air incrédule.

— Eh bien, non!

— Tiens, dit-elle, c'est drôle.

On avait l'impression qu'elle allait chavirer, coque en l'air, comme une vieille épave, ou alors que sa bouche allait se déchirer et lâcher un cri énorme.

— Il est venu chez vous tantôt? demanda-t-elle.

— Oui, vers les trois heures.

— Et il ne vous a parlé de rien?

— Qu'est-ce que ça a d'étonnant? Il a pu rencontrer Picard cet après-midi.

— C'est ce qu'il m'a dit.

— Eh bien, alors?

Lola haussa les épaules :

— Picard travaille toute la journée à Argenteuil.

Mathieu dit avec indifférence :

— Picard avait besoin d'argent, il a dû passer à l'hôtel de Boris. Il ne l'a pas trouvé et puis il lui est tombé dessus en redescendant le boulevard Saint-Michel.

Lola le regarda ironiquement :

— Vous pensez comment Picard irait demander cinq mille francs à Boris qui n'a que trois cents francs par mois d'argent de poche.

— Alors je ne sais pas, dit Mathieu exaspéré.

Il avait envie de lui dire : « L'argent, c'était pour moi. » Comme ça, on en aurait fini tout de suite. Mais ça n'était pas possible à cause de Boris. « Elle lui en voudrait terriblement, il aurait l'air d'être mon complice. » Lola tapotait la table du bout de ses ongles écarlates, les coins de sa bouche se relevaient brusquement, tremblaient un peu et retombaient. Elle épiait Mathieu avec une insistance inquiète, mais, sous cette colère aux aguets, Mathieu devinait un grand vide trouble. Il eut envie de rire.

Lola détourna les yeux :

— Est-ce que ça ne serait pas plutôt une épreuve? demanda-t-elle.

— Une épreuve? répéta Mathieu étonné.

— Je me demande.

— Une épreuve? Quelle drôle d'idée.

— Ivich lui dit tout le temps que je suis radin.

— Qui est-ce qui vous a dit ça?

— Ça vous étonne que je le sache? dit Lola d'un air de triomphe. C'est que c'est un gosse loyal. Il ne faudrait pas vous imaginer qu'on peut lui dire du mal de moi sans que ça me revienne. A chaque coup je m'en aperçois, rien qu'à la manière dont il me regarde. Ou alors il me pose des questions d'un air de n'y pas toucher. Vous pensez si je le vois venir de loin. C'est plus fort que lui, il veut en avoir le cœur net.

— Et alors?

— Il a voulu voir si j'étais radin. Il a inventé ce truc de Picard. A moins qu'on ne le lui ait soufflé.

— Qui voulez-vous qui le lui ait soufflé?

— Je n'en sais rien. Il y en a beaucoup qui pensent que je suis une vieille peau et que c'est un moutard. Il suffit de voir la tête des morues d'ici quand elles nous voient ensemble.

— Vous vous imaginez qu'il s'occupe de ce qu'elles lui disent?

— Non. Mais il y a des gens qui croient agir pour son bien en lui montant la tête.

— Écoutez, dit Mathieu, ça n'est pas la peine de prendre des gants : si c'est pour moi que vous dites ça, vous vous trompez.

— Ah! dit Lola froidement. C'est bien possible. Il y eut un silence

puis elle demanda brusquement : Comment se fait-il qu'il y ait
toujours des scènes quand vous venez ici avec lui?

— Je ne sais pas. Je ne fais rien pour ça. Aujourd'hui je ne voulais
pas venir... J'imagine qu'il tient à chacun de nous d'une manière
différente et que ça l'énerve quand il nous voit tous les deux en
même temps.

Lola regardait droit devant elle d'un air sombre et tendu. Elle
dit enfin :

— Retenez bien ça : je ne veux pas qu'on me le prenne. Je suis
sûre que je ne lui fais pas de mal. Quand il aura assez de moi, il
pourra me quitter, ça viendra bien assez tôt. Mais je ne veux pas
que les autres me le prennent.

« Elle se déballe », pensa Mathieu. Bien entendu c'était l'influence
de la drogue. Mais il y avait autre chose : Lola haïssait Mathieu et
pourtant ce qu'elle lui disait à cet instant elle n'aurait pas osé le
dire à d'autres. Entre elle et lui, malgré la haine, il y avait une espèce
de solidarité.

— Je ne veux pas vous le prendre, dit-il.

— Je croyais, dit Lola d'un air fermé.

— Eh bien! il ne faut pas le croire. Vos rapports avec Boris ne
me regardent pas. Et s'ils me regardaient, je trouverais que c'est
très bien comme ça.

— Je me disais : il se croit des responsabilités parce qu'il est son
professeur.

Elle se tut et Mathieu comprit qu'il ne l'avait pas convaincue.
Elle avait l'air de chercher ses mots.

— Je... je sais que je suis une vieille femme, reprit-elle péniblement, je ne vous ai pas attendu pour m'en apercevoir. Mais c'est
pour ça que je peux l'aider : il y a des choses que je peux lui apprendre, ajouta-t-elle avec défi. Et puis qu'est-ce qui vous dit que
je suis trop vieille pour lui? Il m'aime comme je suis, il est heureux
avec moi quand on ne lui met pas toutes ces idées dans la tête.

Mathieu se taisait. Lola s'écria avec une violence mal assurée :

— Mais vous devriez pourtant le savoir, qu'il m'aime. Il a dû
vous le dire, puisqu'il vous dit tout.

— Je pense qu'il vous aime, dit Mathieu.

Lola tourna vers lui ses yeux lourds :

— J'en ai vu de toutes les couleurs et je ne me monte pas le cou,
mais je vous le dis : ce môme est ma dernière chance. Après ça,
faites ce que vous voulez.

Mathieu ne répondit pas tout de suite. Il regardait Boris et Ivich
qui dansaient et il avait envie de dire à Lola : « Ne nous disputons

pas, vous voyez bien que nous sommes pareils. » Mais cette ressemblance l'écœurait un peu; il y avait dans l'amour de Lola, malgré sa violence, malgré sa pureté, quelque chose de flasque et de vorace. Il dit pourtant, du bout des lèvres :

— Vous me dites ça à moi ... Mais je le sais aussi bien que vous.

— Pourquoi : aussi bien que moi?

— Nous sommes pareils.

— Qu'est-ce que ça veut dire?

— Regardez-nous, dit-il, et regardez-les.

Lola fit une moue méprisante :

— Nous ne sommes pas pareils, dit-elle.

Mathieu haussa les épaules et ils se turent, irréconciliés. Ils regardaient tous deux Boris et Ivich. Boris et Ivich dansaient, ils étaient cruels sans même le savoir. Ou peut-être qu'ils le savaient un peu. Mathieu était assis auprès de Lola, ils ne dansaient pas parce que ça n'était plus tout à fait de leur âge : « On doit nous prendre pour deux amants », pensa-t-il. Il entendit Lola murmurer pour elle seule : « Si seulement j'étais sûre que c'est pour Picard. »

Boris et Ivich revenaient vers eux. Lola se leva avec effort. Mathieu crut qu'elle allait tomber mais elle s'appuya à la table et prit une profonde respiration.

— Viens, dit-elle à Boris, j'ai à te parler.

Boris parut mal à son aise :

— Tu ne peux pas le faire ici?

— Non.

— Eh bien! attends que l'orchestre joue et nous danserons.

— Non, dit Lola, je suis fatiguée. Tu vas venir dans ma loge. Vous m'excusez, ma petite Ivich?

— Je suis saoule, dit Ivich aimablement.

— Nous revenons vite, dit Lola, d'ailleurs c'est bientôt mon tour de chant.

Lola s'éloigna et Boris la suivit de mauvaise grâce. Ivich se laissa tomber sur sa chaise.

— C'est vrai que je suis saoule, dit-elle, ça m'est venu en dansant.

Mathieu ne répondit pas.

— Pourquoi s'en vont-ils? demanda Ivich.

— Ils vont s'expliquer. Et puis Lola vient de se droguer. Vous savez, après la première prise, on n'a plus qu'une idée, c'est d'en prendre une seconde.

— Je pense que j'aimerais me droguer, dit Ivich songeuse.

— Naturellement.

— Eh bien, quoi? dit-elle indignée. Si je dois rester à Laon toute ma vie, il faudra bien que je m'occupe.

Mathieu se tut.

— Ah! je vois! dit-elle. Vous m'en voulez parce que je suis saoule.

— Mais non.

— Si, vous me blâmez.

— Comment voulez-vous? D'ailleurs vous n'êtes pas tellement saoule.

— Je suis for-mi-da-ble-ment saoule, dit Ivich avec satisfaction.

Les gens commençaient à partir. Il pouvait être deux heures du matin. Dans sa loge, une petite pièce crasseuse et tendue de velours rouge, avec une vieille glace à cadre doré, Lola menaçait et suppliait : Boris! Boris! Boris! tu me rends folle. Et Boris baissait le nez, craintif et têtu. Une longue robe noire virevoltant entre des murs rouges et l'éclat noir de la robe dans la glace et le jaillissement des beaux bras blancs qui se tordaient avec un pathétique suranné. Et puis Lola passerait tout à coup derrière un paravent et là, avec abandon, la tête renversée comme pour arrêter un saignement de nez, elle respirerait deux pincées de poudre blanche. Le front de Mathieu ruisselait mais il n'osait pas l'essuyer, il était honteux de transpirer devant Ivich; elle avait dansé sans répit, elle était restée pâle, elle ne transpirait pas. Elle avait dit, le matin même : « J'ai horreur de toutes ces mains moites »; il ne sut plus que faire de ses mains. Il se sentait faible et las, il n'avait plus aucun désir, il ne pensait plus à rien. De temps en temps, il se disait que le soleil allait bientôt se lever, qu'il lui faudrait reprendre ses démarches, téléphoner à Marcelle, à Sarah, vivre de bout en bout une nouvelle journée, et ça lui paraissait incroyable. Il aurait aimé demeurer indéfiniment à cette table, sous ces lumières artificielles, à côté d'Ivich.

— Je m'amuse, dit Ivich d'une voix d'ivrogne.

Mathieu la regarda : elle était dans cet état d'exaltation joyeuse qu'un rien suffit à transformer en fureur.

— Je me fous des examens, dit Ivich, si je suis collée je serai contente. Ce soir, j'enterre ma vie de garçon.

Elle sourit et dit d'un air d'extase :

— Ça brille comme un petit diamant.

— Qu'est-ce qui brille comme un petit diamant?

— Ce moment-ci. Il est tout rond, il est suspendu dans le vide comme un petit diamant, je suis éternelle.

Elle prit le couteau de Boris par le manche, appuya le plat de la lame contre le rebord de la table et s'amusa à le faire plier :

— Qu'est-ce qu'elle a, celle-là? demanda-t-elle tout à coup.

— Qui?

— La bonne femme en noir à côté de moi. Depuis qu'elle est ici elle n'a pas cessé de me blâmer.

Mathieu tourna la tête : la femme en noir regardait Ivich du coin de l'œil.

— Eh bien? demanda Ivich. Ça n'est pas vrai?

— Je crois que si.

Il vit le mauvais petit visage d'Ivich tout tassé, avec des yeux rancuneux et vagues et il pensa : « J'aurais mieux fait de me taire. » La femme en noir avait très bien compris qu'ils parlaient d'elle : elle avait pris un air majestueux, son mari s'était réveillé, il regardait Ivich de ses gros yeux. « Que c'est ennuyeux, pensa Mathieu. » Il se sentait paresseux et lâche, il eût tout donné pour qu'il n'y eût pas d'histoires.

— Cette femme me méprise parce qu'elle est décente, marmotta Ivich en s'adressant à son couteau. Je ne suis pas décente, moi, je m'amuse, je me saoule, je vais me faire coller au P. C. B. Je hais la décence, dit-elle soudain d'une voix forte.

— Taisez-vous, Ivich, je vous en prie.

Ivich le regarda d'un air glacé.

— Vous me parlez, je crois? dit-elle. C'est vrai, vous aussi vous êtes décent. N'ayez pas peur : quand j'aurai passé dix ans à Laon, entre mon père et ma mère, je serai encore bien plus décente que vous.

Elle était affalée sur sa chaise, elle appuyait obstinément la lame du couteau contre la table et la faisait plier avec un air de folle. Il y eut un silence lourd puis la femme en noir se tourna vers son mari :

— Je ne comprends pas qu'on se tienne comme cette petite, dit-elle.

Le mari regarda craintivement les épaules de Mathieu :

— Hem! fit-il.

— Ce n'est pas tout à fait sa faute, poursuivit la femme, les coupables sont ceux qui l'ont amenée ici.

« Ça y est, pensa Mathieu, voilà l'esclandre. » Ivich avait sûrement entendu mais elle ne dit rien, elle était sage. Trop sage : elle avait l'air d'épier quelque chose, elle avait relevé la tête et pris un drôle de visage maniaque et réjoui.

— Qu'est-ce qu'il y a? demanda Mathieu avec inquiétude.

Ivich était devenue toute pâle :

— Rien. Je... je fais une indécence de plus, pour amuser madame. Je veux voir comment elle supporte la vue du sang.

La voisine d'Ivich poussa un léger cri et battit des paupières. Mathieu regarda précipitamment les mains d'Ivich. Elle tenait le couteau de sa main droite et se fendait la paume de la main gauche avec application. Sa chair s'était éclose depuis le gras du pouce jusqu'à la racine du petit doigt, le sang jutait doucement.

— Ivich, s'écria Mathieu, vos pauvres mains.

Ivich ricanait d'un air vague :

— Est-ce que vous croyez qu'elle va tourner de l'œil? lui demanda-t-elle. Mathieu allongea la main au-dessus de la table et Ivich lui laissa prendre le couteau sans résistance. Mathieu était éperdu, il regardait les doigts maigres d'Ivich que le sang barbouillait déjà, il pensait qu'elle avait mal à sa main.

— Vous êtes folle! dit-il. Venez avec moi aux toilettes, la dame des lavabos va vous panser.

— Me panser? Ivich eut un rire méchant. Vous vous rendez compte de ce que vous dites?

Mathieu se leva.

— Venez, Ivich, je vous en prie, venez vite.

— C'est une sensation très agréable, dit Ivich sans se lever. Je croyais que ma main était une motte de beurre.

Elle avait élevé sa main gauche jusqu'à son nez et la regardait d'un œil critique. Le sang ruisselait partout, on eût dit le va-et-vient d'une fourmilière.

— C'est mon sang, dit-elle. J'aime bien voir mon sang.

— En voilà assez, dit Mathieu.

Il saisit Ivich par l'épaule mais elle se dégagea violemment et une large goutte de sang tomba sur la nappe. Ivich regardait Mathieu avec des yeux brillants de haine.

— Vous vous permettez encore de me toucher? demanda-t-elle. Elle ajouta avec un rire insultant : J'aurais dû me douter que vous trouveriez ça excessif. Ça vous scandalise qu'on puisse s'amuser avec son sang.

Mathieu sentit qu'il blêmissait de fureur. Il se rassit, étala sa main gauche à plat sur la table et dit suavement :

— Excessif? Mais non, Ivich, je trouve ça charmant. C'est un jeu pour demoiselle de la noblesse, je suppose?

Il planta le couteau d'un seul coup dans sa paume et ne sentit presque rien. Quand il le lâcha, le couteau resta fiché dans sa chair, tout droit, le manche en l'air.

— Ah! Ah! dit Ivich écœurée, ôtez-le! Ôtez-le donc!

— Vous voyez, dit Mathieu, les dents serrées, c'est à la portée de tout le monde.

Il se sentait doux et massif et il avait un peu peur de s'évanouir. Mais il y avait en lui une espèce de satisfaction butée et une mauvaise volonté malicieuse de cancre. Ce n'était pas seulement pour braver Ivich, qu'il s'était envoyé ce bon coup de couteau, c'était aussi un défi à Jacques, à Brunet, à Daniel, à sa vie : « Je suis un con, pensa-t-il, Brunet a bien raison de dire que je suis un vieil enfant. » Mais il ne pouvait pas s'empêcher d'être content. Ivich regardait la main de Mathieu qui paraissait clouée sur la table et le sang qui fusait autour de la lame. Et puis elle regarda Mathieu, elle avait un visage tout changé. Elle dit doucement :

— Pourquoi avez-vous fait ça?

— Et vous? demanda Mathieu avec raideur.

Sur leur gauche il y avait un petit tumulte menaçant : c'était l'opinion publique. Mathieu s'en moquait, il regardait Ivich.

— Oh! dit Ivich, je... je regrette tant.

Le tumulte s'enfla et la dame en noir se mit à glapir :

— Ils sont ivres, ils vont s'estropier, il faut qu'on les empêche, je ne peux pas voir ça.

Quelques têtes se retournèrent et le garçon accourut :

— Madame désire quelque chose?

La femme en noir pressait un mouchoir sur sa bouche, elle désigna Mathieu et Ivich sans un mot. Mathieu arracha rapidement le couteau de la plaie et ça lui fit très mal.

— Nous nous sommes blessés avec ce couteau.

Le garçon en avait vu bien d'autres :

— Si ces messieurs dames veulent bien passer au lavabo, dit-il sans s'émouvoir, la dame du vestiaire a tout ce qu'il faut.

Cette fois, Ivich se leva docilement. Ils traversèrent la piste derrière le garçon en tenant chacun une main en l'air; c'était si comique que Mathieu éclata de rire. Ivich le regarda d'un air inquiet puis elle se mit à rire aussi. Elle riait si fort que sa main trembla. Deux gouttes de sang tombèrent sur le parquet.

— Je m'amuse, dit Ivich.

— Mon Dieu! s'écria la dame du vestiaire, ma pauvre demoiselle, qu'est-ce que vous vous êtes donc fait! Et le pauvre monsieur!

— Nous avons joué avec un couteau, dit Ivich.

— Et voilà! dit la dame du vestiaire indignée. Un accident est si vite arrivé. C'était un couteau de la maison?

— Non.

— Ah! je me disais aussi... C'est que c'est profond, dit-elle en examinant la blessure d'Ivich. Ne vous inquiétez pas, je vais tout arranger.

Elle ouvrit une armoire et la moitié de son corps y disparut. Mathieu et Ivich se sourirent. Ivich paraissait dégrisée.

— Je n'aurais pas cru que vous puissiez faire ça, dit-elle à Mathieu.

— Vous voyez que tout n'est pas perdu, dit Mathieu.

— Ça me fait mal, à présent, dit Ivich.

— A moi aussi, dit Mathieu.

Il était heureux. Il lut « Dames » puis « Messieurs » en lettres d'or sur deux portes ripolinées en gris crémeux, il regarda le sol carrelé de blanc, il respira une odeur anisée de désinfectant et son cœur se dilata :

« Ça ne doit pas être si déplaisant d'être dame du vestiaire », dit-il avec élan.

— Mais non! dit Ivich épanouie.

Elle le regardait avec un air de sauvagerie tendre, elle hésita un instant puis elle appliqua soudain la paume de sa main gauche sur la paume blessée de Mathieu. Il y eut un claquement mouillé.

— C'est le mélange des sangs, expliqua-t-elle.

Mathieu lui serra la main sans dire un mot et il sentit une vive douleur, il avait l'impression qu'une bouche s'ouvrait dans sa main.

— Vous me faites très mal, dit Ivich.

— Je sais.

La dame du vestiaire était sortie de l'armoire, un peu congestionnée. Elle ouvrit une boîte de fer-blanc :

— Voilà l'affaire, dit-elle.

Mathieu vit une bouteille de teinture d'iode, des aiguilles, des ciseaux, des bandes de crêpe Velpeau.

— Vous êtes bien montée, dit-il.

Elle hocha la tête avec gravité :

— Ah! c'est qu'il y a des jours où ça n'est pas de la plaisanterie. Avant-hier il y a une femme qui a jeté son verre à la tête d'un de nos bons clients. Il saignait, ce monsieur, il saignait, j'avais peur pour ses yeux, je lui ai retiré une grande esquille de verre du sourcil.

— Diable, dit Mathieu.

La dame du vestiaire s'affairait autour d'Ivich :

— Un peu de patience, ma mignonne, ça va nous cuire un peu, c'est de la teinture d'iode; là, c'est fini.

— Vous... vous me direz si je suis indiscrète? demanda Ivich à mi-voix.

— Oui.

— Je voudrais savoir à quoi vous pensiez quand je dansais avec Lola.

— Tout à l'heure?

— Oui, au moment où Boris a invité la blonde. Vous étiez tout seul dans votre coin.

— Je crois que je pensais à moi, dit Mathieu.

— Je vous regardais, vous étiez... presque beau. Si vous pouviez toujours garder ce visage!

— On ne peut pas toujours penser à soi.

Ivich rit :

— Moi, je crois que je pense toujours à moi.

— Donnez-moi votre main, monsieur, dit la dame du vestiaire. Attention, ça va vous brûler. Là! là! Ça ne sera rien.

Mathieu sentit une forte brûlure mais il n'y fit pas attention, il regardait Ivich qui se peignait maladroitement devant la glace, en retenant ses boucles de sa main emmaillotée. Elle finit par rejeter ses cheveux en arrière et son large visage apparut tout nu. Mathieu se sentit gonfler par un désir âpre et désespéré.

— Vous êtes belle, dit-il.

— Mais non, dit Ivich en riant, je suis horriblement laide au contraire. C'est mon visage secret.

— Je crois que je l'aime encore plus que l'autre, dit Mathieu.

— Demain, je me peignerai comme ça, dit-elle.

Mathieu ne trouva rien à répondre. Il inclina la tête et se tut.

— C'est fait, dit la dame du vestiaire.

Mathieu s'aperçut qu'elle avait une moustache grise.

— Merci beaucoup, madame, vous êtes habile comme une infirmière.

La dame des lavabos rougit de plaisir :

— Oh! dit-elle, c'est naturel. Dans notre métier, il y a beaucoup de travaux de délicatesse.

Mathieu mit dix francs dans une soucoupe et ils sortirent. Ils regardaient avec satisfaction leurs mains gourdes et enrubannées.

— C'est comme si j'avais une main de bois, dit Ivich.

Le dancing était presque désert. Lola, debout au milieu de la piste, allait chanter. Boris était assis à leur table, il les attendait. La dame en noir et son mari avaient disparu. Il restait sur leur table deux coupes à demi pleines et une douzaine de cigarettes dans une boîte ouverte.

— C'est une déroute, dit Mathieu.

— Oui, dit Ivich, je l'ai eue.

Boris les regarda d'un air hilare.

— Vous vous êtes massacrés, dit-il.

— C'est ton sale couteau, dit Ivich avec humeur.

— Il a l'air de couper très bien, dit Boris qui regardait leurs mains en amateur.

— Et Lola? demanda Mathieu.

Boris s'assombrit.

— Ça va très mal. J'ai dit une connerie.

— Quoi?

— J'ai dit que Picard était venu chez moi et que je l'avais reçu dans ma chambre. Il paraît que j'avais dit autre chose la première fois, le diable sait quoi.

— Vous aviez dit qu'il vous avait rencontré sur le boulevard Saint-Michel.

— Aïe! dit Boris.

— Elle râle?

— Hou là là! comme un porc. Vous n'avez qu'à la regarder.

Mathieu regarda Lola. Elle avait un visage hargneux et désolé.

— Excusez-moi, dit Mathieu.

— Vous n'avez pas à vous excuser : c'est ma faute. Et puis ça s'arrangera, j'ai l'habitude. Ça finit toujours par s'arranger.

Ils se turent. Ivich regardait sa main bandée, d'un air tendre. Le sommeil, la fraîcheur, l'aube grise s'étaient glissés dans la salle, impalpablement, le dancing sentait le petit matin. « Un diamant, pensait Mathieu, elle a dit : un petit diamant. » Il était heureux, il ne pensait plus rien sur lui-même, il avait l'impression d'être assis au dehors sur un banc : au dehors, hors du dancing, hors de sa vie. Il sourit : « Elle a dit aussi ça. Elle a dit : je suis éternelle... »

Lola se mit à chanter.

XII

« Au Dôme, à dix heures. » Mathieu se réveilla. Ce petit monticule de gaze blanche, sur le lit, c'était sa main gauche. Elle lui faisait mal, mais tout son corps était allègre. « Au Dôme, à dix heures. » Elle avait dit : « J'y serai avant vous, je ne pourrai pas fermer l'œil de la nuit. » Il était neuf heures, il sauta à bas du lit. « Elle va changer sa coiffure », pensa-t-il.

Il poussa les persiennes : la rue était déserte, le ciel bas et gris, il faisait moins chaud que la veille, c'était un vrai matin. Il ouvrit le robinet du lavabo et se plongea la tête dans l'eau : moi aussi, je suis du matin. Sa vie était tombée à ses pieds, en plis lourds, elle l'entourait encore, elle lui empêtrait les chevilles mais il l'enjamberait, il la laisserait derrière lui comme une peau morte. Le lit, le bureau, la lampe, le fauteuil vert : ce n'étaient plus ses complices, mais des objets anonymes de fer et de bois, des ustensiles, il avait passé la nuit dans une chambre d'hôtel. Il enfila ses vêtements et descendit l'escalier en sifflant.

— Il y a un pneu pour vous, dit la concierge.

Marcelle! Mathieu eut un goût amer dans sa bouche : il avait oublié Marcelle. La concierge lui tendit une enveloppe jaune : c'était Daniel.

« Mon cher Mathieu, écrivait Daniel, j'ai cherché autour de moi, mais je ne puis décidément réunir la somme que tu me demandes. Crois bien que je le regrette. Veux-tu passer chez moi à midi? J'aurai à t'entretenir de ton affaire. Amicalement à toi. »

« Bon, pensa Mathieu, j'irai le voir. Il ne veut pas les lâcher, mais il aura trouvé une combine. » La vie lui semblait facile, il fallait qu'elle fût facile : de toute façon Sarah se chargerait bien d'obtenir que le médecin patientât quelques jours; au besoin on lui enverrait l'argent en Amérique.

Ivich était là, dans un coin sombre. Il vit d'abord sa main bandée.

— Ivich! dit-il avec douceur.

Elle leva les yeux vers lui, elle avait son visage menteur et triangulaire, sa mauvaise petite pureté, ses boucles lui cachaient la moitié des joues : elle n'avait pas relevé ses cheveux.

— Avez-vous un peu dormi? demanda Mathieu tristement.

— Guère.

Il s'assit. Elle vit qu'il regardait leurs deux mains bandées, elle retira lentement la sienne et la cacha sous la table. Le garçon s'approcha, il connaissait bien Mathieu.

— Ça va, monsieur? demanda-t-il.

— Ça va, dit Mathieu. Donnez-moi un thé et deux pommes.

Il y eut un silence dont Mathieu profita pour ensevelir ses souvenirs de la nuit. Quand il sentit que son cœur était désert, il releva la tête :

— Vous n'avez pas l'air en train. C'est cet examen?

Ivich ne répondit que par une moue méprisante et Mathieu se tut, il regardait les banquettes vides. Une femme agenouillée lavait le carrelage à grande eau. Le Dôme s'éveillait à peine, c'était le matin. Quinze heures, avant de pouvoir dormir! Ivich se mit à parler à voix basse, d'un air tourmenté :

— C'est à deux heures, dit-elle. Et il en est déjà neuf. Je sens les heures qui s'effondrent sous moi.

Elle recommençait à tirer sur ses boucles d'un air maniaque, c'était insupportable. Elle dit :

— Vous croyez qu'on voudrait de moi comme vendeuse, dans un grand magasin?

— Vous n'y pensez pas, Ivich, c'est tuant.

— Et mannequin?

— Vous êtes un peu petite, mais on pourrait essayer...

— Je ferais n'importe quoi pour ne pas rester à Laon. Je serai laveuse de vaisselle. Elle ajouta d'un air soucieux et vieillot :

— En pareil cas, est-ce qu'on ne met pas des annonces dans les journaux?

— Écoutez, Ivich, nous avons le temps de nous retourner. De toute façon vous n'êtes pas encore collée.

Ivich haussa les épaules et Mathieu enchaîna vivement :

— Mais même si vous l'étiez, vous ne seriez pas perdue. Par exemple, vous pourriez rentrer chez vous pour deux mois, pendant ce temps, je chercherais, je vous trouverais bien quelque chose.

Il parlait d'un air de conviction bonhomme mais il n'avait aucun espoir : même s'il lui procurait un emploi, elle s'en ferait chasser au bout d'une semaine.

— Deux mois à Laon, dit Ivich avec colère. On voit bien que vous parlez sans savoir. C'est... c'est insupportable.

— De toute façon vous y auriez passé vos vacances.

— Oui, mais quel accueil vont-ils me faire, à présent?

Elle se tut. Il la regarda sans mot dire : elle avait son teint jaune des matins, de tous les matins. La nuit semblait avoir glissé sur elle. « Rien ne la marque », pensa-t-il. Il ne put se retenir de lui dire :

— Vous n'avez pas relevé vos cheveux?

— Vous voyez bien que non, dit Ivich sèchement.

— Vous me l'aviez promis, hier soir, dit-il avec un peu d'irritation.

— J'étais saoule, dit-elle. Et elle répéta avec force, comme si elle voulait l'intimider : J'étais complètement saoule.

— Vous n'aviez pas l'air tellement saoule, quand vous m'avez promis.

— Bon! dit-elle avec impatience, et qu'est-ce que cela peut faire? Les gens sont étonnants avec les promesses.

Mathieu ne répondit pas. Il avait l'impression qu'on lui posait sans répit des questions urgentes : comment trouver cinq mille francs avant le soir? Comment faire venir Ivich à Paris l'année prochaine? Quelle attitude adopter à présent à l'égard de Marcelle? Il n'avait pas le temps de se reprendre, de revenir aux interrogations qui faisaient le fond de ses pensées depuis la veille : Qui suis-je? Qu'ai-je fait de ma vie? Comme il détournait la tête pour secouer ce nouveau souci il vit, au loin, la longue silhouette hésitante de Boris qui avait l'air de les chercher à la terrasse.

— Voilà Boris! dit-il contrarié. Il demanda, pris d'un soupçon désagréable : « C'est vous qui lui avez dit de venir? »

— Mais non, dit Ivich stupéfaite. Je devais le retrouver à midi parce que... parce qu'il passait la nuit avec Lola. Et regardez l'air qu'il a!

Boris les avait aperçus. Il vint vers eux. Il avait les yeux grand ouverts et fixes, il était livide. Il souriait :

— Salut, cria Mathieu.

Boris leva deux doigts vers sa tempe pour faire son salut habituel mais il ne put achever son geste. Il abattit ses deux mains sur la table et se mit à se balancer sur ses talons sans dire un mot. Il souriait toujours.

— Qu'est-ce que tu as? demanda Ivich. Tu ressembles à Frankenstein.

— Lola est morte, dit Boris.

Il regardait droit devant lui d'un air bête. Mathieu demeura quelques instants sans comprendre, puis il fut envahi par une stupeur scandalisée.

— Qu'est-ce que...?

Il regarda Boris : il ne fallait pas songer à l'interroger tout de suite. Il l'attrapa par un bras et le força à s'asseoir près d'Ivich. Il répéta machinalement :

— Lola est morte!

Ivich tourna vers son frère des yeux écarquillés. Elle s'était un peu reculée sur la banquette comme si elle avait peur de le toucher :

— Elle s'est tuée? demanda-t-elle.

Boris ne répondit pas et ses mains se mirent à trembler.

— Dis, répéta Ivich nerveusement. Est-ce qu'elle s'est tuée? Est-ce qu'elle s'est tuée?

Le sourire de Boris s'élargit d'une manière inquiétante, ses lèvres dansaient. Ivich le regardait fixement en tirant sur ses boucles : « Elle ne se rend pas compte », pensa Mathieu avec irritation.

— Ça va, dit-il. Vous nous direz plus tard. Ne parlez pas.

Boris commença à rire. Il dit :

— Si vous... si vous...

Mathieu lui envoya une gifle sèche et silencieuse, du bout des doigts. Boris cessa de rire et le regarda en grommelant puis il se tassa un peu et demeura tranquille, la bouche ouverte, l'air stupide. Ils se taisaient tous trois et la mort était entre eux, anonyme et sacrée. Ça n'était pas un événement, c'était un milieu, une substance pâteuse à travers laquelle Mathieu voyait sa tasse de thé et la table de marbre et le visage noble et méchant d'Ivich.

— Et pour monsieur? demanda le garçon.

Il s'était approché et regardait Boris avec ironie.

— Donnez vite un cognac, dit Mathieu. Il ajouta d'un air naturel : monsieur est pressé.

Le garçon s'éloigna et revint bientôt avec une bouteille et un verre : Mathieu se sentait mou et vidé, il commençait seulement à ressentir les fatigues de la nuit.

— Buvez, dit-il à Boris.

Boris but docilement. Il reposa le verre et dit, comme pour lui-même :

— C'est pas marrant!

— Petite gueule! dit Ivich en se rapprochant de lui. Ma petite gueule!

Elle lui sourit avec tendresse, le saisit par les cheveux et lui secoua la tête.

— Tu es là, tu as les mains chaudes, soupira Boris avec soulagement.

— A présent, raconte! dit Ivich. Es-tu sûr qu'elle est morte?

— Elle a pris de la drogue cette nuit, dit Boris péniblement. Ça n'allait pas entre nous.

— Alors elle s'est empoisonnée? dit-elle vivement.

— Je ne sais pas, dit Boris.

Mathieu regardait Ivich avec stupeur : elle caressait tendrement la main de son frère mais sa lèvre supérieure se retroussait d'une drôle de façon sur ses petites dents. Boris se remit à parler d'une voix sourde. Il n'avait pas l'air de s'adresser à eux :

— On est monté dans sa chambre et elle a pris de la drogue. Elle en avait pris une première fois dans sa loge, quand on se disputait.

— En fait, ça devait être la seconde fois, dit Mathieu. J'ai l'impression qu'elle en a pris pendant que vous dansiez avec Ivich.

— Bon, dit Boris avec lassitude. Alors ça fait trois fois. Elle n'en prenait jamais tant que ça. On s'est couché sans se parler. Elle sautait dans le lit, je ne pouvais pas m'endormir. Et puis tout à coup elle s'est tenue tranquille et je me suis endormi.

Il vida son verre et reprit :

— Ce matin je me suis réveillé parce que j'étouffais. C'était son bras : il était étendu sur le drap en travers de moi. Je lui ai dit : «Ote ton bras, tu m'étouffes.» Elle ne l'ôtait pas. Je croyais que c'était pour qu'on se réconcilie, je lui ai pris le bras, il était froid. Je lui ai dit : « Qu'est-ce que tu as? » Elle n'a rien dit. Alors j'ai poussé son bras de toutes mes forces, elle a failli tomber dans la ruelle, je suis sorti du lit, je lui ai pris le poignet et j'ai tiré dessus pour la remettre droite. Elle avait les yeux ouverts. J'ai vu ses yeux, dit-il avec une sorte de colère et je ne pourrai pas les oublier.

— Ma pauvre petite gueule, dit Ivich.

Mathieu s'efforçait d'avoir pitié de Boris mais il n'y parvenait pas. Boris le déconcertait plus encore qu'Ivich. On aurait dit qu'il en voulait à Lola d'être morte.

— J'ai pris mes frusques et je me suis habillé, continua Boris d'une voix monotone. Je ne voulais pas qu'on me trouve dans sa chambre. Ils ne m'ont pas vu sortir, il n'y avait personne à la caisse. J'ai pris un taxi et je suis venu.

— Tu as du chagrin? demanda doucement Ivich. Elle s'était penchée vers lui mais sans trop de compassion : elle avait l'air de demander un renseignement. Elle dit :

— Regarde-moi! Tu as du chagrin?

— Je... dit Boris. Il la regarda et dit brusquement : Ça me fait horreur.

Le garçon passait, il l'appela :

— Je voudrais un autre cognac.

— Est-ce que c'est aussi pressé que le premier? demanda le garçon en souriant.

— Allons, servez vite, dit Mathieu sèchement.

Boris l'écœurait un peu. Il ne lui restait plus rien de sa grâce sèche et rigide. Son nouveau visage ressemblait trop à celui d'Ivich. Mathieu se mit à penser au corps de Lola, étendu sur le lit d'une chambre d'hôtel. Des messieurs en chapeau melon allaient entrer dans la chambre, ils regarderaient ce corps somptueux avec un mélange de concupiscence et de souci professionnel, ils rabattraient les couvertures et relèveraient la chemise de nuit pour chercher les blessures, en pensant que le métier d'inspecteur a parfois du bon. Il frissonna :

— Elle est toute seule là-bas? dit-il.

— Oui, je pense qu'on la trouvera vers midi, dit Boris avec une mine soucieuse. La bonne la réveille toujours vers cette heure-là.

— Dans deux heures, dit Ivich.

Elle avait repris ses airs de grande sœur. Elle caressait les cheveux de son frère d'un air apitoyé et triomphant. Boris se laissait cajoler; il s'écria brusquement :

— Nom de Dieu!

Ivich sursauta. Boris parlait volontiers l'argot mais il ne jurait jamais.

— Qu'est-ce que tu as fait? demanda-t-elle avec inquiétude.

— Mes bafouilles, dit Boris.

— Quoi?

— Mes bafouilles, j'ai été con, je les ai laissées chez elle.

Mathieu ne comprenait pas :

— Des lettres que vous lui aviez écrites?

— Oui.

— Et alors?

— Eh bien!... le médecin va venir, on saura qu'elle est morte intoxiquée.

— Vous parliez de la drogue dans vos lettres?

— Eh bien, oui, dit Boris d'une voix morne. Mathieu avait l'impression qu'il jouait la comédie :

— Vous avez pris de la drogue? demanda-t-il. Il était un peu vexé parce que Boris ne le lui avait jamais dit.

— Je... ça m'est arrivé. Une fois ou deux, par curiosité. Et puis je parle d'un type qui en vendait, un type de la Boule-Blanche, je lui en ai acheté une fois pour Lola. J'aimerais pas qu'il soit fait à cause de moi.

— Boris, tu es fou, dit Ivich, comment as-tu pu écrire des choses pareilles!

Boris leva la tête :

— Vous vous rendez compte du foin!

— Mais peut-être qu'on ne les trouvera pas? dit Mathieu.

— C'est la première chose qu'ils trouveront. En mettant tout au mieux, je serai convoqué comme témoin.

— Oh! le père, dit Ivich. Qu'est-ce qu'il va râler.

— Il est capable de me rappeler à Laon et de me coller dans une banque.

— Tu me tiendras compagnie, dit Ivich d'une voix sinistre.

Mathieu les regarda avec pitié : « C'est donc comme ça qu'ils sont! » Ivich avait perdu son air victorieux : blottis l'un contre l'autre, blêmes et décomposés, ils avaient l'air de deux petites vieilles. Il y eut un silence puis Mathieu s'aperçut que Boris le regardait de côté, il avait un air de ruse autour de la bouche, une pauvre ruse désarmée. « Il y a une combine là-dessous », pensa Mathieu agacé.

— Vous dites que la servante vient la réveiller à midi? demanda-t-il.

— Oui. Elle frappe jusqu'à ce que Lola lui réponde.

— Eh bien! il est dix heures et demie. Vous avez le temps d'y retourner tranquillement et de ramasser vos lettres. Prenez un taxi si vous voulez, mais vous pourriez même y aller en autobus.

Boris détourna les yeux.

— Je ne peux pas y retourner.

« Nous y voilà », pensa Mathieu. Il demanda :

— Ça vous est vraiment impossible?

— Je ne peux pas.

Mathieu vit qu'Ivich le regardait :

— Où sont vos lettres? demanda-t-il.

— Dans une petite mallette noire devant la fenêtre. Il y a une valise sur la mallette, vous n'aurez qu'à la pousser. Vous verrez, il y a des tas de lettres. Les miennes sont attachées avec un ruban jaune.

Il prit un temps et ajouta sur un ton d'indifférence :

— Il y a aussi du pèze. Des billoquets.

Des billoquets. Mathieu siffla doucement, il pensait : « Il est pas fou, le môme, il a songé à tout, même à me payer. »

— La mallette est fermée à clé?

— Oui, la clé est dans le sac de Lola, le sac est sur la table de nuit. Vous trouverez un trousseau et puis une petite clé plate. C'est celle-là.

— Quel numéro, la chambre?

— C'est le 21, au troisième, la seconde chambre à gauche.

— C'est bon, dit Mathieu, j'y vais.

Il se leva. Ivich le regardait toujours, Boris avait l'air délivré. Il rejeta ses cheveux en arrière avec une grâce retrouvée et dit en souriant faiblement :

— Si on vous arrête, vous n'aurez qu'à dire que vous allez chez Bolivar, c'est le nègre du «Kamtchatka», je le connais. Il habite aussi au troisième.

— Vous m'attendrez ici tous les deux, dit Mathieu.

Il avait pris malgré lui un ton de commandement. Il ajouta plus doucement :

— Je serai de retour dans une heure.

— On vous attendra, dit Boris.

Il ajouta avec un air d'admiration et de reconnaissance éperdue :

— Vous êtes un type en or.

Mathieu fit quelques pas sur le boulevard Montparnasse, il était content d'être seul. Derrière lui, Boris et Ivich allaient se mettre à chuchoter, ils allaient reformer leur monde irrespirable et précieux. Mais il ne s'en souciait pas. Tout autour de lui, en éclats, il y avait ses soucis de la veille, son amour pour Ivich, la grossesse de Marcelle, l'argent et puis, au centre, une tache aveugle, la mort. Il fit plusieurs fois « ouf » en se passant les mains sur le visage et en se frottant les joues. « Pauvre Lola, pensa-t-il, je l'aimais bien. » Mais ça n'était pas à lui de la regretter : cette mort était maudite parce qu'elle n'avait reçu aucune sanction et ça n'était pas à lui de la sanctionner. Elle était tombée lourdement dans une petite âme affolée et elle y faisait des ronds. A cette petite âme seule incombait l'écrasante responsabilité de la penser et de la racheter. Si seulement Boris avait eu un éclair de tristesse... Mais il n'avait éprouvé que de l'horreur. La mort de Lola resterait éternellement en marge du monde, éternellement déclassée, comme un reproche. « Crevée comme un chien! » C'était une pensée insoutenable.

— Taxi! cria Mathieu.

Quand il se fut assis dans la voiture, il se sentit plus calme. Il avait même un sentiment de supériorité tranquille comme si, tout à coup, il se fût fait pardonner de ne plus avoir l'âge d'Ivich ou plutôt comme si la jeunesse subitement venait de perdre son prix.

« Ils dépendent de moi », se dit-il avec une fierté amère. Il valait mieux que le taxi ne s'arrêtât pas devant l'hôtel.

— A l'angle de la rue de Navarin et de la rue des Martyrs.

Mathieu regardait le défilé des grands immeubles tristes du boulevard Raspail. Il se répéta : « Ils dépendent de moi. » Il se sentait solide et même un peu épais. Et puis les vitres s'assombrirent, le taxi s'engagea dans l'étroit goulet de la rue du Bac et, subitement, Mathieu réalisa que Lola était morte, qu'il allait entrer dans sa chambre, voir ses yeux grands ouverts et son corps blanc. « Je ne la regarderai pas », décida-t-il. Elle était morte. Sa conscience s'était anéantie. Mais non sa vie. Abandonnée par la bête molle et tendre qui l'avait si longtemps habitée, cette vie déserte s'était simplement arrêtée, elle flottait, pleine de cris sans échos et d'espoirs inefficaces, d'éclats sombres, de figures et d'odeurs surannées, elle flottait en marge du monde, entre parenthèses, inoubliable et définitive, plus indestructible qu'un minéral et rien ne pouvait l'empêcher d'avoir été, elle venait de subir son ultime métamorphose : son avenir s'était figé. « Une vie, pensa Mathieu, c'est fait avec de l'avenir comme les corps sont faits avec du vide. » Il baissa la tête : il pensait à sa propre vie. L'avenir l'avait pénétrée jusqu'au cœur, tout y était en instance, en sursis. Les jours les plus anciens de son enfance, le jour où il avait dit : je serai libre, le jour où il avait dit : je serai grand, lui apparaissaient, encore aujourd'hui, avec leur avenir particulier, comme un petit ciel personnel tout rond au-dessus d'eux, et cet avenir, c'était lui, lui tel qu'il était à présent, las et mûrissant, ils avaient des droits sur lui, à travers tout ce temps écoulé, ils maintenaient leurs exigences et il avait souvent des remords écrasants, parce que son présent nonchalant et blasé, c'était le vieil avenir de ces jours passés. C'était lui qu'ils avaient attendu vingt ans, c'était de lui, de cet homme fatigué, qu'un enfant dur avait exigé qu'il réalisât ses espoirs; il dépendait de lui que ces serments enfantins demeurassent enfantins pour toujours ou qu'ils devinssent les premières annonces d'un destin. Son passé ne cessait de subir les retouches du présent; chaque jour décevait davantage ces vieux rêves de grandeur, et chaque jour avait un nouvel avenir; d'attente en attente, d'avenir en avenir, la vie de Mathieu glissait doucement... vers quoi?

Vers rien. Il pensa à Lola : elle était morte et sa vie comme celle de Mathieu n'avait été qu'une attente. Il y avait eu sûrement, en quelque ancien été, une petite fille aux boucles rousses, qui avait juré d'être une grande chanteuse, et aussi vers 1923, une jeune chanteuse impatiente de tenir la vedette sur les affiches. Et son amour pour Boris, ce grand amour de vieille, dont elle avait tant souffert, avait été en sursis depuis le premier jour. Hier encore, obscur et chancelant, il attendait son sens de l'avenir, hier encore elle pensait qu'elle allait vivre et que Boris l'aimerait un jour; les moments les plus pleins, les plus lourds, les nuits d'amour qui lui avaient paru les plus éternelles n'étaient que des attentes.

Il n'y avait rien eu à attendre : la mort était revenue en arrière sur toutes ces attentes et les avait arrêtées, elles restaient immobiles et muettes, sans but, absurdes. Il n'y avait rien eu à attendre : nul ne saurait jamais si Lola eût fini par se faire aimer de Boris, la question n'avait pas de sens. Lola était morte, il n'y avait plus un geste à faire, plus une caresse, plus une prière; il n'y avait plus rien que des attentes d'attentes, plus rien qu'une vie dégonflée aux couleurs brouillées, qui s'affaissait sur elle-même. « Si je mourais aujourd'hui, pensa brusquement Mathieu, personne ne saurait jamais si j'étais foutu ou si je gardais encore des chances de me sauver. »

Le taxi s'arrêta et Mathieu descendit : « Attendez-moi », dit-il au chauffeur. Il traversa obliquement la chaussée, poussa la porte de l'hôtel, entra dans un vestibule sombre et lourdement parfumé. Au-dessus d'une porte vitrée, à gauche, il y avait un rectangle d'émail : « Direction ». Mathieu jeta un coup d'œil à travers les vitres : la pièce semblait vide, on n'entendait que le tic tac d'une horloge. La clientèle ordinaire de l'hôtel, chanteuses, danseurs, nègres de jazz, rentrait tard et se levait tard : tout dormait encore. « Il ne faut pas que je monte trop vite », pensa Mathieu. Il sentait son cœur battre et ses jambes étaient molles. Il s'arrêta sur le palier du troisième et regarda autour de lui. La clé était sur la porte. « Et s'il y avait quelqu'un? » Il prêta l'oreille un moment et frappa. Personne ne répondait. Au quatrième étage quelqu'un tira sur une chasse d'eau, Mathieu entendit des bouillonnements en cascade, suivis d'un petit bruit liquide et flûté. Il poussa la porte et entra.

La chambre était obscure et gardait encore l'odeur moite du sommeil. Mathieu fouilla la pénombre du regard, il était avide de lire la mort sur les traits de Lola, comme si c'eût été un sentiment humain. Le lit était sur la droite au fond de la pièce. Mathieu vit Lola, toute blanche, qui le regardait : « Lola? » dit-il à voix basse. Lola ne répondit pas. Elle avait un visage extraordinairement expressif mais indéchiffrable; ses seins étaient nus, un de ses beaux bras s'étendait tout raide, en travers du lit, l'autre s'enfonçait sous les couvertures. « Lola! », répéta Mathieu en s'avançant vers le lit. Il ne pouvait détacher ses regards de cette poitrine si fière, il avait envie de la toucher. Il demeura quelques instants au bord du lit,

hésitant, inquiet, le corps empoisonné par un âcre désir, puis il se détourna et saisit rapidement le sac de Lola sur la table de nuit. La clé plate était dans le sac : Mathieu la prit et se dirigea vers la fenêtre. Un jour gris filtrait à travers les rideaux, la chambre était emplie d'une présence immobile; Mathieu s'agenouilla devant la mallette, la présence irrémédiable était là, dans son dos, comme un regard. Il introduisit la clé dans la serrure. Il leva le couvercle, plongea ses deux mains dans la mallette et des papiers se froissèrent sous ses doigts. C'étaient des billets de banque, il y en avait beaucoup. Des billets de mille. Sous une pile de quittances et de notes, Lola avait caché un paquet de lettres noué avec une faveur jaune. Mathieu éleva le paquet vers la lumière, examina l'écriture et dit à mi-voix : « les voilà » puis il glissa le paquet dans sa poche. Mais il ne pouvait pas s'en aller, il restait à genoux, le regard fixé sur les billoquets. Au bout d'un moment, il fouilla nerveusement dans les papiers, la tête détournée, triant sans les regarder, au toucher. « Je suis payé », pensa-t-il. Derrière lui, il y avait cette longue femme blanche au visage étonné, les bras semblaient pouvoir se tendre encore et les ongles rouges encore griffer. Il se releva et se brossa les genoux du plat de sa main droite. Sa main gauche serrait une liasse de billets de banque. Il pensa : « Nous sommes tirés d'affaire » et il considérait les billets avec perplexité. « Nous sommes tirés d'affaire... » Il tendait l'oreille malgré lui, il écoutait le corps silencieux de Lola, il se sentait cloué sur place. « C'est bon! » murmura-t-il avec résignation. Ses doigts s'ouvrirent et les billoquets retombèrent en tournoyant dans la mallette. Mathieu referma le couvercle, donna un tour de clé, mit la clé dans sa poche et sortit de la chambre à pas de loup.

La lumière l'éblouit : « Je n'ai pas pris l'argent », se dit-il avec stupeur.

Il demeurait immobile, la main sur la rampe de l'escalier, il pensait: « Je suis un faible! » Il faisait ce qu'il pouvait pour trembler de rage mais on ne peut jamais rager pour de vrai contre soi-même. Soudain il pensa à Marcelle, à l'ignoble vieille aux mains d'étrangleur et il eut une vraie peur : « Ça n'était rien, rien qu'un geste à faire, pour l'empêcher de souffrir, pour lui éviter une histoire sordide qui la marquera. Et je n'ai pas pu : je suis trop délicat. Brave garçon, va. Après ça, pensa-t-il en regardant sa main bandée, je peux bien m'envoyer des coups de couteau dans la main, pour faire le grand funeste auprès des demoiselles : je n'arriverai plus jamais à me prendre au sérieux. » Elle irait chez la vieille, il n'y avait pas d'autre issue : ce serait à elle de se montrer brave, de lutter contre l'angoisse et l'horreur, pendant ce temps-là, il se soutiendrait en buvant des rhums dans un bistrot. « Non, pensa-t-il effrayé. Elle n'ira pas. Je l'épouserai, puisque je ne suis bon qu'à ça. » Il pensa : « Je l'épouserai » en pressant fortement sa main blessée contre la rampe et il lui sembla qu'il se noyait. Il murmura : « Non! Non! » en rejetant la tête en arrière, puis il respira fortement, tourna sur lui-même, traversa le corridor et rentra dans la chambre. Il s'adossa à la porte comme la première fois et tenta d'accoutumer ses yeux à la pénombre.

Il n'était même pas sûr d'avoir le courage de voler. Il fit quelques pas incertains et distingua enfin la face grise de Lola et ses yeux grands ouverts qui le regardaient.

— Qui est là? demanda Lola.

C'était une voix faible mais hargneuse. Mathieu frissonna de la tête aux pieds : « Le petit idiot! » pensa-t-il.

— C'est Mathieu.

Il y eut un long silence, puis Lola demanda :

— Quelle heure est-il?

— Onze heures moins le quart.

— J'ai mal à la tête, dit-elle. Elle remonta sa couverture jusqu'à son menton et resta immobile, les yeux fixés sur Mathieu. Elle avait l'air encore morte.

— Où est Boris? demanda-t-elle. Qu'est-ce que vous faites ici?

— Vous avez été malade, expliqua Mathieu précipitamment.

— Qu'est-ce que j'ai eu?

— Vous étiez toute raide avec les yeux grands ouverts. Boris vous parlait, vous ne répondiez pas, il a pris peur.

Lola n'avait pas l'air d'entendre. Et puis tout d'un coup elle eut un rire désagréable et vite étouffé. Elle dit avec effort :

— Il a cru que j'étais morte?

Mathieu ne répondit pas.

— Hein? C'est ça? Il a cru que j'étais morte?

— Il a eu peur, dit Mathieu évasivement.

— Ouf! fit Lola.

Il y eut un nouveau silence. Elle avait fermé les yeux, ses mâchoires tremblaient. Elle semblait faire un violent effort pour se reprendre. Elle dit, les yeux toujours clos :

— Donnez-moi mon sac, il est sur la table de nuit.

Mathieu lui tendit le sac : elle en tira un poudrier où elle mira son visage avec dégoût.

— C'est vrai que j'ai l'air d'une morte, dit-elle.

Elle reposa le sac sur le lit avec un soupir d'épuisement et ajouta :

— D'ailleurs je ne vaux guère mieux.

— Vous vous sentez mal?

— Assez mal. Mais je sais ce que c'est, ça passera dans la journée.

— Avez-vous besoin de quelque chose? Voulez-vous que j'aille chercher le médecin?

— Non. Restez tranquille. Alors c'est Boris qui vous a envoyé?

— Oui. Il était affolé.

— Il est en bas? demanda Lola en se soulevant un peu.

— Non... Je... j'étais au Dôme, vous comprenez, il est venu m'y chercher. J'ai sauté dans un taxi et me voilà.

La tête de Lola retomba sur l'oreiller.

— Merci tout de même.

Elle se mit à rire. Un rire essoufflé et pénible.

— En somme il a eu les jetons, le petit ange. Il a fichu le camp sans demander son reste. Et il vous a envoyé ici vous assurer que j'étais bien morte.

— Lola! dit Mathieu.

— Ça va, dit Lola, pas de boniments!

Elle referma les yeux et Mathieu crut qu'elle allait s'évanouir. Mais elle reprit sèchement au bout d'un instant :

— Voulez-vous lui dire qu'il se rassure. Je ne suis pas en danger. Ce sont des malaises qui me prennent quelquefois quand je... Enfin il saura pourquoi. C'est le cœur qui flanche un peu. Dites-lui qu'il vienne ici tout de suite. Je l'attends. Je resterai ici jusqu'à ce soir.

— Entendu, dit Mathieu. Vous n'avez vraiment besoin de rien?

— Non. Ce soir, je serai guérie, j'irai chanter là-bas.

Elle ajouta :

— Il n'en a pas encore fini avec moi.

— Alors, au revoir.

Il se dirigea vers la porte mais Lola le rappela. Elle dit d'une voix implorante :

— Vous me promettez de le faire venir? On s'était...on s'était un peu disputés hier soir, dites-lui que je ne lui en veux plus, qu'il ne sera plus question de rien. Mais qu'il vienne! Je vous en prie, qu'il vienne! Je ne peux pas supporter l'idée qu'il me croit morte.

Mathieu était ému. Il dit :

— Compris. Je vais vous l'envoyer.

Il sortit. Le paquet de lettres, qu'il avait glissé dans la poche intérieure de son veston, pesait fortement contre sa poitrine : « La tête qu'il va faire! pensa Mathieu. Il faudra que je lui rende la clé, il se débrouillera pour la remettre dans le sac. » Il essaya de se répéter gaîment : « J'ai eu du nez de ne pas prendre l'argent! » Mais il n'était pas gai, peu importait que sa lâcheté eût eu des suites favorables, ce qui comptait, c'était qu'il n'avait pas pu prendre l'argent. « Tout de même, pensa-t-il, je suis content qu'elle ne soit pas morte. »

— Hé! monsieur, cria le chauffeur, c'est par ici!

Mathieu se retourna, égaré.

— Qu'est-ce que c'est? Ah! c'est vous! dit-il en reconnaissant le taxi. Eh bien! conduisez-moi au Dôme.

Il s'assit et le taxi démarra. Il voulait chasser la pensée de son humiliante défaite. Il prit le paquet de lettres, défit le nœud et commença à lire. C'étaient de petits mots secs que Boris avait écrits de Laon, pendant les vacances de Pâques. Il y était parfois question de cocaïne mais en termes si voilés que Mathieu se dit avec surprise : « Je ne savais pas qu'il était prudent. » Les lettres commençaient toutes par « ma chère Lola », puis c'étaient de brefs comptes rendus des journées de Boris. « Je me baigne. Je me suis engueulé avec mon père. J'ai fait la connaissance d'un ancien lutteur qui va m'apprendre le catch. J'ai fumé un Henry Clay jusqu'au bout sans faire tomber la cendre. » Boris les terminait chaque fois par ces mots : « Je t'aime très fort et je t'embrasse. Boris. » Mathieu imagina sans peine dans quelles dispositions Lola avait dû lire ces lettres, sa déception toujours prévue et cependant toujours neuve et l'effort qu'elle devait faire chaque fois pour se dire avec entrain : « Au fond, il m'aime : ce qu'il y a c'est qu'il ne sait pas le dire. » Il pensa : « Et elle les a gardées tout de même. » Il refit soigneusement le nœud et remit le paquet dans sa poche : « Il faudra que Boris s'arrange pour les glisser dans la mallette sans qu'elle le voie. » Quand le taxi s'arrêta il semblait à Mathieu qu'il était l'allié naturel de Lola. Mais il ne pouvait penser à elle autrement qu'au passé. En entrant au Dôme, il avait l'impression qu'il allait défendre la mémoire d'une morte.

On eût dit que Boris n'avait pas fait un mouvement depuis le départ de Mathieu. Il était assis de côté, les épaules voûtées, la bouche ouverte, les narines pincées. Ivich lui parlait à l'oreille avec animation mais elle se tut quand elle vit entrer Mathieu. Mathieu s'approcha et jeta le paquet de lettres sur la table :

— Voilà, dit-il.

Boris prit les lettres et les fit promptement disparaître dans sa poche. Mathieu le regardait sans amitié :

— Ça n'a pas été trop difficile? demanda Boris.

— Pas difficile du tout, seulement voilà : Lola n'est pas morte.

Boris leva les yeux sur lui, il n'avait pas l'air de comprendre :

— Lola n'est pas morte, répéta-t-il stupidement.

Il s'affaissa davantage, il semblait écrasé : « Parbleu, pensa Mathieu, il commençait à s'y habituer. »

Ivich regardait Mathieu avec des yeux étincelants.

— Je l'aurais parié! dit-elle. Qu'est-ce qu'elle avait?

— Simple évanouissement, répondit Mathieu avec raideur.

Ils se turent. Boris et Ivich prenaient leur temps pour digérer la nouvelle. « C'est une farce », pensa Mathieu. Boris releva enfin la tête. Il avait des yeux vitreux :

— C'est... c'est elle qui vous a rendu les lettres ? demanda-t-il.

— Non. Elle était encore évanouie quand je les ai prises.

Boris but une gorgée de cognac et reposa le verre sur la table :

— Ça alors! dit-il comme pour lui-même.

— Elle dit que ça lui arrive quelquefois quand elle prend de la drogue. Elle m'a dit que vous deviez le savoir.

Boris ne répondit pas. Ivich semblait s'être ressaisie.

— Qu'est-ce qu'elle a dit? demanda-t-elle avec curiosité. Elle devait être bouleversée quand elle vous a vu au pied de son lit?

— Pas trop. J'ai dit que Boris avait pris peur et qu'il était venu me demander de l'aide. Naturellement, j'ai dit que j'étais venu voir ce qu'il y avait. Vous vous rappellerez ça, dit-il à Boris. Tâchez de ne pas vous couper. Et puis vous vous arrangerez pour remettre les lettres à leur place sans qu'elle le voie.

Boris se passa la main sur le front :

— C'est plus fort que moi, dit-il, je la vois morte.

Mathieu en avait assez :

— Elle veut que vous alliez la voir tout de suite.

— Je... j'aurais cru qu'elle était morte, répéta Boris comme pour s'excuser.

— Eh bien! elle ne l'est pas! dit Mathieu exaspéré. Prenez un taxi et allez la voir.

Boris ne bougea pas.

— Vous entendez? demanda Mathieu. Elle est malheureuse comme les pierres cette bonne femme-là.

Il allongea la main pour saisir le bras de Boris, mais Boris se dégagea d'une violente secousse.

— Non! cria-t-il d'une voix si forte qu'une femme de la terrasse se retourna. Il reprit plus bas avec un entêtement mou et invincible : « J'irai pas. »

— Mais, dit Mathieu étonné, vous savez, c'est fini, les histoires d'hier : elle a promis qu'il n'en serait plus question.

— Oh! les histoires d'hier! dit Boris en haussant les épaules.

— Eh bien! alors?

Boris le regarda d'un air mauvais :

— Elle me fait horreur.

— Parce que vous avez cru qu'elle était morte? Voyons, Boris, reprenez-vous, toute cette histoire est bouffonne. Vous vous étiez trompé, eh bien! voilà : c'est fini.

— Je trouve que Boris a raison, dit Ivich avec vivacité. Elle ajouta et sa voix était chargée d'une intention que Mathieu ne comprit pas : « Je... à sa place j'en ferais autant. »

— Mais vous ne comprenez donc pas? Il va la faire crever pour de bon.

Ivich secoua la tête, elle avait son sinistre petit visage irrité. Mathieu lui lança un regard de haine : « Elle lui monte la tête », pensa-t-il.

— S'il retourne chez elle ce sera par pitié, dit Ivich.Vous ne pouvez pas exiger ça de lui : il n'y a rien de plus répugnant, même pour elle.

— Qu'il essaie au moins de la voir. Il verra bien.

Ivich fit une grimace impatientée :

— Il y a des choses que vous ne sentez pas, dit-elle.

Mathieu demeura interdit et Boris profita de l'avantage :

— Je ne veux pas la revoir, dit-il d'une voix butée. Pour moi, elle est morte.

— Mais c'est idiot! cria Mathieu.

Boris le regarda d'un air sombre :

— Je ne voulais pas vous le dire mais si je la revois il faudra que je la touche. Et ça, ajouta-t-il avec dégoût, je ne pourrai pas.

Mathieu sentit son impuissance. Il regardait avec lassitude ces deux petites têtes hostiles.

— Eh bien! alors, dit-il, attendez un peu... que votre souvenir soit effacé. Dites-moi que vous la reverrez demain ou après-demain.

Boris parut soulagé :

— C'est ça, dit-il, d'un air faux, demain.

Mathieu faillit lui dire : « Au moins téléphonez-lui que vous ne pouvez pas y aller. » Mais il se retint, il pensa : « Il ne le fera pas. Je vais téléphoner moi-même. » Il se leva :

— Il faut que j'aille chez Daniel, dit-il à Ivich. Quand est-ce, vos résultats? A deux heures?

— Oui.

— Voulez-vous que j'aille les voir?

— Non merci. Boris ira.

— Quand est-ce que je vous reverrai?

— Je ne sais pas.

— Envoyez-moi un pneu tout de suite, pour me dire si vous êtes reçue.

— Oui.

— N'oubliez pas, dit Mathieu en s'éloignant. Salut!

— Salut, répondirent-ils en même temps.

Mathieu descendit au sous-sol du Dôme et consulta le Bottin. Pauvre Lola! Demain sans doute, Boris retournerait au «Sumatra». « Mais cette journée qu'elle va passer à l'attendre...! Je ne voudrais pas être dans sa peau. »

— Voulez-vous me donner Trudaine 00-35 ? demanda-t-il à la grosse téléphoniste.

— Les deux cabines sont occupées, répondit-elle. Il faut que vous attendiez.

Mathieu attendit, il voyait par deux portes ouvertes le carrelage blanc des lavabos. La veille au soir, devant d'autres « Toilettes »... Drôle de souvenir d'amour.

Il se sentait plein de rancune contre Ivich. « Ils ont peur de la mort, se dit-il. Ils ont beau être frais et proprets, ils ont de petites âmes sinistres, parce qu'ils ont peur. Peur de la mort, de la maladie, de la vieillesse. Ils s'accrochent à leur jeunesse comme un moribond à la vie. Combien de fois j'ai vu Ivich se tripoter le visage devant une glace : elle tremble déjà d'avoir des rides. Ils passent leur temps à ruminer leur jeunesse, ils ne font que des projets à court terme, comme s'ils n'avaient devant eux que cinq ou six ans. Après... Après, Ivich parle de se tuer, mais je suis tranquille, elle n'osera jamais : ils remueront des cendres. Finalement, je suis ridé, j'ai une peau de crocodile, des muscles qui se nouent, mais moi j'ai encore des années à vivre... Je commence à croire que c'est nous qui avons été jeunes. Nous voulions faire les hommes, nous étions ridicules mais je me demande si le seul moyen de sauver sa jeunesse n'est pas de l'oublier. » Mais il restait mal à l'aise, il les sentait là-haut, tête contre tête, chuchotants et complices, ils étaient fascinants tout de même.

— Ça vient le téléphone? demanda-t-il.

— Un moment, monsieur, répondit la grosse femme aigrement. J'ai un client qui a demandé Amsterdam.

Mathieu se détourna et fit quelques pas : « Je n'ai pas pu prendre l'argent! » Une femme descendait l'escalier, vive et légère, de celles qui disent avec des visages de fillette : « Je vais faire mon petit pipi. » Elle vit Mathieu, hésita et reprit sa marche à longues foulées glissantes, se fit tout esprit, tout parfum, entra fleur dans les cabinets. « Je n'ai pas pu prendre l'argent; ma liberté c'est un mythe. Un mythe — Brunet avait raison — et ma vie se construit par en dessous avec une rigueur mécanique. Un néant, le rêve orgueilleux et sinistre de n'être rien, d'être toujours autre chose que ce que je suis. C'est pour n'être pas de mon âge que je fais joujou depuis un an avec ces deux marmots; en vain : je suis un homme, une grande personne, c'est une grande personne, c'est un monsieur qui a embrassé la petite Ivich dans un taxi. C'est pour n'être pas de ma classe que j'écris dans des revues de gauche; en vain : je suis un bourgeois, je n'ai pas pu prendre l'argent de Lola, leurs tabous m'ont fait peur. C'est pour échapper à ma vie que je couchotte à droite et à gauche, avec la permission de Marcelle, que je refuse obstinément de passer devant le maire; en vain : je suis marié, je vis en ménage. » Il s'était emparé du Bottin, il le feuilletait distraitement et lut : « Hollebecque, auteur dramatique, Nord 77-80. » Il avait mal au cœur, il se dit : « Voilà. Vouloir être ce que je suis, c'est la seule liberté qui me reste. Ma seule liberté : vouloir épouser Marcelle. » Il était si las de se sentir ballotté entre des courants contraires qu'il fut presque réconforté. Il serra les poings et prononça intérieurement avec une gravité de grande personne, de bourgeois, de monsieur, de chef de famille : « Je veux épouser Marcelle. »

Pouah! C'étaient des mots, une option enfantine et vaine. « Ça aussi, pensa-t-il, ça aussi c'est un mensonge : je n'ai pas besoin de volonté pour l'épouser; je n'ai qu'à me laisser aller. » Il referma le Bottin, il regardait, accablé, les débris de sa dignité humaine. Et soudain il lui sembla qu'il voyait sa liberté. Elle était hors d'atteinte, cruelle, jeune et capricieuse comme la grâce : elle lui commandait tout uniment de plaquer Marcelle. Ce ne fut qu'un instant; cette inexplicable liberté, qui prenait les apparences du crime, il ne fit que l'entrevoir : elle lui faisait peur et puis elle était si loin. Il resta buté sur sa volonté trop humaine, sur ces mots trop humains : « Je l'épouserai. »

— A vous, monsieur, dit la téléphoniste. Vous avez la deuxième cabine.

— Merci, dit Mathieu.

Il entra dans la cabine.

— Décrochez, monsieur.

Mathieu décrocha docilement l'appareil.

— Allo! Trudaine 00-35? C'est une commission pour Mme Montero. Non, ne la dérangez pas. Vous monterez lui dire tout à l'heure. C'est de la part de M. Boris : il ne peut pas venir.

— M. Maurice? dit la voix.

— Non, pas Maurice : Boris. B comme Bernard, O comme Octave. Il ne peut pas venir. Oui. C'est ça. Merci, au revoir, madame.

Il sortit, il pensa en se grattant la tête : « Marcelle doit être aux cent coups, je devrais lui téléphoner, pendant que j'y suis. » Il regarda la dame du téléphone d'un air indécis.

— Vous voulez un autre numéro? demanda-t-elle.

— Oui... donnez-moi Ségur 25-64.

C'était le numéro de Sarah.

— Allo Sarah, c'est Mathieu, dit-il.

— Bonjour, dit la voix rude de Sarah. Alors? Est-ce que ça s'arrange?

— Pas du tout, dit Mathieu. Les gens sont durs à la détente. Justement, je voulais vous demander : vous ne pourriez pas faire un saut chez ce type et le prier de me faire crédit jusqu'à la fin du mois.

— Mais il sera parti, à la fin du mois.

— Je lui enverrai son argent en Amérique.

Il y eut un bref silence.

— Je peux toujours essayer, dit Sarah sans enthousiasme. Mais ça n'ira pas tout seul. C'est un vieux grigou et puis il traverse une crise d'hypersionisme, il déteste tout ce qui n'est pas Juif depuis qu'on l'a chassé de Vienne.

— Essayez tout de même, si ça ne vous embête pas.

— Ça ne m'embête pas du tout. J'irai tout de suite après déjeuner.

— Merci Sarah, vous êtes un type en or! dit Mathieu.

XIII

— Il est trop injuste, dit Boris.

— Oui, dit Ivich, s'il se figure qu'il a rendu service à Lola!

Elle eut un petit rire sec et Boris se tut, satisfait : personne ne le comprenait comme Ivich. Il tourna la tête vers l'escalier des toilettes et pensa avec sévérité : « Là, il est allé trop fort. On ne doit pas parler à quelqu'un comme il m'a parlé. Je ne suis pas Hourtiguère. » Il regardait l'escalier, il espérait que Mathieu leur ferait un sourire en remontant. Mathieu réapparut, il sortit sans leur avoir adressé un regard et Boris en eut le cœur tourné.

— Il a l'air bien fier, dit-il.

— Qui?

— Mathieu. Il vient de sortir.

Ivich ne répondit rien. Elle avait l'air neutre, elle regardait sa main bandée.

— Il m'en veut, dit Boris. Il trouve que je ne suis pas moral.

— Oui, dit Ivich, mais ça lui passera. Elle haussa les épaules. Je ne l'aime pas quand il est moral.

— Moi, si, dit Boris. Il ajouta, après réflexion : « Mais je suis plus moral que lui. »

— Pfff! dit Ivich. Elle se balança un peu sur la banquette, elle avait l'air niaise et joufflue. Elle dit d'un ton canaille : « Moi je m'en bats l'œil, de la morale. Je m'en bats l'œil. »

Boris se sentit très seul. Il aurait aimé se rapprocher d'Ivich, mais Mathieu était encore entre eux. Il dit :

— Il est injuste. Il ne m'a pas laissé le temps de m'expliquer.

Ivich dit d'un air équitable :

— Il y a des choses qu'on ne peut pas lui expliquer.

Boris ne protesta pas, par habitude, mais il pensait qu'on pouvait tout expliquer à Mathieu, si seulement il était de bon poil. Il lui semblait toujours qu'ils ne parlaient pas du même Mathieu : celui d'Ivich était plus fade.

Ivich eut un faible rire :

— Que tu as l'air obstiné, petite mule, dit-elle.

Boris ne répondit pas, il remâchait ce qu'il aurait dû dire à Mathieu : qu'il n'était pas une petite brute égoïste et qu'il avait eu une secousse terrible quand il avait cru que Lola était morte. Il avait même entrevu un moment qu'il allait souffrir et ça l'avait scandalisé. Il trouvait la souffrance immorale et puis il ne pouvait réellement pas la supporter. Alors il avait fait un effort sur lui-même. Par moralité. Et quelque chose s'était bloqué, il y avait eu une panne, il fallait attendre que ça revienne.

— C'est marrant, dit-il, quand je pense à Lola, à présent, elle me fait l'effet d'une vieille bonne femme.

Ivich eut un petit rire et Boris fut choqué. Il ajouta par souci de justice.

— Elle ne doit pas rigoler, en ce moment.

— Ben non.

— Je ne veux pas qu'elle souffre, dit-il.

— Eh bien! tu n'as qu'à aller la voir, dit Ivich d'un ton chantant.

Il comprit qu'elle lui tendait un piège et répondit vivement :

— J'irai pas. D'abord elle... je la vois toujours morte. Et puis je ne veux pas que Mathieu s'imagine qu'il peut me faire tourner en bourrique.

Sur ce point il ne céderait pas, il n'était pas Hourtiguère. Ivich dit avec douceur :

— C'est un peu vrai qu'il te fait tourner en bourrique.

C'était une vacherie, Boris le constata sans colère : Ivich avait de bonnes intentions, elle voulait le faire rompre avec Lola, c'était pour son bien. Tout le monde avait toujours en vue le bien de Boris. Seulement ce bien variait avec les personnes.

— Je lui en donne l'air, comme ça, répondit-il avec sérénité. C'est ma tactique avec lui.

Mais il avait été touché au vif et il en voulut à Mathieu. Il s'agita un peu sur la banquette et Ivich le regarda d'un air inquiet.

— Petite gueule, tu penses trop, dit-elle. Tu n'as qu'à t'imaginer qu'elle est morte pour de bon.

— Ben oui, ça serait commode, mais je ne peux pas, dit Boris.

Ivich parut amusée.

— C'est drôle, dit-elle, moi je peux. Quand je ne vois plus les gens, ils n'existent plus.

Boris admira sa sœur et se tut : il ne se sentait pas capable d'une
telle force d'âme. Il dit au bout d'un moment :

— Je me demande s'il a pris l'argent. On serait beaux!

— Quel argent?

— Chez Lola. Il avait besoin de cinq mille francs.

— Tiens!

Ivich eut l'air intrigué et mécontent. Boris se demanda s'il
n'aurait pas mieux fait de tenir sa langue. Il était entendu qu'ils
se disaient tout, mais, de temps en temps, on pouvait faire exception
à la règle.

— Tu as l'air en boule contre Mathieu, dit-il.

Ivich pinça les lèvres :

— Il m'énerve, dit-elle. Ce matin il me faisait homme.

— Oui..., dit Boris.

Il se demandait ce qu'Ivich avait voulu dire, mais il n'en laissa
rien voir : ils devaient se comprendre à demi mot, sinon le charme
eût été rompu. Il y eut un silence, puis Ivich ajouta brusquement :

— Allons-nous-en. Je ne peux pas supporter le Dôme.

— Moi non plus, dit Boris.

Ils se levèrent et sortirent. Ivich prit le bras de Boris. Boris avait
une légère et tenace envie de vomir.

— Tu crois qu'il va râler longtemps? demanda-t-il.

— Mais non, mais non, dit Ivich impatientée.

Boris dit perfidement :

— Il râle aussi contre toi.

Ivich se mit à rire :

— C'est bien possible, mais je m'en désolerai plus tard. J'ai
d'autres soucis en tête.

— C'est vrai, dit Boris avec confusion, tu es emmerdée.

— Salement.

— A cause de ton examen?

Ivich haussa les épaules et ne répondit pas. Ils firent quelques
pas en silence. Il se demandait si c'était vraiment à cause de son
examen. Il l'eût souhaité d'ailleurs : c'eût été plus moral.

Il leva les yeux et il se trouva que le boulevard Montparnasse
était fameux sous cette lumière grise. On se serait cru en octobre.
Boris aimait beaucoup le mois d'octobre. Il pensa : « Au mois d'octobre dernier, je ne connaissais pas Lola. » Au même moment, il
se sentit délivré : « Elle vit. » Pour la première fois, depuis qu'il avait
abandonné son cadavre dans la chambre sombre, il sentait qu'elle
vivait, c'était comme une résurrection. Il pensa : « Ça n'est pas
possible que Mathieu m'en veuille longtemps, puisqu'elle n'est pas

morte. » Jusqu'à cette minute, il savait qu'elle souffrait, qu'elle l'attendait avec angoisse, mais cette souffrance et cette angoisse lui paraissaient irrémédiables et figées comme celles des gens qui sont morts désespérés. Mais il y avait maldonne : Lola vivait, elle reposait dans son lit les yeux ouverts, elle était habitée par une petite colère vivante, comme chaque fois qu'il arrivait en retard à ses rendez-vous. Une colère qui n'était ni plus ni moins respectable que les autres; un peu plus forte, peut-être. Il n'avait pas envers elle ces obligations incertaines et redoutables qu'imposent les morts, mais des devoirs sérieux, en somme des devoirs de famille. Du coup, Boris put évoquer le visage de Lola sans horreur. Ce ne fut pas le visage d'une morte qui vint à l'appel, mais cette face encore jeune et courroucée qu'elle tournait vers lui la veille, quand elle lui criait : « Tu m'as menti, tu n'as pas vu Picard. » En même temps, il sentit en lui une solide rancune contre cette fausse morte qui avait provoqué toutes ces catastrophes. Il dit :

— Je ne rentrerai pas à mon hôtel : elle est capable d'y venir.

— Va coucher chez Claude.

— Oui.

Ivich fut prise d'une idée.

— Tu devrais lui écrire. C'est plus correct.

— A Lola? Oh! non.

— Si.

— Je ne saurais pas quoi lui mettre.

— Je te la ferai, ta lettre, petite buse.

— Mais pour lui dire quoi?

Ivich le regarda avec étonnement :

— Est-ce que tu ne veux pas rompre avec elle?

— Je ne sais pas.

Ivich parut agacée, mais elle n'insista pas. Elle n'insistait jamais; elle était bien pour ça. Mais de toute façon, entre Mathieu et Ivich, Boris aurait à jouer serré : pour l'instant, il n'avait pas plus envie de perdre Lola que de la revoir.

— On verra, dit-il. Ça ne sert à rien d'y penser.

Il était bien sur ce boulevard, les gens avaient de bonnes gueules, il les connaissait presque tous de vue, et il y avait un petit rayon de soleil un peu gai qui caressait les vitres de la « Closerie des Lilas ».

— J'ai faim, dit Ivich, je vais déjeuner.

Elle entra dans l'épicerie Demaria. Boris l'attendit au dehors. Il se sentit faible et attendri comme un convalescent et il se demandait à quoi il pourrait bien penser pour se faire un petit plaisir. Son choix s'arrêta brusquement sur le « Dictionnaire historique et

étymologique de l'argot ». Et il se réjouit. Le Dictionnaire était sur
sa table de nuit à présent, on ne voyait plus que lui : « C'est un
meuble, pensa-t-il tout illuminé, j'ai fait un coup de maître. » Et
puis comme un bonheur ne vient jamais seul, il pensa au couteau,
il le sortit de sa poche et l'ouvrit. « Je suis verni! » Il l'avait acheté
la veille et déjà ce couteau avait une histoire, il avait fendu la peau
des deux êtres qui lui étaient le plus chers. « Il coupe rudement bien »,
pensa-t-il.

Une femme passa et le regarda avec insistance. Elle était formidablement bien fringuée. Il se retourna pour la voir de dos: elle
s'était retournée aussi, ils se regardèrent avec sympathie.

— Me voilà, dit Ivich.

Elle tenait deux grosses pommes du Canada. Elle en frotta une
sur son derrière et, quand elle fut bien polie, elle mordit dedans en
tendant l'autre à Boris.

— Non merci, dit Boris. J'ai pas faim. Il ajouta : Tu me
choques.

— Pourquoi?

— Tu frottes tes pommes sur ton derrière.

— C'est pour les polir, dit Ivich.

— Vise la bonne femme qui s'en va, dit Boris. J'avais une
touche.

Ivich mangeait d'un air bonhomme.

— Encore? fit-elle la bouche pleine.

— Pas par là, dit Boris. Derrière toi.

Ivich se retourna et leva les sourcils.

— Elle est belle, dit-elle simplement.

— Tu as vu ses fringues? Ma vie ne se passera pas sans que j'aie
une femme comme ça. Une femme du grand monde. Ça doit être
jouissant.

Ivich regardait toujours la femme qui s'éloignait. Elle avait une
pomme dans chaque main, elle avait l'air de les lui tendre.

— Quand je serai fatigué d'elle, je te la passerai, dit Boris géné-
reusement.

Ivich mordit dans sa pomme :

— Penses-tu, dit-elle.

Elle lui prit le bras et l'entraîna brusquement. Sur l'autre
côté du boulevard Montparnasse, il y avait un magasin japo-
nais. Ils traversèrent la chaussée et s'arrêtèrent devant l'étalage.

— Regarde les petites coupes, dit Ivich.

— C'est pour le saké, dit Boris.

— Qu'est-ce que c'est?

— C'est de l'eau-de-vie de riz.

— Je viendrai m'en acheter. Je m'en ferai des tasses à thé.

— C'est beaucoup trop petit.

— Je les remplirai plusieurs fois de suite.

— Ou bien tu pourrais en remplir six à la fois.

— Oui, dit Ivich ravie. J'aurai six petites coupes pleines devant moi, je boirai tantôt dans l'une, tantôt dans l'autre.

Elle se recula un peu et dit d'un air de passion, les dents serrées :

— Oh! je voudrais acheter toute la boutique.

Boris blâmait le goût de sa sœur pour ces bibelots. Il voulut cependant entrer dans le magasin mais Ivich le retint.

— Pas aujourd'hui. Viens.

Ils remontèrent la rue Denfert-Rochereau et Ivich dit :

— Pour avoir des petits objets comme ça — mais alors, une chambre pleine! — je serais capable de me vendre à un vieux.

— Tu ne saurais pas, dit Boris sévèrement. C'est un métier. Ça s'apprend.

Ils marchaient doucement, c'était un instant de bonheur; sûrement Ivich avait oublié son examen, elle avait l'air gai. Dans ces moments-là Boris avait l'impression qu'ils ne faisaient plus qu'un. Au ciel il y avait de gros morceaux de bleu et des nuages blancs qui bouillonnaient : le feuillage des arbres était lourd de pluie, ça sentait le feu de bois, comme dans la grand'rue d'un village.

— J'aime ce temps-là, dit Ivich en entamant sa seconde pomme. Il fait un peu humide mais ça ne poisse pas. Et puis ça ne fait pas mal aux yeux. Je me sens de taille à faire vingt kilomètres.

Boris s'assura discrètement qu'il y avait des cafés à proximité. Quand Ivich parlait de faire vingt kilomètres à pied il était sans exemple qu'elle ne demandât pas à s'asseoir tout de suite après.

Elle regarda le lion de Belfort et dit avec extase :

— Ce lion me plaît. Il fait sorcier.

— Heu! dit Boris.

Il respectait les goûts de sa sœur même s'il ne les partageait pas. D'ailleurs Mathieu s'en était porté garant, il lui avait dit un jour : « Votre sœur a mauvais goût, mais c'est mieux que le goût le plus sûr : c'est un mauvais goût profond. » Dans ces conditions, il n'y avait pas à discuter. Mais personnellement Boris était plutôt sensible à la beauté classique.

— On prend le boulevard Arago? demanda-t-il.

— Lequel est-ce?

— Celui-là.

— Je veux bien, dit Ivich, il est tout luisant.

Ils marchèrent en silence. Boris remarqua que sa sœur s'assombrissait et devenait nerveuse, elle faisait exprès de marcher en se tordant les pieds : « L'agonie va commencer », pensa-t-il avec un effroi résigné. Ivich entrait en agonie chaque fois qu'elle attendait les résultats d'un examen. Il leva les yeux et vit quatre jeunes ouvriers qui venaient à leur rencontre et qui les regardaient en rigolant. Boris était habitué à ces rires, il les considéra avec sympathie. Ivich baissait la tête et ne paraissait pas les avoir vus. Quand les jeunes types furent arrivés à leur hauteur, ils se séparèrent : deux d'entre eux passèrent à la gauche de Boris, les deux autres à la droite d'Ivich.

— On fait un sandwich? proposa l'un d'eux.

— Face de pet, dit Boris gentiment.

A ce moment Ivich sauta en l'air et poussa un cri perçant qu'elle étouffa aussitôt en mettant sa main devant sa bouche.

— Je me tiens comme une fille de cuisine, dit-elle rouge de confusion. Les jeunes ouvriers étaient déjà loin.

— Qu'est-ce qu'il y a? demanda Boris étonné.

— Il m'a touchée, dit Ivich avec dégoût. Le sale type.

Elle ajouta avec sévérité :

— Ça ne fait rien, je n'aurais pas dû crier.

— Lequel est-ce? dit Boris outré.

Ivich le retint.

— Je t'en prie, reste tranquille. Ils sont quatre. Et puis je me suis assez ridiculisée comme ça.

— Ça n'est pas parce qu'il t'a touchée, expliqua Boris. Mais je peux pas supporter qu'on te fasse ça quand je suis avec toi. Quand tu es avec Mathieu, personne ne te touche. De quoi j'ai l'air?

— C'est comme ça, ma petite gueule, dit Ivich tristement. Moi non plus, je ne te protège pas. Nous ne sommes pas respectables.

C'était vrai. Boris s'en étonnait souvent : quand il se regardait dans les glaces, il se trouvait l'air intimidant.

— Nous ne sommes pas respectables, répéta-t-il.

Ils se serrèrent l'un contre l'autre et se sentirent orphelins.

— Qu'est-ce que c'est que ça? demanda Ivich au bout d'un moment.

Elle montrait un long mur, noir à travers le vert des marronniers.

— C'est la Santé, dit Boris. Une prison.

— C'est fameux, dit Ivich. Je n'ai jamais rien vu de plus sinistre. Est-ce qu'on s'en échappe?

— C'est rare, dit Boris. J'ai lu qu'une fois un prisonnier avait sauté du haut du mur. Il s'est raccroché à la grosse branche d'un marronnier et puis il a caleté.

Ivich réfléchit et désigna du doigt un marronnier.

— Ça devait être celui-là, dit-elle. Si on s'asseyait sur le banc qui est à côté? Je suis fatiguée. Peut-être qu'on verra sauter un autre prisonnier.

— Peut-être, dit Boris sans conviction. Tu sais, ils font plutôt ça la nuit.

Ils traversèrent la chaussée et allèrent s'asseoir. Le banc était mouillé. Ivich dit avec satisfaction :

— C'est frais.

Mais aussitôt après elle commença à s'agiter et à tirer sur ses cheveux. Boris dut lui taper sur la main pour qu'elle n'arrachât point ses boucles.

— Tâte ma main, dit Ivich, elle est glacée.

C'était vrai. Et Ivich était livide, elle avait l'air de souffrir, tout son corps était agité de petits soubresauts. Boris la vit si triste qu'il essaya de penser à Lola, par sympathie.

Ivich releva brusquement la tête : elle avait un air de résolution sombre :

— Tu as tes dés? demanda-t-elle.

— Oui.

Mathieu avait offert à Ivich un jeu de poker d'as dans un petit sachet en cuir. Ivich en avait fait cadeau à Boris. Ils y jouaient souvent tous les deux.

— Jouons, dit-elle.

Boris tira les dés du sachet. Ivich ajouta :

— Deux manches et une belle. Commence.

Ils s'écartèrent l'un de l'autre. Boris s'assit à califourchon et fit rouler les dés sur le banc. Il avait tiré un poker de rois.

— Coup sec, dit-il.

— Je te hais, dit Ivich.

Elle fronça les sourcils et, avant d'agiter les dés, souffla sur ses doigts en marmottant. C'était une conjuration. « C'est sérieux, pensa Boris, elle joue sa réussite à l'examen. » Ivich jeta les dés et perdit : elle avait un brelan de dames.

— A la seconde manche, dit-elle en regardant Boris avec des yeux étincelants. Cette fois elle tira un brelan d'as.

— Coup sec, annonça-t-elle à son tour.

Boris lança les dés et fut sur le point d'obtenir un poker d'as. Mais avant qu'ils ne fussent au bout de leur course, il avança la main sous couleur de les ramasser et il en poussa deux sournoisement,

du bout de l'index et du médius. Deux rois vinrent à la place de
l'as de cœur et du poker.

— Deux paires, annonça-t-il d'un air dépité.

— J'ai une manche, dit Ivich triomphante. A la belle.

Boris se demandait si elle l'avait vu tricher. Mais, après tout,
c'était sans grande importance : Ivich ne tenait compte que du
résultat. Elle gagna la belle par deux paires contre une, sans qu'il
eût à s'en mêler.

— Bon! dit-elle simplement.

— Tu veux jouer encore?

— Non, non, dit-elle, c'est bien. Tu sais, je jouais pour savoir
si je serais reçue.

— Je ne savais pas, dit Boris; eh bien! tu es reçue.

Ivich haussa les épaules.

— Je n'y crois pas, dit-elle.

Ils se turent et demeurèrent assis côte à côte, la tête basse. Boris
ne regardait pas Ivich mais il la sentait trembler.

— J'ai chaud, dit Ivich, quelle horreur : j'ai les mains moites, je
suis moite d'angoisse.

Par le fait, sa main droite, tout à l'heure si froide, était brûlante.
Sa main gauche, inerte et emmaillotée, reposait sur ses genoux.

— Ce bandage me dégoûte, dit-elle. J'ai l'air d'un blessé de guerre,
j'ai bonne envie de l'arracher.

Boris ne répondit pas. Une horloge au loin sonna un coup. Ivich
sursauta :

— C'est... c'est midi et demi? demanda-t-elle d'un air égaré.

— C'est une heure et demie, dit Boris en consultant sa montre.

Ils se regardèrent et Boris dit :

— Eh bien! à présent, il faut que j'y aille.

Ivich se colla à lui et lui entoura les épaules de ses bras.

— N'y va pas, Boris, ma petite gueule, je ne veux rien savoir, je
rentrerai à Laon ce soir et je... Je ne veux rien savoir.

— Tu débloques, lui dit Boris avec douceur. Il faudra bien que
tu saches ce qui en est quand tu reverras les parents.

Ivich laissa retomber ses bras.

— Alors vas-y, dit-elle. Mais reviens le plus vite possible, je
t'attends ici.

— Ici? dit Boris stupéfait. Tu ne préfères pas qu'on fasse le chemin
ensemble? Tu m'attendrais dans un café du Quartier Latin.

— Non, non, dit Ivich, je t'attends ici.

— Comme tu veux. Et s'il pleut?

— Boris, je t'en prie, ne me torture pas, fais vite. Je resterai ici, même s'il pleut, même si la terre tremble, je ne peux pas me remettre sur mes jambes, je n'ai plus la force de lever un doigt.

Boris se leva et s'en fut à grandes enjambées. Quand il eut traversé la rue, il se retourna. Il voyait Ivich de dos : affaissée sur son banc, la tête enfoncée dans les épaules, elle avait l'air d'une vieille pauvresse. « Après tout, elle sera peut-être reçue », se dit-il. Il fit quelques pas et revit soudain le visage de Lola. Le vrai. Il pensa : « Elle est malheureuse! » et son cœur se mit à battre avec violence.

XIV

Dans un moment. Dans un moment, il reprendrait sa quête infructueuse; dans un moment, hanté par les yeux rancuneux et las de Marcelle, par le visage sournois d'Ivich, par le masque mortuaire de Lola, il retrouverait un goût de fièvre au fond de sa bouche, l'angoisse viendrait lui écraser l'estomac. Dans un moment. Il s'enfonça dans son fauteuil et alluma sa pipe; il était désert et calme, il s'abandonnait à la fraîcheur sombre du bar. Il y avait ce tonneau verni, qui leur servait de table, ces photos d'actrices et ces bérets de matelots, accrochés aux murs, ce poste de T. S. F. invisible, qui chuchotait comme un jet d'eau, ces beaux gros messieurs riches, au fond de la salle, qui fumaient des cigares en buvant du Porto — les derniers clients, des gens d'affaires, les autres étaient allés déjeuner depuis longtemps; il pouvait être une heure et demie, mais on s'imaginait facilement que c'était le matin, la journée était là, étale, comme une mer inoffensive, Mathieu se diluait dans cette mer sans passion, sans vagues, il n'était plus guère qu'un négro spiritual à peine perceptible, un tumulte de voix distinguées, une lumière couleur de rouille et le bercement de toutes ces belles mains chirurgicales, qui se balançaient, porteuses de cigares, comme des caravelles chargées d'épices. Cet infime fragment de vie béate, il savait bien qu'on le lui prêtait seulement, et qu'il faudrait le rendre tout à l'heure, mais il en profitait sans âpreté : aux types foutus, le monde réserve encore beaucoup d'humbles petits bonheurs, c'est même pour eux qu'il garde la plupart de ses grâces passagères, à la condition qu'ils en jouissent modestement. Daniel était assis à sa gauche, solennel et silencieux. Mathieu pouvait contempler à loisir son beau visage de cheik arabe et c'était aussi un petit bonheur des yeux. Mathieu étendit les jambes et sourit pour lui seul.

— Je te recommande leur Xérès, dit Daniel.

— Ça va. Mais tu me l'offres : je suis sans un.

— Je te l'offre, dit Daniel. Mais dis-moi : veux-tu que je te prête deux cents francs? J'ai honte de te proposer si peu...

— Bah! dit Mathieu, ça n'est même pas la peine.

Daniel avait tourné vers lui ses grands yeux caressants. Il insista :

— Je t'en prie. J'ai quatre cents francs pour finir la semaine : nous allons partager.

Il fallait se garder d'accepter, ça n'était pas dans les règles du jeu.

— Non, dit Mathieu. Non, je t'assure, tu es bien gentil.

Daniel faisait peser sur lui un regard lourd de sollicitude :

— Tu n'as vraiment besoin de rien?

— Si, dit Mathieu, j'ai besoin de cinq mille francs. Mais pas en ce moment. En ce moment, j'ai besoin d'un Xérès et de ta conversation.

— Je souhaite que ma conversation soit à la hauteur du Xérès, dit Daniel.

Il n'avait pas soufflé mot de son pneumatique, ni des raisons qui l'avaient poussé à convoquer Mathieu. Mathieu lui en savait plutôt gré : ça viendrait bien assez tôt. Il dit :

— Tu sais? J'ai vu Brunet, hier.

— Vraiment? dit Daniel poliment.

— Je crois bien que c'est fini entre nous, ce coup-ci.

— Vous vous êtes disputés?

— Pas disputés. Pis que ça.

Daniel avait pris l'air navré; Mathieu ne put s'empêcher de sourire :

— Tu t'en fous de Brunet, toi? demanda-t-il.

— Eh bien! tu sais... je n'ai jamais été aussi intime que toi avec lui, dit Daniel. Je l'estime beaucoup, mais si j'étais le maître, je le ferais empailler et je le mettrais au musée de l'homme, section vingtième siècle.

— Il n'y ferait pas mauvaise figure, dit Mathieu.

Daniel mentait : il avait beaucoup aimé Brunet, autrefois. Mathieu goûta le Xérès et dit :

— Il est bon.

— Oui, dit Daniel, c'est ce qu'ils ont de meilleur. Mais leur provision s'épuise, et ils ne peuvent pas la renouveler à cause de la guerre d'Espagne.

Il reposa son verre vide et prit une olive dans une soucoupe.

— Sais-tu, dit-il, que je vais te faire une confession?

C'était fini : ce bonheur humble et léger venait de glisser dans le passé. Mathieu regarda Daniel du coin de l'œil : Daniel avait l'air noble et pénétré.

— Vas-y, dit Mathieu.

— Je me demande l'effet que ça va te faire, reprit Daniel d'une voix hésitante. Je serais désolé si tu devais m'en vouloir.

— Tu n'as qu'à parler, tu seras fixé, dit Mathieu en souriant.

— Eh bien!... Devine qui j'ai vu hier soir?

— Qui tu as vu hier soir? répéta Mathieu déçu. Mais je ne sais pas, tu peux avoir vu une masse de gens.

— Marcelle Duffet.

— Marcelle? Tiens.

Mathieu n'était pas très surpris : Daniel et Marcelle ne s'étaient pas vus souvent, mais Marcelle semblait avoir de la sympathie pour Daniel.

— Tu as de la chance, dit-il, elle ne sort jamais. Où l'as-tu rencontrée?

— Mais, chez elle..., dit Daniel en souriant. Où veux-tu que ce soit, puisqu'elle ne sort jamais.

Il ajouta en abaissant les paupières d'un air modeste :

— Pour tout te dire, nous nous voyons de temps en temps.

Il y eut un silence, Mathieu regardait les longs cils noirs de Daniel qui palpitaient un peu. Une horloge sonna deux coups, une voix nègre chantait doucement : « *There's cradle in Caroline.* » Nous nous voyons de temps en temps. Mathieu détourna la tête et fixa son regard sur le pompon rouge d'un béret de marin.

— Vous vous voyez, répéta-t-il sans bien comprendre. Mais... où ça?

— Eh bien! chez elle, je viens de te le dire, dit Daniel avec une nuance d'agacement.

— Chez elle? Tu veux dire que tu vas chez elle?

Daniel ne répondit pas. Mathieu demanda :

— Quelle idée t'a pris? Comment est-ce arrivé?

— Mais, tout simplement. J'ai toujours eu la plus vive sympathie pour Marcelle Duffet. J'admirais beaucoup son courage et sa générosité.

Il prit un temps et Mathieu répéta avec étonnement : « Le courage de Marcelle, sa générosité. » Ce n'étaient pas ces qualités-là qu'il estimait le plus en elle. Daniel poursuivit :

— Un jour je m'ennuyais, l'envie m'est venue d'aller sonner chez elle et elle m'a reçu tout à fait aimablement. Voilà tout : depuis, nous avons continué à nous voir. Notre seul tort a été de te le cacher.

Mathieu plongea dans les parfums épais, dans l'air ouaté de la chambre rose : Daniel était assis sur la bergère, il regardait Marcelle de ses grands yeux de biche et Marcelle souriait gauchement comme si on allait la photographier. Mathieu secoua la tête : ça ne collait pas, c'était absurde et choquant, ces deux-là n'avaient absolument rien de commun, ils n'auraient pas pu s'entendre.

— Tu vas chez elle et elle me l'aurait caché?

Il dit avec tranquillité :

— C'est une blague.

Daniel leva les yeux et considéra Mathieu d'un air sombre :

— Mathieu! dit-il de sa voix la plus profonde, tu me rendras cette justice que je ne me suis jamais permis la moindre plaisanterie sur tes rapports avec Marcelle, ils sont trop précieux.

— Je ne dis pas, dit Mathieu, je ne dis pas. N'empêche que c'est une blague.

Daniel laissa tomber les bras, découragé :

— C'est bien, dit-il tristement. Alors restons-en là.

— Non, non, dit Mathieu, continue, tu es très amusant : je ne marche pas, voilà tout.

— Tu ne me facilites pas la tâche, dit Daniel avec reproche. Il m'est déjà assez pénible de m'accuser devant toi. Il soupira : J'aurais mieux aimé que tu me croies sur parole. Mais puisqu'il te faut des preuves...

Il avait tiré de sa poche un portefeuille bourré de billets. Mathieu vit les billets et pensa : « Le salaud. » Mais paresseusement, pour la forme.

— Regarde, dit Daniel.

Il tendait une lettre à Mathieu. Mathieu prit la lettre : c'était l'écriture de Marcelle. Il lut :

« Vous aviez raison comme toujours, mon cher Archange. C'était bien des pervenches. Mais je ne comprends pas un traître mot de ce que vous m'écrivez. Va pour samedi, puisque vous n'êtes pas libre demain. Maman dit qu'elle vous grondera bien fort, pour les bonbons. Venez vite, cher Archange : nous attendons avec impatience votre visitation. Marcelle. »

Mathieu regarda Daniel. Il dit :

— Alors... C'est vrai?

Daniel fit un signe de tête : il se tenait très droit, funèbre et correct comme un témoin de duel. Mathieu relut la lettre d'un bout à l'autre. Elle était datée du vingt avril. « Elle a écrit ça. » Ce style précieux et enjoué lui ressemblait si peu. Il se frotta le nez avec perplexité, puis il éclata de rire :

— Archange. Elle t'appelle archange, je n'aurais jamais trouvé ça. Un archange déchu, j'imagine, un type dans le genre de Lucifer. Et tu vois aussi la vieille : c'est complet.

Daniel parut décontenancé :

— A la bonne heure, dit-il sèchement. Moi qui craignais que tu ne te fâches...

Mathieu tourna la tête vers lui et le regarda avec incertitude; il voyait bien que Daniel avait compté sur sa colère.

— C'est vrai, dit-il, je devrais me fâcher, ce serait normal. Remarque : ça viendra peut-être. Mais, pour l'instant, je suis abasourdi.

Il vida son verre, s'étonnant à son tour de n'être pas plus irrité.

— Tu la vois souvent?

— C'est irrégulier; mettons deux fois par mois environ.

— Mais qu'est-ce que vous pouvez bien trouver à vous dire?

Daniel sursauta et ses yeux brillèrent. Il dit d'une voix trop douce :

— Aurais-tu des sujets de conversations à nous proposer?

— Ne te fâche pas, dit Mathieu d'une voix conciliante. Tout ça est si neuf, si imprévu pour moi... ça m'amuserait presque. Mais je n'ai pas de mauvaises intentions. Alors, c'est vrai? Vous aimez parler ensemble? Mais — ne râle pas, je t'en prie : je cherche à me rendre compte — mais de quoi parlez-vous?

— De tout, dit Daniel avec froideur. Évidemment, Marcelle n'attend pas de moi des entretiens très élevés. Mais ça la repose.

— C'est incroyable, vous êtes si différents.

Il n'arrivait pas à se débarrasser de cette image absurde : Daniel tout en cérémonies, tout en grâces sournoises et nobles, avec ses airs de Cagliostro et son long sourire africain, et Marcelle, en face de lui, raide, gauche et loyale... Loyale? Raide? Elle ne devait pas être si raide : « Venez, l'Archange, nous attendons votre visitation. » C'était Marcelle qui avait écrit ça, c'était elle qui s'essayait à ces épaisses gentillesses. Pour la première fois, Mathieu se sentit effleuré par une espèce de colère : « Elle m'a menti, pensa-t-il avec stupeur, elle me ment depuis six mois. » Il reprit :

— Ça m'étonne tellement que Marcelle m'ait caché quelque chose.

Daniel ne répondit pas.

— C'est toi qui lui as demandé de se taire? demanda Mathieu.

— C'est moi. Je ne voulais pas que tu patronnes nos relations. A présent je la connais d'assez longue date, ça n'a plus tant d'importance.

— C'est toi qui le lui as demandé, répéta Mathieu un peu détendu. Il ajouta : Mais elle n'a fait aucune difficulté?

— Ça l'a beaucoup étonnée.

— Oui, mais elle n'a pas refusé.

— Non. Elle ne devait pas trouver ça très coupable. Elle a ri, je m'en souviens, elle a dit : « C'est un cas de conscience. » Elle pense que j'aime à m'entourer de mystère. Il ajouta avec une ironie voilée, qui fut très désagréable à Mathieu : Au début elle m'appelait Lohengrin. Depuis, comme tu vois, son choix s'est fixé sur Archange.

— Oui, dit Mathieu. Il pensait : « Il se moque d'elle », et il se sentait humilié pour Marcelle. Sa pipe s'était éteinte, il allongea la main et prit machinalement une olive. C'était grave : il ne se sentait pas assez abattu. Une stupeur intellectuelle, oui, comme lorsqu'on découvre qu'on s'est trompé sur toute la ligne... Mais, autrefois, il y avait quelque chose de vivant en lui qui eût saigné. Il dit simplement, d'une voix morne :

— Nous nous disions tout...

— Tu te l'imaginais, dit Daniel. Est-ce qu'on peut tout dire?

Mathieu haussa les épaules avec irritation. Mais il était surtout fâché contre lui-même.

— Et cette lettre! dit-il. Nous attendons votre visitation! Il me semble que je découvre une autre Marcelle.

Daniel parut effrayé :

— Une autre Marcelle, comme tu y vas! Écoute, tu ne vas tout de même pas, pour un enfantillage...

— Tu me reprochais toi-même, tout à l'heure, de ne pas prendre les choses assez au sérieux.

— C'est que tu passes d'un extrême à l'autre, dit Daniel. Il poursuivit d'un air de compréhension affectueuse : Ce qu'il y a, c'est que tu te fies trop à tes jugements sur les gens. Cette petite histoire prouve simplement que Marcelle est plus compliquée que tu ne le croyais.

— Peut-être, dit Mathieu. Mais il y a autre chose.

Marcelle s'était mise dans son tort et il avait peur de lui en vouloir : il ne fallait pas qu'il perdît sa confiance en elle, aujourd'hui — aujourd'hui, où il serait obligé, peut-être, de lui sacrifier sa liberté. Il avait besoin de l'estimer, sinon ce serait trop dur.

— D'ailleurs, dit Daniel, nous avons toujours eu l'intention de te le dire, mais c'était si drôle de faire les conspirateurs, nous remettions ça de jour en jour.

Nous! Il disait : nous; quelqu'un pouvait dire nous, en parlant à Mathieu de Marcelle. Mathieu regarda Daniel sans amitié : c'eût été le moment de le haïr. Mais Daniel était désarmant, comme toujours. Mathieu lui dit brusquement :

— Daniel, pourquoi a-t-elle fait ça?

— Eh bien! je te l'ai dit, répondit Daniel : parce que je l'en ai priée. Et puis ça devait l'amuser d'avoir un secret.

Mathieu secoua la tête :

— Non. Il y a autre chose. Elle savait très bien ce qu'elle faisait. Pourquoi l'a-t-elle fait?

— Mais..., dit Daniel, j'imagine que ça ne doit pas être toujours commode de vivre dans ton rayonnement. Elle s'est cherché un coin d'ombre.

— Elle me trouve envahissant?

— Elle ne me l'a pas dit précisément, mais c'est ce que j'ai cru comprendre. Que veux-tu, tu es une force, ajouta-t-il en souriant. Note qu'elle t'admire, elle admire cette façon que tu as de vivre dans une maison de verre et de crier sur les toits ce qu'on a l'habitude de garder pour soi-même : mais ça l'épuise. Elle ne t'a pas parlé de mes visites parce qu'elle a eu peur que tu ne forces ses sentiments pour moi, que tu ne la presses de leur donner un nom, que tu ne les démontes pour les lui rendre en petits morceaux. Tu sais, ils ont besoin d'obscurité... C'est quelque chose d'hésitant, de très mal défini...

— Elle te l'a dit?

— Oui. Ça, elle me l'a dit. Elle m'a dit : ce qui m'amuse avec vous, c'est que je ne sais pas du tout où je vais. Avec Mathieu je le sais toujours.

Avec Mathieu, je le sais toujours. Et Ivich : avec vous on n'a jamais à craindre d'imprévu. Mathieu eut un haut-le-cœur.

— Pourquoi ne m'a-t-elle jamais parlé de tout ça?

— Elle prétend que c'est parce que tu ne l'interroges jamais.

C'était vrai, Mathieu baissa la tête : chaque fois qu'il s'agissait de pénétrer les sentiments de Marcelle, il était pris d'une paresse invincible. Lorsqu'il avait cru parfois remarquer une ombre dans ses yeux, il avait haussé les épaules : « Bah! s'il y avait quelque chose, elle me le dirait, elle me dit tout. » Et c'est ça que j'appelais ma confiance en elle. J'ai tout gâché.

Il se secoua et dit brusquement :

— Pourquoi me dis-tu ça aujourd'hui?

— Il fallait bien qu'on te le dise un jour ou l'autre.

Cet air évasif était fait pour piquer la curiosité : Mathieu n'en fut pas dupe.

— Pourquoi aujourd'hui et pourquoi toi? reprit-il. Il aurait été plus... normal, qu'elle m'en parle la première.

— Eh bien! dit Daniel avec un embarras joué, je me suis peut-être trompé, mais je... j'ai cru qu'il y allait de votre intérêt à tous deux.

Bon. Mathieu se raidit : « Attention au coup dur, ça ne fait que commencer. » Daniel ajouta :

— Je vais te dire la vérité : Marcelle ignore que je t'ai parlé et, hier encore, elle n'avait pas l'air décidée à te mettre au courant de sitôt. Tu m'obligeras même en lui cachant soigneusement notre conversation.

Mathieu rit malgré lui :

— Te voilà bien, Satan! Tu sèmes des secrets partout. Hier encore, tu conspirais avec Marcelle contre moi, et aujourd'hui, tu me demandes ma complicité contre elle. Quel drôle de traître tu fais.

Daniel sourit :

— Je n'ai rien d'un Satan, dit-il. Ce qui m'a décidé à parler, c'est une véritable inquiétude qui m'a pris hier soir. Il m'a semblé qu'il y avait un grave malentendu entre vous. Naturellement, Marcelle est trop fière pour t'en parler elle-même.

Mathieu serra fortement son verre dans sa main : il commençait à comprendre.

— C'est à propos de votre... Daniel acheva avec pudeur : de votre accident.

— Ah! dit Mathieu. Tu lui as dit que tu savais?

— Non, non. Je n'ai rien dit. C'est elle qui a parlé la première.

— Ah!

« Hier encore, au téléphone, elle avait l'air de redouter que je ne lui en parle. Et le soir même elle lui a tout dit. Une comédie de plus. » Il ajouta :

— Et alors?

— Eh bien! ça ne va pas. Il y a quelque chose qui cloche.

— Qu'est-ce qui te permet de dire ça? demanda Mathieu, la gorge serrée.

— Rien de précis, c'est plutôt... la façon dont elle m'a présenté les choses.

— Qu'est-ce qu'il y a? Elle m'en veut de lui avoir fait un gosse?

— Je ne pense pas. Pas de ça. De ton attitude d'hier, plutôt. Elle m'en a parlé avec rancune.

— Qu'est-ce que j'ai fait?

— Je ne pourrais pas te le dire exactement. Tiens, voilà ce qu'elle m'a dit, entre autres choses : « C'est toujours lui qui décide, et, si je ne suis pas d'accord avec lui, il est entendu que je proteste. Seulement, c'est tout à son avantage, parce qu'il a son opinion déjà faite, et il ne me laisse jamais le temps de m'en faire une. » Je ne te garantis pas les termes.

— Mais je n'ai pas eu de décision à prendre, dit Mathieu interdit. Nous avions toujours été d'accord sur ce qu'il faudrait faire en pareil cas.

— Oui. Mais est-ce que tu t'es inquiété de son opinion, avant-hier?

— Ma foi non, dit Mathieu. J'étais sûr qu'elle pensait comme moi.

— Oui, enfin tu ne lui as rien demandé. Quand aviez-vous envisagé pour la dernière fois cette... éventualité?

— Je ne sais pas, il y a deux ou trois ans.

— Deux ou trois ans. Et tu ne crois pas qu'elle a pu changer d'avis entre temps?

Au fond de la salle, les messieurs s'étaient levés, ils se congratulaient en riant, un chasseur apporta leurs chapeaux, trois feutres noirs et un melon. Ils sortirent avec un geste amical au barman et le garçon arrêta la radio. Le bar retomba dans un silence sec, il y avait dans l'air un goût de désastre. « Ça finira mal », pensa Mathieu. Il ne savait pas très bien ce qui allait mal finir : cette journée orageuse, cette histoire d'avortement, ses rapports avec Marcelle? Non, c'était quelque chose de plus vague et de plus large : sa vie, l'Europe, cette paix fade et sinistre. Il revit les cheveux roux de Brunet : « Il y aura la guerre en septembre. » En ce moment, dans le bar désert et sombre, on arrivait presque à y croire. Il y avait quelque chose de pourri dans sa vie, dans cet été.

— Elle a peur de l'opération? demanda-t-il.

— Je ne sais pas, dit Daniel d'un air distant.

— Elle a envie que je l'épouse?

Daniel se mit à rire :

— Mais je n'en sais rien, tu m'en demandes trop. De toute façon, ça ne doit pas être si simple. Sais-tu? Tu devrais lui en parler ce soir. Sans faire allusion à moi, bien entendu : comme s'il t'était venu des scrupules. Telle que je l'ai vue hier, ça m'étonnerait qu'elle ne te dise pas tout : elle avait l'air d'en avoir gros sur le cœur.

— C'est bon. Je tâcherai de la faire parler.

Il y eut un silence, puis Daniel ajouta d'un air gêné :

— Enfin voilà : je t'ai averti.

— Oui. Merci tout de même, dit Mathieu.

— Tu m'en veux?

— Pas du tout. C'est si bien le genre de service que tu peux rendre : ça vous tombe sur la tête comme une tuile.

Daniel rit très fort : il ouvrait la bouche toute grande, on voyait ses dents éblouissantes et le fond de sa gorge.

Je n'aurais pas dû, la main posée sur l'écouteur, elle pensait, je n'aurais pas dû, nous nous disions toujours tout, il pense : Marcelle me disait tout, ah! il le pense, il sait, à présent il sait, stupeur accablée dans sa tête et cette petite voix dans sa tête, Marcelle me disait toujours tout, elle y est, en ce moment, elle y est dans sa tête, c'est intolérable, j'aimerais cent fois mieux qu'il me haïsse, mais il était là-bas, assis sur la banquette du café, les bras écartés comme s'il venait de laisser tomber quelque chose, le regard fixé sur le sol comme si quelque chose venait de s'y briser. C'est fait, la conversation a eu lieu. Ni vu, ni entendu, je n'y étais pas, je n'ai rien su, et elle est, elle a été, les mots ont été dits et je ne sais rien, la voix grave montait comme une fumée vers le plafond du café, la voix viendra de là, la belle voix grave qui fait toujours trembler la plaque de l'écouteur, elle sortira de là, elle dira c'est fait, mon Dieu, mon Dieu, qu'est-ce qu'elle dira? Je suis nue, je suis pleine et cette voix sortira toute habillée de la plaque blanche, nous n'aurions pas dû, nous n'aurions pas dû, elle en aurait presque voulu à Daniel s'il avait été possible de lui en vouloir, il a été si généreux, si bien, il est le seul à s'être soucié de moi, il a pris ma cause en main, l'Archange, il a dévoué à ma cause sa superbe voix. Une femme, une faible femme, toute faible et défendue dans le monde des hommes et des vivants par une voix sombre et chaude, la voix sortira de là, elle dira : Marcelle me disait tout, pauvre Mathieu, cher Archange! Elle pensa : l'Archange et ses yeux se mouillèrent, larmes douces, larmes d'abondance et de fertilité, larmes de vraie femme après huit jours torrides, de douce, douce femme défendue. Il m'a prise dans ses bras, caressée, défendue, la petite eau dansante des yeux et la caresse en rigole sinueuse sur les joues et la moue tremblante des lèvres, pendant huit jours elle avait regardé au loin un point fixe, les yeux secs et déserts : ils vont me le tuer, pendant huit jours elle avait été Marcelle la précise, Marcelle la dure, Marcelle la raisonnable, Marcelle l'homme, il dit que je suis un homme et voici l'eau, la faible femme, la pluie dans les yeux, pourquoi résister, demain je serai dure et raisonnable, une fois une seule fois les larmes, les remords, la douce pitié de soi et l'humilité plus douce encore, ces mains de velours sur mes flancs, sur mes fesses, elle avait envie de prendre Mathieu dans ses bras et de lui demander pardon, pardon à genoux : pauvre Mathieu, mon pauvre grand. Une fois, une seule fois, défendue, pardonnée, c'est si bon. Une idée tout d'un coup l'essouffla net, du vinaigre coulait dans ses veines, ce soir, quand il entrera chez moi, quand je lui mettrai mes bras autour du cou, quand je l'embrasserai, il saura tout, et moi il faudra que je fasse semblant de ne pas savoir qu'il sait. Ah! **nous lui mentons, pensa-t-elle avec désespoir, nous lui mentons** encore, nous lui disons tout mais notre sincérité est empoisonnée. Il sait, il entrera ce soir, je verrai ses bons yeux, je penserai, il sait et comment pourrai-je le supporter, mon grand, mon pauvre grand, pour la première fois de ma vie je t'ai fait de la peine, ah! j'accepterai tout, j'irai chez la vieille, je tuerai l'enfant, j'ai honte, je ferai ce qu'il voudra, tout ce que tu voudras.

Le téléphone sonna sous ses doigts, elle crispa la main sur l'écouteur :

— Allo! dit-elle, allo, c'est Daniel?

— Oui, dit la belle voix calme, qui est à l'appareil?

— C'est Marcelle.

— Bonjour, ma chère Marcelle.

— Bonjour, dit Marcelle. Son cœur battait à grands coups.

— Avez-vous bien dormi? la voix grave résonnait dans son ventre, c'était insupportable et délicieux. — Je vous ai quittée terriblement tard, hier soir, Mme Duffet devrait me gronder. Mais j'espère qu'elle n'en a rien su.

— Non, dit Marcelle haletante, elle n'en a rien su. Elle dormait sur ses deux oreilles quand vous êtes parti...

— Et vous? insista la voix tendre, avez-vous dormi?

— Moi? Eh bien!... pas mal. Je suis un peu énervée, vous savez.

Daniel se mit à rire, c'était un beau rire de luxe, paisible et fort. Marcelle se détendit un peu.

— Il ne faut pas vous énerver, dit-il. Tout a très bien marché.

— Tout a... c'est vrai?

— C'est vrai. Mieux même que je ne l'espérais. Nous avions un peu méconnu Mathieu, chère Marcelle.

Marcelle se sentit mordue par un âpre remords. Elle dit :

— N'est-ce pas? N'est-ce pas que nous l'avions méconnu?

— Il m'a arrêté dès les premiers mots, dit Daniel. Il m'a dit qu'il avait bien compris que quelque chose n'allait pas et que ça l'avait tourmenté toute la journée d'hier.

— Vous... vous lui avez dit que nous nous voyions? demanda Marcelle d'une voix étranglée.

— Naturellement, dit Daniel étonné. Est-ce que ça n'était pas convenu?

— Si... si... Comment a-t-il pris ça?

Daniel parut hésiter :

— Très bien, dit-il. En définitive, très bien. D'abord il ne voulait pas le croire...

— Il a dû vous dire : Marcelle me disait tout.

— En effet — Daniel semblait amusé — il l'a dit en propres termes.

— Daniel! dit Marcelle, j'ai des remords!

Elle entendit de nouveau le rire profond et gai :

— Comme ça se trouve : lui aussi. Il est parti bourrelé de remords. Ah! si vous êtes tous deux dans ces dispositions-là, je voudrais bien être caché quelque part dans votre chambre quand il vous verra : ça promet d'être délicieux.

Il rit de nouveau et Marcelle pensa avec une humble gratitude : « Il se moque de moi. » Mais déjà la voix était devenue toute grave et l'écouteur vibrait comme un orgue.

— Non, sérieusement, Marcelle, tout marche à merveille, vous savez : je suis si content pour vous. Il ne m'a pas laissé parler, il m'a arrêté dès les premiers mots, il m'a dit : « Pauvre Marcelle, je suis un grand coupable, je me déteste, mais je réparerai, crois-tu que je puisse encore réparer? » et il avait les yeux tout roses. Comme il vous aime!

— Oh! Daniel! disait Marcelle. Oh! Daniel... Oh! Daniel...

Il y eut un silence puis Daniel ajouta :

— Il m'a dit qu'il voulait vous parler, ce soir, à cœur ouvert : « Nous viderons l'abcès. » A présent, tout est entre vos mains, Marcelle. Il fera tout ce que vous voudrez.

— Oh! Daniel. Oh! Daniel. Elle se reprit un peu et ajouta :

— Vous avez été si bon, si... Je voudrais vous voir le plus tôt possible, j'ai tant de choses à vous dire et je ne peux pas vous parler sans voir votre visage. Pouvez-vous demain?

La voix lui parut plus sèche, elle avait perdu ses harmoniques.

— Ah! demain, non! Naturellement j'ai hâte de vous voir... Écoutez Marcelle, je vous téléphonerai.

— Entendu, dit Marcelle, téléphonez-moi vite. Ah! Daniel, mon cher Daniel...

— Au revoir, Marcelle, dit Daniel. Soyez bien habile ce soir.

— Daniel! cria-t-elle. Mais il avait raccroché.

Marcelle reposa l'écouteur et passa son mouchoir sur ses yeux humides : « L'Archange! Il s'est sauvé bien vite, de peur que je ne le remercie. » Elle s'approcha de la fenêtre et regarda les passants : des femmes, des gamins, quelques ouvriers, elle trouva qu'ils avaient l'air heureux. Une jeune femme courait au milieu de la chaussée, elle portait son enfant dans ses bras, elle lui parlait en courant, tout essoufflée et lui riait dans la figure. Marcelle la suivit des yeux puis elle s'approcha de la glace et s'y mira avec étonnement. Sur la planchette du lavabo, il y avait trois roses rouges dans un verre à dents. Marcelle en prit une avec hésitation et la tourna timidement entre ses doigts, puis elle ferma les yeux et piqua la rose dans sa chevelure noire. « Une rose dans mes cheveux... » Elle ouvrit les paupières, se regarda dans la glace, tapota sa chevelure et se sourit avec confusion.

XV

— Veuillez attendre ici, monsieur, dit le petit homme.

Mathieu s'assit sur une banquette. C'était une antichambre sombre qui sentait le chou; sur la gauche, une porte vitrée luisait faiblement. On sonna et le petit homme alla ouvrir. Une jeune femme entra, vêtue avec une décence misérable.

— Prenez la peine de vous asseoir, madame.

Il l'accompagna en la frôlant jusqu'à la banquette et elle s'assit en ramenant ses jambes sous elle.

— Je suis déjà venue, dit la jeune femme. C'est pour un prêt.

— Oui, madame, certainement.

Le petit homme lui parlait dans la figure :

— Vous êtes fonctionnaire?

— Pas moi. Mon mari.

Elle se mit à fouiller dans son sac; elle n'était pas laide, mais elle avait un air dur et traqué; le petit homme la regardait avec gourmandise. Elle sortit de son sac deux ou trois papiers soigneusement pliés; il les prit, s'approcha de la porte vitrée pour y voir plus clair et les examina longuement.

— Très bien, dit-il en les lui rendant; c'est très bien. Deux enfants? Vous avez l'air si jeune... On les attend avec impatience, n'est-ce pas? Mais quand ils arrivent, ils désorganisent un peu les finances du ménage. Vous êtes un peu gênés, en ce moment?

La jeune femme devint rouge et le petit homme se frotta les mains:

— Eh bien! dit-il avec bonté, nous allons tout arranger, nous allons tout arranger, c'est pour ça que nous sommes là.

Il la regarda un moment d'un air pensif et souriant, puis il s'éloigna. La jeune femme jeta un coup d'œil hostile à Mathieu et se mit à jouer avec la fermeture de son sac. Mathieu se sentait mal à l'aise : il s'était introduit chez les vrais pauvres et c'était leur argent qu'il allait prendre, un argent terne et gris, qui sentait le chou. Il baissa la tête et regarda le plancher entre ses pieds : il revoyait les billets soyeux et parfumés dans la mallette de Lola; ça n'était pas le même argent.

La porte vitrée s'ouvrit et un grand monsieur à moustaches blanches apparut. Il avait des cheveux d'argent soigneusement rejetés en arrière. Mathieu le suivit dans le bureau. Le monsieur lui indiqua affablement un fauteuil de cuir usé et ils s'assirent tous deux. Le monsieur appuya ses coudes sur la table et joignit ses belles mains blanches. Il portait une cravate vert sombre, discrètement égayée par une perle.

— Vous désirez avoir recours à nos services? demanda-t-il paternellement.

— Oui.

Il regarda Mathieu; ses yeux bleu clair lui sortaient un peu de la tête.

— Monsieur...?

— Delarue.

— Vous n'ignorez pas que les statuts de notre société prévoient exclusivement un service de prêts aux fonctionnaires?

La voix était belle et blanche, un peu grasse, comme les mains.

— Je suis fonctionnaire, dit Mathieu. Professeur.

— Ah! Ah! fit le monsieur avec intérêt. Nous sommes tout particulièrement heureux d'aider les universitaires. Vous êtes professeur de lycée?

— Oui. Au lycée Buffon.

— Parfait, dit le monsieur avec aisance. Eh bien, nous allons accomplir les petites formalités d'usage... D'abord, je vais vous demander si vous êtes muni de pièces d'identité, n'importe quoi, passeport, livret militaire, carte d'électeur...

Mathieu lui tendit ses papiers. Le monsieur les prit et les considéra un instant avec distraction.

— Bien. C'est fort bien, dit-il. Et quel est le montant de la somme que vous désireriez?

— Je voudrais six mille francs, dit Mathieu.

Il réfléchit un instant et dit :

— Mettons sept mille.

Il était agréablement surpris. Il pensa : « Je n'aurais pas cru que ça irait si vite. »

— Vous connaissez nos conditions? Nous prêtons pour six mois, sans renouvellement possible. Nous sommes obligés de demander vingt pour cent d'intérêt, parce que nous avons des frais énormes et que nous courons de gros risques.

—Bon! Bon! dit Mathieu rapidement.

Le monsieur tira deux feuilles imprimées de son tiroir.

— Voulez-vous avoir l'obligeance de remplir ces formulaires? Vous signerez au bas des feuilles.

C'était une demande de prêt en double exemplaire. Il fallait indiquer nom, âge, état civil, adresse. Mathieu se mit à écrire.

— Parfait, dit le monsieur en parcourant les feuilles du regard. Né à Paris... en 1905... de père et mère français... Eh bien, c'est tout pour l'instant. A la remise des sept mille francs, nous vous demanderons de signer sur papier timbré une reconnaissance de dette. Le timbre est à votre charge.

— A la remise? Vous ne pouvez donc pas me les donner tout de suite?

Le monsieur parut très surpris.

— Tout de suite? Mais, mon cher monsieur, il nous faut au moins quinze jours pour réunir nos renseignements.

— Quels renseignements? Vous avez vu mes papiers...

Le monsieur considéra Mathieu avec une indulgence amusée :

— Ah! dit-il, les universitaires sont tous les mêmes! Tous des idéalistes. Notez, monsieur, qu'en ce cas particulier, je ne mets pas votre parole en doute. Mais, d'une façon générale, qu'est-ce qui nous prouve que les papiers qu'on nous montre ne sont pas faux? Il eut un petit rire triste : Quand on manie l'argent, on apprend la défiance. C'est un vilain sentiment, je suis de votre avis, mais nous n'avons pas le droit d'être confiants. Alors voilà, conclut-il, il faut que nous fassions notre petite enquête; nous nous adressons directement à votre ministère. Soyez sans crainte : avec toute la discrétion requise. Mais vous savez, entre nous, ce que sont les administrations : je doute fort que vous puissiez attendre raisonnablement notre aide avant le 5 juillet.

— C'est impossible, dit Mathieu la gorge serrée. Il ajouta : Il me faudrait l'argent ce soir ou demain matin au plus tard, j'en ai un besoin urgent. Est-ce qu'on ne peut pas... avec un intérêt plus élevé?

Le monsieur parut scandalisé, il leva en l'air ses deux belles mains.

— Mais nous ne sommes pas des usuriers, mon cher monsieur! Notre Société a reçu les encouragements du ministère des Travaux publics. C'est un organisme, pour autant dire, officiel. Nous prenons des intérêts normaux qui ont été établis en considération de nos frais et de nos risques, et nous ne pouvons nous prêter à aucune tractation de ce genre.

Il ajouta avec sévérité :

— Si vous étiez pressé, il fallait venir plus tôt. Vous n'avez donc pas lu nos notices?

— Non, dit Mathieu en se levant. J'ai été pris de court.

— Alors je regrette... dit le monsieur froidement. Faut-il déchirer les formulaires que vous venez de remplir?

Mathieu pensa à Sarah : « Elle aura sûrement obtenu un délai. »

— Ne déchirez pas, dit-il. Je m'arrangerai d'ici là.

— Mais oui, dit le monsieur d'un air affable, vous trouverez toujours un ami qui vous avancera pour quinze jours ce dont vous avez besoin. Alors, c'est bien votre adresse, dit-il en pointant l'index sur le formulaire : 12, rue Huyghens?

— Oui.

— Eh bien dans les premiers jours de juillet nous vous enverrons une petite convocation.

Il se leva et accompagna Mathieu à la porte.

— Au revoir, monsieur, dit Mathieu. Merci.

— Heureux de vous rendre service, dit le monsieur en s'inclinant. Au plaisir de vous revoir.

Mathieu traversa l'antichambre à grands pas. La jeune femme était toujours là; elle mordait son gant d'un air hagard.

— Veuillez vous donner la peine d'entrer, madame, dit le monsieur derrière Mathieu.

Au dehors, des lueurs végétales tremblaient dans l'air gris. Mais à présent, Mathieu avait tout le temps l'impression d'être emmuré. « Encore un échec », pensa-t-il. Il n'avait plus d'espoir qu'en Sarah.

Il était arrivé sur le boulevard de Sébastopol; il entra dans un café et demanda un jeton au comptoir :

— Au fond et à droite, les téléphones.

En composant le numéro, Mathieu murmura : « Pourvu qu'elle ait réussi. Oh! pourvu qu'elle ait réussi. » C'était une espèce de prière.

— Allo, dit-il, allo Sarah?

— Allo, oui, dit une voix. C'est Weymuller.

— C'est Mathieu Delarue, dit Mathieu. Pourrais-je parler à Sarah?

— Elle est sortie.

— Ah? C'est embêtant... Vous ne savez pas quand elle rentrera?

— Non, je ne sais pas. Avez-vous quelque chose à lui faire dire?

— Non. Dites seulement que j'ai téléphoné.

Il raccrocha et sortit. Sa vie ne dépendait plus de lui, elle était entre les mains de Sarah; il ne lui restait plus qu'à attendre. Il fit signe à un autobus et monta s'asseoir près d'une vieille femme qui toussait dans son mouchoir. « Entre juifs on s'entend toujours », pensa-t-il. Il marchera, il marchera sûrement.

— Denfert-Rochereau?

— Trois tickets, dit le receveur.

Mathieu prit les trois tickets et se mit à regarder par la vitre; il pensait à Marcelle avec une rancune triste. Les vitres tremblaient, la vieille toussait, les fleurs dansaient sur son chapeau de paille noire. Le chapeau, les fleurs, la vieille, Mathieu, tout était emporté par l'énorme machine; la vieille ne levait pas le nez de son mouchoir et pourtant elle toussait à l'angle de la rue aux Ours et du boulevard de Sébastopol, elle toussait rue Réaumur, elle toussait rue Montorgueil, elle toussait sur le Pont-Neuf, au-dessus d'une eau grise et calme. « Et si le juif ne marchait pas? » Mais cette pensée n'arriva pas à le faire sortir de sa torpeur; il n'était plus qu'un sac de charbon sur d'autres sacs, au fond d'un camion. « Tant pis, ce serait fini, je lui dirais ce soir que je l'épouse. » L'autobus, énorme et enfantin, l'emportait, le faisait virer à droite, à gauche, le secouait, le cognait, les événements le cognaient au dossier de la banquette, à la vitre, il était bercé par la vitesse de sa vie, il pensait : « Ma vie n'est plus à moi, ma vie n'est plus qu'un destin »; il regardait jaillir l'un après l'autre les lourds immeubles noirs de la rue des Saints-Pères, il regardait sa vie qui défilait. L'épousera, l'épousera pas : « Ça ne me regarde plus, c'est pile ou face. »

Il y eut un brusque coup de frein et l'autobus s'arrêta. Mathieu se redressa et regarda le dos du wattman avec angoisse : toute sa liberté venait de refluer sur lui. Il pensa : « Non, non, ce n'est pas pile ou face. Quoi qu'il arrive, c'est par moi que tout doit arriver. » Même s'il se laissait emporter, désemparé, désespéré, même s'il se laissait emporter comme un vieux sac de charbon, il aurait choisi sa perdition : il était libre, libre pour tout, libre de faire la bête ou la machine, libre pour accepter, libre pour refuser, libre pour tergiverser; épouser, plaquer, traîner des années ce boulet à son pied : il pouvait faire ce qu'il voulait, personne n'avait le droit de le conseiller, il n'y aurait pour lui de Bien ni de Mal que s'il les inventait. Autour de lui les choses s'étaient groupées en rond, elles attendaient sans faire un signe, sans livrer la moindre indication. Il était seul, au milieu d'un monstrueux silence, libre et seul, sans aide et sans excuse, condamné à décider sans recours possible, condamné pour toujours à être libre.

— Denfert-Rochereau, cria le receveur.

Mathieu se leva et descendit; il s'engagea dans la rue Froidevaux. Il était las et nerveux, il voyait sans cesse une mallette ouverte au fond d'une chambre obscure et, dans la mallette, des billets odorants et douillets; c'était comme un remords : « Ah! j'aurais dû les prendre », pensa-t-il.

— Il y a un pneu pour vous, dit la concierge. Il vient d'arriver.

Mathieu prit le pneu et déchira l'enveloppe; à l'instant les murs qui l'enserraient s'écroulèrent et il lui sembla qu'il changeait de monde. Il y avait trois mots, au milieu de la page, d'une grosse écriture descendante :

« Collée. Inconsciente. Ivich. »

— Ça n'est pas une mauvaise nouvelle, au moins? demanda la concierge.

— Non.

— Ah! Bon. Parce que vous étiez tout interdit.

Collée. Inconsciente. Ivich.

— C'est un de mes anciens élèves qui a échoué à ses examens.

— Ah! C'est qu'on devient plus difficile, à ce qu'on m'a dit.

— Beaucoup plus.

— Pensez! Tous ces jeunes gens qu'on reçoit, dit la concierge. Après, les voilà avec des titres. Et qu'est-ce que vous voulez qu'on en fasse?

— Je vous le demande.

Il relut pour la quatrième fois le message d'Ivich. Il était frappé par sa grandiloquence inquiétante. Collée, inconsciente... « Elle est en train de faire une connerie, pensa-t-il. C'est clair comme le jour, elle est en train de faire une connerie. »

— Quelle heure est-il?

— Six heures.

Six heures. Elle a eu ses résultats à deux heures. Voilà quatre heures qu'elle est lâchée dans les rues de Paris. Il enfouit le pneumatique dans sa poche.

— Madame Garinet, prêtez-moi cinquante francs, dit-il à la concierge.

— Mais, c'est que je ne sais pas si je les ai, dit la concierge étonnée. Elle fouilla dans le tiroir de sa table à ouvrage :

— Tenez, je n'ai que cent francs, vous me rapporterez la monnaie ce soir.

— Entendu, dit Mathieu, merci.

Il sortit; il pensait : « Où peut-elle être? » Il avait la tête vide et ses mains tremblaient. Un taxi en maraude passait dans la rue Froidevaux. Mathieu l'arrêta :

— Foyer des Étudiantes, 173, rue Saint-Jacques. En vitesse.

— Ça va, dit le chauffeur.

« Où peut-elle être? Au mieux elle est déjà partie pour Laon; au pis... Et j'ai quatre heures de retard », pensa-t-il. Il était penché en avant et appuyait fortement son pied droit sur le tapis pour accélérer.

Le taxi s'arrêta. Mathieu descendit et sonna à la porte du Foyer.

— Mlle Ivich Serguine est-elle là?

La dame le regarda avec défiance.

— Je vais voir, dit-elle.

Elle revint aussitôt :

— Mlle Serguine n'est pas rentrée depuis ce matin. Y a-t-il une commission à lui faire?

— Non.

Mathieu remonta dans la voiture.

— Hôtel de Pologne, rue du Sommerard.

Au bout d'un moment, il cogna contre la vitre :

— Là, là! dit-il, l'hôtel à gauche.

Il sauta à terre et poussa la porte vitrée.

— M. Serguine est-il là?

Le gros valet albinos était à la caisse. Il reconnut Mathieu et lui sourit :

— Il n'est pas rentré de la nuit.

— Et sa sœur... une jeune fille blonde, est-ce qu'elle est passée aujourd'hui?

— Oh, je connais bien Mlle Ivich, dit le garçon. Non, elle n'est pas venue, il n'y a que Mme Montero qui a téléphoné deux fois pour appeler M. Boris, qu'il aille la voir tout de suite dès qu'il sera rentré; si vous le voyez, vous pouvez lui dire.

— Entendu, dit Mathieu.

Il sortit. Où pouvait-elle être? Au cinéma? Ça n'était guère probable. A traîner dans les rues? En tout cas elle n'avait pas encore quitté Paris, sinon elle fût repassée au Foyer pour prendre ses valises. Mathieu tira le pneumatique de sa poche et examina l'enveloppe : il avait été expédié du bureau de poste de la rue Cujas, mais ça ne prouvait rien.

— Où va-t-on? demanda le chauffeur.

Mathieu le regarda d'un air incertain et fut brusquement illuminé : « Pour qu'elle ait écrit ça, il faut qu'elle ait eu un coup dans le nez. Elle s'est sûrement saoulée. »

— Écoutez, dit-il, vous allez remonter doucement le boulevard Saint-Michel à partir des quais. Je cherche quelqu'un; il faudra que je fasse tous les cafés.

Ivich n'était ni au Biarritz, ni à la Source, ni au d'Harcourt, ni au Biard, ni au Palais du Café. Chez Capoulade, Mathieu aperçut un étudiant chinois qui la connaissait. Il s'avança. Le Chinois buvait un porto, juché sur un tabouret de bar.

— Excusez-moi, dit Mathieu en levant la tête vers lui. Je crois que vous connaissez Mlle Serguine. Est-ce que vous l'avez vue aujourd'hui?

— Non, dit le Chinois. Il parlait avec difficulté. Il lui est arrivé malheur.

— Il lui est arrivé malheur! s'écria Mathieu.

— Non, dit le Chinois. Je demande s'il lui est arrivé malheur.

— Je ne sais pas, dit Mathieu en lui tournant le dos.

Il ne songeait même plus à protéger Ivich contre elle-même; il n'avait que le besoin douloureux et violent de la revoir. « Et si elle avait essayé de se tuer? Elle est bien assez bête pour ça », songea-t-il avec fureur. Après tout, elle est peut-être tout simplement à Montparnasse.

— Au carrefour Vavin, dit-il.

Il remonta dans la voiture. Ses mains tremblaient : il les mit dans ses poches. Le taxi prit le virage autour de la fontaine Médicis et Mathieu aperçut Renata, l'amie italienne d'Ivich. Elle sortait du Luxembourg, une serviette sous le bras.

— Arrêtez! Arrêtez! cria Mathieu au chauffeur. Il sauta du taxi et courut à elle.

— Avez-vous vu Ivich?

Renata prit un air digne :

— Bonjour, monsieur, dit-elle.

— Bonjour, dit Mathieu. Avez-vous vu Ivich?

— Ivich? dit Renata. Mais oui.

— Quand?

— Il y a une heure à peu près.

— Où?

— Au Luxembourg. Elle était en drôle de compagnie, dit Renata un peu pincée. Vous savez qu'elle est refusée, la pauvre.

— Oui. Où est-elle allée?

— Ils voulaient aller au dancing. A « la Tarentule », je crois.

— Où est-ce?

— Rue Monsieur-le-Prince. Vous verrez, c'est un marchand de disques, le dancing est au sous-sol.

— Merci.

Mathieu fit quelques pas, puis il revint en arrière :

— Excusez-moi. J'avais aussi oublié de vous dire au revoir.

— Au revoir, monsieur, dit Renata.

Mathieu revint vers son chauffeur.

— Rue Monsieur-le-Prince, c'est à deux pas. Allez doucement, je vous arrêterai.

« Pourvu qu'elle y soit encore! Je ferai tous les thés dansants du Quartier Latin. »

— Arrêtez, c'est là. Vous m'attendrez un moment.

Mathieu entra dans un magasin de disques.

— La Tarentule? demanda-t-il.

— Au sous-sol. Descendez l'escalier.

Mathieu descendit un escalier, respira une odeur fraîche et moisie, poussa le battant d'une porte de cuir et reçut un coup dans l'estomac : Ivich était là, elle dansait. Il s'appuya contre le montant de la porte et pensa : « Elle est là. »

C'était une cave déserte et antiseptique, sans une ombre. Une lumière filtrée tombait des plafonniers en papier huilé. Mathieu vit une quinzaine de tables avec des nappes, perdues au fond de cette mer morte de lumière. Sur les murs beiges, on avait collé des morceaux de cartons multicolores qui figuraient des plantes exotiques, mais ils se gondolaient déjà, sous l'action de l'humidité, les cactus étaient gonflés de cloques. Un pick-up invisible diffusait un paso-doble et cette musique en conserve rendait la salle encore plus nue.

Ivich avait mis la tête sur l'épaule de son danseur et se serrait étroitement contre lui. Il dansait bien. Mathieu le reconnut : c'était le grand jeune homme brun qui accompagnait Ivich la veille, sur le boulevard Saint-Michel. Il respirait les cheveux d'Ivich et de temps en temps les embrassait. Alors, elle rejetait sa tête en arrière et riait, toute pâle, les yeux clos, pendant qu'il chuchotait à son oreille; ils étaient seuls au milieu de la piste. Au fond de la salle, quatre jeunes gens et une fille violemment fardée frappaient dans leurs mains en criant : « olé ». Le grand type brun reconduisit Ivich à leur table en la tenant par la taille, les étudiants s'affairèrent autour d'elle et lui firent la fête; ils avaient un drôle d'air à la fois familier et guindé; ils l'enveloppaient à distance de gestes ronds et tendres. La femme fardée se tenait sur la réserve. Elle était debout, lourde et molle, avec un regard fixe. Elle alluma une cigarette et dit pensivement :

— Olé.

Ivich s'écroula sur une chaise entre la jeune femme et un petit blond qui portait la barbe en collier. Elle avait le fou rire.

— Non, non! dit-elle en agitant la main devant son visage. Pas d'alibi! Pas besoin d'alibi!

Le barbu se leva avec empressement pour céder sa chaise au beau danseur brun : « C'est complet, pensa Mathieu, on lui reconnaît le droit de s'asseoir à côté d'elle. » Le beau brun avait l'air de trouver la chose toute naturelle; c'était le seul d'ailleurs, qui parût à son aise.

Ivich montra du doigt le barbu :

— Il se sauve parce que j'ai promis de l'embrasser, dit-elle en riant.

— Permettez, dit le barbu avec dignité, vous ne me l'avez pas promis, vous m'en avez menacé.

— Eh bien! Je ne t'embrasserai pas, dit Ivich. J'embrasserai Irma!

— Vous voulez m'embrasser, mon petit Ivich, dit la jeune femme, surprise et flattée.

— Oui, viens! Elle la tira par le bras avec autorité.

Les autres s'écartèrent, scandalisés, quelqu'un dit : « Voyons Ivich! » d'une voix doucement grondeuse. Le beau brun la regardait froidement avec un mince sourire; il la guettait. Mathieu se sentit humilié : pour cet élégant jeune homme, Ivich n'était qu'une proie, il la déshabillait d'un regard connaisseur et sensuel, elle était déjà nue devant lui, il devinait ses seins, ses cuisses et l'odeur de sa chair... Mathieu se secoua brusquement et s'avança vers Ivich, les jambes molles : il s'était aperçu qu'il la désirait pour la première fois, honteusement, à travers le désir d'un autre.

Ivich avait fait mille simagrées avant d'embrasser sa voisine. Finalement, elle lui prit la tête à deux mains, l'embrassa sur les lèvres et la repoussa violemment :

— Tu sens le cachou, dit-elle d'un air de blâme.

Mathieu se planta devant leur table.

— Ivich! dit-il.

Elle le regarda la bouche ouverte et il se demanda si elle le reconnaissait. Elle éleva lentement la main gauche et la lui montra :

— C'est toi, dit-elle. Tiens, regarde.

Elle avait arraché son bandage. Mathieu vit une croûte rougeâtre et gluante avec de petits rochers de pus jaune.

— Tu as gardé le tien, dit Ivich déçue. C'est vrai, tu es prudent, toi.

— Elle l'a arraché malgré nous, dit la femme d'un ton d'excuse. C'est un petit démon.

Ivich se leva brusquement et regarda Mathieu d'un air sombre.

— Emmenez-moi d'ici. Je m'avilis.

Les jeunes gens se regardèrent.

— Vous savez, dit le barbu à Mathieu, nous ne l'avons pas fait boire. Nous aurions plutôt essayé de l'en empêcher.

— Pour ça oui, dit Ivich avec dégoût. Des bonnes d'enfant, voilà ce que c'est.

— Sauf moi, Ivich, dit le beau danseur, sauf moi.

Il la regardait d'un air complice. Ivich se tourna vers lui et dit :

— Sauf celui-ci qui est un goujat.

— Venez, dit Mathieu doucement.

Il la prit par les épaules et l'entraîna; il entendait derrière lui une rumeur consternée.

Au milieu de l'escalier, Ivich se fit plus lourde.

— Ivich, supplia-t-il.

Elle secoua ses boucles, hilare.

— Je veux m'asseoir là, dit-elle.

— Je vous en prie.

Ivich se mit à pouffer et releva sa jupe au-dessus du genou.

— Je veux m'asseoir là.

Mathieu la saisit par la taille et l'emporta. Quand ils furent dans la rue, il la lâcha : elle ne s'était pas débattue. Elle cligna des yeux et regarda autour d'elle d'un air morose.

— Voulez-vous rentrer chez vous? proposa Mathieu.

— Non! dit Ivich avec éclat.

— Voulez-vous que je vous mène chez Boris.

— Il n'est pas chez lui.

— Où est-il?

— Le diable sait.

— Où voulez-vous aller?

— Est-ce que je sais, moi? C'est à vous de trouver, c'est vous qui m'avez emmenée.

Mathieu réfléchit un instant.

— Bien, dit-il.

Il la soutint jusqu'au taxi et dit :

— 12, rue Huyghens.

— Je vous emmène chez moi, dit-il. Vous pourrez vous étendre sur mon divan et je vous ferai du thé.

Ivich ne protesta pas. Elle monta péniblement dans la voiture et se laissa aller sur les coussins.

— Ça ne va pas?

Elle était livide.

— Je suis malade, dit-elle.

— Je vais lui dire d'arrêter devant un pharmacien, dit Mathieu.

— Non, dit-elle violemment.

— Alors étendez-vous et fermez les yeux, dit Mathieu. Nous arrivons bientôt.

Ivich gémit un peu. Tout à coup, elle verdit et se pencha par la portière. Mathieu voyait son petit dos maigre tout secoué par les vomissements. Il allongea la main et agrippa sans bruit le loquet de la portière : il avait peur qu'elle ne s'ouvrît. Au bout d'un moment, la toux cessa. Mathieu se rejeta vivement en arrière, prit sa pipe et la bourra d'un air absorbé. Ivich se laissa retomber sur les coussins et Mathieu remit sa pipe dans sa poche.

— Nous sommes arrivés, lui dit-il.

Ivich se redressa péniblement. Elle dit :

— J'ai honte!

Mathieu descendit le premier et lui tendit les bras pour l'aider. Mais elle le repoussa et sauta vivement sur la chaussée. Il paya le chauffeur en hâte et se retourna vers elle. Elle le regardait d'un air neutre; une aigre petite odeur de vomi s'échappait de sa bouche si pure. Mathieu respira passionnément cette odeur.

— Vous allez mieux?

— Je ne suis plus saoule, dit Ivich sombrement. Mais j'ai la tête qui me bat.

Mathieu lui fit monter doucement l'escalier.

— A chaque marche, c'est un coup dans ma tête, lui dit-elle d'un air hostile. Au deuxième palier, elle s'arrêta un instant pour reprendre son souffle.

— A présent, je me rappelle tout.

— Ivich!

— Tout. J'ai roulé avec ces sales types et je me suis donnée en spectacle. Et je... j'ai été collée au P. C. B.

— Venez, dit Mathieu. Il ne reste plus qu'un étage.

Ils montèrent en silence. Ivich dit tout à coup:

— Comment m'avez-vous trouvée?

Mathieu se courba pour introduire la clé dans la serrure.

— Je vous cherchais, dit-il, et puis j'ai rencontré Renata.

Ivich marmotta derrière son dos :

— J'espérais tout le temps que vous viendriez.

— Entrez, dit Mathieu en s'effaçant. Elle le frôla en passant et il eut envie de la prendre dans ses bras.

Ivich fit quelques pas incertains et entra dans la chambre. Elle regarda autour d'elle d'un air morne.

— C'est ça, chez vous?

— Oui, dit Mathieu. C'était la première fois qu'il la recevait dans son appartement. Il regarda ses fauteuils de cuir vert et sa table de travail; il les vit avec les yeux d'Ivich et il en eut honte.

— Voilà le divan, dit-il. Étendez-vous.

Ivich se jeta sur le divan sans dire un mot.

— Voulez-vous du thé?

— J'ai froid, dit Ivich.

Mathieu alla chercher son couvre-pied et le lui étendit sur les jambes. Ivich ferma les yeux et posa la tête sur un coussin. Elle souffrait, il y avait trois petites rides verticales sur son front, à la racine du nez.

— Voulez-vous du thé?

Elle ne répondit pas. Mathieu prit la bouilloire électrique et s'en fut la remplir au robinet de l'évier. Dans le garde-manger, il trouva un demi-citron tout vieux, tout vitreux avec la peau sèche, mais, en pressant bien, peut-être qu'on en tirerait une larme ou deux. Il le mit sur un plateau avec deux tasses et rentra dans la chambre.

— J'ai mis l'eau à chauffer, dit-il.

Ivich ne répondit pas : elle dormait. Mathieu tira une chaise contre le divan et s'assit sans faire de bruit. Les trois rides d'Ivich avaient disparu, son front était lisse et pur; elle souriait, les yeux clos. « Qu'elle est jeune! » pensa-t-il. Il avait mis tout son espoir dans une enfant. Elle était si faible et si légère sur ce divan : elle ne pouvait aider personne; il aurait fallu, au contraire, qu'on l'aidât à vivre. Et Mathieu ne pouvait pas l'aider. Ivich partirait pour Laon, elle s'abrutirait là-bas, un hiver ou deux et puis un type surviendrait — un jeune type — et il l'emmènerait. « Moi, j'épouserai Marcelle. » Mathieu se leva et alla voir tout doucement si l'eau bouillait, puis, il revint s'asseoir auprès d'Ivich, il regarda tendrement ce petit corps malade et souillé qui restait si noble dans le sommeil; il pensa qu'il aimait Ivich et il en fut étonné : ça ne se sentait pas, l'amour, ça n'était pas une émotion particulière, ni non plus une nuance particulière de ses sentiments, on aurait dit plutôt une malédiction fixe à l'horizon, une promesse de malheur. L'eau se mit à chanter dans la bouilloire et Ivich ouvrit les yeux :

— Je vous fais du thé, dit Mathieu. En voulez-vous?

— Du thé? dit Ivich d'un air perplexe. Mais vous ne savez pas faire le thé.

Elle ramena du plat de la main ses boucles sur ses joues et se leva en se frottant les yeux.

— Donnez-moi votre paquet, dit-elle, je vais vous faire du thé à la russe. Seulement, il faudrait un samovar.

— Je n'ai qu'une bouilloire, dit Mathieu en lui tendant le paquet de thé.

— Oh! Et puis c'est du thé de Ceylan! Enfin tant pis.

Elle s'affaira autour de la bouilloire.

— Et la théière?

— C'est vrai, dit Mathieu. Il courut chercher la théière à la cuisine.

— Merci.

Elle avait l'air encore sombre mais animée. Elle versa l'eau dans la théière et revint s'asseoir au bout de quelques instants.

— Il faut le laisser infuser, dit-elle.

Il y eut un silence, puis elle reprit :

— Je n'aime pas votre appartement.

— Je le pensais bien, dit Mathieu. Si vous êtes un peu remise, nous pouvons sortir.

— Où aller? dit Ivich. Non, reprit-elle, je suis contente d'être ici. Tous ces cafés tournaient autour de moi; et puis les gens, c'est un cauchemar. Ici, c'est laid, mais c'est calme. Est-ce que vous ne pourriez pas tirer les rideaux? On allumerait cette petite lampe.

Mathieu se leva. Il alla fermer les volets et détacha les embrasses. Les lourds rideaux verts se rejoignirent. Il alluma la lampe de son bureau.

— C'est la nuit, dit Ivich charmée.

Elle s'adossa aux coussins du divan :

— Comme c'est douillet; c'est comme si la journée était finie. Je voudrais qu'il fasse noir quand je sortirai d'ici, j'ai peur de retrouver le jour.

— Vous resterez tant que vous voudrez, dit Mathieu. Personne ne doit venir et d'ailleurs si quelqu'un vient nous le laisserons sonner sans ouvrir. Je suis entièrement libre.

Ce n'était pas vrai : Marcelle l'attendait à onze heures. Il pensa avec rancune : elle attendra.

— Quand partez-vous? demanda-t-il.

— Demain. Il y a un train à midi.

Mathieu resta un moment sans parler. Puis il dit, en surveillant sa voix :

— Je vous accompagnerai à la gare.

— Non! dit Ivich. J'ai horreur de ça, ça fait des adieux mous qui s'étirent comme du caoutchouc. Et puis, je serai morte de fatigue.

— Comme vous voudrez, dit Mathieu. Vous avez télégraphié à vos parents?

— Non. Je... Boris voulait le faire mais je l'en ai empêché.

— Alors, il faudra que vous leur annonciez vous-même?

Ivich baissa la tête :

— Oui.

Il y eut un silence. Mathieu regardait la tête courbée d'Ivich et ses épaules frêles : il lui semblait qu'elle le quittait petit à petit.

— Alors, demanda-t-il, c'est notre dernière soirée de l'année?

— Ha! dit-elle, avec un rire ironique, de l'année!...

— Ivich, dit Mathieu, vous ne devez pas... D'abord j'irai vous voir à Laon.

— Je ne veux pas. Tout ce qui touche à Laon est sali.

— Eh bien vous reviendrez.

— Non.

— Il y a une session en novembre, vos parents ne peuvent pas...

— Vous ne les connaissez pas.

— Non. Mais ça n'est pas possible qu'ils gâchent toute votre vie pour vous punir d'avoir manqué un examen.

— Ils ne songeront pas à me punir, dit Ivich. Mais ce sera pis; ils se désintéresseront de moi, je leur sortirai de l'esprit tout simplement. D'ailleurs, c'est ce que je mérite, dit-elle, en s'emportant, je ne suis pas capable d'apprendre un métier et j'aimerais mieux rester à Laon toute ma vie que de recommencer le P. C. B.

— Ne dites pas ça, Ivich, dit Mathieu alarmé. Ne vous résignez pas déjà. Vous avez horreur de Laon.

— Oh! oui, j'en ai horreur, dit-elle, les dents serrées.

Mathieu se leva pour aller chercher la théière et les tasses. Tout d'un coup le sang lui monta au visage; il se retourna vers elle et murmura sans la regarder :

— Écoutez, Ivich, vous allez partir demain, mais je vous donne ma parole que vous reviendrez. A la fin d'octobre. D'ici là, je m'arrangerai.

— Vous vous arrangerez? demanda Ivich avec une surprise lassée; mais il n'y a pas à s'arranger : je vous dis que je suis incapable d'apprendre un métier.

Mathieu osa lever les yeux sur elle, mais il ne se sentait pas rassuré; comment trouver les mots qui ne la froisseraient pas?

— Ça n'est pas ça que je voulais dire... Si... Si vous aviez voulu me permettre de vous aider...

Ivich n'avait toujours pas l'air de comprendre; Mathieu ajouta :

— J'aurai un peu d'argent.

Ivich eut un haut-le-corps :

— Ah! c'est ça? demanda-t-elle.

Elle ajouta sèchement :

— C'est tout à fait impossible.

— Mais pas du tout, dit Mathieu avec chaleur, ça n'est pas impossible du tout. Écoutez : pendant les vacances, je mettrai un peu d'argent de côté; Odette et Jacques m'invitent chaque année à passer le mois d'août dans leur villa de Juan-les-Pins, je n'y ai jamais été mais il faut bien que je m'exécute un jour. J'irai cette année-ci, ça m'amusera et je ferai des économies... Ne refusez pas sans savoir, dit-il vivement, ce serait un prêt.

Il s'interrompit. Ivich s'était affaissée et elle le regardait par en dessous d'un air mauvais.

— Mais ne me regardez pas comme ça, Ivich!

— Ah, je ne sais pas comment je vous regarde, mais je sais que j'ai mal à la tête, dit Ivich d'une voix maussade.

Elle baissa les yeux et ajouta :

— Je devrais rentrer me coucher.

— Je vous en prie, Ivich! Écoutez-moi : je trouverai l'argent, vous vivrez à Paris, ne dites pas non; je vous en supplie, ne dites pas non sans réfléchir. Ça ne peut pas vous gêner : vous me rembourserez quand vous gagnerez votre vie.

Ivich haussa les épaules et Mathieu ajouta vivement :

— Eh bien! Boris me remboursera.

Ivich ne répondit pas, elle avait enseveli sa tête dans ses cheveux. Mathieu restait planté devant elle, agacé et malheureux.

— Ivich!

Elle se taisait toujours. Il avait envie de la prendre par le menton et de lui relever la tête de force.

— Ivich, enfin! répondez-moi. Pourquoi ne répondez-vous pas?

Ivich se taisait. Mathieu se mit à marcher de long en large; il pensait : « Elle acceptera, je ne la lâcherai pas avant qu'elle n'accepte. Je... je donnerai des leçons, ou je corrigerai des épreuves. »

— Ivich, dit-il, vous allez me dire pourquoi vous n'acceptez pas.

Il arrivait qu'on réduisît Ivich par la fatigue : il fallait la harceler de questions en changeant de ton à chacune d'elles.

— Pourquoi n'acceptez-vous pas? dit-il. Dites pourquoi vous n'acceptez pas.

Ivich murmura enfin, sans lever la tête :

— Je ne veux pas accepter votre argent.

— Pourquoi? Vous acceptez bien celui de vos parents.

— Ça n'est pas la même chose.

— En effet : ça n'est pas la même chose. Vous m'avez dit cent fois que vous les détestiez.

— Je n'ai pas de raison pour accepter votre argent.

— Et vous en avez peut-être pour accepter le leur?

— Je ne veux pas qu'on soit généreux avec moi, dit Ivich. Quand c'est mon père, je n'ai pas besoin d'être reconnaissante.

— Ivich, qu'est-ce que c'est que cet orgueil? s'écria Mathieu. Vous n'avez pas le droit de gâcher votre vie pour une question de dignité. Songez à la vie que vous aurez là-bas. Vous regretterez jour par jour, heure par heure, d'avoir refusé.

Ivich se décomposa :

— Laissez-moi! dit-elle, laissez-moi!

Elle ajouta d'une voix basse et rauque :

— Oh! Quel supplice de ne pas être riche! Dans quelles situations abjectes ça vous met.

— Mais je ne vous comprends pas, dit Mathieu doucement. Vous m'avez dit, le mois dernier encore, que l'argent était quelque chose de vil, dont il ne fallait même pas s'occuper. Vous disiez : ça m'est égal d'où il vient, pourvu que j'en aie.

Ivich haussa les épaules. Mathieu ne voyait plus que le haut de son crâne et un peu de sa nuque entre les boucles et le col de la blouse. La nuque était plus brune que la peau du visage :

— Est-ce que vous n'avez pas dit ça?

— Je ne veux pas que vous me donniez de l'argent.

Mathieu perdit patience :

— Ah! alors c'est parce que je suis un homme, dit-il avec un rire saccadé.

— Qu'est-ce que vous dites? demanda Ivich.

Elle le regardait avec une haine froide :

— C'est grossier. Je n'ai jamais pensé à ça et... et je m'en moque; je n'imagine même pas...

— Eh bien alors? Pensez donc : pour la première fois de votre vie vous seriez absolument libre; vous habiteriez où vous voudriez, vous feriez tout ce qui vous plairait. Vous m'avez dit que vous aimeriez faire une licence de philo. Eh bien, vous pourriez essayer; Boris et moi, nous vous aiderions.

— Pourquoi voulez-vous me faire du bien? demanda Ivich. Je ne vous en ai jamais fait. J'ai... j'ai toujours été insupportable avec vous et maintenant vous avez pitié de moi.

— Je n'ai pas pitié de vous.

— Alors pourquoi me proposez-vous de l'argent?

Mathieu hésita, puis il dit en se détournant :

— Je ne peux pas supporter l'idée de ne plus vous voir.

Il y eut un silence, puis Ivich demanda sur un ton incertain :

— Vous... vous voulez dire que c'est... par égoïsme que vous m'offrez ça?

— Par pur égoïsme, dit Mathieu sèchement, j'ai envie de vous revoir, c'est tout.

Il osa se tourner vers elle. Elle le regardait en haussant les sourcils, la bouche entrouverte. Puis, tout d'un coup, elle parut se détendre.

— Alors peut-être, dit-elle avec indifférence. En ce cas ça vous regarde; on verra. Après tout vous avez raison : que l'argent vienne d'ici ou d'ailleurs.

Mathieu respira : « Ça y est! » pensa-t-il. Mais il n'était guère soulagé : Ivich gardait son air maussade :

— Comment ferez-vous avaler ça à vos parents? demanda-t-il pour l'engager davantage.

— Je dirai n'importe quoi, dit Ivich vaguement. Ils me croiront ou ils ne me croiront pas. Qu'est-ce que ça fait puisqu'ils ne payent plus?

Elle baissa la tête, d'un air sombre.

— Il va falloir retourner là-bas, dit-elle.

Mathieu s'efforça de voiler son irritation :

— Mais puisque vous reviendrez!

— Oh! dit-elle, ça c'est irréel... Je dis non, je dis oui, mais je n'arrive pas à y croire. C'est loin. Tandis que Laon, je sais que j'y serai demain soir.

Elle se toucha la gorge et dit :

— Je le sens là. Et puis, il faut que je fasse mes valises. J'en aurai pour toute la nuit.

Elle se leva :

— Le thé doit être prêt. Venez le boire.

Elle versa le thé dans les tasses. Il était noir comme du café.

— Je vous écrirai, dit Mathieu.

— Moi aussi, dit-elle. Mais je n'aurai rien à vous dire.

— Vous me décrirez votre maison, votre chambre. Je voudrais pouvoir vous imaginer là-bas.

— Oh non! dit-elle. Je n'aimerais pas parler de tout ça. C'est déjà bien assez de le vivre.

Mathieu pensa aux sèches petites lettres que Boris envoyait à Lola. Mais ce ne fut qu'un instant : il regarda les mains d'Ivich, ses ongles rouges et pointus, ses poignets maigres et il pensa : « Je la reverrai. »

— Quel drôle de thé, dit Ivich en reposant sa tasse.

Mathieu sursauta : on venait de sonner à la porte d'entrée. Il ne dit rien : il espérait qu'Ivich n'avait pas entendu.

— Tiens! Est-ce qu'on ne vient pas de sonner? demanda-t-elle.

Mathieu mit un doigt sur ses lèvres.

— On a dit tout à l'heure qu'on n'ouvrirait pas, chuchota-t-il.

— Mais si! Mais si! dit Ivich d'une voix claire. C'est peut-être important; allez vite ouvrir.

Mathieu se dirigea vers la porte. Il pensait : « Elle a horreur d'être en complicité avec moi. » Il ouvrit la porte comme Sarah allait sonner pour la seconde fois.

— Bonjour, dit Sarah essoufflée. Eh bien! vous me faites courir. Le petit ministre m'a dit que vous aviez téléphoné et je suis venue; je n'ai même pas pris le temps de mettre un chapeau.

Mathieu la regarda avec effroi : moulée par son horrible tailleur vert pomme, riant de toutes ses dents pourries, avec ses cheveux dépeignés et son air de bonté malsaine, elle puait la catastrophe.

— Bonjour, dit-il vivement, vous savez, je suis avec...

Sarah le repoussa amicalement et avança la tête par-dessus son épaule :

— Qui est là? demanda-t-elle avec une curiosité goulue. Ah! C'est Ivich Serguine. Comment allez-vous?

Ivich se leva et fit une espèce de révérence. Elle avait l'air déçue. Sarah aussi d'ailleurs. Ivich était la seule personne que Sarah ne pût souffrir.

— Comme vous êtes maigrichonne, dit Sarah. Je suis sûre que vous ne mangez pas assez, vous n'êtes pas raisonnable.

Mathieu se plaça bien en face de Sarah et la regarda fixement. Sarah se mit à rire :

— Voilà Mathieu qui me fait les gros yeux, dit-elle gaîment. Il ne veut pas que je vous parle de régime.

Elle se tourna vers Mathieu :

— Je suis rentrée tard, dit-elle. Le Waldmann était introuvable. Il n'y a pas vingt jours qu'il est à Paris et le voilà embarqué dans un tas d'affaires louches. Il était six heures quand j'ai pu mettre la main dessus.

— Vous êtes gentille, Sarah, merci, dit Mathieu.

Il ajouta avec entrain :

— Eh bien! nous parlerons de ça plus tard. Venez prendre une tasse de thé.

— Non, non! Je ne m'assieds même pas, dit-elle, il faut que je file à la librairie espagnole, ils veulent me voir d'urgence, il y a un ami de Gomez qui vient d'arriver à Paris.

— Qui est-ce? demanda Mathieu pour gagner du temps.

— Je ne sais pas encore. On m'a dit : un ami de Gomez. Il vient de Madrid.

Elle regarda Mathieu avec tendresse. Ses yeux semblaient égarés par la bonté.

— Mon pauvre Mathieu, j'ai une mauvaise nouvelle pour vous : il refuse.

— Hem!

Mathieu eut tout de même la force de dire :

— Vous désirez sans doute me parler en particulier?

Il fronça les sourcils à plusieurs reprises. Mais Sarah ne le regardait pas :

— Oh ça n'est même pas la peine, dit-elle tristement. Je n'ai presque rien à vous dire.

Elle ajouta d'une voix chargée de mystère :

— J'ai insisté tant que j'ai pu. Rien à faire. Il faut que la personne en question soit chez lui demain matin avec l'argent.

—Bon! Eh bien, tant pis : n'en parlons plus, dit Mathieu vivement.

Il appuya sur les derniers mots, mais Sarah tenait à se justifier; elle dit :

— J'ai fait mon possible, je l'ai supplié, vous savez. Il m'a dit : « Est-ce une juive? » J'ai dit non. Alors il a dit : « Je ne fais pas de crédit. Si elle veut que je la débarrasse, qu'elle paie. Sinon, il ne manque pas de cliniques à Paris. »

Mathieu entendit le divan craquer derrière lui. Sarah continuait :

— Il a dit : « Je ne leur ferai jamais de crédit, ils nous ont trop fait souffrir là-bas. » Et c'est vrai, vous savez, je le comprends presque. Il m'a parlé des Juifs de Vienne, des camps de concentration. Je ne voulais pas le croire... Sa voix s'étrangla : « On les a martyrisés. »

Elle se tut et il y eut un lourd silence. Elle reprit en secouant la tête :

— Alors, qu'allez-vous faire?

— Je ne sais pas.

— Vous ne songez pas à...

— Si, dit Mathieu tristement, j'imagine que ça finira comme ça.

— Mon cher Mathieu, dit Sarah avec émotion.

Il la regarda durement et elle se tut décontenancée; il vit s'allumer dans ses yeux quelque chose qui ressemblait à une lueur de conscience.

— Bon! dit-elle au bout d'un moment, eh bien, je me sauve. Téléphonez-moi demain matin sans faute, je veux savoir.

— Entendu, dit Mathieu, au revoir Sarah.

— Au revoir ma petite Ivich, cria Sarah de la porte.

— Au revoir, madame, dit Ivich.

Quand Sarah fut partie, Mathieu reprit sa marche à travers la chambre. Il avait froid.

— Cette bonne femme, dit-il en riant, c'est un ouragan. Elle entre comme une bourrasque, flanque tout par terre et repart en coup de vent.

Ivich ne dit rien. Mathieu savait qu'elle ne répondrait pas. Il vint s'asseoir près d'elle et dit, sans la regarder :

— Ivich, je vais épouser Marcelle.

Il y eut encore un silence. Mathieu regardait les lourds rideaux verts qui pendaient à la fenêtre. Il était las.

Il expliqua à Ivich, en baissant la tête :

— Elle m'a appris avant-hier qu'elle était enceinte.

Les mots eurent de la peine à passer : il n'osait pas se tourner vers Ivich, mais il savait qu'elle le regardait.

— Je me demande pourquoi vous me dites ça, dit-elle d'une voix glacée. Ce sont vos affaires.

Mathieu haussa les épaules, il dit :

— Vous saviez bien qu'elle était...

— Votre maîtresse? dit Ivich avec hauteur. Je vous dirai que je ne m'occupe pas beaucoup de ces choses-là.

Elle hésita, puis dit d'un air distrait :

— Je ne vois pas pourquoi vous prenez l'air accablé. Si vous l'épousez, c'est sans doute que vous le voulez bien. Autrement, d'après ce qu'on m'a dit, il ne manque pas de moyens...

— Je n'ai pas d'argent, dit Mathieu. J'en ai cherché partout...

— C'est pour ça que vous aviez chargé Boris d'emprunter cinq mille francs à Lola?

— Ah! vous savez? Je n'ai pas... enfin oui, si vous voulez c'est pour ça.

Ivich dit d'une voix blanche :

— C'est sordide.

— Oui.

— D'ailleurs, ça ne me regarde pas, dit Ivich. Vous devez savoir ce que vous avez à faire.

Elle acheva de boire son thé et demanda :

— Quelle heure est-il?

— Neuf heures moins le quart.

— Est-ce qu'il fait noir?

Mathieu alla à la fenêtre et souleva le rideau. Un jour sale filtrait encore à travers les persiennes.

— Pas encore tout à fait.

— Oh! bien, tant pis, dit Ivich en se levant, je vais tout de même m'en aller. J'ai toutes ces valises à faire, dit-elle d'un ton gémissant.

— Eh bien, au revoir, dit Mathieu.

Il n'avait pas envie de la retenir.

— Au revoir.

— Je vous reverrai en octobre?

C'était parti malgré lui. Ivich eut un sursaut violent.

— En octobre! dit-elle les yeux étincelants. En octobre! Ah! non.

Elle se mit à rire :

— Excusez-moi, dit-elle, mais vous avez l'air si drôle. Je n'ai jamais pensé à accepter votre argent : vous n'en aurez pas trop pour monter votre ménage.

— Ivich! dit Mathieu en la prenant par le bras.

Ivich poussa un cri et se dégagea brusquement :

— Laissez-moi, dit-elle, ne me touchez pas.

Mathieu laissa retomber ses bras. Il sentait monter en lui une colère désespérée.

— Je m'en étais doutée, poursuivit Ivich haletante. Hier matin... quand vous avez osé me toucher... je me suis dit : ce sont des manières d'homme marié.

— Ça va, dit Mathieu rudement. Pas la peine d'insister. J'ai compris.

Elle était là, campée devant lui, rouge de colère, un sourire d'insolence aux lèvres : il eut peur de lui-même. Il se jeta dehors en la bousculant et claqua la porte d'entrée derrière lui.

XVI

Tu ne sais pas aimer, tu ne sais pas
En vain je tends les bras.

Le café des Trois Mousquetaires brillait de tous ses feux dans le soir hésitant. Une foule de loisir s'était attroupée devant la terrasse : bientôt la dentelle lumineuse de la nuit, de café en café, de vitrine en vitrine, allait s'étendre sur Paris; les gens attendaient la nuit en écoutant la musique, ils avaient l'air heureux, ils se pressaient frileusement devant ce premier petit rougeoiement nocturne. Mathieu contourna cette foule lyrique : la douceur du soir n'était pas pour lui.

Tu ne sais pas aimer, tu ne sais pas
Jamais, jamais tu ne sauras.

Une longue rue droite. Derrière lui, dans une chambre verte, une petite conscience haineuse le repoussait de toutes ses forces. Devant lui, dans une chambre rose, une femme immobile l'attendait en souriant d'espoir. Dans une heure il entrerait à pas de loup dans la chambre rose, il se laisserait engloutir par ce doux espoir, par cette gratitude, par cet amour. Pour toute la vie, pour toute la vie. On se fout à l'eau pour moins que ça.

— Espèce de con!

Mathieu se jeta en avant pour éviter l'auto; il buta contre le trottoir et se retrouva par terre : il était tombé sur les mains.

— Sacré nom de Dieu!

Il se releva, les paumes lui cuisaient. Il considéra ses mains boueuses avec gravité : la main droite était noire, avec quelques petites écorchures, la main gauche lui faisait mal; la boue maculait son pansement. « Il ne manquait plus que ça, murmura-t-il sérieusement, il ne manquait plus que ça. » Il tira son mouchoir, l'humecta de salive et frotta ses paumes avec une sorte de tendresse; il avait envie de pleurer. Une seconde il fut en suspens, il se regardait avec étonnement. Et puis, il éclata de rire. Il riait de lui-même, de Marcelle, d'Ivich, de sa maladresse ridicule, de sa vie, de ses minables passions; il se rappelait ses anciens espoirs et il en riait parce qu'ils avaient abouti à ça, à cet homme plein de gravité qui avait manqué pleurer parce qu'il était tombé par terre; il se regardait sans honte, avec un amusement froid et acharné, il pensait : « Dire que je me prenais au sérieux. » Le rire s'arrêta, après quelques secousses : il n'y avait plus personne pour rire.

Du vide. Le corps se remet en marche en traînant des pieds, lourd et chaud avec des frissons, des brûlures de colère, à la gorge, à l'estomac. Mais plus personne ne l'habite. Les rues se sont vidées comme par un trou d'évier; quelque chose qui les remplissait encore tout à l'heure s'est englouti. Les choses sont demeurées là, intactes, mais leur gerbe est défaite, elles pendent du ciel comme d'énormes stalactites, elles montent de terre comme d'absurdes menhirs. Toutes leurs petites sollicitations coutumières, leurs menus chants de cigale, se sont dissipés dans les airs, elles se taisent. Il y avait naguère un avenir d'homme qui se jetait contre elles et qu'elles réfléchissaient en un éparpillement de tentations diverses. L'avenir est mort.

Le corps tourne sur la droite, il plonge dans un gaz lumineux et dansant au fond d'une gerçure crasseuse, entre des blocs de glace rayés de lueurs. Des masses sombres se traînent en grinçant. A hauteur des yeux, des fleurs poilues se balancent. Entre ces fleurs, au fond de cette crevasse, une transparence glisse et se contemple avec une passion glacée.

« J'irai les prendre! » Le monde se reforma, bruyant et affairé, avec des autos, des gens, des vitrines; Mathieu se retrouva au milieu de la rue du Départ. Mais ça n'était plus le même monde ni tout à fait le même Mathieu. Au bout du monde, par delà les immeubles et les rues, il y avait une porte close. Il fouilla dans son portefeuille et en retira une clé. Là-bas, cette porte close, ici cette petite clé plate : c'étaient les seuls objets du monde; entre eux, il n'y avait rien qu'un entassement d'obstacles et de distances. « Dans une heure. J'ai le temps d'y aller à pied. » Une heure : juste le temps d'aller à cette porte et de l'ouvrir; au delà de cette heure il n'y avait rien. Mathieu marchait d'un pas égal, en paix avec lui-même, il se sentait méchant et tranquille. « Et si Lola était restée au lit? » Il remit la clé dans sa poche et pensa : « Eh bien, tant pis : je prendrais l'argent tout de même. »

La lampe éclairait mal. Près de la fenêtre mansardée, entre la photo de Marlène Dietrich et celle de Robert Taylor, il y avait un calendrier-réclame qui portait une petite glace piquetée de rouille. Daniel s'en approcha en se baissant un peu et commença à refaire son nœud de cravate; il avait hâte d'être entièrement vêtu. Dans la glace, derrière lui, presque effacé par la pénombre et la crasse blanche du miroir, il vit le maigre et dur profil de Ralph et ses mains se mirent à trembler : il avait envie de serrer ce cou mince dont la pomme d'Adam saillait et de le faire craquer dans ses doigts. Ralph tournait la tête vers la glace, il ne savait pas que Daniel le voyait et il fixa sur lui un drôle de regard : « Il fait une gueule d'assassin, pensa Daniel en frissonnant — tout compte fait, c'était presque un frisson de plaisir — il est humilié le petit mâle, il me hait. » Il s'attarda à nouer sa cravate. Ralph le regardait toujours et Daniel jouissait de cette haine qui les unissait, une haine recuite, qui semblait vieille de vingt ans, une possession; ça le purifiait. « Un jour, un type comme ça viendra me buter par derrière. » Le jeune visage grandirait dans la glace et puis ce serait fini, ce serait la mort infâme, qui lui convenait. Il fit volte-face et Ralph baissa les yeux vivement. La chambre était une fournaise.

— Tu n'as pas une serviette?

Daniel avait les mains moites.

— Regardez dans le pot à eau.

Dans le pot à eau, il y avait une serviette crasseuse. Daniel s'essuya les mains soigneusement :

— Il n'y a jamais eu d'eau, dans ce pot à eau. Vous n'avez pas l'air de beaucoup vous laver, tous les deux.

— On se lave au robinet qui est dans le couloir, dit Ralph d'un ton maussade.

Il y eut un silence et puis il expliqua :

— C'est plus commode.

Il enfilait ses souliers, assis sur le bord du lit-cage, le buste fléchi, le genou droit levé. Daniel contemplait ce dos mince, ces bras jeunes et musclés qui sortaient d'une chemise Lacoste à manches courtes : il a de la grâce, pensa-t-il impartialement. Mais il avait horreur de cette grâce. Encore un instant il serait dehors et tout ça serait du passé. Mais il savait ce qui l'attendait, au dehors. Au moment de remettre son veston il hésita : il avait les épaules et la poitrine inondées de sueur, il songeait avec appréhension que le poids du veston allait plaquer sa chemise de lin contre sa chair humide.

— Il fait terriblement chaud chez toi, dit-il à Ralph.

— C'est sous les toits.

— Quelle heure est-il?

— Neuf heures. Ça vient de sonner.

Dix heures à tuer avant le jour. Il ne se coucherait pas. Quand il se couchait par là-dessus c'était toujours beaucoup plus pénible. Ralph leva la tête :

— Je voulais vous demander, monsieur Lalique... c'est vous qui avez conseillé à Bobby de rentrer chez son potard?

— Conseillé? Non. Je lui ai dit qu'il était idiot de l'avoir plaqué.

— Ah bon! C'est que ça n'est pas pareil. Il est venu me dire ça ce matin, qu'il allait faire des excuses, que c'était vous qui le vouliez. il n'avait pas l'air franc.

— Je ne veux rien du tout, dit Daniel, et je ne lui ai surtout pas dit de faire des excuses.

Ils sourirent tous deux avec mépris. Daniel voulut remettre son veston et puis le cœur lui manqua.

— Je lui ai dit : fais ce que tu veux, dit Ralph en se baissant. Ça n'est pas mes oignons. Du moment que c'est M. Lalique qui te conseille... Mais je vois ce que c'est, à présent.

Il eut un mouvement rageur pour nouer le lacet de son soulier gauche.

— Je lui dirai rien, dit-il, il est comme ça, il faut qu'il mente. Mais il y en a un que je vous jure que je rattraperai au tournant.

— Le pharmacien?

— Oui. Enfin pas le vieux. Le jeune mec.

— Le stagiaire?

— Oui.Cette lope.Tout ce qu'il a été raconter sur Bobby et sur moi. Il ne faut pas que Bobby soit fier, pour être rentré dans cette boîte. Mais n'ayez pas peur, j'irai l'attendre un soir à la sortie, son stagiaire.

Il sourit méchamment, il se complaisait dans sa colère.

— Je m'amènerai, les mains dans les poches, avec mon petit air vache : tu me reconnais? Oui? Alors ça va. Dis donc qu'est-ce que t'as raconté sur moi? Hein? Qu'est-ce que t'as raconté sur moi? Vous verrez le mec! « J'ai rien dit! J'ai rien dit! » Ah, t'as rien dit? Paf, un coup dans l'estomac, je l'envoie par terre, je lui saute dessus et je lui cogne la gueule contre le trottoir.

Daniel le regardait avec une irritation ironique; il pensait : « Tous pareils». Tous. Sauf Bobby, qui était une femelle. Après, ils parlaient toujours de casser la figure à quelqu'un. Ralph s'animait, les yeux brillants, les oreilles écarlates; il avait besoin de faire des gestes vifs et brusques. Daniel ne put résister au désir de l'humilier davantage.

— Dis donc, c'est peut-être lui qui te démolira.

— Lui? Ralph rigolait haineusement. Il peut toujours s'amener. Vous avez qu'à demander au garçon de l'Oriental; en voilà un qui a compris. Un mec de trente ans avec des bras comme ça. Il voulait me sortir, qu'il disait.

Daniel sourit avec insolence :

— Et tu n'en as fait qu'une bouchée, naturellement.

— Oh! vous n'avez qu'à demander, dit Ralph blessé. Ils étaient peut-être dix, à nous regarder. « Tu viens dehors? » que je lui fais. Tenez, il y avait Bobby et puis un grand, que je vous ai vu avec lui, Corbin, aux abattoirs il est. Le voilà qui sort : « C'est-il que tu veux apprendre à vivre à un père de famille? » qu'il me fait. Qu'est-ce que je lui ai passé! Un pain que je lui fous dans l'œil pour commencer, et puis, au retour, je le mouche avec mon coude. Comme ça. En plein nase. Il s'était levé, mimant les épisodes du combat. Il tourna sur lui-même, montrant ses petites fesses dures, moulées par le pantalon bleu. Daniel se sentit inondé de fureur, il aurait voulu le frapper. « Il pissait du sang, poursuivit Ralph. Hop! Une prise aux jambes et par terre! Il ne savait plus où c'est qu'il en était, le père de famille. »

Il se tut, sinistre et plein de morgue, réfugié dans sa gloire. Il avait l'air d'un insecte. « Je le tuerai », pensa Daniel. Il ne croyait pas trop à ces histoires mais ça l'humiliait tout de même que Ralph eût terrassé un homme de trente ans. Il se mit à rire :

— Tu veux faire ton petit caïd, dit-il péniblement. Tu finiras par tomber sur un bec.

Ralph se mit à rire aussi et ils se rapprochèrent.

— Je veux pas faire mon caïd, dit-il, mais c'est pas les gros qui me font peur.

— Alors, dit Daniel, tu n'as peur de personne? Hein? Tu n'as peur de personne?

Ralph était tout rouge.

— C'est pas les plus gros qui sont les plus forts! dit-il.

— Et toi? Montre voir si tu es fort, dit Daniel en le poussant. Montre voir si tu es fort.

Ralph resta un instant la bouche ouverte, puis ses yeux étincelèrent.

— Avec vous, je veux bien. Pour rigoler, bien sûr, dit-il d'une voix sifflante. Gentiment. Vous auriez pas la loi.

Daniel le saisit à la ceinture :

— Je vais te faire voir, mon bambin.

Ralph était souple et dur; ses muscles roulaient sous les mains de Daniel. Ils luttèrent en silence et Daniel se mit à souffler, il avait vaguement l'impression d'être un gros type à moustaches. Ralph parvint à le soulever mais Daniel lui poussa les deux mains dans la figure et Ralph le lâcha. Ils se retrouvèrent en face l'un de l'autre souriants et haineux.

— Ah vous faites la rosse? dit Ralph sur un drôle de ton. Ah vous voulez faire la rosse?

Il se jeta soudain sur Daniel, la tête en avant. Daniel esquiva son coup de tête et le saisit par la nuque. Il était déjà à bout de souffle; Ralph n'avait pas l'air fatigué du tout. Ils s'empoignèrent à nouveau et commencèrent à tourner sur eux-mêmes au milieu de la chambre. Daniel avait un goût âcre et fiévreux au fond de la bouche : « Il faut en finir ou bien il va m'avoir. » Il poussa Ralph de toutes ses forces mais Ralph résista. Une colère folle envahit Daniel, il pensa : « Je suis ridicule. » Il se baissa brusquement, attrapa Ralph par les reins, le souleva, le jeta sur le lit et d'un même élan se laissa tomber sur lui. Ralph se débattit et essaya de griffer, mais Daniel lui saisit les poignets et les rabattit sur le traversin. Ils restèrent ainsi un bon moment, Daniel était trop fatigué pour se relever. Ralph était cloué sur le lit, impuissant, écrasé sous ce poids d'homme, de père de famille. Daniel le regardait avec délices; les yeux de Ralph étaient emplis d'une folie de haine, il était beau.

— Qui est-ce qui a eu la loi? demanda Daniel d'une voix entrecoupée. Qui est-ce qui a eu la loi, mon petit bonhomme?

Ralph sourit tout de suite et dit d'une voix fausse :

— Vous êtes costaud, monsieur Lalique.

Daniel le lâcha et se remit sur ses pieds. Il était hors d'haleine et humilié. Son cœur battait à se rompre.

— J'ai été costaud, dit-il. A présent, je n'ai plus de souffle.

Ralph était debout, il arrangeait le col de sa chemise et ne soufflait pas. Il essaya de rire, mais il fuyait le regard de Daniel.

— Le souffle, ça n'est rien, dit-il, beau joueur. Il n'y a qu'à s'entraîner.

— Tu te bats bien, dit Daniel. Mais il y a la différence de poids.

Ils ricanèrent tous deux, d'un air gêné. Daniel avait envie de prendre Ralph à la gorge et de lui cogner dans la figure de toutes ses forces. Il remit son veston; sa chemise trempée de sueur se colla sur sa peau.

— Allons, dit-il, je m'en vais. Bonsoir.

— Bonsoir, monsieur Lalique.

— J'ai caché quelque chose pour toi dans la chambre, dit Daniel. Cherche bien et tu le trouveras.

La porte se referma, Daniel descendit l'escalier, les jambes molles. « D'abord, me laver, pensa-t-il, avant tout, me laver des pieds à la tête. » Comme il franchissait le seuil de la porte cochère, une pensée

lui vint tout à coup, qui l'arrêta net : il s'était rasé le matin, avant de
sortir; il avait laissé son rasoir sur la cheminée, grand ouvert.

En ouvrant la porte, Mathieu déclencha une sonnerie légère et
feutrée. « Je ne l'avais pas remarquée ce matin, pensa-t-il, ils doivent
mettre le contact le soir, après neuf heures. » Il jeta un coup d'œil,
de biais, à travers la vitre du bureau et vit une ombre : il y avait
quelqu'un.Il marcha sans hâte jusqu'au tableau des clés.Chambre 21.
La clé était accrochée à un clou. Mathieu la prit rapidement et la
mit dans sa poche, puis il fit demi-tour et revint vers l'escalier. Une
porte s'ouvrit derrière son dos : « Ils vont m'appeler », pensa-t-il.
Il n'avait pas peur : c'était prévu.

— Hé là! où allez-vous? dit une voix dure.

Mathieu se retourna. C'était une grande femme maigre avec des
lorgnons. Elle avait l'air importante et inquiète. Mathieu lui sourit.

— Où allez-vous? répéta-t-elle. Vous ne pouvez pas demander à
la caisse?

Bolivar. Le nègre s'appelait Bolivar.

— Je vais chez M. Bolivar, au 3e, dit Mathieu tranquillement.

— Bon! parce que je vous ai vu trafiquer du côté du tableau,
dit la femme soupçonneuse.

— Je regardais si sa clé était là.

— Elle n'y est pas?

— Non. Il est chez lui, dit Mathieu.

La femme s'approcha du tableau. Une chance sur deux.

— Oui, dit-elle avec un soulagement déçu. Il est là.

Mathieu se mit à monter l'escalier, sans répondre. Sur le palier
du troisième, il s'arrêta un instant, puis il glissa la clé dans la serrure
du 21 et ouvrit la porte.

La chambre était plongée dans la nuit. Une nuit rouge qui sentait
la fièvre et le parfum. Il referma la porte à clé et s'avança vers le lit.
D'abord,il étendait les mains en avant pour se protéger des obstacles,
mais il s'habitua vite. Le lit était défait, il y avait deux oreillers sur
le traversin,encore creusés par le poids des têtes. Mathieu s'agenouilla
devant la mallette et l'ouvrit; il avait une légère envie de vomir. Les
billets qu'il avait lâchés le matin étaient retombés sur les paquets de
lettres : Mathieu en prit cinq; il ne voulait rien voler pour lui-même.
« Qu'est-ce que je vais faire de la clé? » Il hésita un moment puis
décida de la laisser dans la serrure de la mallette. En se relevant il
remarqua, au fond de la pièce, à droite, une porte qu'il n'avait pas vue
le matin. Il s'en fut l'ouvrir : c'était un cabinet de toilette. Mathieu
gratta une allumette et vit surgir dans une glace son visage doré

par la flamme. Il se regarda jusqu'à ce que la flamme fût éteinte, puis il laissa tomber l'allumette et rentra dans la chambre. A présent, il distinguait nettement les meubles, les vêtements de Lola, son pyjama, sa robe de chambre, son tailleur rangés avec soin sur les chaises, sur des portemanteaux : il eut un petit rire mauvais et sortit.

Le couloir était désert, mais on entendait des pas et des rires, il y avait des gens qui montaient l'escalier. Il fit un mouvement pour rentrer dans la chambre; mais non : ça lui était tout à fait égal d'être pris. Il glissa la clé dans la serrure et ferma la porte à double tour. Quand il se redressa, il vit une femme suivie d'un soldat.

— C'est au quatrième, dit la femme.

Et le soldat dit :

— C'est haut.

Mathieu les laissa passer, puis il descendit. Il pensait avec amusement que le plus dur restait à faire : il fallait remettre la clé sur le tableau.

Au premier étage, il s'arrêta et se pencha sur la rampe. La femme était sur le pas de la porte d'entrée, elle lui tournait le dos et regardait la rue. Mathieu descendit sans bruit les dernières marches et accrocha la clé au clou, puis il remonta à pas de loup jusqu'au palier, attendit un instant et redescendit l'escalier bruyamment. La femme se retourna et il la salua au passage.

— Au revoir, madame.

— Revoir, bougonna-t-elle.

Il sortit, il sentait le regard de la femme qui pesait sur son dos, il avait envie de rire.

Morte la bête, mort le venin. Il marche à grands pas, les jambes molles. Il a peur, sa bouche est sèche. Les rues sont trop bleues, il fait trop doux. *La flamme court le long de la mèche, le tonneau de poudre est au bout.* Il monte l'escalier quatre à quatre; il a de la peine à mettre la clé dans la serrure, sa main tremble. Deux chats détalent entre ses jambes : il leur fait peur à présent. *Morte la bête...* Le rasoir est là, sur la table de nuit, grand ouvert. Il le prend par le manche et il le regarde. Le manche est noir, la lame est blanche. *La flamme court le long de la mèche.* Il passe le doigt sur le fil de la lame, il sent au bout de son doigt un goût acide de coupure, il frissonne : c'est ma main qui doit tout faire. Le rasoir n'aide pas, ce n'est qu'une inertie, il pèse le poids d'un insecte dans la main. Il fait quelques pas dans la chambre, il demande du secours, un signe. Tout est inerte et silencieux. La table est inerte, les chaises sont inertes, elles flottent dans une lumière immobile. Seul debout, seul vivant dans la lumière trop bleue. Rien ne m'aidera, rien ne se produira. Les chats grattent dans la cuisine. Il appuie la main sur la table, elle répond à sa pression par une pression égale, ni plus, ni moins. Les choses, c'est servile. Docile. Maniable. Ma main fera tout. Il bâille d'angoisse et d'ennui. D'ennui plus encore que d'angoisse. Il est seul dans le décor. Rien ne le pousse à décider, rien ne l'en empêche : il faut décider seul. Son acte n'est qu'une absence. Cette fleur rouge entre ses jambes, elle n'est pas là; cette flaque rouge sur le parquet, elle n'est pas là. Il regarde le parquet. Le parquet est uni, lisse : nulle part, il n'y a de place pour la tache. *Je serai couché par terre, inerte, le pantalon ouvert et poisseux; le rasoir sera par terre, rouge, ébréché, inerte.* Il se fascine sur le rasoir, sur le parquet : s'il pouvait les imaginer assez fort, cette flaque rouge et cette brûlure, assez fort pour qu'elles se réalisent d'elles-mêmes sans qu'il ait besoin de faire ce geste. La douleur, je la supporterai. Je la veux, je l'appelle. Mais c'est ce geste, ce geste. Il regarde le plancher, puis la lame. En vain : l'air est doux, la chambre est doucement obscure, le rasoir luit doucement, pèse doucement dans sa main. Un geste, il faut un geste, le présent bascule à la première goutte de sang. C'est ma main, c'est ma main qui doit tout faire.

Il va à la fenêtre, il regarde le ciel. Il tire les rideaux. De la main gauche. Il allume l'électricité. De la main gauche. Il fait passer le rasoir dans sa main gauche. Il prend son portefeuille. Il en tire cinq billets de mille francs. Il prend une enveloppe sur son bureau, il met l'argent dans l'enveloppe. Il écrit sur l'enveloppe : Pour M. Delarue, 12, rue Huyghens. Il place l'enveloppe bien en évidence sur la table. Il se lève, il marche, il emporte la bête collée à son ventre, elle le suce, il la sent. Oui ou non. Il est pris au piège. Il faut décider. Il a toute la nuit pour ça. Seul en face de lui-même. Toute la nuit. Sa main droite reprend le rasoir. Il a peur de sa main, il la surveille. Elle est toute raide au bout de son bras. Il dit : « Allons! » Et un petit frisson rieur le parcourt des reins à la nuque. « Allons, finissons-en! » S'il pouvait se trouver mutilé, comme on se trouve debout le matin, après que le réveil a sonné, sans savoir comment on s'est levé. Mais il faut d'abord faire ce geste obscène, ce geste de pissotière, se déboutonne longuement, patiemment. L'inertie du rasoir remonte dans sa main, dans son bras. Un corps vivant et chaud avec un bras de pierre. Un énorme bras de statue, inerte, glacé, avec un rasoir au bout. Il desserre les doigts. Le rasoir tombe sur la table.

Le rasoir est là, sur la table, grand ouvert. Rien n'est changé.

Il peut allonger la main et le prendre. Le rasoir obéira, inerte. Il est encore temps; il sera toujours temps, j'ai toute la nuit. Il marche à travers la chambre. Il ne se hait plus, il ne veut plus rien, il flotte. La bête est là, entre ses jambes, droite et dure. Saloperie! Si ça te dégoûte trop, mon petit, le rasoir est là, sur la table. *Morte la bête...* Le rasoir. Le rasoir. Il tourne autour de la table, sans quitter le rasoir des yeux. Rien ne m'empêchera donc de le prendre? Rien. Tout est inerte et tranquille. Il allonge la main, il touche la lame. Ma main fera tout. Il saute en arrière, ouvre la porte et bondit dans l'escalier. Un de ses chats, affolé, dévale l'escalier devant lui.

Daniel courait dans la rue. Là-haut, la porte était restée grande ouverte, la lampe allumée, le rasoir sur la table; les chats erraient dans l'escalier sombre. Rien ne l'empêchait de retourner sur ses pas, de revenir. La chambre l'attendait, soumise. Rien n'était décidé, rien ne serait jamais décidé. Il fallait courir, fuir le plus loin possible, se plonger dans le bruit, dans les lumières, au milieu des gens, redevenir un homme parmi les autres, se faire regarder par d'autres hommes. Il courut jusqu'au « Roi Olaf », il poussa la porte, hors d'haleine.

— Donnez-moi un whisky, dit-il en soufflant.

Son cœur battait à grands coups jusqu'au bout de ses doigts et il avait un goût d'encre dans la bouche. Il s'assit dans le box du fond.

— Vous avez l'air fatigué, dit le garçon d'un air respectueux.

C'était un grand Norvégien qui parlait le français sans accent. Il regardait aimablement Daniel et Daniel se sentit devenir un riche client un peu maniaque qui laissait de bons pourboires. Il sourit :

— Ça ne va pas fort, expliqua-t-il. J'ai un peu de fièvre.

Le garçon hocha la tête et s'en fut. Daniel retomba dans sa solitude. Sa chambre l'attendait là-haut, toute prête, la porte était grande ouverte, le rasoir brillait sur la table. « Jamais je ne pourrai rentrer chez moi. » Il boirait autant qu'il faudrait. Sur le coup de quatre heures, le garçon, aidé du barman, le porterait dans un taxi. Comme chaque fois.

Le garçon revint avec un verre à demi plein et une bouteille d'eau de Perrier.

— Juste comme vous l'aimez, dit-il.

— Merci.

Daniel était seul dans ce bar tranquille. La lumière blonde moussait autour de lui; le bois blond des cloisons brillait doucement, il était enduit d'un vernis épais; quand on le touchait, ça collait. Il versa l'eau de Perrier dans son verre et le whisky pétilla un instant, des bulles affairées montèrent à la surface, elles se pressaient comme des commères et puis toute cette petite agitation se calma. Daniel regarda le liquide jaune où flottait une trace d'écume : on aurait dit de la bière éventée. Au bar, invisibles, le garçon et le barman parlaient en norvégien.

— Encore boire!

Il balaya le verre d'un coup de main et l'envoya s'écraser contre le carrelage. Le barman et le garçon se turent brusquement; Daniel se pencha au-dessus de la table : le liquide rampait lentement sur les carreaux en poussant ses pseudopodes vers le pied d'une chaise.

Le garçon était accouru :

— Je suis si maladroit! gémit Daniel en souriant.

— Je vous le remplace? demanda le garçon.

Il s'était baissé, les reins tendus, pour éponger le liquide et ramasser les débris de verre.

— Oui... Non, dit brusquement Daniel. C'est un avertissement, ajouta-t-il sur un ton de plaisanterie. Il ne faut pas que je prenne d'alcool ce soir. Donnez-moi donc une demi-Perrier avec une tranche de citron.

Le garçon s'éloigna. Daniel se sentait plus calme. Un présent opaque se reformait autour de lui. L'odeur de gingembre, la lumière blonde, les cloisons de bois...

— Merci.

Le garçon avait débouché la bouteille et rempli le verre à moitié. Daniel but et reposa son verre. Il pensa : « Je le savais! Je savais que je ne le ferais pas! » Quand il marchait à grands pas dans les rues et quand il grimpait l'escalier quatre à quatre, il savait qu'il n'irait pas jusqu'au bout; il le savait quand il avait pris le rasoir dans sa main, il ne s'était pas dupé une seconde, quel piètre comédien. Simplement, à la fin, il avait réussi à se faire peur, alors il avait foutu le camp. Il prit son verre et le serra dans sa main : de toutes ses forces il voulait se dégoûter, il ne trouverait jamais une si belle occasion. « Salaud! lâche et comédien : salaud! » Un instant il crut qu'il allait y parvenir, mais non, c'étaient des mots. Il aurait fallu... Ah! n'importe qui, n'importe quel juge, il eût accepté n'importe quel juge mais pas lui-même, pas cet atroce mépris de soi qui n'avait jamais assez de force, ce faible, faible mépris moribond, qui semblait à chaque instant sur le point de s'anéantir et qui ne passait pas. Si quelqu'un savait, s'il pouvait sentir peser sur lui le lourd mépris d'un autre... Mais je ne pourrai jamais, j'aimerais encore mieux me châtier. Il regarda sa montre, onze heures, encore huit heures à tuer avant le matin. Le temps ne coulait plus.

Onze heures! Il sursauta tout à coup : « Mathieu est chez Marcelle. Elle lui parle. En ce moment même, elle lui parle, elle lui met les bras autour du cou, elle trouve qu'il ne se déclare pas assez vite... Ça aussi, c'est moi qui l'ai fait. » Il se mit à trembler de tous ses membres : il cédera, il finira par céder, je lui ai gâché sa vie.

Il a lâché son verre, il est debout, le regard fixe, il ne peut ni se mépriser ni s'oublier. Il voudrait être mort et il existe, il continue obstinément à se faire exister. Il voudrait être mort, il pense qu'il voudrait être mort, il pense qu'il pense qu'il voudrait être mort... *Il y a un moyen.*

Il avait parlé tout haut, le garçon accourut.

— Vous m'avez appelé?

— Oui, dit Daniel distraitement. Voilà pour vous.

Il jeta cent francs sur la table. Il y a un moyen. Un moyen de tout arranger! Il se redressa et se dirigea d'un pas vif vers la porte. « Un fameux moyen. » Il eut un petit rire : il était toujours amusé quand il avait l'occasion de se faire une bonne farce.

XVII

Mathieu referma doucement la porte, en la soulevant un peu sur ses gonds, pour qu'elle ne grinçât pas, puis il posa le pied sur la première marche de l'escalier, se courba et délaça son soulier. Sa poitrine frôlait son genou. Il ôta ses souliers, les prit de la main gauche, se releva et posa la main droite sur la rampe, les yeux levés sur la pâle brume rose qui semblait en suspens dans les ténèbres. Il ne se jugeait plus. Il monta lentement dans le noir, en évitant de faire craquer les marches.

La porte de la chambre était entre-bâillée; il la poussa. Ça sentait lourd. Toute la chaleur de la journée s'était déposée au fond de cette pièce, comme une lie. Assise sur le lit, une femme le regardait en souriant, c'était Marcelle. Elle avait mis sa belle robe de chambre blanche avec la cordelière dorée, elle s'était fardée avec soin, elle avait un air solennel et gai. Mathieu referma la porte et resta immobile, les bras ballants, pris à la gorge par l'insupportable douceur d'exister. Il était là, il s'épanouissait là, près de cette femme souriante, plongé tout entier dans cette odeur de maladie, de bonbons et d'amour. Marcelle avait rejeté la tête en arrière et le considérait malicieusement entre ses paupières mi-closes. Il lui rendit son sourire et alla déposer ses souliers dans le placard. Une voix gonflée de tendresse soupira dans son dos :

— Mon chéri.

Il se retourna brusquement et s'adossa contre le placard.

— Salut, dit-il à voix basse.

Marcelle leva la main jusqu'à sa tempe et agita les doigts :

— Salut, salut!

Elle se leva, vint lui mettre les bras autour du cou et l'embrassa, lui glissant sa langue dans la bouche. Elle s'était mis du bleu sur les paupières; elle avait une fleur dans les cheveux.

— Tu as chaud, dit-elle en lui caressant la nuque.

Elle le regardait de bas en haut, la tête un peu renversée, dardant un bout de langue entre ses dents, avec un air d'animation et de bonheur; elle était belle. Mathieu pensa, le cœur serré, à la maigre laideur d'Ivich.

— Tu es bien gaillarde, dit-il. Pourtant, hier, au téléphone, ça n'avait pas l'air d'aller fort.

— Non. J'étais stupide. Mais aujourd'hui, ça va, ça va même très bien.

— Tu as passé une bonne nuit?

— J'ai dormi comme un loir.

Elle l'embrassa encore une fois, il sentit sur ses lèvres le riche velours de cette bouche et puis cette nudité glabre, chaude et preste, sa langue. Il se dégagea doucement. Marcelle était nue sous sa robe de chambre, il vit ses beaux seins et il eut un goût de sucre dans sa bouche. Elle lui prit la main et l'entraîna vers le lit :

— Viens t'asseoir près de moi.

Il s'assit près d'elle. Elle tenait toujours sa main entre les siennes, elle la pressait par petites secousses maladroites et il semblait à Mathieu que la chaleur de ces mains remontait jusqu'à son aisselle.

— Ce qu'il fait chaud, chez toi, dit-il.

Elle ne répondit pas, elle le dévorait des yeux, les lèvres entrouvertes, avec un air humble et confiant. Il fit passer en douce sa main gauche devant son estomac et l'enfonça sournoisement dans la poche droite de son pantalon pour y prendre son tabac. Marcelle surprit cette main au passage et poussa un cri léger :

— Ha! Mais qu'est-ce que tu as à la main?

— Je me suis coupé.

Marcelle lâcha la main droite de Mathieu et lui happa l'autre main au passage; elle la retourna comme une crêpe et en considéra la paume d'un œil critique :

— Mais ton pansement est affreusement sale, tu vas t'infecter! Et il y a de la boue dessus, qu'est-ce que c'est que ça?

— Je me suis foutu par terre.

Elle eut un rire indulgent et scandalisé :

— Je me suis coupé, je me suis foutu par terre. Voyez-moi ce benêt! Mais qu'est-ce que tu as donc fabriqué? Attends, je vais te le refaire, moi, ton pansement; tu ne peux pas rester comme ça.

Elle démaillota la main de Mathieu et hocha la tête :

— C'est une vilaine plaie, comment as-tu fait ton compte? Tu avais un coup dans le nez?

— Mais non. C'est hier soir, au « Sumatra ».

— Au « Sumatra » ?

De larges joues blêmes, des cheveux d'or, demain, demain, je me
eignerai comme ça pour vous.

— C'est une fantaisie de Boris, répondit-il. Il avait acheté un surin,
m'a mis au défi de me le planter dans la main.

— Et toi, naturellement, tu t'es empressé de le faire. Mais tu
s complètement piqué, mon pauvre chéri, tous ces moutards te
eront tourner en bourrique. Regardez-moi cette pauvre patte
saccagée.

La main de Mathieu reposait, inerte, entre ses deux mains brû-
lantes; la plaie était répugnante, avec sa croûte noire et juteuse.
Marcelle éleva lentement cette main jusqu'à son visage, elle la regardait fixement et puis, tout à coup, elle se pencha, elle appuya ses
lèvres contre la blessure avec un emportement d'humilité. « Qu'est-ce
qu'elle a? » se demanda-t-il. Il l'attira contre lui et l'embrassa sur
l'oreille.

— Tu es bien avec moi? demanda Marcelle.

— Mais oui.

— Tu n'en as pas l'air.

Mathieu lui sourit sans répondre. Elle se leva, elle alla chercher
sa trousse dans le placard. Elle lui tournait le dos, elle s'était haussée
sur la pointe des pieds et levait les bras pour atteindre le rayon
supérieur; ses manches avaient glissé le long de ses bras. Mathieu
regardait ces bras nus qu'il avait si souvent caressés et ses anciens
désirs lui tournaient sur le cœur. Marcelle revint vers lui avec une
lourdeur alerte :

— Donne la patte.

Elle avait versé de l'alcool sur une petite éponge, elle se mit à lui
laver la main. Il sentait contre sa hanche la tiédeur de ce corps trop
connu.

— Lèche!

Marcelle lui tendait un bout de taffetas gommé. Il tira la langue
et lécha docilement la pelure rose. Marcelle appliqua le bout de
taffetas sur la plaie, elle prit le vieux pansement et le tint un moment
suspendu au bout de ses doigts; elle le considérait avec un dégoût
amusé.

— Qu'est-ce que je vais faire de cette horreur? Quand tu seras
parti, j'irai le jeter dans la caisse à ordures.

Elle lui emmaillota prestement la main dans une belle gaze blanche.

— Alors, Boris t'a lancé un défi? Et tu t'es massacré la main?
Quel grand gosse! Est-ce qu'il s'en est fait autant?

— Ma foi non, dit Mathieu.

Marcelle rit :

— Il t'a bien eu!

Elle s'était fourré une épingle anglaise dans la bouche et elle déchirait la gaze des deux mains. Elle dit, en pinçant ses lèvres sur l'épingle :

— Ivich était là?

— Quand je me suis coupé?

— Oui.

— Non. Elle dansait avec Lola.

Marcelle piqua l'épingle dans le bandage. Sur la tige d'acier il restait un peu de vermillon de ses lèvres.

— Là! Ça y est. Vous vous êtes bien amusés?

— Comme ça.

— C'est beau le « Sumatra »? Tu sais ce que je voudrais? Que tu m'y emmènes une fois.

— Mais ça te fatiguerait, dit Mathieu contrarié.

— Oh! pour une fois... On ferait ça en grande pompe, il y a si longtemps que je n'ai pas fait de sortie avec toi.

Une sortie! Mathieu se répétait avec irritation ce mot conjugal : Marcelle n'avait pas de chance avec les mots.

— Tu veux? dit Marcelle.

— Écoute, dit-il, de toute façon, ça ne pourrait pas être avant l'automne : ces temps-ci, il va falloir que tu te reposes sérieusement et puis, ensuite, c'est la fermeture annuelle de la boîte. Lola part en tournée pour l'Afrique du Nord.

— Eh bien, on ira cet automne. C'est promis?

— Promis.

Marcelle toussa avec embarras :

— Je vois bien que tu m'en veux un peu, dit-elle.

— Moi?

— Oui... J'ai été bien déplaisante avant-hier.

— Mais non. Pourquoi?

— Si. J'étais nerveuse.

— On l'aurait été à moins. Tout est de ma faute, mon pauvre petit.

— Tu n'as rien à te reprocher, dit-elle, dans un cri de confiance. Tu n'as jamais rien eu à te reprocher.

Il n'osa se tourner vers elle, il s'imaginait trop bien l'air de son visage, il ne pouvait supporter cette confiance inexplicable et imméritée. Il y eut un long silence : elle attendait sûrement un mot tendre, un mot de pardon. Mathieu n'y tint plus :

— Regarde, dit-il.

Il sortit son portefeuille de sa poche et l'étala sur ses genoux. Marcelle allongea le cou et appuya son menton sur l'épaule de Mathieu.

— Qu'est-ce que je dois regarder?

— Ça.

Il tira les billets du portefeuille :

— Un, deux, trois, quatre, cinq, dit-il en les faisant claquer triomphalement. Ils avaient gardé l'odeur de Lola. Mathieu attendit un moment, les billets sur ses genoux et, comme Marcelle ne soufflait mot, il se tourna vers elle. Elle avait relevé la tête et regardait les billets en clignant des yeux. Elle n'avait pas l'air de comprendre. Elle dit lentement :

— Cinq mille francs.

Mathieu eut un geste bonhomme pour poser les billets sur la table de nuit.

— Eh oui! dit-il. Cinq mille francs. J'ai eu du mal à les trouver.

Marcelle ne répondit pas. Elle se mordait la lèvre inférieure et regardait les billets d'un air incrédule; elle avait vieilli tout d'un coup. Elle regarda Mathieu d'un air triste mais confiant encore. Elle dit :

— Je croyais...

Mathieu l'interrompit, il dit rondement :

— Tu vas pouvoir aller chez le Juif. Il paraît qu'il est fameux. Des centaines de bonnes femmes, à Vienne, lui ont passé par les mains. Et du beau monde, de la clientèle riche.

Les yeux de Marcelle s'éteignirent.

— Tant mieux, dit-elle, tant mieux.

Elle avait pris une épingle anglaise dans la trousse, elle l'ouvrait et la refermait nerveusement. Mathieu ajouta :

— Je te les laisse. Je pense que Sarah t'emmènera chez lui et c'est toi qui le réglera, il veut qu'on le paye d'avance, ce cochon-là.

Il y eut un silence, puis Marcelle lui demanda :

— Où as-tu trouvé cet argent?

— Devine, dit Mathieu.

— Daniel?

Il haussa les épaules : elle savait très bien que Daniel n'avait rien voulu prêter.

— Jacques.

— Mais non. Je te l'ai dit hier, au téléphone.

— Alors je donne ma langue au chat, dit-elle sèchement. Qui?

— Personne ne me les a donnés, dit-il.

Marcelle eut un pâle sourire :

— Tu ne vas tout de même pas me dire que tu les as volés?

— Si.

— Tu les as volés? reprit-elle avec stupeur. Ça n'est pas vrai?

— Si. A Lola.

Il y eut un silence. Mathieu essuya son front en sueur :

— Je te raconterai, dit-il.

— Tu les as volés! répéta lentement Marcelle.

Son visage était devenu gris; elle dit, sans le regarder:

— Fallait-il que tu aies envie de te débarrasser du gosse.

— J'avais surtout envie que tu n'ailles pas chez cette vieille.

Elle réfléchissait; sa bouche avait repris son pli dur et cynique.
Il lui demanda :

— Tu me blâmes de les avoir volés?

— Je m'en moque.

— Alors qu'est-ce qu'il y a?

Marcelle fit un geste brusque et la trousse de pharmacie tomba sur
le plancher. Ils la regardèrent tous les deux et Mathieu la repoussa
du pied. Marcelle tourna lentement la tête vers lui, elle avait l'air
étonné.

— Dis-moi ce qu'il y a, répéta Mathieu.

Elle eut un rire sec.

— Pourquoi ris-tu?

— Je me moque de moi, dit-elle.

Elle avait ôté la fleur qu'elle portait dans ses cheveux et elle la
tournait entre ses doigts. Elle murmura :

— J'ai été trop bête.

Son visage s'était durci. Elle demeura la bouche ouverte comme si
elle avait envie de lui parler, mais les mots ne passaient pas : elle
semblait avoir peur de ce qu'elle allait dire. Mathieu lui prit la main
mais elle se dégagea. Elle dit sans le regarder :

— Je sais que tu as vu Daniel.

Ça y est! Elle s'était rejetée en arrière et elle avait crispé ses mains
sur les draps; elle avait l'air effrayé et délivré. Mathieu aussi se
sentait délivré : toutes les cartes étaient sur table, il faudrait aller
jusqu'au bout. Ils avaient toute la nuit pour ça.

— Oui, je l'ai vu, dit Mathieu. Comment le sais-tu? C'est donc toi
qui l'avais envoyé? Vous aviez tout arrangé ensemble, hein?

— Ne parle pas si fort, dit Marcelle, tu vas réveiller ma mère.
Ce n'est pas moi qui l'ai envoyé, mais je savais qu'il voulait te
voir.

Mathieu dit tristement :

— C'est moche!

— Oh oui! C'est moche, dit Marcelle avec amertume.

Ils se turent : Daniel était là, il s'était assis entre eux.

— Eh bien, dit Mathieu, il faut qu'on s'explique franchement, il ne nous reste plus que ça à faire.

— Il n'y a rien à expliquer, dit Marcelle. Tu as vu Daniel, il t'a dit ce qu'il avait à te dire et tu as été, en le quittant, voler cinq mille francs à Lola.

— Oui. Et toi, depuis des mois, tu reçois Daniel en cachette. Tu vois bien qu'il y a des choses à expliquer. Écoute, demanda-t-il brusquement, qu'est-ce qu'il y a eu avant-hier?

— Avant-hier?

— Ne fais pas semblant de ne pas comprendre. Daniel m'a dit que tu me reprochais mon attitude d'avant-hier.

— Oh laisse! dit-elle. Ne te casse pas la tête.

— Je t'en prie, Marcelle, dit Mathieu, ne te bute pas. Je te jure que je suis de bonne volonté, je reconnaîtrai toutes mes fautes. Mais dis-moi ce qu'il y a eu avant-hier. Ça irait déjà tellement mieux si nous pouvions retrouver un peu de confiance l'un dans l'autre.

Elle hésitait, morose et un peu détendue.

— Je t'en prie, dit-il, en lui prenant la main.

— Eh bien... c'était comme les autres fois, tu te moquais pas mal de ce que j'avais dans la tête.

— Et qu'est-ce que tu avais dans la tête?

— Pourquoi veux-tu me le faire dire? Tu le sais fort bien.

— C'est vrai, dit Mathieu, je crois que je le sais.

Il pensa : « C'est fini, je l'épouserai. » C'était l'évidence même. « Il fallait que je sois bien salaud pour m'imaginer que je pourrais y couper. » Elle était là, elle souffrait, elle était malheureuse et méchante, et il n'avait qu'un geste à faire pour lui rendre le calme. Il dit :

— Tu veux qu'on se marie, n'est-ce pas?

Elle lui arracha sa main et se leva d'un bond. Il la regarda avec stupeur : elle était devenue blafarde et ses lèvres tremblaient :

— Tu... C'est Daniel qui t'a dit ça?

— Non, dit Mathieu interdit. Mais c'est ce que j'avais cru comprendre.

— C'est ce que tu avais cru comprendre! dit-elle en riant, c'est ce que tu avais cru comprendre! Daniel t'a dit que j'étais embêtée et toi tu as compris que je voulais me faire épouser. Voilà ce que tu penses de moi. Toi, Mathieu, après sept ans.

Ses mains aussi s'étaient mises à trembler. Mathieu eut envie de la prendre dans ses bras mais il n'osa pas.

— Tu as raison, dit-il, je n'aurais pas dû penser ça.

Elle n'avait pas l'air d'entendre. Il insista :

— Écoute, j'avais des excuses : Daniel venait de m'apprendre que tu le voyais sans me le dire.

Elle ne répondait toujours pas. Il dit doucement :

— C'est le gosse, que tu veux?

— Ha! dit Marcelle, ça ne te regarde pas. Ce que je veux ne te regarde plus!

— Je t'en prie, dit Mathieu. Il est encore temps...

Elle secoua la tête :

— Ce n'est pas vrai, il n'est plus temps.

— Mais pourquoi, Marcelle? Pourquoi ne veux-tu pas causer tranquillement avec moi? Il suffirait d'une heure : tout s'arrangerait, tout s'éclaircirait...

— Je ne veux pas.

— Mais pourquoi? Mais pourquoi?

— Parce que je ne t'estime plus assez. Et puis, parce que tu ne m'aimes plus.

Elle avait parlé avec assurance, mais elle était surprise et effrayée par ce qu'elle venait de dire; il n'y avait plus dans ses yeux qu'une interrogation inquiète. Elle reprit tristement :

— Pour penser de moi ce que tu as pensé, il faut que tu aies complètement cessé de m'aimer...

C'était presque une question. S'il la prenait dans ses bras, s'il lui disait qu'il l'aimait, tout pouvait encore être sauvé. Il l'épouserait, ils auraient l'enfant, ils vivraient côte à côte toute leur vie. Il s'était levé; il allait lui dire : je t'aime. Il chancela un peu et dit d'une voix claire :

— Eh bien, c'est vrai... je n'ai plus d'amour pour toi.

La phrase était prononcée depuis longtemps qu'il l'écoutait encore, avec stupeur. Il pensa : « C'est fini, tout est fini. » Marcelle s'était rejetée en arrière en poussant un cri de triomphe, mais presque aussitôt elle mit sa main devant sa bouche et lui fit signe de se taire :

— Ma mère, murmura-t-elle d'un air anxieux.

Ils prêtèrent l'oreille tous les deux, mais ils n'entendirent que les roulements lointains des autos. Mathieu dit :

— Marcelle, je tiens encore à toi de toutes mes forces.

Marcelle eut un rire hautain.

— Naturellement. Seulement tu y tiens... autrement. C'est ça que tu veux me dire?

Il lui prit la main, il lui dit :

— Écoute...

Elle dégagea sa main d'une secousse sèche :

— Ça va, dit-elle, ça va. Je sais ce que je voulais savoir.

Elle releva quelques mèches trempées de sueur qui pendaient sur son front. Tout à coup elle sourit, comme à un souvenir.

— Mais dis-moi, reprit-elle avec un éclair de joie haineuse, ce n'est pas ce que tu disais hier, au téléphone. Tu m'as fort bien dit : « Je t'aime », et personne ne te le demandait.

Mathieu ne répondit pas. Elle dit, d'un air écrasant:

— Ce qu'il faut que tu me méprises...

— Je ne te méprise pas, dit Mathieu. J'ai...

— Va-t'en, dit Marcelle.

— Tu es folle, dit Mathieu. Je ne veux pas m'en aller, il faut que je t'explique, que je...

— Va-t'en, répéta-t-elle d'une voix sourde, les yeux clos.

— Mais j'ai gardé pour toi toute ma tendresse, s'écria-t-il désespéré, je ne songe pas à t'abandonner. Je veux rester près de toi toute ma vie, je t'épouserai, je...

— Va-t'en, dit-elle, va-t'en, je ne peux plus te voir, va-t'en ou je ne réponds plus de moi, je vais me mettre à hurler.

Elle s'était mise à trembler de tout son corps. Mathieu fit un pas vers elle, mais elle le repoussa violemment :

— Si tu ne t'en vas pas, j'appelle ma mère.

Il ouvrit le placard et prit ses souliers, il se sentait ridicule et odieux. Elle dit, dans son dos.

— Reprends ton argent.

Mathieu se retourna.

— Non, dit-il. Ça, c'est à part. Ça n'est pas une raison parce que...

Elle prit les billets sur la table de nuit et les lui jeta à la figure. Ils voletèrent à travers la chambre et retombèrent sur la descente de lit, près de la trousse de pharmacie. Mathieu ne les ramassa pas; il regardait Marcelle. Elle s'était mise à rire, par saccades, les yeux fermés. Elle disait :

— Ha! que c'est drôle! Moi qui croyais...

Il voulut s'approcher mais elle ouvrit les yeux et se rejeta en arrière, elle lui montrait la porte. « Si je reste, elle va gueuler », pensa-t-il... Il tourna les talons et sortit de la chambre en chaussettes, ses souliers à la main. Quand il fut au bas de l'escalier, il remit ses souliers et s'arrêta un instant, la main sur le loquet de la porte, prêtant l'oreille. Il entendit tout à coup le rire de Marcelle, un rire bas et sombre, qui s'élevait en hennissant et retombait par cascades. Une voix cria :

— Marcelle? Qu'est-ce qu'il y a? Marcelle!

C'était la mère. Le rire s'arrêta net et tout retomba dans le silence. Mathieu écouta un moment encore et, comme il n'entendait plus rien, il ouvrit doucement la porte et sortit.

XVIII

Il pensait : « Je suis un salaud », et ça l'étonnait énormément. Il n'y avait plus en lui que de la fatigue et de la stupeur. Il s'arrêta sur le palier du second pour souffler. Ses jambes étaient molles; il avait dormi six heures en trois jours, peut-être même pas : « Je vais me coucher. » Il jetterait ses vêtements en désordre, il tituberait jusqu'à son lit et s'y laisserait tomber. Mais il savait qu'il allait rester éveillé toute la nuit, les yeux grands ouverts dans le noir. Il monta : la porte de l'appartement était restée ouverte, Ivich avait dû s'enfuir en déroute; dans le bureau la lampe brûlait encore.

Il entra et il vit Ivich. Elle était assise sur le divan, toute raide.

— Je ne suis pas partie, dit-elle.

— Je vois, dit Mathieu sèchement.

Ils restèrent un moment silencieux; Mathieu entendait le bruit fort et régulier de son propre souffle. Ivich dit en détournant la tête :

— J'ai été odieuse.

Mathieu ne répondit pas. Il regardait les cheveux d'Ivich et il pensait : « Est-ce pour elle que j'ai fait ça? » Elle avait baissé la tête, il contempla sa nuque brune et douce avec une tendresse appliquée : il aurait aimé sentir qu'il tenait à elle plus qu'à tout au monde, pour que son acte eût au moins cette justification. Mais il ne sentait rien, qu'une colère sans objet et l'acte était derrière lui, nu, glissant, incompréhensible : il avait volé, il avait abandonné Marcelle enceinte, pour rien.

Ivich fit un effort et dit avec courtoisie :

— Je n'aurais pas dû me mêler de donner mon avis...

Mathieu haussa les épaules :

— Je viens de rompre avec Marcelle.

Ivich releva la tête.

Elle dit d'une voix fade :

— Vous l'avez laissée... sans argent?

Mathieu sourit : « Naturellement, pensa-t-il. Si je l'avais fait, elle me le reprocherait à présent. »

— Non. Je me suis arrangé.

— Vous avez trouvé de l'argent?

— Oui.

— Où ça?

Il ne répondit pas. Elle le regarda avec inquiétude :

— Mais vous n'avez pas...

— Si. Je l'ai volé, si ç'est ça que vous voulez dire. A Lola. Je suis monté chez elle pendant qu'elle n'y était pas.

Ivich cligna des yeux et Mathieu ajouta :

— Je le lui rendrai d'ailleurs. C'est un emprunt forcé, voilà tout.

Ivich avait l'air stupide, elle répéta lentement, comme Marcelle tout à l'heure.

— Vous avez volé Lola.

Son air pénétré agaça Mathieu. Il dit vivement :

— Oui, vous savez, ça n'est pas très glorieux : il y avait un escalier à monter et une porte à ouvrir.

— Pourquoi avez-vous fait ça?

Mathieu eut un rire bref :

— Si je le savais!

Elle se redressa brusquement et son visage devint dur et solitaire comme lorsqu'elle se retournait dans la rue pour suivre des yeux une belle passante ou un jeune garçon. Mais cette fois c'était Mathieu qu'elle regardait. Mathieu sentit qu'il rougissait. Il dit par scrupule :

— Je ne voulais pas la plaquer. Juste lui donner l'argent pour ne pas être obligé de l'épouser.

— Oui, je comprends, dit Ivich.

Elle n'avait pas du tout l'air de comprendre, elle le regardait. Il insista en détournant la tête :

— Vous savez, c'était plutôt moche : c'est elle qui m'a chassé. Elle a pris ça très mal, je ne sais pas ce qu'elle attendait.

Ivich ne répondit pas et Mathieu se tut, pris d'angoisse. Il pensait : « Je ne veux pas qu'elle me récompense. »

— Vous êtes beau, dit Ivich.

Mathieu sentit avec accablement renaître en lui son âcre amour. Il lui semblait qu'il abandonnait Marcelle pour la seconde fois. Il ne dit rien, il s'assit près d'Ivich et lui prit la main. Elle lui dit :

— C'est formidable ce que vous avez l'air seul.

Il avait honte. Il finit par dire :

— Je me demande ce que vous croyez, Ivich? Tout ça c'est piteux, vous savez : j'ai volé par affolement et à présent j'ai des remords.

— Je vois bien que vous avez des remords, dit Ivich en souriant. Je pense que j'en aurais aussi, à votre place : on ne peut pas s'en empêcher, le premier jour.

Mathieu serrait fortement la petite main rêche aux ongles pointus. Il dit :

— Vous vous trompez, je ne suis pas...

— Taisez-vous, dit Ivich.

Elle dégagea sa main, d'un geste brusque, tira tous ses cheveux en arrière, découvrant ses joues et ses oreilles. Il lui suffit de quelques mouvements rapides et, quand elle abaissa les mains, sa chevelure tenait toute seule, son visage était nu.

— Comme ça, dit-elle.

Mathieu pensa : « Elle veut m'ôter jusqu'à mes remords. » Il étendit le bras, il attira Ivich contre lui et elle se laissa aller; il entendait en lui un petit air vif et gai dont il croyait avoir perdu jusqu'au souvenir. La tête d'Ivich roula un peu sur son épaule, elle lui souriait, les lèvres entrouvertes. Il lui rendit son sourire et l'embrassa légèrement, puis il la regarda et le petit air s'arrêta net : « Mais ce n'est qu'une enfant », se dit-il. Il se sentait absolument seul.

— Ivich, dit-il doucement.

Elle le regarda avec surprise.

— Ivich je... j'ai eu tort.

Elle avait froncé les sourcils et sa tête était agitée de minuscules secousses. Mathieu laissa tomber les bras, il dit avec lassitude :

— Je ne sais pas ce que je veux de vous.

Ivich eut un soubresaut et se dégagea rapidement. Ses yeux étincelèrent mais elle les voila et prit un maintien triste et doux. Seules, ses mains restaient furieuses : elles voletaient autour d'elle, s'abattaient sur son crâne et lui tiraient les cheveux. Mathieu avait la gorge sèche, mais il considérait cette colère avec indifférence. Il pensait : « Ça aussi, je l'ai gâché », et il était presque content : c'était comme une expiation. Il reprit, en cherchant le regard qu'elle lui dérobait obstinément :

— Il ne faut pas que je vous touche.

— Oh! c'est sans importance, dit-elle rouge de colère.

Elle ajouta d'un ton chantant :

— Vous aviez l'air si fier d'avoir pris une décision, j'ai cru que vous veniez chercher une récompense.

Il se rassit près d'elle et lui prit doucement le bras, un peu au-dessus du coude. Elle ne se dégagea pas.

— Mais je vous aime, Ivich.

Ivich se raidit :

— Je ne voudrais pas que vous croyiez..., lui dit-elle.

— Que je croie quoi?

Mais il devinait. Il lui lâcha le bras.

— Je... je n'ai pas d'amour pour vous, dit Ivich.

Mathieu ne répondit pas. Il pensait : « Elle prend sa revanche, c'est régulier. » D'ailleurs, c'était probablement vrai : pourquoi l'aurait-elle aimé? Il ne souhaitait plus rien, sinon de rester un long moment silencieux à côté d'elle, et qu'elle s'en allât enfin sans parler. Il dit pourtant :

— Vous reviendrez l'an prochain?

— Je reviendrai, dit-elle.

Elle lui souriait d'un air presque tendre, elle devait estimer son honneur satisfait. C'était ce même visage qu'elle avait tourné vers lui la veille, pendant que la dame des lavabos lui bandait la main. Il la regarda avec incertitude, il sentait renaître son désir. Ce désir triste et résigné qui n'était désir de rien. Il lui prit le bras, il sentit sous ses doigts cette chair fraîche. Il dit :

— Je vous...

Il s'interrompit. On sonnait à la porte d'entrée : un coup d'abord, puis deux, puis un carillon ininterrompu. Mathieu se sentit glacé, il pensa : « Marcelle! » Ivich avait pâli, sûrement elle avait eu la même idée. Ils se regardèrent.

— Il faut ouvrir, chuchota-t-elle.

— Je pense que oui, dit Mathieu.

Il ne bougea pas. A présent, on frappait des coups violents contre la porte. Ivich dit en frissonnant :

— C'est horrible de penser qu'il y a quelqu'un derrière cette porte.

— Oui, dit Mathieu. Voulez-vous... voulez-vous passer dans la cuisine? Je fermerai la porte, personne ne vous verra.

Ivich le regarda avec un air d'autorité calme :

— Non. Je vais rester.

Mathieu alla ouvrir et vit dans la pénombre une grosse tête grimaçante, on aurait dit un masque : c'était Lola. Elle le repoussa pour entrer plus vite :

— Où est Boris? demanda-t-elle. J'ai entendu sa voix.

Mathieu ne prit même pas le temps de refermer la porte, il entra dans le bureau sur ses talons. Lola s'était avancée vers Ivich d'un air menaçant.

— Vous allez me dire où est Boris.

Ivich la regarda avec des yeux terrorisés. Pourtant Lola n'avait pas l'air de s'adresser à elle — ni à personne — et il n'était même pas sûr qu'elle la vît. Mathieu se mit entre elles :

— Il n'est pas là.

Lola tourna vers lui son visage défiguré. Elle avait pleuré.

— J'ai entendu sa voix.

— A part ce bureau, dit Mathieu en essayant d'attraper le regard de Lola, il y a dans l'appartement une cuisine et une salle de bains. Vous pouvez fouiller partout si le cœur vous en dit.

— Alors où est-ce qu'il est?

Elle avait gardé sa robe de soie noire et son maquillage de scène. Ses gros yeux sombres avaient l'air de s'être caillés.

— Il a quitté Ivich vers trois heures, dit Mathieu. Nous ne savons pas ce qu'il a fait depuis.

Lola se mit à rire comme une aveugle. Ses mains se crispaient sur un tout petit sac de velours noir qui semblait contenir un seul objet, dur et lourd. Mathieu vit le sac et il eut peur, il fallait renvoyer Ivich sur-le-champ.

— Eh bien, si vous ne savez pas ce qu'il a fait, je peux vous l'apprendre, dit Lola. Il est monté chez moi vers sept heures comme je venais de sortir, il a ouvert ma porte, forcé la serrure d'une mallette et il m'a volé cinq mille francs.

Mathieu n'osa pas regarder Ivich, il lui dit doucement, en gardant les yeux fixés à terre :

— Ivich, il vaut mieux que vous vous en alliez; il faut que je parle à Lola. Est-ce que... est-ce que je peux vous revoir cette nuit?

Ivich était décomposée.

— Oh non! dit-elle, je veux rentrer, j'ai mes valises à faire et puis je veux dormir. Je voudrais tant dormir.

Lola demanda :

— Elle part?

— Oui, dit Mathieu. Demain matin.

— Est-ce que Boris part aussi?

— Non.

Mathieu prit la main d'Ivich :

— Allez dormir, Ivich. Vous avez eu une rude journée. Vous ne voulez toujours pas que je vous accompagne à la gare?

— Non. J'aime mieux pas.

— Alors, à l'année prochaine.

Il la regardait, espérant retrouver dans ses yeux une lueur de tendresse, mais il ne put y lire que la panique.

— A l'année prochaine, dit-elle.

— Je vous écrirai, Ivich, dit Mathieu tristement.

— Oui. Oui.

Elle se disposait à sortir. Lola lui barra le passage :

— Pardon! Qu'est-ce qui me prouve qu'elle ne va pas rejoindre Boris?

— Et puis après? dit Mathieu. Elle est libre, j'imagine.

— Restez ici, dit Lola en attrapant de la main gauche le poignet d'Ivich.

Ivich poussa un cri de douleur et de colère.

— Lâchez-moi, cria-t-elle, ne me touchez pas, je ne veux pas qu'on me touche.

Mathieu repoussa vivement Lola qui fit quelques pas en arrière en grondant. Il regardait son sac.

— Sale bonne femme, murmura Ivich entre ses dents. Elle se tâtait le poignet du pouce et de l'index.

— Lola, dit Mathieu sans quitter le sac des yeux, laissez-la partir, j'ai des tas de choses à vous dire, mais laissez-la partir d'abord.

— Vous me direz où est Boris?

— Non, dit Mathieu, mais je vous expliquerai cette histoire de vol.

— Eh bien, allez-vous-en, dit Lola. Et si vous voyez Boris, dites-lui que j'ai porté plainte.

— La plainte sera retirée, dit Mathieu à mi-voix, les yeux toujours fixés sur le sac. Adieu Ivich, partez vite.

Ivich ne répondit pas et Mathieu entendit avec soulagement le bruit léger de ses pas. Il ne la vit pas partir, mais le bruit s'éteignit et il eut un bref serrement de cœur. Lola fit un pas en avant et cria :

— Dites-lui qu'il s'est trompé d'adresse. Dites-lui qu'il est encore trop jeune pour m'avoir!

Elle se tourna vers Mathieu : toujours ce regard gênant, qui n'avait pas l'air de voir.

— Alors? demanda-t-elle durement. Allez-y de votre histoire.

— Écoutez, Lola! dit Mathieu.

Mais Lola s'était remise à rire.

— Je ne suis pas née d'hier, dit-elle en riant. Oh! mais non. On m'a assez dit que je pourrais être sa mère.

Mathieu s'avança vers elle :

— Lola!

— Il s'est dit : « Elle m'a dans la peau la vieille; elle sera trop heureuse que je lui refasse son flouss, elle me dira merci. » Il ne me connaît pas! Il ne me connaît pas!

Mathieu la saisit par les bras et la secoua comme un prunier, pendant qu'elle criait en riant :

— Il ne me connaît pas!

— Allez-vous vous taire! dit-il rudement.

Lola se calma et, pour la première fois, parut le voir :

— Allez-y.

— Lola, dit Mathieu, avez-vous réellement porté plainte contre lui?

— Oui. Qu'est-ce que vous avez à me dire?

— C'est moi qui vous ai volée, dit-il.

Lola le regardait avec indifférence. Il dut répéter :

— C'est moi qui ai volé les cinq mille francs!

— Ah! dit-elle, vous?

Elle haussa les épaules.

— La patronne l'a vu.

— Comment voulez-vous qu'elle l'ait vu, puisque je vous dis que c'est moi.

— Elle l'a vu, dit Lola agacée. Il est monté à sept heures en se cachant. Elle l'a laissé faire parce que je lui en avais donné l'ordre. Je l'avais attendu toute la journée, il y avait dix minutes que j'étais descendue. Il devait me guetter au coin de la rue, il est monté dès qu'il m'a vu partir.

Elle parlait d'une voix morne et rapide qui semblait exprimer une conviction inébranlable : « On dirait qu'elle a besoin d'y croire », pensa Mathieu découragé. Il dit :

— Écoutez. A quelle heure êtes-vous rentrée chez vous?

— La première fois? A huit heures.

— Eh bien, les billets étaient encore dans la mallette.

— Je vous dis que Boris est monté à sept heures.

— Ça se peut qu'il soit monté, il venait peut-être vous voir. Mais vous n'avez pas regardé dans la mallette?

— Mais si.

— Vous y avez regardé à huit heures?

— Oui.

— Lola, vous êtes de mauvaise foi, dit Mathieu. Je sais que vous n'y avez pas regardé. Je le sais. A huit heures j'avais la clé sur moi et vous n'auriez pas pu l'ouvrir. D'ailleurs, si vous aviez découvert le vol à huit heures, comment voulez-vous me faire croire que vous auriez attendu minuit pour venir chez moi? A huit heures vous vous êtes tranquillement maquillée, vous avez mis votre belle robe noire et vous êtes allée au « Sumatra ». Ça n'est pas vrai?

Lola le regarda d'un air fermé :

— La patronne l'a vu monter.

— Oui mais, vous, vous n'avez pas regardé dans la mallette. A huit heures l'argent y était encore. Je suis monté à dix heures et je l'ai pris. Il y avait une vieille au bureau, elle m'a vu, elle pourra témoigner. Vous vous êtes aperçue du vol à minuit.

— Oui, dit Lola, avec lassitude. A minuit. Mais c'est la même chose. J'ai eu un malaise au « Sumatra » et je suis rentrée. Je me suis étendue et j'ai pris la mallette à côté de moi. Il y avait... il y avait des lettres que je voulais relire.

Mathieu pensa : « C'est vrai : les lettres. Pourquoi veut-elle cacher qu'on les lui a volées? » Ils se taisaient tous deux; de temps en temps, Lola oscillait d'arrière en avant, comme quelqu'un qui dort debout. Elle parut enfin s'éveiller.

— Vous, vous m'avez volée?

— Moi.

Elle eut un rire bref.

— Gardez vos boniments pour les juges si ça vous plaît de ramasser six mois à sa place.

— Eh bien, justement, Lola : quel intérêt aurais-je à risquer la prison pour Boris?

Elle tordit la bouche.

— Est-ce que je sais ce que vous faites avec lui?

— C'est idiot, voyons! Écoutez, je vous jure que c'est moi : la mallette était devant la fenêtre, sous une valise. J'ai pris l'argent et laissé la clé dans la serrure.

Les lèvres de Lola tremblaient, elle pétrissait nerveusement son sac :

— C'est tout ce que vous avez à me dire? Alors laissez-moi partir.

Elle voulait passer, Mathieu l'arrêta.

— Lola, vous ne voulez pas vous laisser convaincre.

Lola le repoussa d'un coup d'épaule.

— Vous ne voyez donc pas dans quel état je suis? Pour qui me prenez-vous avec votre histoire de mallette? Elle était sous une valise, devant la fenêtre, répéta-t-elle en singeant la voix de Mathieu. Boris est venu ici et vous croyez que je ne le sais pas? Vous avez comploté ensemble ce qu'il fallait dire à la vieille. Allons, laissez-moi partir, dit-elle d'un air terrible, laissez-moi partir.

Mathieu voulut la prendre par les épaules mais Lola se rejeta en arrière et chercha à ouvrir son sac; Mathieu le lui arracha et le jeta sur le divan :

— Brute, dit Lola.

— C'est du vitriol ou un revolver? demanda Mathieu en souriant.

Lola se mit à trembler de tous ses membres. « Ça y est, pensa Mathieu, c'est la crise de nerfs. » Il avait l'impression de faire un rêve sinistre et saugrenu. Mais il fallait la convaincre. Lola cessa de trembler. Elle s'était rencoignée près de la fenêtre et le guettait avec des yeux brillants de haine impuissante. Mathieu détourna la tête : il n'avait pas peur de sa haine, mais il y avait sur ce visage une aridité désolée qui était insoutenable.

— Je suis monté chez vous ce matin, dit-il posément. J'ai pris la clé dans votre sac. Quand vous vous êtes réveillée, j'allais ouvrir la mallette. Je n'ai pas eu le temps de remettre la clé à sa place et c'est ce qui m'a donné l'idée de remonter ce soir dans votre chambre.

— Inutile, dit Lola sèchement, je vous ai vu entrer ce matin. Quand je vous ai parlé, vous n'étiez même pas arrivé au pied de mon lit.

— J'étais entré une première fois et reparti.

Lola ricana et il ajouta à contre-cœur :

— A cause des lettres.

Elle n'eut pas l'air d'entendre : c'était tout à fait inutile de lui parler des lettres, elle ne voulait penser qu'à l'argent, elle avait besoin d'y penser pour faire flamber sa colère, son seul recours. Elle finit par dire avec un petit rire sec :

— Le malheur, c'est qu'il m'avait demandé les cinq mille francs hier soir, comprenez-vous? C'est même pour ça qu'on s'était disputés.

Mathieu sentit son impuissance : c'était évident, le coupable ne pouvait être que Boris. « J'aurais dû y penser », se dit-il avec accablement.

— Vous donnez donc pas la peine, dit Lola avec un mauvais sourire. Je l'aurai. Si vous arrivez à embobeliner le juge, je l'aurai d'une autre façon, c'est tout.

Mathieu regarda le sac, sur le divan. Lola le regarda aussi.

— C'est pour moi qu'il vous a demandé l'argent, dit-il.

— Oui. Et c'est pour vous aussi qu'il a volé un livre dans une librairie l'après-midi? Il s'en est vanté en dansant avec moi.

Elle s'arrêta net et reprit soudain avec un calme menaçant :

— D'ailleurs, bon! C'est vous qui m'avez volée?

— Oui.

— Eh bien, rendez-moi l'argent.

Mathieu resta interdit. Lola ajouta sur un ton de triomphe ironique :

— Rendez-le-moi tout de suite et je retire ma plainte.

Mathieu ne répondit pas. Lola dit :

— Suffit. J'ai compris.

Elle reprit son sac sans qu'il cherchât à l'en empêcher.

— D'ailleurs qu'est-ce que ça prouverait si je l'avais, dit-il péniblement. Boris aurait pu me le confier.

— Je ne vous demande pas ça. Je vous demande de me le rendre.

— Je ne l'ai plus.

— Sans blague? Vous m'avez volée à dix heures et à minuit vous n'avez plus rien? Mes compliments.

— J'ai donné l'argent.

— A qui?

— Je ne vous le dirai pas.

Il ajouta vivement :

— Ce n'était pas à Boris.

Lola sourit sans répondre; elle se dirigea vers la porte et il ne l'arrêta pas. Il pensait : « C'est rue des Martyrs, son commissariat. J'irai m'expliquer là-bas. » Mais quand il vit de dos cette grande forme noire qui marchait avec la raideur aveugle d'une catastrophe, il eut peur, il pensa au sac et tenta un dernier effort :

— Après tout, je peux bien vous dire pour qui c'était : c'était pour Mlle Duffet, une amie.

Lola ouvrit la porte et sortit. Il l'entendit crier dans l'antichambre, et son cœur fit un bond. Lola réapparut tout à coup, elle avait l'air d'une folle :

— Il y a quelqu'un, dit-elle.

Mathieu pensa : « C'est Boris. »

C'était Daniel. Il entra avec noblesse et s'inclina devant Lola.

— Voici les cinq mille francs, madame, dit-il en tendant une enveloppe. Veuillez vérifier que ce sont bien les vôtres.

Mathieu pensa, à la fois : « C'est Marcelle qui l'envoie » et « Il a écouté à la porte ». Daniel écoutait volontiers aux portes pour ménager ses entrées.

Mathieu demanda :

— Est-ce qu'elle...

Daniel le rassura d'un geste :

— Tout va bien, dit-il.

Lola regardait l'enveloppe avec un air méfiant et sournois de paysanne :

— Il y a cinq mille francs là-dedans? demanda-t-elle.

— Oui.

— Qu'est-ce qui me prouve que ce sont les miens?

— Vous n'avez pas pris les numéros? demanda Daniel.

— Pensez-vous!

— Ah! Madame, dit Daniel, d'un air de reproche, il faut toujours prendre les numéros.

Mathieu eut une inspiration soudaine : il se rappela l'épaisse odeur de Chypre et de renfermé qui s'était échappée de la mallette.

— Sentez-les, dit-il.

Lola hésita un instant et puis elle s'empara de l'enveloppe avec brusquerie, la déchira et approcha les billets de son nez. Mathieu craignait que Daniel n'éclatât de rire. Mais Daniel était sérieux comme un pape, il regardait Lola en faisant l'œil compréhensif.

— Eh bien? Vous avez obligé Boris à les rendre? demanda-t-elle.

— Je ne connais personne du nom de Boris, dit Daniel. C'est une amie de Mathieu qui me les a confiés pour que je les lui rapporte Je suis venu en courant et j'ai surpris la fin de votre conversation : je m'en excuse, madame.

Lola resta immobile, les bras tombés le long du corps, serrant son sac de la main gauche, la main droite crispée sur les billets; elle avait l'air anxieux et stupéfait.

— Mais pourquoi auriez-vous fait ça, vous ? demanda-t-elle brusquement. Qu'est-ce que c'est pour vous, cinq mille francs?

Mathieu sourit sans gaieté :

— Eh bien, il paraît que c'est beaucoup.

Il ajouta doucement :

— Il faudra songer à retirer votre plainte, Lola. Ou bien, si vous voulez, portez plainte contre moi.

Lola détourna la tête et dit rapidement :

— Je n'avais pas encore porté plainte.

Elle restait plantée au milieu de la pièce, l'air absorbé. Elle dit :

— Il y avait aussi des lettres.

— Je ne les ai plus. Je les ai prises ce matin pour lui quand on vous croyait morte. C'est ce qui m'a donné l'idée de revenir prendre l'argent.

Lola regarda Mathieu sans haine, avec un immense étonnement et une sorte d'intérêt :

— Vous m'avez volé cinq mille francs! dit-elle. C'est... c'est marrant.

Mais ses yeux s'éteignirent vite et son visage se durcit. Elle avait l'air de souffrir.

— Je m'en vais, dit-elle.

Ils la laissèrent partir en silence. Sur le pas de la porte, elle se retourna :

— S'il n'a rien fait, pourquoi ne revient-il pas?

— Je ne sais pas.

Lola eut un sanglot bref et s'appuya au montant de la porte. Mathieu fit un pas vers elle, mais elle s'était reprise :

— Croyez-vous qu'il reviendra?

— Je crois. Ils sont incapables de faire le bonheur des gens, mais ils ne peuvent pas non plus les plaquer, c'est encore trop difficile pour eux.

— Oui, dit Lola. Oui. Allons, adieu.

— Adieu, Lola. Vous... vous n'avez besoin de rien?

— Non.

Elle sortit. Ils entendirent la porte se refermer.

— Quelle est cette vieille dame? demanda Daniel.

— C'est Lola, l'amie de Boris Serguine. Elle est sonnée.

— Elle en a l'air, dit Daniel.

Mathieu se sentit gêné de rester seul avec lui; il lui semblait qu'on l'avait remis brusquement en présence de sa faute. Elle était là, en face de lui, vivante, elle vivait au fond des yeux de Daniel et Dieu sait quelle forme elle avait prise dans cette conscience capricieuse et truquée. Daniel semblait disposé à abuser de la situation. Il était cérémonieux, insolent et funèbre comme en ses plus mauvais jours. Mathieu se durcit et redressa la tête; Daniel était livide.

— Tu as une sale gueule, dit Daniel avec un mauvais sourire.

— J'allais t'en dire autant, dit Mathieu. Nous sommes frais.

Daniel haussa les épaules.

— Tu viens de chez Marcelle? demanda Mathieu.

— Oui.

— C'est elle qui t'a rendu l'argent?

— Elle n'en avait pas besoin, dit Daniel évasivement.

— Elle n'en avait pas besoin?

— Non.

— Dis-moi au moins si elle a le moyen...

— Il n'est plus question de ça, mon cher, dit Daniel, c'est de l'histoire ancienne.

Il avait relevé le sourcil gauche et considérait Mathieu avec ironie, comme à travers un monocle imaginaire. « S'il veut m'épater, pensa Mathieu, il ferait aussi bien d'empêcher ses mains de trembler. »

Daniel dit négligemment :

— Je l'épouse. Nous garderons l'enfant.

Mathieu prit une cigarette et l'alluma. Son crâne vibrait comme une cloche. Il dit avec calme :

— Tu l'aimais donc?

— Pourquoi pas?

C'est de Marcelle qu'il s'agit, pensa Mathieu. *De Marcelle!* Il n'arrivait pas à s'en persuader complètement.

— Daniel, dit-il, je ne te crois pas.

— Attends un peu, tu verras bien.

— Non, je veux dire : tu ne me feras pas croire que tu l'aimes, je me demande ce qu'il y a là-dessous.

Daniel avait l'air las, il s'était assis sur le bord du bureau, un pied posé par terre, balançant l'autre avec désinvolture. « Il s'amuse », pensa Mathieu avec colère.

— Tu serais bien étonné si tu savais ce qu'il y a, dit Daniel.

Mathieu pensa : « Parbleu! Elle était sa maîtresse. »

— Si tu ne dois pas me le dire, tais-toi, dit-il sèchement.

Daniel le regarda un instant comme s'il s'amusait à l'intriguer, et puis, tout d'un coup, il se leva et se passa la main sur le front :

— Ça s'engage mal, dit-il.

Il considérait Mathieu avec surprise.

— Ce n'est pas de ça que je venais te parler. Écoute, Mathieu, je suis...

Il eut un rire forcé :

— Tu vas te prendre au sérieux si je te dis ça.

— Ça va. Parle ou ne parle pas, dit Mathieu.

— Eh bien, je suis...

Il s'arrêta encore et Mathieu, impatienté, termina pour lui :

— Tu es l'amant de Marcelle. C'est ça que tu voulais dire.

Daniel écarquilla les yeux et émit un léger sifflement. Mathieu sentit qu'il devenait écarlate :

— Pas mal trouvé! dit Daniel d'un air admiratif. Tu ne demanderais que ça, hein? Non, mon cher, tu n'as même pas cette excuse.

— Tu n'as qu'à parler, aussi, dit Mathieu humilié.

— Attends, dit Daniel. Tu n'aurais pas quelque chose à boire? Du whisky?

— Non, dit Mathieu, mais j'ai du rhum blanc. C'est une fameuse idée, ajouta-t-il, on va boire un coup.

Il s'en fut dans la cuisine et ouvrit le placard : « Je viens d'être ignoble », pensa-t-il. Il revint avec deux verres à bordeaux et une bouteille de rhum. Daniel prit la bouteille et remplit les verres à ras bord.

— Ça vient de la Rhumerie Martiniquaise? dit-il.

— Oui.

— Tu y vas encore quelquefois?

— Quelquefois, dit Mathieu. A la tienne.

Daniel le regarda d'un air inquisiteur, comme si Mathieu lui dissimulait quelque chose.

— A mes amours, dit-il en levant son verre.

— Tu es saoul, dit Mathieu outré.

— Il est vrai que j'ai un peu bu, dit Daniel. Mais rassure-toi. J'étais à jeun quand je suis monté chez Marcelle. C'est après...

— Tu viens de chez elle?

— Oui. Avec une petite étape au Falstaff.

— Tu... tu as dû la trouver juste après mon départ?

— J'attendais que tu sortes, dit Daniel en souriant. Je t'ai vu tourner le coin de la rue et je suis monté.

Mathieu ne put retenir un geste de contrariété :

— Tu me guettais? dit-il. Oh, et puis tant mieux, après tout, Marcelle ne sera pas restée seule. Eh bien, qu'est-ce que tu voulais me dire?

— Rien du tout, mon vieux, dit Daniel, avec une cordialité subite. Je voulais simplement t'annoncer mon mariage.

— C'est tout?

— C'est tout... Oui, c'est tout.

— Comme tu voudras, dit Mathieu froidement. Ils se turent un moment et puis Mathieu demanda :

— Comment... comment est-elle?

— Tu voudrais que je te dise qu'elle est enchantée? demanda Daniel ironiquement. Épargne ma modestie.

— Je t'en prie, dit Mathieu sèchement. C'est entendu, je n'ai aucun droit de demander... Mais enfin tu es venu ici...

— Eh bien, dit Daniel, je croyais que j'aurais plus de peine à la convaincre : elle s'est jetée sur ma proposition comme la pauvreté sur le monde.

Mathieu vit passer dans ses yeux comme un éclair de rancune; il dit vivement pour excuser Marcelle :

— Elle se noyait...

Daniel haussa les épaules et se mit à marcher de long en large. Mathieu n'osait pas le regarder : Daniel se contenait, il parlait doucement mais il avait l'air d'un possédé. Mathieu croisa les mains et fixa les yeux sur ses souliers. Il reprit péniblement, comme pour lui-même :

— Alors c'était le gosse qu'elle voulait? Je n'avais pas compris ça. Si elle me l'avait dit...

Daniel se taisait. Mathieu reprit avec application.

— C'était le gosse. Bon. Il naîtra. Je... moi, je voulais le supprimer. Je suppose que c'est mieux qu'il naisse.

Daniel ne répondit pas.

— Je ne le verrai jamais, bien entendu? demanda Mathieu.

C'était à peine une interrogation; il ajouta, sans attendre la réponse :

— Enfin, voilà. Je suppose que je devrais être content. En un sens, tu la sauves... mais je n'y comprends rien, pourquoi as-tu fait ça?

— Sûrement pas par philanthropie, si c'est ça que tu veux dire, dit Daniel sèchement. Il est abject ton rhum, ajouta-t-il. Donne-m'en tout de même un autre verre.

Mathieu remplit les verres et ils burent.

— Alors, dit Daniel, qu'est-ce que tu vas faire à présent?

— Rien. Rien de plus.

— Cette petite Serguine?

— Non.

— Te voilà pourtant libéré.

— Bah!

— Allons, bonsoir, dit Daniel en se levant. J'étais venu pour te rendre l'argent et te rassurer un peu : Marcelle n'a rien à craindre, elle a confiance en moi. Toute cette histoire l'a terriblement secouée, mais elle n'est pas vraiment malheureuse.

— Tu vas l'épouser! répéta Mathieu. Elle me hait, ajouta-t-il à mi-voix.

— Mets-toi à sa place, dit Daniel durement.

— Je sais. Je m'y suis mis. Elle t'a parlé de moi?

— Très peu.

— Tu sais, dit Mathieu. Ça me fait quelque chose que tu l'épouses.

— Tu as des regrets?

— Non. Je trouve ça sinistre.

— Merci.

— Oh! pour vous deux. Je ne sais pas pourquoi.

— Ne t'inquiète pas, tout ira bien. Si c'est un garçon nous l'appellerons Mathieu.

Mathieu se redressa les poings serrés :

— Tais-toi, dit-il.

— Allons, ne te fâche pas, dit Daniel.

Il répéta d'un air distrait :

— Ne te fâche pas. Ne te fâche pas. Il ne se décidait pas à s'en aller.

— En somme, lui dit Mathieu, tu es venu voir la gueule que j'avais, après cette histoire?

— Il y a de ça, dit Daniel. Franchement, il y a de ça. Tu as toujours l'air... si solide : tu m'agaçais.

— Eh bien, tu as vu, dit Mathieu. Je ne suis pas si solide.

— Non.

Daniel fit quelques pas vers la porte et revint brusquement vers Mathieu; il avait perdu son air ironique, mais ça n'en valait pas mieux :

— Mathieu, je suis pédéraste, dit-il.

— Hein? fit Mathieu.

Daniel s'était rejeté en arrière et le regardait avec des yeux étonnés, qui étincelaient de colère.

— Ça te dégoûte, hein?

— Tu es pédéraste? répéta lentement Mathieu. Non ça ne me dégoûte pas; pourquoi est-ce que ça me dégoûterait?

— Je t'en prie, dit Daniel, ne te crois pas obligé de faire l'esprit large...

Mathieu ne répondit pas. Il regardait Daniel et pensait : « Il est pédéraste. » Il n'était pas très étonné.

— Tu ne dis rien, poursuivit Daniel d'une voix sifflante. Tu as raison. Tu as la réaction qu'il faut, je n'en doute pas, celle que tout homme sain doit avoir, mais tu fais aussi bien de la garder pour toi.

Daniel était immobile, les bras collés au corps, il avait l'air étriqué. « Qu'est-ce qu'il lui a pris de venir se torturer chez moi? » se demanda Mathieu avec dureté. Il pensait qu'il aurait dû trouver quelque chose à dire; mais il était plongé dans une indifférence profonde et paralysante. Et puis ça lui semblait si naturel, si normal : il était un salaud, Daniel était un pédéraste, c'était dans l'ordre des choses. Il dit enfin :

— Tu peux être ce que tu voudras, ça ne me regarde pas.

— J'imagine, dit Daniel en souriant avec hauteur. J'imagine, en effet, que ça ne te regarde pas. Tu as assez à faire avec ta propre conscience.

— Alors pourquoi viens-tu me raconter ça?

— Eh bien je... je voulais voir l'effet que ça produirait sur un type comme toi, dit Daniel en se raclant la gorge. Et puis, à présent qu'il y a quelqu'un qui sait, je... je parviendrai peut-être à y croire.

Il était vert et parlait avec difficulté, mais il continuait à sourire. Mathieu ne put supporter ce sourire et détourna la tête.

Daniel ricana :

— Ça t'étonne? Ça dérange tes idées sur les invertis?

Mathieu releva vivement la tête :

— Ne crâne donc pas, dit-il. Tu es pénible. Tu n'as pas besoin de crâner devant moi. Tu te dégoûtes peut-être, mais pas plus que je ne me dégoûte, on se vaut. D'ailleurs, dit-il à la réflexion, c'est pour ça que tu me racontes tes histoires. Ça doit être moins dur de se confesser devant une loque; et on a tout de même le bénéfice de la confession.

— Tu es un petit malin, dit Daniel d'une voix vulgaire que Mathieu ne lui connaissait pas.

Ils se turent. Daniel regardait droit devant lui avec une stupeur fixe, à la manière des vieillards. Mathieu fut traversé par un remords aigu :

— Si c'est comme ça, pourquoi épouses-tu Marcelle?

— Ça n'a aucun rapport.

— Je... Je ne peux pas te laisser l'épouser, dit Mathieu.

Daniel se redressa et des rougeurs sombres vinrent marquer son visage de noyé :

— Vraiment, tu ne peux pas? demanda-t-il avec morgue. Et comment feras-tu pour m'en empêcher?

Mathieu se leva sans répondre. Le téléphone était sur son bureau. Il le prit et composa le numéro de Marcelle. Daniel le regarda avec ironie. Il y eut un long silence.

— Allo? fit la voix de Marcelle.

Mathieu sursauta.

— Allo, dit-il, c'est Mathieu. Je... écoute, nous avons été idiots tout à l'heure. Je voudrais... allo! Marcelle? Tu m'écoutes? Marcelle! dit-il avec fureur, allo!

On ne répondait toujours pas. Il perdit la tête et cria dans l'appareil :

— Marcelle, je veux t'épouser!

Il y eut un bref silence, puis une sorte de jappement, au bout du fil, et on raccrocha. Mathieu garda un moment l'écouteur serré dans sa main puis il le reposa doucement sur la table. Daniel le regardait sans mot dire, il n'avait pas l'air triomphant. Mathieu but une gorgée de rhum et retourna s'asseoir dans le fauteuil.

— Bon! dit-il.

Daniel sourit :

— Tranquillise-toi, dit-il en manière de consolation : les pédérastes ont toujours fait d'excellents maris, c'est connu.

— Daniel! Si tu l'épouses pour faire un geste, tu vas gâcher sa vie.

— Tu devrais être le dernier à me le dire, dit Daniel. Et puis, je ne l'épouse pas pour faire un geste. D'ailleurs, ce qu'elle veut avant tout, c'est le gosse.

— Est-ce que... Est-ce qu'elle sait?

— Non!

— Pourquoi l'épouses-tu?

— Par amitié pour elle.

Le ton n'était pas convaincant. Ils se versèrent à boire et Mathieu dit avec obstination :

— Je ne veux pas qu'elle soit malheureuse.

— Je te jure qu'elle ne le sera pas.

— Elle croit que tu l'aimes?

— Je ne pense pas. Elle m'a proposé de vivre de son côté, mais ça ne fait pas mon affaire. Je l'installerai chez moi. Il est entendu qu'on laissera le sentiment venir peu à peu.

Il ajouta avec une ironie pénible :

— J'entends remplir mes devoirs de mari jusqu'au bout.

— Mais est-ce...

Mathieu rougit violemment :

— Est-ce que tu aimes aussi les femmes?

Daniel eut un drôle de reniflement; il dit :

— Pas beaucoup.

— Je vois.

Mathieu baissa la tête et des larmes de honte lui vinrent aux yeux. Il dit :

— Je me dégoûte encore plus depuis que je sais que tu vas l'épouser.

Daniel but :

— Oui, dit-il d'un air impartial et distrait, je pense que tu dois te sentir assez sale.

Mathieu ne répondit pas. Il regardait le sol entre ses pieds. « C'est un pédéraste et elle va l'épouser. »

Il ouvrit les mains et racla son talon contre le parquet : il se sentait traqué. Tout à coup, le silence lui pesa, il se dit : « Daniel me regarde », et il releva la tête précipitamment. Daniel le regardait en effet et avec un tel air de haine que le cœur de Mathieu se serra.

— Pourquoi me regardes-tu comme ça, demanda-t-il.

— Tu sais! dit Daniel. Il y a quelqu'un qui sait!

— Tu ne détesterais pas me foutre une balle dans la peau?

Daniel ne répondit pas. Mathieu fut brûlé soudain par une idée insupportable :

— Daniel, dit-il, tu l'épouses pour te martyriser.

— Et puis après? dit Daniel d'une voix blanche. Ça ne regarde que moi.

Mathieu mit sa tête dans ses mains :

— Bon Dieu! dit-il.

Daniel ajouta vivement :

— Ça n'a aucune importance. Pour elle, ça n'a aucune importance.

— Tu la hais?

— Non.

Mathieu pensa tristement : « Non, c'est moi qu'il hait. »

Daniel avait repris son sourire :

— On vide la bouteille? demanda-t-il.

— Vidons, dit Mathieu.

Ils burent et Mathieu s'aperçut qu'il avait envie de fumer. Il prit une cigarette dans sa poche et l'alluma.

— Écoute, dit-il, ce que tu es ne me regarde pas. Même à présent que tu m'en as parlé. Il y a tout de même une chose que je voudrais te demander : pourquoi as-tu honte?

Daniel eut un rire sec.

— Je t'attendais là, mon cher. J'ai honte d'être pédéraste parce que je suis pédéraste. Je sais ce que tu vas me dire : « Si j'étais à ta place, je ne me laisserais pas faire, je réclamerais ma place au soleil, c'est un goût comme un autre, etc., etc. » Seulement ça ne me touche pas. Je sais que tu me diras tout ça, précisément parce que tu n'es pas pédéraste. Tous les invertis sont honteux, c'est dans leur nature.

— Mais est-ce que ça ne serait pas mieux... de s'accepter? demanda timidement Mathieu.

Daniel parut agacé :

— Tu m'en reparleras, le jour où tu auras accepté d'être un salaud, répondit-il avec dureté. Non. Les pédérastes qui se vantent ou qui s'affichent ou simplement qui consentent... ce sont des morts; ils se sont tués à force d'avoir honte. Je ne veux pas de cette mort-là.

Mais il semblait détendu et regardait Mathieu sans haine.

— Je ne me suis que trop accepté, poursuivit-il avec douceur. Je me connais dans les coins.

Il n'y avait rien à dire. Mathieu alluma une autre cigarette. Et puis il restait un peu de rhum au fond de son verre et il le but. Daniel lui faisait horreur. Il pensa : « Dans deux ans, dans quatre ans... est-ce que je serai comme ça? » Et il fut pris soudain du désir d'en parler à Marcelle : c'était à elle seule qu'il pouvait parler de sa vie, de ses craintes, de ses espoirs. Mais il se rappela qu'il ne la verrait plus jamais, et son désir, en suspens, innomé, se mua lentement en une sorte d'angoisse. Il était seul.

Daniel avait l'air de réfléchir : son regard était fixe et de temps en temps ses lèvres s'entrouvraient. Il fit un petit soupir et quelque chose parut céder dans son visage. Il se passa la main sur le front : il avait l'air étonné.

— Aujourd'hui, tout de même, je me suis surpris, dit-il à mi-voix.

Il eut un singulier sourire, presque enfantin, qui paraissait déplacé sur sa face olivâtre où la barbe mal rasée mettait des plaques bleues. « C'est vrai, pensa Mathieu, il a été jusqu'au bout, cette fois. » Il lui vint tout à coup une idée qui lui serra le cœur : « Il est libre », pensa-t-il. Et l'horreur que Daniel lui inspirait, se mélangea soudain d'envie.

— Tu dois être dans un drôle d'état, dit-il.

— Oui, dans un drôle d'état, dit Daniel.

Il souriait toujours d'un air de bonne foi. Il dit :

— Donne-moi une cigarette.

— Tu fumes, à présent? demanda Mathieu.

— Une. Ce soir.

Mathieu dit brusquement :

— Je voudrais être à ta place.

— A ma place? répéta Daniel, sans trop de surprise.

— Oui.

Daniel haussa les épaules. Il dit :

— Dans cette histoire, tu es gagnant sur tous les tableaux.

Mathieu eut un rire sec. Daniel expliqua :

— Tu es libre.

— Non, dit Mathieu en secouant la tête, ça n'est pas parce qu'on abandonne une femme qu'on est libre.

Daniel regarda Mathieu avec curiosité :

— Tu avais pourtant l'air de le croire, ce matin.

— Je ne sais pas. Ça n'était pas clair. Rien n'est clair. La vérité c'est que j'ai abandonné Marcelle pour rien.

Il fixait son regard sur les rideaux de la fenêtre qu'agitait un petit vent nocturne. Il était las.

— Pour rien, reprit-il. Dans toute cette histoire, je n'ai été que refus et négation : Marcelle n'est plus dans ma vie, mais il y a tout le reste.

— Quoi?

Mathieu montra son bureau, d'un geste large et vague :

— Tout ça, tout le reste.

Il était fasciné par Daniel. Il pensait : « Est-ce que c'est ça la liberté? Il a agi; à présent, il ne peut plus revenir en arrière : ça doit lui sembler étrange de sentir derrière lui un acte inconnu, qu'il ne comprend déjà presque plus et qui va bouleverser sa vie. Moi, tout ce que je fais, je le fais pour rien; on dirait qu'on me vole les suites de mes actes; tout se passe comme si je pouvais toujours reprendre mes coups. Je ne sais pas ce que je donnerais pour faire un acte irrémédiable. »

Il dit à haute voix :

— Avant-hier soir, j'ai vu un type qui avait voulu s'engager dans les milices espagnoles.

— Et alors?

— Eh bien, il s'est dégonflé : il est foutu à présent.

— Pourquoi me dis-tu ça?

— Je ne sais pas. Comme ça.

— Tu as eu envie de partir pour l'Espagne?

— Oui. Pas assez.

Ils se turent. Au bout d'un moment, Daniel jeta sa cigarette et dit :

— Je voudrais être plus vieux de six mois.

— Moi pas, dit Mathieu. Dans six mois, je serai pareil à ce que je suis.

— Avec les remords en moins, dit Daniel.

Il se leva :

— Je t'offre un verre chez Clarisse.

— Non, dit Mathieu. Je n'ai pas envie de me saouler ce soir. Je ne sais pas trop ce que je ferais si j'étais saoul.

— Rien de bien sensationnel, dit Daniel. Alors tu ne viens pas?

— Non. Tu ne veux pas rester encore un moment?

— Il faut que je boive, dit Daniel. Adieu.

— Adieu. Je... je te reverrai bientôt? demanda Mathieu.

Daniel parut embarrassé.

— Je crois que ça sera difficile. Marcelle m'a bien dit qu'elle ne voulait rien changer à ma vie, mais je pense que ça lui serait pénible que je te revoie.

— Ah? Bon! dit Mathieu sèchement. En ce cas, bonne chance.

Daniel lui sourit sans répondre et Mathieu ajouta brusquement :

— Tu me hais.

Daniel s'approcha de lui et lui passa la main sur l'épaule d'un tout petit geste maladroit et honteux :

— Non, pas en ce moment.

— Mais demain...

Daniel inclina la tête sans répondre.

— Salut, dit Mathieu.

— Salut.

Daniel sortit, Mathieu s'approcha de la fenêtre et releva les rideaux. C'était une plaisante nuit, plaisante et bleue; le vent avait balayé les nuages, on voyait des étoiles au-dessus des toits. Il s'accouda au balcon et bâilla longuement. Dans la rue, au-dessous de lui, un homme marchait d'un pas tranquille; il s'arrêta au coin de la rue Huyghens et de la rue Froidevaux, leva la tête et regarda le ciel : c'était Daniel. Un air de musique venait par bouffées de l'avenue du Maine, la lumière blanche d'un phare glissa dans le ciel, s'attarda au-dessus d'une cheminée et dégringola derrière les toits. C'était un ciel de fête villageoise, piqueté de cocardes, qui sentait les vacances et les bals champêtres. Mathieu vit disparaître Daniel et pensa : « Je reste seul. » Seul, mais pas plus libre qu'auparavant. Il s'était dit, la veille : « Si seulement Marcelle n'existait pas. » Mais c'était un mensonge. « Personne n'a entravé ma liberté, c'est ma vie qui l'a bue. » Il referma la fenêtre et rentra dans la chambre. L'odeur d'Ivich y flottait encore. Il respira l'odeur et revit cette journée de tumulte. Il pensa : « Beaucoup de bruit pour rien. » Pour rien :

cette vie lui était donnée pour rien, il n'était rien et cependant il ne changerait plus : il était fait. Il ôta ses chaussures et resta immobile, assis sur le bras du fauteuil, un soulier à la main; il avait encore, au fond de la gorge, la chaleur sucrée du rhum. Il bâilla : il avait fini sa journée, il en avait fini avec sa jeunesse. Déjà des morales éprouvées lui proposaient discrètement leurs services : il y avait l'épicurisme désabusé, l'indulgence souriante, la résignation, l'esprit de sérieux, le stoïcisme, tout ce qui permet de déguster minute par minute, en connaisseur, une vie ratée. Il ôta son veston, il se mit à dénouer sa cravate. Il se répétait en bâillant : « C'est vrai, c'est tout de même vrai : j'ai l'âge de raison. »